繚乱

黒川博行

角川文庫
19656

1

伊達《だて》が芝浦《しばうら》のマンションに来たのは一月の下旬だった。座れともいわないのにソファに腰をおろして煙草をくわえ、灰皿を引き寄せる。堀内《ほりうち》は缶ビールを二本持ってきて、一本を伊達に放った。

「部屋は何室あるんや」伊達はビールのプルタブを引く。

「2LDKやから、リビングダイニングを入れて三室か」

「広さは」

「六十平米ほどやろ」

「うちの家と同じくらいか」

伊達は無遠慮に部屋を見まわす。「家賃は」

「二十万」堀内もビールに口をつけた。

「なんと、うちの四倍か。さすが、東京やの」

「誠《せい》やん、嫌みをいいに来たんか。新幹線に乗って」

「いや、わしの泊まれる部屋があるんかなと思てな」

伊達は缶ビールを片手にソファにもたれ、天井に向かってけむりを吐く。

「どこでも寝ろや。ここでも、おれの部屋でも。……おれといっしょに寝るか」

「堀やん、杏子《きょうこ》と寝てへんのか」

「もう長いこと寝てへんな。去年の盆からや」

「もったいない。あんなええ女と」

「誠やん、人間は飽きるんや」

「ほな、わしは杏子の隣で寝よか」

「好きにせんかい。杏子がウンというたらな」

「そういや、杏子はなにしとるんや」

「店に出てる」六本木《ろっぽんぎ》の飯倉《いいくら》寄りで『杏子』というラウンジをしている。

「へーえ、六本木でラウンジをな。大したもんや」

「居抜きの店を杏子が探してきた。保証金も家賃もホステスの支度金も、みんなおれが出した。毎月、赤字を垂れ流してる」

「そら、あかんがな。堀やんも働いたらどうやねん。マスターでもして」

「このおれが客に愛想できると思うか」

「無理やな」

伊達は笑って、「その仏頂面で入口に立ってたら、客は寄りつかんわ」

「そやから、ここで毎日、お留守番をしとるんや」

「羨《うらや》ましいのう。毎日が日曜か」

「なにが羨ましいんや。おれはそろそろ破産やぞ」

そう、持ち金は一千万円を切った。『杏子』の赤字が消えないかぎり、今年一年はもたないだろう。

「誠やん、ちょっと肥《ふと》ったか」

「いや、変わってへんな。九十五キロや」

身長は百八十センチ。堀内の同僚として今里署《いまざと》の暴犯係にいたころは、府警柔道大会でいつもベスト16あたりまで勝ち進んでいた。相手がヤクザだろうとなんだろうと、素手の喧嘩《けんか》ならまず負けることはない。

「このごろ、稽古《けいこ》はしてへんのか」

「千里山《せんりやま》の道場で週にいっぺんは汗流すようにしてる。身体が鈍るからな」

「腹の傷はどうなんや」

「きれいに治った。盲腸の手術痕《あと》みたいや」伊達は右の下腹を押さえる。

「しかし、よめさんは怒ったやろ」

「怒ったな。別れる切れるの大騒動やったけど、わしは絶対に認めへんかった。麻美《あさみ》とは寝たことない、相談に乗っただけや、と」

「それを信じたんかい、よめさんは」

「信じるわけないがな」

伊達は肩をすくめる。「子供がいうたんや。おとうちゃんはわるうないと。それで最後はよめはんも折れた。子は鎹《かすがい》とは、よういうたもんや」

「いくつになったんや、誠やんの娘」

「上が五年生で、下が二年生や」

「上の子はあるんか」

「なにが」

「あれや」

「ああ、もうそろそろやと思うけどな。このごろ、女らしいになってきた」

「あと六、七年もしたら、ニキビ面のガキを連れてくるんやぞ」

「堀やん、そういう不吉なことはいわんとってくれ。男親には禁句やで」

「おれ、週刊誌で知ったんやで。誠やんが刺されたこと」

「正直、あれはまずったな。わしとしたことが油断してしもた」

「杏子が『ディテール』を持って帰ったんや。伊達さんが載ってる、いうてな」

立って、サイドボードの抽斗《ひきだし》を開けた。『週刊ディテール』を出してテーブルに置く。

去年の〝八月二日号〟だ。

「なんや、おい、こんなもん、まだ持ってたんか」

「わし、物保《ものも》ちがええからな」

ソファに座り、『ディテール』を手にとった。ページを開く。〝大阪府警マル暴刑事、刺される〟――それが見出しだった。

《大阪府警マル暴刑事・妻子ある身の呆《あき》れた行状。

先週末、貝塚西署《かいづかにし》暴犯係刑事（巡査部長・38）が内偵捜査中に下腹部をナイフで刺され、重傷を負った事件は意外な展開を見せている。

当初、刑事は刺した犯人について心あたりはないとしていたが、現場が貝塚西署管轄地域とは離れた大阪《おおさか》市北《きた》区のレストランであり、犯行時刻が午前2時というのも不自然だとして、府警本部が詳しく調べたところ、三角関係のもつれにより刑事が刺された疑いが強くなった。

刑事は北新地《きたしんち》のクラブホステスと愛人関係にあり、ホステスから以前つきあっていた〝売掛金取立屋〟の男との関係を解消したいと相談され、男をレストランに呼び出してホステスと別れるよう迫った。この際、男は手切金を要求したが、刑事は拒絶し、口論となった。レストラン従業員がとめに入り、ふたりは外に出たが、激昂《げきこう》した男はナイフで刑事を刺し、逃走した。

刑事は柔道四段。がっしりした体格で、大量の出血にもかかわらず、レストランの支払いを済ませて、歩いて近くの救急病院へ行った。

取立屋の男は2日後、凶器のナイフを持って曾根崎《そねざき》署に出頭し、刑事を刺したことを認めた。男の供述により、北新地のホステスをめぐる爛《ただ》れた愛人関係が明るみに出たのである。

大阪府警に限らず、暴力団捜査にあたる刑事は情報を得るために便宜をはかったりすることもあり、また暴力団側からは酒や女の接待を受けて、組織に取り込まれる事例が少なくない。府警本部は刑事の身辺捜査を進め、幹部の監督責任を問うとしている》

「――ほら、ご丁寧に麻美の写真まで載ってる」

麻美の顔にはモザイクがかかっている。背景は新地本通《しんちほんどおり》。客を送って出たところを撮られたのだろう。かつて麻美は杏子のホステス仲間だった。

「『ディテール』だけやない。『ウェンズデー』や『週刊ジャーナル』には、わしの顔写真まで出たんやで。一躍、有名人や」他人事《ひとごと》のように伊達はいう。

「麻美はほんまに愛人やったんか」

「ちがう、ちがう。わしに新地の女を囲うような甲斐性《かいしょう》があるかい。そら、たまには麻美のマンションに行ったけど、泊まったことはない。よめはんに絞め殺されるがな」

「取立屋いうのは、どんなやつや」

「チンピラや。シャブ中みたいな痩せやった」

「痩せにいうたんか。麻美と別れろ、と」

「それはいうた。麻美に頼まれたからな。……まさか、あんなやつにやられるとは思わんかったで」

「監察はどうやった」

「大した調べはなかった。こっちは病院で寝てたもんな。退院したその日に、懲戒免やった」さもおかしそうに伊達は笑う。

「退職金、パーやな」

「どっちにしろ、わしは刑事稼業に飽きてた。いずれは辞める肚《はら》やった」

伊達はビールを飲みほして缶を握りつぶす。「堀やんみたいに東京で一旗あげる覚悟はないけどな」

「おれは旗なんぞあげてへん。九州でも北海道でも、大阪を離れるんやったら、どこでもよかった」

「わし、麻美に聞いたんやで。杏子と堀やんが東京におると。まさか、六本木でラウンジをしてるとは思わんかったけどな」

「杏子は銀座《ざんざ》で働きたかったんや。それで東京へ来た。なんの面白味もない、息がつまるような街や」

「久しぶりに杏子の顔見たいな。六本木とかいう洒落《しやれ》た街を案内してくれ」

東京は七年ぶりだと伊達はいう。

「まだ六時前や。飲むのは早い」

堀内は壁の時計を見あげた。「田町《たまち》の駅前に馴染《なじ》みの鮨屋《すしや》がある。にぎりでも食お」

「そらええな。本場の江戸前鮨か」

「はるばる大阪から来た元相棒に、まずいもんは食わせへんがな」

革のジャケットをとって立ちあがった。

田町駅前の鮨屋の小座敷で刺身とにぎりを肴《さかな》に酒を飲んだ。伊達はよく飲み、よく食べる。堀内の倍はピッチが早い。

「――明日《あした》は誠やん、どこへ行くんや」堀内は熱燗《あつかん》を飲む。

「練馬《ねりま》や。石神井《しゃくじい》で駐車場の写真を撮る。そのあと、蕨《わらび》市のマンションで現地調査や」

「いったい、なにをするんや」

一昨日《おととい》、伊達から電話があった。競売《けいばい》物件を調べるために東京へ行くから泊めてくれ、暇なら手伝ってくれ、とそれだけを聞いた。

「堀やん、わしはいま競売屋の嘱託調査員や」

伊達はぐい呑みを置いた。「石神井の駐車場は、駐《と》めてる車のナンバーを調べて所有者を特定する。蕨市のマンションは、住人の名前と身元を特定して競売屋に報告するんや」

「競売屋はなんとなく分かる。……けど、調査員いうのはなんや。わざわざ東京まで誠やんが出張ってくる理由が分からんな」

「わしが契約してるのは西天満《にしてんま》の『ヒラヤマ総業』いう、大手の競売屋や。関東から九州あたりまで、あちこちの競売物件を落として、それを転売してる。わしはヒラヤマが入札する前に物件を調べて、調査書をあげるのが仕事なんや」

「その競売物件がペイできるかどうか、調査するんやな」

「入札の是非はヒラヤマの担当者が判断する。わしもアドバイスやサジェスチョンはするけどな」

サジェスチョンという言葉が妙におかしかった。伊達にはまるで似合わない。

「嘱託ということは、歩合制か」

「必要経費プラス歩合や。わしは元マル暴担やからツブシが利く。極道連中が巣くうてるような物件調査は、わしのとこにまわってくることが多いな」

伊達が今里署にいたころ、競売がらみのシノギをしていたことを堀内は知っていた。あのころは不良刑事のあいだに〝マンションころがし〟が流行《はや》っていて、競落した部屋に居座っているようなヤクザを暴対法をちらつかせて追い出し、きれいにした部屋を高値で転売して小遣いを稼いでいた。もちろん、刑事には物件を落札する資金がないから金主が必要であり、刑事は金主の手先となって手数料をもらっていた――。

「歩合て、どれくらいや。半分くらいはあるんか」

「堀やん、緩《ゆる》いわ。競落物件の条件にもよるけど、利益の三割ぐらいが上限やで」

「三割もあったら上等やないか。一千万で落としたマンションを二千万で売ったら一千万の稼ぎやろ。その三割は三百万や」

「素人はこれやから困るな」

伊達は苦笑した。「なにごとにも経費いうもんが要るんやで」

「どういうこっちゃ」

「そうやな……。たとえば、堺《さかい》あたりに敷地四十坪の古家があるとせんかい」伊達は手酌で熱燗を飲む。「通常なら二千万の物件やけど、その家は前面道路が狭いから車が入られへん。おまけに、そこには堅気の賃借人がおる。……そういう瑕疵《かし》のある家を八百万で競落して、道路を広げるのに四百万、賃借人に明け渡し料として百万、家のリフォームに二百万使うたら、なんぼになる？」

「千五百万やな」指を折って足し算した。

「競売物件は縁起がわるいから値引きせんと売れん。二千万が千八百万や」伊達はひとつ間をおいて、「粗利はなんぼや」

「三百万」

「賃借人が堅気やったら、わしの歩合も減る。一割五分がええとこやな」

「四十五万か……」

「分かったやろ。わしもそんな甘いシノギをしてるわけやないんやで」伊達は鮑《あわび》のにぎりをつまむ。堀内は鯵《あじ》を食って、

「その、ヒマラヤ総業いうのは、これか」指で頬を切った。

「ヒマラヤやない。ヒラヤマ総業」

伊達は笑った。「堀やん、義享《ぎきよう》組知ってるやろ」

「ああ、知ってる」

神戸《こうべ》川坂《かわさか》会の直系だ。事務所は確か、福島《ふくしま》区の鷺洲《さぎす》にあった。

「ヒラヤマ総業は義享組のフロントや。社長の平山《ひらやま》は七十すぎの爺《じじい》で、義享の組長の沢《さわ》居《い》とは兄弟分やった。二十年ほど前に盃《さかずき》を返して、いまは堅気の顔しとるけどな」

「義享組の企業舎弟やな」

「そういうこっちゃ」

「泣く子も黙る府警の元マル暴担が川坂のフロントの傭兵《ようへい》とはな……」

「あかんか」

「いや、おもしろい」堀内も笑った。

「わしもよめはん子供を食わさないかんからのう。きれいごとはいうてられんのや」

「石神井の駐車場と蕨市のマンションは極道がらみか」

「そう、たぶんな」

伊達はうなずいた。「なにかとややこしい物件は、わしの担当やからな」

「競売情報はどこで仕入れるんや。新聞の公示か」

「雑誌があるんや。『メディアサポート』とかいう、地裁から公示される閲覧情報を地域ごとにまとめた雑誌を競売屋は定期購読してる。……大阪地裁の競売情報やったら年間購読料が十七万、京都地裁の競売情報やったら十三万という具合や」

「なんと、どえらい高いやないか」

「高いけど値打ちはある」

その雑誌には競売対象物件の目録、登記簿謄本の概略、租税公課、物件明細、現況調査書、評価書などがこと細かに掲載されていると伊達はいう。「物件明細書を読んだら、たいていのことは分かるな。それが賃貸マンションやったら、各部屋の賃借人の名前、賃料、敷金、保証金まで載ってる。……明日行く蕨市のマンションの現況調査書には関係者の陳述が載ってて、103号室の賃借人はドアに『神原《かんばら》企画』いう表札をつけて、深夜までひとが出入りしてます、と書いてあるんや」

「なるほどな。一階の三号室は組事務所か」

「堀やんもつきあえや。極道の顔見るのも久しぶりやろ」

「行ったら、おれも歩合をもらえるか」

「そら、大の男をタダでは使えんわな」

伊達はうなずいて、熱燗をまた一本頼んだ。


一月二十六日——。インターホンの音で目覚めた。玄関で話し声がする。

「誠やん、起きろや」

伊達にいった。枕に頭をうずめている。

「起きんかい、ほら」

「何時や」伊達は顔をあげた。

「十一時や」枕もとの時計を見た。

「よう寝たな」

伊達は布団をはねあげた。胡座《あぐら》になって大きく伸びをする。

堀内は寝床から出た。六畳の和室はエアコンが効いていて暖かい。

小便をし、ダイニングへ行くと、杏子が出前の中華料理を皿に盛り分けていた。白いスウェットの上下、化粧を落とした顔には眉《まゆ》がない。

「気が利くな」

「だって、伊達さんが食べるやろ」

杏子は料理などしない。普段は昼すぎまで寝ている。

おはよう――。パジャマ姿の伊達がダイニングに来た。

「顔、洗うてこいや」

おう――。伊達は洗面所へ行った。

堀内は流しの水で嗽《うがい》をした。若いころから、朝、歯を磨く習慣はない。

杏子はテーブルに皿を並べた。冷蔵庫からビールを出す。

「何時に帰ったん？」

「五時かな、六時かな」

零時ごろまで『杏子』で飲み、新宿《しんじゅく》へ行った。歌舞伎《かぶき》町とゴールデン街をまわり、仕上げは仲通《なかどお》りのゲイバーで飲んだ。伊達はマイクを独占して演歌をがなりたて、ほかの客は耳をふさいでいた。ずいぶん迷惑な客だが、なぜか伊達はマスターに気に入られた。

伊達の横に座って太股《ふともも》を撫《な》でたりする。伊達は知らんふりで歌いつづけた。

「――あいつ、ゲイバーは初めてやった。ああいう筋肉デブはゲイにモテるんやな」

「マスターに預けてきたらよかったのに」

「そういうわけにもいかんやろ。あとで暴れたりしたら、おれが困る」

「今日も泊まるの、伊達さん」

「さぁ、どうやろな」

「どこかホテルをとるようにいうてよね」しれっとして、杏子はいう。

「あほぬかせ。あいつは相棒やぞ」

「いまはちがうやんか」

「おまえがホテルに泊まらんかい」

「じゃ、お金ちょうだいよ」

「そんな金はない」

伊達がもどってきた。テーブルの前に腰をすえる。杏子はビールの栓を抜いて、

「あれから新宿へ行ったんやてね」伊達のグラスに注ぐ。

「東京はひとが多いのう。どいつもこいつも夜中までうろうろして、東京弁喋《しゃべ》っとる」

「うち、うれしかったわ。伊達さんがお店に来てくれて」

「わしもうれしいがな。あんたが六本木に店かまえて」

伊達はビールを飲む。「渚《なぎさ》ちゃんやったかな、あの子は別嬪《べっぴん》や」

「渚も伊達さんのこと、タイプやて」

「ほんまかい。いっぺんデートせなあかんな」

伊達は箸《はし》を割った。酢豚を小皿にとる。「──石神井て、どう行くんや」

「シャクジイ？　聞いたことあるわ。世田谷《せたがや》のほうかな」

「練馬区や。石神井公園いう駅へ行きたい」

「ふーん、そう……」杏子は卵スープに口をつける。

「石神井公園やったら、西武池袋《いけぶくろ》線やろ」

堀内はいった。「田町から山手線で池袋に出て、乗り換えたらええ」

「堀やん、東京の地理、頭に入ってんのか」

「入ってるわけない。あてずっぽうや」

堀内は鶏の唐揚げをとった。


西武池袋線、石神井公園駅の南改札を出た。伊達は手帳に挟んであった紙片を広げる。付近の詳細地図をコピーしたものだ。

「石神井公園の先やな。歩くには遠いわ」

「そんな地図は自分で用意するんか」

「いや、資料はみんなもらうんや。ヒラヤマの担当者に」

そのとき、簡単な説明を受けるという。「この物件は八十坪の更地を近隣住民に駐車場として貸してる。物件明細書によると契約者は五人。八十坪の駐車場にたった五件の契約いうのが、ちょいとばかりひっかかる」

駅前からタクシーに乗った。伊達は運転手に地図を見せる。運転手はうなずいて、走り出した。

「駐車場の所有者は個人か」

「有限会社や。南輝《なんき》商事となってる」

「その会社が倒産して、土地が競売になったんやな」

「中立債権者は中小企業金融公庫や」

競売閲覧開始は一月二十日、入札期間は二月三日から二月十三日、開札期日は二月二十四日午前十時、売却決定は三月二日――。手帳を見ながら、伊達はいう。

「そうか、閲覧開始から入札終了までの三週間ほどで現場を調査せいということやな」

「下石神井九丁目の地価公示価格は平米あたり三十六万円。実勢価格も同じくらいで地積は二百六十六平米やから九千六百万円ほどや。けっこうでかい競売になるで」

「ヒラヤマは資金力あるんか」

「二十億や三十億は右から左に動かせるやろ」

「この不景気なときに、ええ羽振りやな」

「競売屋は不景気なほうが忙しいんや」

バス通り、大きな池と緑地の脇を走って住宅地に入った。一方通行の道路を徐行する。

給水タンクをすぎたところでタクシーは停まった。

これですね――。運転手がいう。煉瓦《れんが》タイルのマンションの右隣、フェンス囲いの空き地の出入口に《貸駐車場・大谷《おおたに》　090・2742・56××》と、看板が立っていた。ペイント塗りの看板は真新しい。

「案の定やな。南輝商事やないで」

伊達は千円札を渡してタクシーを降りた。

駐車場は砂利《じゃり》敷きで車が七台、駐められていた。国産車が三台と外車が四台。外車はベンツS600、ジャガーXJ、BMW530i、ポルシェ・カイエンと高級車ばかりだ。それも、四台とも色は黒。伊達は笑い声をあげた。

「堀やん、極道の匂いがぷんぷんするのう。契約者が五人で車が七台。外車はたぶん、不法占有やで」

「いまどき、こんな絵に描いたような妨害も珍しいな」

そう、大阪府警中央署と今里署の暴犯係だったころ、競売妨害、占有妨害には何度も遭遇した。しかし平成八年以降強化された警察による金融、不良債権事犯等の摘発と、平成十六年施行の「担保物件及び民事執行制度改善のための民法等の一部を改正する法律」により、ヤクザや占有屋による露骨な妨害は激減した。「――この大谷というやつは極道か」

「どうやろな。半堅気が名前を貸してるんかもしれん」

「どっちにしろ、占有屋にはちがいない。まともな人間やないで」

競売事犯には街金、闇金などの高利貸しがからんでいることが多い。やつらは債務者が飛ぶ前に因果を含めて土地、建物に対する賃借契約を結び、占有屋を使って競売を妨害する。大谷という人物はこの駐車場を南輝商事から賃借したあと、孫貸しという形で自分名義の看板をあげたのだろう。占有屋の目的はただひとつ、競落人から立退料《たちのき》を得ることだ。

「堀やん、ここで待っててくれ」

伊達は上着のポケットから小型カメラを出した。駐車場の外景と看板を撮影し、中に入って七台の車とナンバープレートを撮っていく。堀内は煙草をくわえた。口もとを手で覆って火をつける。寒い。吐いたけむりが横に流れる。コートを着てくればよかった。

隣のマンションから女が出てきた。伊達のほうを見ながら堀内に近づいてくる。ジーンズにグレーのダウンジャケット、齢《とし》は三十すぎか。

「なにしてるんですか」と、訝《いぶか》しげな顔で訊《き》く。

「いや、写真を撮ってますねん」

見たら分かるやろ——とはいわなかった。

「あの白い車、うちのですけど……」

女は国産のミニバンを指さした。車の持ち主が現れたのは好都合だ。伊達の手伝いをしてやろうと思った。

「おたく、どこと賃借契約したんかな。南輝商事？　大谷さん？」

「誰ですか、あなた。なんでそんなことを訊くんです」

「この駐車場はいま、競売にかかってますねん。ぼくは不動産屋の調査員です」

「ケイバイ？」女は首をかしげた。

「キョウバイともいう。要するに、この土地の所有者である南輝商事は倒産したんです」

「ええっ、ほんと……」

女は驚いた。なにも知らなかったようだ。

「おたく、大谷さんと契約したみたいですな」

訊くと、女は黙ってうなずいた。色白で整った顔だちだ。

「それは、いつです」

「去年です。十月の初めでした」

車の買い替えで車庫証明が必要だから借りたという。

「大谷さんの連絡先は携帯だけですか」

「はい、そうです」女は看板を振り返った。

「毎月の賃料はどこに払いに行くんです」

「大谷さんのお家です」

「この近くですか」

「石美《いわみ》神社の向かいのマンションです」

「大谷さんの車はここに駐まってます?」

「わたし、分からないんです。外国の車は」

女はかぶりを振って、「あの、この駐車場は使えなくなるんですか」

「それは分かりません。いずれ、競落人から連絡がありますやろ」

「そうですか……」

女はためいきをついて去っていった。

伊達がもどってきた。なんや、あの女、と訊く。

「白いミニバンの持ち主や。大谷のヤサを聞いた」

「どこや、大谷のヤサは」

「この近くらしい。石美神社の向かいのマンション」

「石美神社な……」

伊達はカメラをポケットに入れて地図を広げた。「おう、この先にある」

ブルゾンの襟を立てて歩きだした。


バス通り沿いのマンションだった。四階建、ガラス張りのエントランス、玄関庇《ひさし》に《石神井ローズコンド》と真鍮《しんちゅう》の切り文字、敷地百坪ほどの古ぼけた建物だ。壁にオートロックのボタンはあったが、ドアは開いた。

メールボックスを確かめた。『205』にフェルトペンで《大谷》と書かれたプレートが差し込んであった。

「これや。二階の五号室」

「階段で行こ」

二階にあがった。廊下は狭く、薄暗い。突きあたりの非常口の前に自転車が倒れている。

伊達は五号室のインターホンを押した。はい――、と男の声が聞こえた。

――すんません、九丁目の貸駐車場のことでお聞きしたいことがあるんですが。

――申込みですか。

――そんなとこです。

――いま、出ます。

ほどなくしてドアが開き、男が顔をのぞかせた。短髪、縁なしの眼鏡、眉《まゆ》の下に創傷がある。堀内より少し若い。

「大谷さん？」

伊達は訊いた。男はうなずく。

「いま、駐車場に行ってきたんやけど、『大谷』いう看板が立ってますな」

「ええ、そうだけど……」

「あの駐車場は南輝商事の所有ですわ。おたく、南輝商事とはどういう関係です」

「あんた、誰？ どういうひと？」大谷は眉根《まゆね》を寄せた。

「競売屋ですねん。大阪の」

「競売屋がなんの用だ」

「物件調査ですわ。あの土地を競落してええもんかどうか、調べて報告しますねん」

伊達は珍しく、丁寧に話す。まるで似合わないが。

「おまえ、バカか」

「えっ、なんです」

「誰が競売屋相手に話するんだよ。帰んな」

男はドアを閉めようとした。伊達は靴先を挟む。

「舐《な》めてんのか、この野郎」

大谷は廊下に出てきた。黒のカーディガンにグレーのニットシャツ、黒のゴルフズボン、黒い革サンダルを履いている。東京のチンピラは大阪とちがって服装《なり》が地味だ。

「あんた、これかいな」伊達は指で頰を切る。

「なんだと、こら」

大谷は伊達を睨《ね》めつけて凄味を利かせる。

「いや、やっぱりちがうな。本物《ホンチャン》の極道にしては貫目《かんめ》が足らん」

嘲《あざけ》るように伊達はいう。「あんた、占有屋やろ。誰の指図で動いてるんや」

大谷は見るからに下っ端だ。下っ端には必ず上がいて、そいつが裏で糸をひいている。

「なぁ、南輝商事とはどういう関係や」

伊達はつづける。「調べたら分かることやけど、あんたの口から聞いたほうが話は早い。わざわざ大阪から出張してきたんやし、機嫌よう協力したりぃな」

「こいつ……」

大谷の表情が一変した。拳《こぶし》を握りしめる。だが、相手がわるい。伊達は薄ら笑いを浮かべている。

「わしは喧嘩《けんか》しにきたんやないで。うちが競落したら、また挨拶《あいさつ》しにこなあかんのや」なだめるように伊達はいう。「手間を省こうや。あんたの筋を聞いたら、こっちも教えるがな」

「誰なんだよ、あんた」小さく、大谷は訊いた。

「大阪のヒラヤマ総業。わしは調査員の伊達。名刺はない」

「ヒラヤマ総業な……」

大谷は少し考えて、「五祖《ごそ》連合会だ」ぽつり、いった。

「五祖連合会？」

「知らねえのか」

「すまんな。関東方面の業界には疎いんや」

「反共五祖連合会練馬支部。おれは副支部長だ」

「右翼かい」

「ああ、そうだ」

「そうか、憂国の士か」

伊達は手帳とボールペンを出した。「反共五祖連合会練馬支部、大谷副支部長、と……」復唱しながら書き込む。

「うちは南輝商事と正式な賃借契約を交わしてんだ。書類もある。大阪に帰ったら、そう報告しろや」

「了解。報告するわ」

伊達はいって、「忙しいとこ、わるかったな」

「いいんだよ。今度来るときゃ電話しろ」

大谷は部屋に入った。ドアが閉まる。

「けっこう愛想よかったな」堀内はいった。

「とりあえずカマシは入れた。あのガキは小者や。バックがおる」

「しかし、あっさり喋《しゃべ》りよったな。五祖連合会やと」

「占有屋の稼ぎは競落人から毟《むし》る立退料や。こっちが水を向けたら喋りよる」

「払うんか、立退料」

「さぁな、そこはヒラヤマの判断や」

わしは調査するだけや、と伊達はいい、階段をおりた。

2

マンションを出た。井草通《いぐさどお》りに向かう。

歩きながら、伊達は電話をした。

「――おう、わしや。ちょいと調べて欲しいことがあるんや。――右翼団体と車の所有者や。ええか、メモしてくれ。――東京の反共五祖連合会練馬支部。副支部長の大谷。――車は四台や。ナンバーは『練馬33・ろ・52××』『練馬33・ま・11××』『品川33・た・97××』『練馬33・ふ・36××』。――わし？　いま東京におるんや。――ああ、貧乏暇なしやで。――すまんな。ほな頼むわ」

伊達は電話を切り、手帳といっしょにポケットに入れた。

「誰や、いまの」堀内は訊《き》いた。

「鴻池《こうのいけ》署のダチや。むかしはようつるんで遊んだ」

「暴犯か」

「荒木《あらき》いうて、わしと同じ柔道の強化選手やった。わしに輪をかけた極道面やで」

「誠やんよりひどい極道面の刑事《デカ》が大阪におるとは思えんな」

「上には上がおるんやで、堀やん。いっぺん東京に連れてきたろか」

「山賊ふたりに囲まれて酒を飲むのもゾッとせんな」

「あほくさ。なにを生娘みたいなことというとんのや」

伊達はあたりを睥睨《へいげい》し、肩を揺すりながら大股《おおまた》で歩く。胸板の厚さは尋常ではなく、耳は畳擦れでつぶれている。

「さっきの土地を競落して外車の持ち主が分かったら、排除命令を出してもらうんか」

「相手次第やな。五祖連合会がほんまもんの政治結社か、右翼の皮をかぶった極道か、勢力はどれくらいか、それによってこっちの出方も変わる。弁護士入れて占有排除するのが本筋やけど、訴訟費用は安うないし、立ち退きまでに時間もかかる。要は、表で処理するのと裏の処理するのと、どっちが得かという判断や」

「車を退《ど》かせるのに大した金は要らんやろ。建物を取り壊すわけやないんやから」

「そこを見越して、大谷のクソは堅気に駐車場を貸したんや。競売屋も堅気相手に強引なことはできんからのう」

善意の第三者には立退料と立ち退きまでの猶予期間が発生する、と伊達はいう。

「やっぱり、競売というやつはややこしいな」

「ノウハウが要る。物件ごとに状況はさまざまやし、一本道ではいかん」

「そのノウハウと資金力がヒマラヤの強みか」

「堀やん、ヒマラヤやない。ヒラヤマや。わざというてるやろ」

「社員は何人や、ヒラヤマ総業の」

「三、四十人はおるやろ。表向きは不動産業や」

社員のほかに各地方に契約不動産業者が二十社あまりあるらしい、と伊達はいい、

「わしみたいな歩合の調査員も何人かはおるはずやけど、横のつながりがないから、実体は分からん」

「ほな、仕事の依頼は縦割りか」

「そう、わしの窓口はひとりだけや。営業部長の生野《いくの》いう、海千山千の古狸や」

窓口がひとつというのは面倒が起きたときの回避策だろう。嘱託調査員なら、いつでも切れる。

「あの土地の債権者は何者や」

「新和《しんわ》銀行と大成《たいせい》信金や。新和銀行が昭和六十二年に四億八千万、大成信金が平成元年に一億二千万で、抵当権設定してる」

「二件ともバブル真っ盛りの融資やな」

「むちゃくちゃやで。あんな住宅地のたった八十坪の土地に、銀行や信金が六億も突っ込んだんや」

「南輝商事いうのは、地上げ屋か」

「土建屋や。あの土地にマンションでも建てるつもりやったんかもしれん」

井草通りに出た。伊達はバス停のそばに立ってタクシーをとめようとするが、来ない。堀内はベンチに座って煙草を吸いつけた。街路樹の小枝が風に震えている。

「誠やん、寒い。コーヒーでも飲もうや」

道路の向かいに喫茶店がある。

「まぁ、待て。蕨市へ行かなあかんのや」

「いつからそんな働き者になったんや」

「働かんと食えんやろ。わしも堀やんも組織を放り出されたはぐれ者やないけ」

「はぐれ者な……」

伊達のいうとおりだ。堀内は一昨年《おととし》、伊達は去年、大阪府警を退職した。

「堀やんはまだええわい。依願退職やもんな。わしは懲戒免やから退職金もなかった」

「分け前、渡したやろ。二千五百万」

「おう、あれはありがたかった。太っ腹やで、堀やんは」

伊達に渡したのは、八尾《やお》の賭場《とば》摘発にからんで学校法人の理事長から脅しとった金の一部だった。その脅迫が発覚して堀内は大阪府警を追われ、伊達は今里署から貝塚西署に異動した。堀内がすべてをかぶって退職したのに、伊達がチンピラに刺されて免職になったのは皮肉としかいいようがない。

「あの二千五百万、どないした」

「へそくりや。よめはんにも内緒の口座に預けてる」

伊達はにやりとして、「堀やんはどうなんや」

「からっけつや。みんな杏子に吸いとられた」

「よう平気な顔してるな。素寒貧《すかんぴん》で」

「なんか、ええシノギはないか」

「競売屋はどないや。ヒラヤマの東京駐在員」

「そいつは考えとこ」

タクシーが来た。伊達は車道に出て手をあげた。

井草通りを北上し、大泉《おおいずみ》から東京外環自動車道に入った。トンネルのつづく高速道路だ。

和光《わこう》市を抜け、荒川を渡り、川口《かわぐち》西インターでおりた。一般道を少しもどり、産業道路を南へ走る。伊達はものめずらしそうに外の景色を眺めている。

「東京いうとこは広いのう。どこまで行っても同じような街がつづく」

「ここは埼玉県や。さっき、大きな川を越えたやろ」

「ほな、このあたりが新撰組《しんせんぐみ》の出たとこか」伊達の話は幕末に飛んだ。

「新撰組は武州《ぶしゅう》の出とちがうか」

「武州は埼玉やろ」

「お客さんたち、関西のひとですか」運転手がいった。

「なんで分かるんや」と伊達。

「いえ、言葉つきで……」

「そうか、ばれたか」

伊達は笑った。「ふたりで大阪から出張してきたんや」

「新撰組は武州多摩《たま》です。日野《ひの》市近辺ですね」

「へーえ、あんたも新撰組ウォッチャーかいな」

「そういうわけでもないんですが」常識だ、といいたいらしい。

「あんた、近藤《こんどう》さん？」

「ちがいます」

「わしら、組長《おやじ》の義理掛けで蕨市の組事務所に行きまんねん」

「あ、そうですか」

それきり、運転手は口をきかなかった。

蕨市塚越《つかごし》──。武葉《たけば》高校の正門前でタクシーを停めた。伊達は料金を払い、領収書を受けとる。タクシーを降りた。

「誠やん、運転手をビビらしてどないするんや」堀内はいった。

「わしがいつビビらした」

「義理掛けで組事務所に行くんかい」

「あいつ、気に入らん。わしの無知を嗤《わら》いよった」

「親切でいうたんやろ。東京の日野……。ひとつ賢うなったがな」

「堀やん、近藤勇《いさみ》は口ん中に拳《こぶし》が入ったんやぞ」

「殴られたんか」

「余興や。宴会芸。どえらい大口やろ」

伊達は手帳からコピーした地図を出し、広げた。「――そのコンビニの角を左に曲がるんや。四階建のマンションがある」いって、歩きだした。

袋小路の突きあたり、苔《こけ》むしたブロック塀の奥に陸屋根《ろくやね》の建物が見えた。もとはアイボリーに塗られていたはずの外壁はグレーに褪色《たいしょく》し、葡萄《ぶどう》の蔓《つる》のようなクラックが縦横に走っている。それでも各部屋の窓にはウインドーエアコンが取り付けられていた。ブロック塀の表札は《高尾《たかお》ハイツ》とある。

「これはマンションやない。アパートやぞ」

手帳を見ながら、伊達はいう。「物件目録に〝鉄骨造陸屋根四階建の共同住宅〟と書いてるから、マンションと思たがな」

「いつ建ったんや」

「昭和五十四年。……三十三年前か」

「敷地は」

「四百五十二平米。百三十七坪や」

建物に値打ちはないが、土地は広い。競落したら、更地にして転売するのだろう。

敷地内に入った。セメントタイル敷きの前庭はけっこう広い。屋根付きの駐輪場に原付バイクが三台と、自転車が十台ほど駐められていた。

「おかしいのう。現況調査報告書やと、ここはほとんど空家のはずやで」

伊達はバイクと自転車に眼をやる。「抵当権設定前の賃借権は二部屋。201号室と406号室や」

寄木《よせぎ》のドアを引いた。玄関は狭い。廊下の両側に三室ずつ部屋がある。各階、六室か。スチール製のメールボックスにネームプレートは一枚もなく、郵便物もチラシも入っていない。がしかし、話し声と音楽が微《かす》かに聞こえた。

「誰かおるな」

「ああ……」

伊達は手前右側、一号室のドアに耳をつけた。小さくうなずき、隣の二号室のドアに耳をつける。「──ここも聞こえる。テレビの音や」

「どういうこっちゃ」

「さぁな……」

「この債権者は」

「誠備《せいび》信用保証」

「債務者は」

「有限会社『高進《こうしん》』」

伊達は一階の六室の音を確かめ、奥の階段をあがった。二階、三階、四階──。二十四室のうち、十数室で話し声やテレビの音がした。

「堀やん、どこも女の声や。それも日本語やないで」

「なんやて……」

「英語でもない。タガログ語とちがうか」

伊達は406号室をノックした。ドアが開く。女が顔を出した。

「こんちは。はじめまして」伊達はにこやかにいう。

「はい、なんですか」

女もにこやかにいった。小柄、丸顔、眉《まゆ》が濃く、眼が大きい。東南アジア系だ。大男の伊達を警戒するふうはない。

「わし、調査員ですねん。不動産屋の」

「はい？」

「分からんかな、エステート・カンパニー。アイ・アム・リサーチマン」

「誠やん、妙な英語は使わんほうがええで」

「あんた、フィリピンのひと？」

「はい、そうです」女の発音はぎごちない。

「このアパートには、何人住んでますか」ゆっくり、伊達は訊《き》く。

「ふたりです」

「いや、あんたの部屋やない。このアパートです」

「たくさん、です」

「このアパートの管理人はいますか」

「なんですか」

「マネージャーですわ。このアパートの」

「カンバラさん?」

「そう、その神原さん」

「103《イチゼロサン》です」

「了解。ありがとう」

伊達は頭をさげた。堀内も笑いをこらえて低頭する。女はドアを閉めた。

「あの子、日本に来て間がないな」

「ダンサーか」

「それにしては背が低い。就労ビザで来たんやないやろ」

一階に降りた。三号室のドアに《神原企画》と小さな紙片が貼られている。伊達がノックすると、少し待って、男が出てきた。白髪まじりのオールバック、レンズに薄く色のついた金縁眼鏡、鼻下に細い髭《ひげ》、グレーのシャツに赤いジャージ、男はこれ見よがしにあくびをした。

「すんまへん。ちょっと訊きたいんですわ」

伊達はいった。「わし、大阪の競売屋の調査員で、伊達いいます」

男は黙っている。両手をズボンのポケットに入れて、伊達の足もとから顔へ舐《な》めるような視線を送った。

「おたく、神原さんやろ」

「………」男は横を向く。

「おいおい、返事もできんのかい」伊達は舌打ちする。

「名刺、もらおうか」男はいった。

「名刺な……」

伊達は少し考えて、手帳を出した。挟んでいる名刺を抜いて男に渡す。

「そっちは」男はあごを堀内に向けた。

「おれは堀内。名刺は切らした」

この男はヤクザだ。まちがいない。さっき石神井のマンションで会った右翼の副支部長とは馴れがちがう。齢《とし》は四十代後半から五十といったところだろう。

「ヒラヤマ総業……」

男は名刺を見た。「老舗《しにせ》だな」

「知ってるんかいな」と、伊達。

「まぁな」男はうなずく。

「あんたの名刺、くれへんか」

ふん――。男はズボンの後ろポケットからカード入れを出した。名刺を抜く。伊達に渡した。

「神原企画、神原芳雄《よしお》……。『高進』とちがうな」

「高進はとっくに倒産した。社長の高尾は行方知れずだ。うちは高進の倒産で連鎖倒産した『瀬田恒産《せたこうさん》』って会社に債権がある。その債権を回収するために、うちがこのアパートを賃貸して、家賃収入を得てんだよ」

「瀬田恒産いうのはどこの会社や」

「八王子《はちおうじ》だ。いまはない」

「高進も瀬田恒産も存在してへんのに、神原企画がこのアパートを占有してる。……おもしろいな」

「賃借権があるんだよ」

「二件だけやろ。201号室と406号室」

「ああ、それがどうした」

「406号室にフィリピン人の女が住んでるのはどういうわけや」

「貸したんだよ、うちが」

「もとの住人は」

「出てったよ。空き部屋にしとくのはもったいないだろ。だから、貸したんだ」

「いったい、何人おるんや。このアパートに」

「四十人ってとこだな」

「みんな外国人か」

「だろうな」神原はせせら笑う。

こいつ、骨の髄まで占有屋やで――。堀内は思った。

「その四十人の名前が知りたいんやけどな」

伊達はつづける。「リスト、くれへんか」

「そんなものはない」神原は首を振る。

「あんたが部屋を貸してるんとちがうんかい。フィリピンの連中に」

「おれはプロダクションに貸してんだよ。『クレシェンド』って芸能プロに。だから、連中の名前は知らないし、リストもない」

「クレシェンドは口入れ屋か」

「芸能プロだっていってんだろ」

「どこにあるんや、事務所は」

「浦和《うらわ》だ」

「電話は」

「なんだ、浦和に行くのかよ」

「クレシェンドにはリストがあるんやろ」

「大阪の競売屋は強気だな」

「すまんな。わしのキャラクターなんや」

「〇四八・八三一・七六××。場所は電話して訊くんだな」

「〇四八・八三一……」

伊達は携帯に番号を登録した。「それで、あんた、どこの身内なんや」

「身内？　なんのことだ」

「まさか、アパートの管理人が本業やないやろ」

「おまえ、誰にものいってんだ」

「神原企画の神原さん」

「後先見ずに突っ張らかってたら怪我するぜ」

「そういや去年、刺されたわ」

伊達は右腹を押さえる。「全治二ヵ月。あんたみたいな痩《や》せた極道やった」

「ほんとかよ、それ」神原も伊達の腹を見る。

「ぎょうさんの週刊誌に載ったがな。不動産屋重傷、と」

伊達はぼそっといい、神原に背を向けた。


高尾ハイツを出た。日が暮れかかっている。伊達は地図を見て、JR京浜東北線の蕨駅に向かった。

「誠やん、なんでリストが要るんや。フィリピン人の」

「あの連中は出稼ぎやから三ヵ月や六ヵ月ごとに帰国する。入居者が頻繁に入れ替わるときは名前を特定して、占有禁止仮処分の申し立てをせないかんのや」

申立書や訴状には、原則としてアパートの各部屋を直接占有する者を特定し、その住所と氏名を明示する必要がある、と伊達はいう。

「あのフィリピンの連中は神原が競売妨害目的で入居させてる。そやから、みんな一覧表にまとめて、連中が占有補助者であることを主張するんや」

「しかし、相手は外国人や。名前を訊くだけでもひと悶着《もんちゃく》やぞ」

「そういう面倒を頭に入れて、神原はアパートに居座っとんのや。あのガキはなかなかの占有屋やで」

「いや、おれは感心した。誠やんもなかなかの競売屋や」

伊達がこんなにも法的な事情に詳しいとは思いもよらなかった。「いっそ、自分で競落したらどうなんや。そのほうが儲《もう》かるやろ」

「資金がない。一億や二億は持ってんとな」

「金主を探せや」

「心あたりがないこともないけどな。わしが競売屋になったら、堀やんが相棒やで」

「そらええな。コンビ復活か」

「また極道をどつきまわして遊ぼうや」

「けど誠やん、おれらにはもう桜の代紋がないんやで」

そう、警察手帳もなければ手錠も拳銃《けんじゅう》もない。いまはただ組織犯罪に詳しいだけの一般人なのだ。

「堀やん、いくつになったんや」

「三十九。あと半年で四十や」

「わしもそろそろ三十九やで。三十代はあっというまやな」

「四十代、五十代はもっと早いらしいで」

「金は欲しいけど、齢は要らんのう」

伊達は歩きながら携帯を出してボタンを押す。話しはじめた。

「――あ、クレシェンドですか。――わし、大阪の不動産屋の調査員で伊達といいます。神原企画の神原さんにおたくのこと聞きましてね、いまからそちらにお伺いしたいんやけど、よろしいか。――そう、いま塚越ですねん。――すんません、住所と道順を教えてくれますか」

伊達はしばらく話をして電話を切った。「浦和駅の西口や。旧中山道《なかせんどう》を南へ行ったら岸町病院いうのがある。その隣の第三旭《あさひ》ビル」

「マメでないと務まらんな。競売屋の調査員は」

足もとの小石を蹴《け》った。風が冷たい。

蕨駅から電車に乗り、浦和駅で降りた。西口を出る。駅前ターミナルは広く、人通りも多い。伊勢丹、コルソ、銀行、証券会社――。旧中山道に向かって大通りを歩いた。

第三旭ビルは五階建、前面にだけ白磁のタイルを張った古ぼけた建物だった。どのフロアの窓にも灯《あかり》がともっている。午後六時――。腕の時計に眼をやって、ビル内に入った。エントランスホールは狭くて天井が低い。壁の案内板に《クレシェンド》のプレートが差さっていた。

「四階やな」

ワンフロアに三社から五社入っている。名の知れた会社はない。

エレベーターで四階にあがった。伊達は《クレシェンド》の表札を見て壁のボタンを押す。チャイムが鳴り、鉄扉が開いた。

「どうも。さっき電話した伊達です」

「どうぞ、お入りください」

女性事務員にいわれて、中に入った。パーティションに遮られて事務所のようすは分からない。別室に案内され、赤いレザー張りのソファに腰をおろした。壁際にスチールキャビネットがふたつ並んでいるだけの殺風景な部屋だ。

女は部屋を出て行き、トレイにコーヒーを載せてもどってきた。トレイをテーブルに置き、伊達と堀内の前にカップを差し出して、

「すみません、お名刺をいただけますでしょうか」

「はいはい、お名刺ね」

伊達は手帳を出し、名刺を抜いて女に渡した。

「そちらさまは」

「堀内といいます。伊達の部下ですわ。あいにく名刺を切らしてまして」

「はい、分かりました。堀内さまですね」

女は出ていった。

「なんや、担当者も来んのに名刺だけとっていきよったで」伊達は笑う。

「ネットで検索するんとちがうか。ヒラヤマ総業……。先にこっちの身元を調べる気や」

「こんなしょぼくれた口入れ屋が身元を調べるてか」

「誠やん、いまパソコンひとつで大概の情報はとれるんやで」

「くだらん世の中になったもんやのう」

伊達はカップにミルクを落とし、砂糖を四杯も入れて混ぜる。堀内はブラックで飲んだ。不味《まず》い。香りもなにもない。インスタントだ。

「おれ、訊《き》いたことなかったよな。誠やんはいつから競売で稼いでたんや」

「河内《かわち》署の地域課から富南《ふなん》署の風紀に移って一年ほどしたときや。先輩に手伝うてくれといわれて、駅裏の棟割長屋に行った。総身に刺青《モンモン》入れた極道がとぐろ巻いてたがな」

「不法占有か」

「もちろんや」

伊達はうなずく。「半時間ほど脅しあげたったら、尻尾《しっぽ》まいて明け渡しよった」

「なんと、骨のない極道やな」

「その極道は弁当持ちやった。強気には出られへん」

弁当持ちとは、以前に執行猶予つきの判決を受けて、その猶予期間がまだすぎていないことをいう。「たったいっぺん、ちょいと脅しただけで八万円や。ええバイトやったで」

「それはヒラヤマの仕事やったんか」

「分からん。先輩はいわんかったし、わしも訊かんかった」

「いつからヒラヤマのシノギをするようになった」

「今里署に異動してからやな。前任署の連れが生野の爺《じい》さんを紹介してくれた」

「おれもその生野に会《お》うてみたいな」ふと、そんな気になった。

「いつでも紹介するで。たまには大阪に帰ってこいや」伊達はコーヒーを飲む。

ノック――。男が部屋に入ってきた。伊達と堀内を一瞥《いちべつ》してソファに腰をおろす。

「大阪からいらしたんですね」

男は値踏みをするような眼を向けた。長身、ディップで逆立てた茶髪、つるんとした生白い顔、細い仕立ての黒いスーツに黒のシャツ、ノーネクタイ、場末のホストクラブのマネージャーのような気障《きざ》ったらしい男だ。齢《とし》は三十すぎだろう。

「おたくは」伊達が訊いた。

「倉持《くらもち》です」

男は名刺を差し出した。受けとる。《クレシェンド　倉持栄次《えいじ》　キャスティングプロデューサー》とあった。

「どちらが伊達さんですか」倉持は訊いた。

「わしですわ」伊達がいった。

「不動産の調査員というのは、どういった業務をされるんですか」

「ま、平たくいうたら競売屋ですわ。競売物件の事前調査をしますねん」

伊達はソファにもたれて脚を組む。ズボンがはち切れそうな太い腿《もも》だ。「――塚越の高尾ハイツが競売にかかってるのは、知ってはりますわな」

「ああ、そうらしいですね」

倉持も脚を組んだ。黒に赤のストライプのソックス、甲の浅いスエードのローファーを履いている。

「キャスティングプロデューサーいうのは、人材の派遣とか斡旋《あっせん》ですか」堀内が訊いた。

「タレントですよ。タレントのセレクションマネージメントをするんです」

タレントのセレクションときた。ものはいいようだ。

「フィリピンの子が多いみたいですな」

「最近はね」不機嫌そうに倉持はうなずく。

「斡旋先はキャバレー？　風俗？」

「なんだよ、あんた。喧嘩《けんか》売ってんのか」倉持は吐き捨てる。

「いや、すんませんな。この男は口に遠慮がないんですわ」

伊達がひきとった。「高尾ハイツに四十人ものタレントを入居させてんのはどういうわけです」

「あそこはうちの寮なんだよ。査証《ビザ》をとるには滞在場所が必要だろ」

「パスポートはおたくが預かって？」

「そんなことはしない。人権問題だ」

「高尾ハイツがクレシェンドの寮ということは、入居者のリストがありますわな」

「当然だ。ちゃんと作ってるよ」

「そのリスト、見せてくれませんかね」

「なにをとぼけたこといってんだ。部外者に見せるわけないだろ」

「神原企画とはどんな契約です」

「どんな契約……？」

「高尾ハイツの一棟契約か、部屋ごとの個別契約か」

「部屋ごとだ、部屋ごと」

「そのほうが権利関係を複雑にできるから？」

「なんだと、こら」

「巻き舌にならんでもええがな。あんた、キャスティングプロデューサーやろ」

伊達はにやりとした。倉持はふてくされたように上を向く。

「神原は、いつから高尾ハイツの管理人をしてるんや」

「…………」倉持は答えない。

「クレシェンドと神原企画はいつからのつきあいや」

「…………」倉持は眼をつむり、空あくびをする。

堀内はおかしかった。ヤクザや企業舎弟を取り調べるとき、何度、同じような光景を眼にしただろう。伊達はひといちばい手が早いが、取調室で暴力をふるうことはなかった。

「堀やん、このボケは喋《しゃべ》る気がなさそうや。帰ろか」

伊達は腰をあげた。堀内はうなずいて立ちあがる。

「待てよ、この野郎」

倉持がいった。「ボケとはなんだ」

「おまえのことやないけ」伊達は振り向く。

「くそっ、ただじゃおかねえぞ」倉持はわめいた。

「おいおい、地金《じがね》が出てしもたのう」

伊達は倉持を見おろす。「ただでおかんのやったら、土産でもくれるんかい」

と、ドアが開いた。男が入ってくる。角刈り、狭い額、細い眼、太い首、白いトレーナーの胸が盛りあがっている。伊達と同じくらいの大男だ。

「なんや、こいつは」

「マネージャーだ」

「プロレス興行かい」

「うるせえぞ、こら」

低く、角刈りはいった。伊達に対峙《たいじ》する。

「おまえ、堅気でもなさそうやな」

「だったら、どうなんだ」角刈りはすごむ。

「やめとけ。怪我するぞ」

伊達は薄ら笑いを浮かべた。「おまえらみたいな半端極道の出る幕やない」

角刈りが手を出せば伊達の拳《こぶし》が伸びる。いままでに何度も見てきたが、伊達の喧嘩は水際だっている。まちがっても角刈りが勝てる相手ではない。

角刈りは動かなかった。本能的に身の危険を感じたのだろう。それを見て、倉持は舌打ちした。

「邪魔や。退《ど》かんかい」

伊達は角刈りの肩を押して部屋を出た。


「リスト、もらえんかったな」

エレベーターに乗った。さっきは気づかなかったが、消毒の臭いがする。

「そうそう思いどおりにはいかんわな。高尾ハイツはクレシェンドが一括契約してると分かったらそれでええ。クレシェンドと神原はグルや」

競落したら、その時点でできるかぎり居住者の身元を特定し、申立書と訴状を作るのだと、伊達はいう。「手間はかかるけど、排除はそうむずかしいことない。中には不法滞在の女もおるやろから、慌てて出ていきよるわ」

「あのアパートを更地にして、なんぼになるんや」

「地価公示価格は平米二十七万円。四百五十二平米やから、一億二千二百万ほどか。実勢価格も同じようなもんやろ」

「それがなんぼで競売に出てるんや」

「六千七百万円。……ま、そんな安値で落ちることはないわな」

一階に降りた。ビルを出て、浦和駅に向かう。

携帯が鳴った。伊達はモニターを見て着信ボタンを押す。歩きながら話しはじめた。

「ああ、わしや。すまんな。──それで。──そうか、やっぱりチンピラか。──うん、そいつが代表やな。──分かった。──ついでというたらなんやけど、調べて欲しいんや。埼玉の神原芳雄。齢は五十前で、たぶん極道や。蕨市塚越の高尾ハイツいうアパートに『神原企画』いう表札あげて占有してる。──いや、それだけしか分からんのや。名前も本名かどうか分からん。──それともうひとつ、浦和の芸能プロで『クレシェンド』。そう、カタカナや。倉持栄次というやつを調べてくれるか。齢は三十すぎ。──わるいな、借りは大阪で返すわ」

伊達はしばらく話をして電話を切った。

「鴻池署の連れか」

堀内は訊《き》いた。荒木とかいうマル暴担だろう。

「反共五祖連合会いうのは極道系右翼や。南輝商事を脅して石神井の駐車場の短期賃借権をとったんやろ」

「神原と倉持の裏が割れたら、誠やんの仕事は終了か」

「いちおうはな。あとはヒラヤマが仕上げる」

「これからどうするんや。芝浦に帰るか」

伊達を連れて帰ったら、杏子がまた嫌味をいうだろう。

「わし、今日は銀座で飲みたいな」

「誠やん、銀座は高いんやで」

「わしが奢《おご》る。今日の稼ぎは二、三十万になるやろ」

堀内の馴染《なじ》みの店に行こう、と伊達はいう。

「馴染みもなにも、夜の銀座は右も左も分からん。それより、こっちはどうや」小指を立てた。

「なんや、風俗かい」

「吉原《よしわら》や」

「おう、花の吉原か」

「たまにはええやろ」

「よっしゃ。いちばんの高級店にしよ」

伊達の頭はもう吉原に飛んでいる。

3

目覚めたときは京都を過ぎていた。新横浜《よこはま》あたりで眠ってしまい、いつ名古屋《なごや》を通過したか憶えがない。

指先で目頭を押した。頭の芯《しん》に霞《かすみ》がかかっている。煙草を吸いたいが、禁煙だ。伊達は隣で寝息をたてている。

堀内はシェードをあげた。山の中腹にサントリーのウイスキー工場が見える。

新幹線に乗ったのは八時前だった。朝の七時までゴールデン街を飲み歩き、伊達を芝浦に連れ帰ろうとしたら、新幹線に乗る、といいだした。堀やんも大阪に行こ、生野を紹介したる、荒木にも会わせたい、といった。あほいうな、おれは着替えもなにも持ってへん、洒落《しゃれ》にならんやろ――。杏子が気になるんか――。あんなもん、どうってことあるかい。ろくに口もきかんのに――。それやったらつきあえや。今晩は大阪で飲も――。伊達はタクシーを停め、東京駅へ向かった。酔った勢いというやつだろう。伊達の誘いに乗ったのは、久々に大阪の街の匂いに浸りたいと思ったからかもしれない。グリーン車のチケットは伊達が買った。

「誠やん、起きろや。もうすぐ新大阪やぞ」

肩を叩《たた》くと、伊達はシートを立てて車窓に眼をやった。

「どのあたりや……」

「高槻《たかつき》やろ。さっき山崎《やまざき》をすぎた」

「しもたな。富士山を見ようと思てたのに」

伊達は両手をあげて大きく伸びをした。


新大阪駅から東海道線に乗り換え、大阪駅で降りた。西天満までタクシーに乗る。伊達はタクシーの車内からヒラヤマ総業に電話をした。営業部長の生野は会社にいるという。

「生野いうのはどんな人間や」堀内は訊いた。

「煮ても焼いても食えん狸やな。愛想はええけど、眼は笑うてへん。競売ビジネスの裏の裏まで知り尽くしとる。……金子《かねこ》いう専務の右腕や」

ヒラヤマ総業は実質的に金子が動かしている。社長の平山は会社にはほとんど顔を出さず、伊達も平山を見かけたのは一度だけだといった。

「金子いうのは、元極道か」

「平山が義享組に盃《さかずき》返す前は、金子が平山組の若頭《かしら》やった」

「ほな、生野も元は極道やな」

「いや、生野はちがう。元々は不動産ブローカーで、バブルのころは平山組の地上げの手伝いをしてたらしい」

「バブルがはじけて、平山組は地上げから競売にシフトしたということか」

「シフトするときに、平山組からヒラヤマ総業と名称を変えたんや」

「平山、金子、生野の犯歴は」

「そら、山ほどある」

「これも、か」拳銃《けんじゅう》の引鉄《ひきがね》をひくふりをした。

「うん……」

伊達はうなずいたが、具体的な犯歴はいわなかった。運転手の耳を気にしたらしい。これまでのやりとりで、運転手は堀内と伊達を組関係者だと思っているにちがいない。

「堀やん、つづきはあとにしようや」

伊達は腕組みをし、眼をつむった。


西天満、なにわ北府税事務所の近くでタクシーを降りた。府税事務所から西へ五分も歩くと裁判所合同庁舎があり、その周辺には弁護士事務所や司法書士事務所が密集している。競売屋のヒラヤマ総業には便利な立地なのだろう。

伊達はコインパーキングの前で立ちどまった。

「それや」と、狭い道路の向かい側のビルを見あげる。

七階建、コンクリート打ち放しの細長いペンシルビルだ。間口は約三間、一階は《信《しな》濃《の》庵《あん》》という蕎麦屋《そばや》だ。

「ヒラヤマの自社ビルや。三階まではテナントに貸してる」

「このビルも競落物件か」

「そらそうやろ。競売屋が普通にビルを買《こ》うてどないするんや」

伊達は腕の時計を見て、「十一時や。蕎麦でも食うか」

「ああ、そうしょ」

暖簾《のれん》をくぐり、格子戸を開けた。小座敷にあがる。伊達は瓶ビール二本と板わさ、ざる蕎麦、堀内はじゃこおろしと鴨南蛮《なんば》を注文した。

「堀やん、東京で蕎麦なんぞ食うんか」

「蕎麦は食う。うどんは食わん」

「出汁《だし》が黒いもんな」

「汁物は口に合わんな。東京は鮨《すし》と鰻《うなぎ》が旨《うま》いで」

棚から灰皿をとり、煙草を吸いつけた。「さっきのつづきをしてくれ」

「なんのこっちゃ」

「犯歴や。三人の」

「おう、そうやったな」

伊達は次々に犯歴をあげた。

平山康市《こういち》——恐喝、暴行、傷害、凶器準備集合、銃刀類取締法違反、賭博《とばく》場開帳等図利、犯人隠匿、逃走援助。

金子尚哲《なおのり》——恐喝、暴行、傷害、銃刀類取締法違反、横領、建造物損壊、器物損壊。

生野敏昌《としまさ》——詐欺、競売等妨害、強制執行妨害、有印公文書偽造、有印私文書偽造。

「——平山と金子は筋金入りや。平山は合わせて十二年、金子は七年ほど食らい込んでる。生野はションベン刑ばっかりやし、二、三年いうとこやろ」

「さすが誠やん、調べがゆきとどいてるな」

「なにごとも知ってててわるいことはない」

ビールと板わさ、じゃこおろしが来た。グラスに注いで飲む。

伊達は携帯を出してボタンを押した。

「——伊達です。いま信濃庵にいてますねん。——そう、連れもいっしょですわ。蕎麦でも食いまへんか。——ほな、待ってます」

「生野か」

「すぐに来る」

伊達は箸《はし》を割り、かまぼこをつまんだ。「蛸《たこ》坊主みたいな爺《じじい》やで」

蛸坊主が現れた。茶色のスーツに白のシャツ、トンボ玉のループタイ、背が低く、ひどく肥《ふと》っている。生野は小座敷にあがって伊達の隣に座り、内ポケットから名刺を出した。

「どうも初めまして。生野と申します」

株式会社ヒラヤマ総業　取締役営業部長　生野敏昌——とある。赤ら顔、金縁眼鏡、生野の頭は艶《つや》やかに光っている。

「堀内です。名刺は持ってないんですわ」

「いや、伊達くんからお噂は聞いてます。今里署の暴犯係にいてはったそうで」

「それが女につまずいて辞めてしもたんですわ」

「そらえらいことでしたな。さぞかし、ええ女やったんでしょ」

「大阪に居づろうてね、いま、東京で暮らしてますねん」

「昨日はずっといっしょやったそうですな、伊達くんと」

「積もる話があってね。……久しぶりにヤ印の連中を見て、おもしろかった」

「生野さん、飲物は」伊達が訊《き》いた。

「そうですな、焼酎《しょうちゅう》のお湯割りをもらいましょか。アテはからすみで」

生野は女店員を呼んで注文した。

伊達は生野に、石神井の駐車場と蕨市のアパートについて現況を報告、説明した。生野はフンフンとうなずきながら聞き、

「駐車場に駐《と》めてる車は七台だけやないですわな」

「もっと多いはずですわ。夜になったら契約車が帰ってくるやろから」

「そいつは現地の不動産屋に連絡とって、ナンバーを控えてもらいましょ」

「神原企画とクレシェンドについては後日、報告します」

「ご苦労さん。東京まで行ってもろた甲斐《かい》がありました」生野は小さく頭をさげた。

この男は切れる——。堀内は思った。押さえるべきところは押さえて無駄話をしない。言葉は丁寧だし愛想もいいが、伊達のいっていたとおり、眼は笑っていない。まさに海千山千の狸だ。

焼酎とからすみが来た。ビールを注ぎ、乾杯する。

「堀内さん、東京のどこにお住まいです」生野が訊いた。

「芝浦ですわ。六十平米の賃貸マンション」

「失礼ですが、お仕事は」

「無職です。警察、放り出されてからね」

「お子さんは」

「いてません。よめはんはいてましたけど」

里恵子《りえこ》と離婚したのは去年の秋だ。伝法《でんぽう》の家は慰謝料代わりにやった。里恵子はまだ伝法に住んでいるはずだ。いまも『リッチウェイ』の浄水器や調理器具、健康食品を部屋中に積みあげて、マルチ商法に精出しているのだろうか。

「堀内はいまのよめに六本木でラウンジやらせてます」

伊達がいった。「毎日が暇でしゃあないみたいやし、わしと組んで競売の調査員をせえへんかと誘うてますねん」

「ほう、それはええ話やないですか」

生野は相槌《あいづち》をうつ。「元は暴犯係のおふたりがタッグを組んだら鬼に金棒や。ヤクザなんぞ屁《へ》でもおませんな」

「どないです、堀内をヒラヤマの嘱託にしませんか。待遇はわしと同じで」

「それは大いにけっこうです。是非ともお願いしたいとこやけど、堀内さんは……」

生野は眼鏡越しに堀内を見る。堀内は黙ってビールを飲んだ。

「よっしゃ、決まりでんな。これで堀内も調査員や」伊達は手を打った。

「堀内さん、フルネームは」生野が訊く。

「信也《しんや》です。堀内信也」テーブルに指で字を書いた。

「ほな、それで名刺を作りましょ」

あっというまに話は進んだ。ほんの二、三日前まで競売屋の手先になるとは思ってもみなかった。しかし、ま、暇つぶしにはなる。またヤクザと渡りあうのも一興だ。ヒラヤマ総業が神戸川坂会のフロントだろうとなんだろうと知ったことではない。

「堀内さんはしばらく大阪にいるんですか」

「別に考えてません。なんせ、無職渡世やから」

「そしたら、さっそく仕事があるんやけどね」

「ほう、そうですか」

「淀川区西中島《よどがわくにしなかじま》。地下鉄御堂筋《みどうすじ》線の西中島南方《みなみがた》駅と阪急《はんきゅう》京都線の南方駅から百メートルほど行ったパチンコ屋が競売に出るという情報が入りましたんや」

声をひそめて生野はいう。「敷地九百坪のどえらいでかい物件ですわ」

「西中島で九百坪……。商業地区ですな」

伊達がいった。生野はうなずいて、

「JRの新大阪駅から南へ徒歩十分。府道大阪高槻線に面した一等地です。地価公示価格は坪あたり二百万円、実勢価格は二百二十万円。九百坪で総額十九億八千万円いうのは、ここ数年で、うちではいちばん大きな勝負になりますやろ」

「それ、なんちゅうパチンコ屋です」

「『ニューパルテノン』。昭和四十二年の創業ですわ。先代のオーナーが十年ほど前に死んで、長男が社長、次男が専務になったんやけど、これがまた犬猿の仲らしい。経営方針の不一致で業績が傾いていく典型的なパターンですな」

「店は閉めたんですか」

「いや、やってます。けど、新台入替がないし、釘《くぎ》も閉めてるから、客は離れていく。じり貧ですな」

生野はからすみをつまみ、焼酎を飲む。「いまはパチンコホール淘汰《とうた》の時代ですわ。三、四千坪の土地に五、六百台の駐車場をつけた郊外型の大ホールか、勤め帰りのサラリーマンがちょっと遊んでいくような都心の駅前ホールしか集客力がない。大と小が生き残って、中は消えていくんです」

「パルテノンの債権者は」

「額が大きいのは『OCUキャピタル合同』いう大阪総銀《おおさかそうぎん》の子会社です。二十億ほど貸し込んでるらしい」

「大阪総銀は総連系？」

「民団系の信用組合ですわ」

　大阪総銀に加えて、三協《さんきょう》銀行系の商工ローン、日邦《にっぽう》銀行系の商工ローン、遊技機販売会社、周辺機器メーカー、プリペイドカード会社などが債権者に名を連ねている、と生野はいう。「――債務総額は四十億を超えてるみたいです。遊技機や周辺機器やプリペイドカード会社の債務は、納入したパチンコ台や設備類、カード類の決済ができんのでしょ」

「競売の申し立てはどこがするんですか」堀内は訊いた。

「さぁ、それは分からんですな。常識的には債権額のいちばん大きい『OCU』やと思うけど……」

「競売価額は」

「そいつも本番にならんと分からんけど、うちの見込みでは基準価額が七、八億。十億前後の競りになるんやないかと踏んでます」

「実勢二十億が十億いうのは、安すぎませんか」

「なんせ、権利関係が複雑やからね。この先、どんな連中が出てきよるか予想がつかんのです。それに、パチンコホールいうのは警察利権の巣ですやろ」

「警察利権ね……」

生野のいうとおりだ。ホールの営業許可からパチンコ機やパチスロ機の試験・検査、プリペイドカード機の形式検定、換金の指導・黙認など、あらゆるところに警察利権が浸透している。堀内と伊達がいた今里署の署長は自らホールの挨拶《あいさつ》まわりをして金を集め、阿倍野《あべの》の新築マンションを妻名義で買って、その部屋を賃貸にまわしていた。今里署はB級署だが、キタやミナミなどの繁華街を管轄するA級署の署長を二回も異動すれば一軒家が建つという話は、大袈裟《おおげさ》でも嘘でもない。

「パルテノンが競売に出そうやというのは、どこからの情報です」

「三協銀行ですわ」

あっさり、生野はいった。「うちのメインバンクです」

これは意外だった。競売屋にもメインバンクがあるらしい。堀内の表情を見てとったのだろう、生野は真顔で、

「うちに限らず、競売屋はみんな大手銀行と取引してまっせ。でないと、十億もの金を右から左には動かせませんがな」

「三協のほかにも金主がおるんやないんですか」神戸川坂会系の組織だとはいわない。

「堀内さん、競売稼業はきれいごとやおません。金主にもいろんな筋がありますわ。ぼ

くの口からはいえませんけどな」

「で、わしらはなにを調べたらええんですか」伊達がいった。

「さっきいうた、権利関係ですわ。どんな連中がどんなふうに絡んでるか、そこを調べて報告してください」

「しかし、警察が出てきよったら面倒やな。わしら、脛《すね》に傷持つ身やからね」

「報告書は二百万。経費は前渡しで百万。それでどないです」

「ほう、なかなかの条件ですな」

「ただし、経費については領収書を添えてください」

生野は上着の内ポケットから茶封筒を出して卓に置いた。一センチほどの厚みがある。百万円の札束だろう。

伊達は手を伸ばして封筒の口をチラッと開けた。

「なるほどね。部長は端《はな》からわしらに仕事を振るつもりやったんや」

「むかしからいうやないですか、蛇の道はヘビと」

「了解ですわ。パルテノン、やりまひょ」

「ほな、堀内さんには支度金を」

生野はまた封筒を出して堀内の前に滑らせた。「少ないけど、三十万です」

「これ、領収書は」と、堀内。

「支度金にそんなもん要りますかいな」

生野は焼酎《しょうちゅう》を飲み、お代わりを頼んだ。

蕎麦屋《そばや》を出たのは十二時だった。頭が重い。昨日の夜は一睡もせず、今朝方、新幹線で二時間ほど眠っただけだ。

「誠やん、しんどい。靴を脱いで寝たい」

「わしも頭がボーッとしてる。うちで寝るか」

「いや、どこか安ホテルをとる。しばらくは大阪におらんとあかんのやろ」

「そうか。それやったら、ホテル代が要るな」

伊達は上着のポケットから茶封筒を出した。中から札束を抜いて帯封を切る。「経費は半分ずつ持っとこ」

「おれは支度金をもろた。誠やんが持っててくれ」

「堀やん、わしとおまえは相棒や。なんでもフィフティーフィフティーで行こうや」

伊達は札を数えて、五十枚を差し出した。堀内は受けとってポケットに入れる。今里署でコンビを組んでいたときも、伊達は金には律儀だった。

梅田新道《うめだしんみち》まで歩いた。伊達がタクシーをとめる。

「新御堂で帰るんやろ。新大阪で落としてくれへんか」

伊達は千里ニュータウンの佐竹台《さたけだい》に住んでいる。新大阪から佐竹台へは北大阪急行で四駅、車なら十分ほどで行ける。

タクシーに乗った。梅田新道から新御堂筋にあがる。道路は空《す》いていた。

新大阪駅前で、伊達はタクシーを停めた。

「晩になったら、携帯に電話する」

「ああ、そうしてくれ」

堀内はタクシーを降りた。

新大阪駅から新御堂筋の側道を南へ歩いた。電柱の住所表示は《西中島五丁目》とある。三丁目まで歩いて、バス通り沿いの『サンライト西中島』というビジネスホテルに入った。シングルルームは一泊五千八百円だった。

電話——。携帯が鳴っていた。

——はい、堀内。

——わしや。飯食いに行こ。

伊達だった。ナイトテーブルの時計を見る。午後七時だ。カーテンを閉めきっているから、日暮れが分からない。

——堀やん、どこや。

——西中島のホテルや。三丁目のサンライトいうビジネスホテル。

——わしは家や。これからそっちへ行く。

——ほな、近くまで来たら、電話してくれ。

ベッドを出た。まだ眠い。裸になってシャワーを浴びた。

伊達はホテルの玄関口までタクシーで来た。堀内が乗り込むと、タクシーはすぐに走りだした。

「どこで飯食うんや」

「ミナミ。道頓堀《どうとんぼり》のふぐ屋や。荒木が来る」

荒木——。伊達より極道面だという鴻池署の刑事だ。

「これからも荒木には世話になる。知ってて損はないやろ」

「柔道の階級は」

「わしより重い」

「百キロ級か」

「百キロ超級や」

伊達はにやりとする。「ま、見てみいや、食いっぷりを。たまげるぞ」

「よめはんは」

「おる。看護師や」

淀川を越えた。新御堂筋から御堂筋を南下し、道頓堀橋を越えて西へ入った。大きな赤提灯《ちょうちん》に《ふぐ惣》と書かれた店の前で、伊達はタクシーを停めた。

店に入り、伊達が名前をいうと、二階の座敷に通された。座卓のこちら側に黒いスーツの男が座っている。伊達も大男だが、まだひとまわり大きい。男はこちらを振り仰いで小さく一礼した。

「すまんな。待ったか」伊達がいった。

「いえ、いま来たばっかりです」

「紹介しとこ。今里署でいっしょやった堀内信也。こっちは荒木健三《けんぞう》」

どうも、よろしく――。たがいに頭をさげた。窓を背にして堀内と伊達は座った。

伊達が手を叩《たた》いて仲居を呼んだ。ビールと焼き白子、てっさとてっちりを注文する。

襖《ふすま》が閉まって、伊達は煙草を吸いつけた。

「昨日はわるかったな、めんどいことというて」

「埼玉県警に神原企画の神原芳雄とクレシェンドの倉持栄次を照会しました。神原は前科五犯の極道、倉持は外為法違反で前歴一回の半堅気です」

「特筆すべき犯歴はない、いうことか」

「ふたりとも小者ですわ。先輩が出るまでもないでしょ」

荒木は愛想よくいった。短いスポーツ刈りに縁なしの眼鏡、目と鼻と口が顔の真ん中に小さく集まっている。

「荒木さん、いくつです」堀内は訊《き》いた。

「今年が年男ですわ」

「伊達よりふたつ下ですな」

「先輩には、ようかわいがってもろてます」

「おれ、どんな極道面かと思てましたんやで。伊達がそういうもんやから」

「先輩はいつもそんなふうにいいますねん。ぼくのことを相撲部屋のチャンコ番やと」

「いまも府警の強化選手ですか」

「いや、さすがに選手は引退しました。年齢的にきついから」

近畿《きんき》管区警察柔道大会には三回出場したが、一勝もできなかったと荒木はいう。「ぼくはアガリ性で、気があかんのです」

「堀やん、本気にするなよ」

伊達がいう。「健坊は極道なんぞ屁《へ》とも思てへん。五年ほど前、島之内《しまのうち》のラーメン屋のカウンターで、わしと餃子《ぎょうざ》食うてるとこへ地廻《じまわ》りが二匹入ってきて、横柄に煙草を吸いはじめた。健坊はけむたそうに手を振ったんや——」

地廻りは荒木に肩を寄せてけむりを吹きかけた。荒木は箸《はし》を置くなり、地廻りの鼻梁《びりょう》に肘《ひじ》を入れた。地廻りは椅子《いす》ごと床に倒れ、それを見たもうひとりが荒木に殴りかかった。

荒木は躱《かわ》してカウンターのビール瓶をとり、地廻りの頭に叩きつけた——。

「それで終わりや。二匹とも血塗《ちまみ》れになって床で呻《うめ》いてる。他の客はポーッと口あけてるだけやった。わしと健坊は勘定払うてラーメン屋を出た。笠屋《かさや》町のスナックで飲み直したがな」

「そら、誠やんより手が早いわ」

「わしはいつもステゴロやぞ。ビール瓶で殴ったりせえへん」

ステゴロとは素手の喧嘩《けんか》をいう——。

「しかし、地廻りもこんな化け物ふたりによう喧嘩売ったな」

「健坊もわしもスーツ着てネクタイ締めてたんや。まじめな勤め人に見えたんやろ」

「まじめな勤め人ね……」笑うしかなかった。

そこへ、ビールと突き出しの小鉢が来た。突き出しはふぐ皮の湯びきだ。

ビールを注いで乾杯した。あとは手酌でやる。

「鍋《なべ》が来る前に、これを」

荒木がポケットから紙片を出した。伊達は受けとって卓上に広げる。
▽ニューパルテノン　社長・松原剛泰《まつばらたけやす》　専務・松原哲民《てつひと》　店長・光山英洙《みつやまえいじゅ》
▽北淀《きたよど》署　署長・三井政喜《みついまさよし》　副署長・室田靖志《むろたやすし》　生活安全課・課長・峰山遼一《みねやまりょういち》　係長・森野伸隆《もりののぶたか》　主任・増井和夫《ますいかずお》
▽北淀暴力追放センター　理事・安川裕之《やすかわひろゆき》　理事・矢沢澄郎《やざわすみお》
▽保安電子通信技術協会　大阪市北部担当・浜井晃《はまいあきら》　広田明秀《ひろたあきひで》
「西中島のパチンコ屋と警察関係のリストですわ」

荒木は説明する。「北淀署の増井は十年近く生安に居座って、保安、風紀を担当してます。係長の森野は三年、課長の峰山は去年の春から現職です」

「ほな、パルテノンの指導窓口は増井やな」と、伊達。

「ええ、そのはずですわ」

「暴追センターの理事ふたりは、警察OBか」

「OBです」安川は本部二課、矢沢は交通課で定年を迎えたという。

「保通協はいま、職員が何人ほどおるんや」

「百人弱とちがいますかね」

財団法人・保安電子通信技術協会——。パチンコ機、パチスロ機の試験と検査を行う全国唯一の指定検査機関で、東京に本部があり、会長には代々、警察庁長官や警視総監が就いている。職員の三分の一は警察出身者だと、堀内は聞いたことがある。

「健坊は北淀署に知り合いがおるんか」

「先輩は岩根《いわね》を憶えてませんか」

「軽量級の岩根か」

「あいつ、一昨年《おととし》から北淀署ですねん。三係にいてますわ」

「そうかい。そら知らんかったな」

伊達の柔道人脈は広い——。

「このパチンコ屋、競売に出てるんですか」

「まだや。わしらは事前調査をしてる」

「パチンコ屋は、なにかとややこしいですよ。警察と暴やんが食うてるから」

「パルテノンはどこが守《も》りしてるんや」

「守りをしてるかどうかは分からんけど、西中島の一丁目界隈《かいわい》は庚星会《こうせい》の縄張《シマ》ですわ」

「庚星会は真湊《しんそう》組系やったな」

「東青《とうせい》組の枝ですわ」

「庚星のシノギは」

「街金と闇金、債権取立、ヤクザ金融もやってるみたいです。兵隊は二十人」

ヤクザに金を貸すのは、取り立てに自信があるということだ。組員が二十人というのも、けっこう勢力が大きい。

「よっしゃ。これで下調べはできた。明日《あした》はパルテノンへ行ってみよ」

伊達は紙片をたたんで手帳に挟んだ。荒木は湯びきに箸をつける。

「荒木さん、鴻池署の前は」堀内は訊いた。

「三方面機動警邏《けいら》隊ですわ。なにせ、この身体やから」

荒木が盾を持って立っていれば威圧感があるだろう。

「伊達と試合したことは」

「ないです。稽古《けいこ》はようつけてもらいましたけど」

「こいつは重いんや」

伊達がいった。「わしがどう仕掛けても、ビクともせん」

「先輩は寝技が得意ですねん」

「ああ、それはよう知ってる」

「どういう意味や」

話が弾んだ。荒木はよく喋《しゃべ》る。

てっさと焼き白子が来て、てっちりの鍋が用意された。伊達はひれ酒を注文した。

4

一月二十八日――。

昼前に伊達がホテルへ迎えにきて、西中島一丁目の『ニューパルテノン』に向かった。

伊達の車は白のミニバンだ。

「これ、なんちゅう車や」

「イプサムや。トヨタの」

「高級車か」

「堀やん、それは嫌味というもんやで」

低く、伊達はいう。「車検が一年ついて六十万。善良なファミリーの車や」

「ほう、そうかい……」

　ファミリーは善良かもしれないが、この男は不良だ。

「昨日は誠やん、すまんかったな。えらい散財やったやろ」

「堀やんも払うたやないか。『翔《しょう》』の飲み代」

「あれはおれが誘うたんや。おれが出すのが当然や」

　翔は杏子のいた笠屋町のクラブだ。今里署のころは頻繁に通っていた。ママの芳江《よしえ》は久々に顔を出した堀内と伊達に驚いて、どうしてはったん、と訊いた。いま東京におるんや。たまには大阪で飲みとうてな――。東京でなにしてはるの――。なにもしてへん。ぶらぶらしてる――。伊達さんは――。わしは警察辞めて、不動産屋の手伝いや――。こちらさんは――。わしの後輩や。名前は荒木――。すごい体格やね――。でかいやろ。相撲部屋を脱走して警察に逃げ込んだんや――。じゃ、刑事さん？――。鴻池署や。筋悪の客とトラブったときは、この男に相談せいや――。荒木さん、あとでお名刺くださいね――。なんや、ちゃっかりしてるな――。伊達さん、ミナミには出てこないの――。こんな高い店に来る金ないがな――。水臭いね。お勘定のことは任しといて――。

　芳江は堀内と杏子のことを知らず、伊達が退職した経緯も知らなかった。堀内と伊達、荒木の飲み代は合わせて三万円だった。

「堀やん、荒木はええ男やろ」

「ああ、さっぱりしたええ男や」

「かわいがったれ。つきおうて損はない」

新御堂筋の側道を左折し、府道大阪高槻線に出た。百メートルほど走った交差点の右角に《ニューパルテノン》のネオンサインが見えた。伊達は駐車場に車を乗り入れた。パルテノンは陸屋根の二階建で、ガラス張りのエントランスは吹き抜けになっている。駐車場はさほど広くない。百台も駐《と》めればいっぱいだろう。

「生野のおっさんがいうてたとおりやな。駅に近くもないし、敷地が広いわけでもない。こんな中途半端なパチンコ屋はあかんで」

堀内は車を降りた。伊達も降りてドアをロックする。駐車場の車は四、五十台といったところだ。

店内に入った。ラップがうるさい。空気もわるい。暖房が効きすぎている。シマは八列、左端の二列はスロットだ。景品交換所の手前に休憩コーナーがあり、老人と主婦が紙コップの茶を飲んでいる。

伊達のあとについてホールを一周した。パチンコ台が二百数十台、スロットマシンが百台あまりか。ちょうど十二時。客は疎《まば》らだ。

伊達は携帯でホールを撮影する。それを見とがめたのか、あずき色のジャケットを着た四十がらみの男が寄ってきた。

「お客さん、なにしてるんですか」

「写真を撮ってるんや」伊達は携帯のモニターから眼を離さない。

「ホール内の撮影はご遠慮ください」

「誰が決めたんや、そんなこと」

「うちの規則です。他のお客さまに迷惑です」

「客の顔なんぞ撮ってへん。店を撮ってるんや」

「なにが目的です」

「いちいちうるさいのう。邪魔すんな」

伊達は男を睨《ね》めつけた。「なんや、あんた」

「サブマネージャーです」男のジャケットにつけた名札には《まみや》とある。

「パチンコ屋のサブマネがなんの権限で、わしの行動を制限するんや、え」

「とにかく、写真撮影はやめてください」

男は腰がひけている。無理もない。長身、骨太、スポーツ刈り、無精髭《ぶしょうひげ》、黒い革のブルゾンに白のニットシャツ、グレーのゴルフズボン――。伊達はまちがっても堅気には見えない。

「わしらは客やで。このあと、玉を買うてパチンコするんや」

「それやったらプレイしてください。カードはお持ちですか」

「カードてなんや」

「パチンコカードです」

「玉は一個なんぼや」

「四円です」

「換金するときはなんぼや」

「二円五十銭です」

「四円の玉がなんで二円五十銭になるんや」

「そういうシステムなんです」

「そんな理不尽なことがあるかい。テラのとりすぎやろ」

伊達は難癖をつける。相手を怒らせて渡りをつけるのが、この大男のやり口だ。

そこへまたひとり、年嵩《としかさ》の男が来た。どうした、とサブマネージャーに訊《き》く。サブマネージャーはさも困ったように肩をすくめた。

「お客さん、どこのひとです」年嵩がいった。名札はつけていない。

「どこのひとも、ここのひともないやろ」

伊達は携帯をたたむ。「いちいち名前をいわんと、このホールは遊べんのか」

「入口に書いてましたやろ。うちは暴力団排除の店なんです」

「ほう、わしは極道かい」

「そうはいってません」

年嵩の表情は変わらない。口調に余裕がある。

「あんた、何者《なにもん》や」

「マネージャーです」

「そうか、それやったら訊きたいことがあるんやけどな」

「なんです」

「立ち話はしんどい。ゆっくり話のできる場所はないか」

「事務所はどうです」マネージャーは上に眼をやる。

「よっしゃ。案内してくれるか」

伊達はいった。まわりの客がこちらを見ていた。


マネージャーはホールの奥へ行き、トイレ横のドアを引いた。あとについて二階にあがり、廊下の左、いちばん手前の《会議室》に入った。長テーブルが四つと二十脚あまりの折りたたみ椅子が並んでいる。隅のごみバケツから弁当の空容器がはみ出しているのは、ここで従業員が食事をしているのだろう。

マネージャーはブラインドを開き、テーブルの向こうに座った。伊達と堀内も座る。

ジャーッ、ジャーッと、床下から低い音が聞こえた。

「なんです、この音」堀内は訊いた。

「玉を洗浄機にあげて、シマに流してますねん。数が偏らんようにね」

「この店の玉、何個ほどあるんです」

「なんでそんなこと訊くんです」

「単なる好奇心ですわ」

「一台あたりのストック玉は一万個です」

「パチンコ台は」

「二百六十台です」

驚いた。二百六十万個もの玉がこのホール内を回流しているのだ。

「玉の原価は」伊達が訊いた。

「一円五十銭です」

「堀やん、ええこと聞いたな。玉を一円五十銭で仕入れて二円五十銭で換金したら、〝濡《ぬ》れ手で玉〟の大儲《おおもう》けやで」

伊達は笑い声をあげたが、マネージャーはにこりともせず、

「──で、おたくら、どこのひとです」

「そういうあんたは」

「光山です」

「わしら、こういうもんや」

伊達は名刺をテーブルに置いた。光山は名刺を手にとって、

「ヒラヤマ総業、営業部調査係……。なんの会社です」

「不動産や。主に競売の」

「なるほどね。ホールの写真を撮ってたんは、そういうわけか」

光山はうなずいて、「そちらさんは」

「堀内です。営業部調査係」

「光山さんの名刺は」伊達がいった。

「あいにく、切らしてましてね」

「光山英洙さん……。ニューパルテノンの店長やな」

「…………」光山は小さく舌打ちした。

「光山さん、このホールは長いんですか」堀内は訊いた。

「かれこれ二十年かな」

「オーナーの松原さんとは」

「どういう意味です」

「親戚《しんせき》筋かな、という気がしてね」

「…………」光山は答えない。

「このホールは近々、競売の申し立てがなされる。そのことは知ってますわな」

「…………」

「大阪総銀の子会社がパルテノンに二十億ほど貸し込んでる。そのほかにも商工ローンや機械メーカーやプリペイドカードの会社から債務を抱えて、パルテノンは倒産状態……」

「帰ってもらいましょか」

光山はさえぎった。「おたくらに話すことはない。二度とホールに出入りせんように警告しときますわ」

「警告ね……」

堀内は笑った。「今度は怖い連中が出てくるんかいな」

「うちも面倒は起こしとうないんですよ」平然として光山はいう。

「堀やん、帰ろ。挨拶《あいさつ》は済んだ」

伊達がいった。立ちあがる。「また来るわ」

光山にいって、会議室をあとにした。

ホールを出て車に乗った。伊達はエンジンをかける。

「あの男、丸々の堅気やないな」

「ああ、おれもそう思た」

「犯歴を照会しよ。北淀署の岩根に」

「サブマネはどうや。あれは叩《たた》いたら、なんでも喋《しゃべ》りそうやで」

「しかし、叩くには材料が要る」

「北淀署にリストがあるやろ」

パチンコ店は管轄署に従業員名簿や履歴書のコピーを提出していることが多い。雇用した従業員の犯歴を把握し、素行を知っておくためだ。パチンコ店の経営者に従業員のプライバシー保護といった感覚はない。「――それとももうひとつは税理士や。パルテノンの債務を調べよ」

「税理士の名前も岩根に訊くか」

「北淀署や。行こ」

「その前に飯を食お」

「なにがええ」

「うどんや。大阪でうどんを食わん手はないで、堀やん」

伊達はシートベルトを締めた。


新大阪から西へ一キロ、三国本町《みくにほんまち》の北淀警察署に入った。岩根が署にいることは、伊達がうどん屋から電話をして確かめてある。

車庫証明カウンターの警官に、刑事課の岩根さんに会いたい、と伊達がいった。警官は電話をとって連絡する。ほどなくして、短髪の小柄な男が階段を降りてきた。どうも、久しぶりです、と伊達に一礼した。

「忙しいとこ、すまんな。ちょいと頼みがあって来たんや」

「コーヒーでも飲みますか、外で」

「いや、調べて欲しいこともあるし、外には出とうないんや」

「そうですか。じゃ、自販機のコーヒーで」

岩根につづいて地階に降りた。食堂の隣の休憩室に入る。岩根は紙コップのコーヒーを買ってきてテーブルに置いた。

「紹介しとこ。今里署の元同僚やった堀内。こっちは現役の強化選手の岩根や」

「どうも、堀内です」

頭をさげた。岩根です、よろしく――。岩根も脚をそろえて深く頭をさげる。色白、丸い眼、なで肩で首が太い。齢《とし》は三十前後か。

「どうぞ、おかけください」

いわれて、椅子に腰をおろした。休憩室に灰皿は見あたらない。

「岩根さんは何キロ級です」訊《き》いた。

「六十キロ級です。普段は六十三キロくらいです」

「減量は辛いでしょ」

「辛いですね。若いときは、そう苦労せんでも体重が落ちたんですが」

「岩根は強いぞ。府の大会でメダルを何個もとってる」伊達がいった。

「いや、井の中の蛙《かわず》ですわ。上にはなんぼでも強いのがいてます」

にこやかに岩根はいう。こんな人懐っこさは訊き込みに向いている。

「それで、頼みというのはな、西中島一丁目の『ニューパルテノン』いうパチンコ屋や」

伊達はつづける。「鴻池署の荒木から電話なかったか」

「ありました。パルテノンの経営者とか、うちの生安の幹部を教えてくれと」

「生安に仲のええやつがおるんか」

「いますよ。飲み友だちがふたり」

「課長の峰山とか、係長の森野とはちがうやろな」

「ちがいます。ひとりはぼくの同期で、もうひとりは後輩です」

「ほな、そのふたりにいうて、パルテノンの従業員リストがないか、調べてくれへんか。たぶん、森野あたりが犯歴調査をしてパルテノンに流してるはずや」

「了解です。従業員リストですね」

「それと、峰山や森野がパルテノンとどんなつきあいをしてるか訊いて欲しい。……パルテノンの税理士と、警察OBの顧問がおったら、その名前と履歴も知りたいんや」

「了解です。ちょっと時間がかかるかもしれませんけど、ここで待っててください」

岩根は立ちあがるなり、コーヒーも飲まずに休憩室を出ていった。

「大したもんやな」

堀内はいった。「おれは感心した。誠やんの顔の広さや。伊達や粋狂で柔道をやってたわけやないな」

「けど、ええことばっかりでもないんやで。こっちが頼みごとをしたら、向こうも頼みごとをしてくる。なにごとも貸し借りや。それがうっとうしいこともある」

「おれには誠やんみたいな人脈がない。人徳もないけどな」

「いや、ちがう。堀やんはずっと一匹狼でやってきたんや」

「あげくに大阪を追われてヒモ暮らしや。罰があたったんやで」

「ヒモは女にラウンジを出してやったりせえへんがな。堀やんはスポンサーや」

伊達は笑って、コーヒーを飲んだ。

岩根はいくら待っても休憩室に降りてこなかった。伊達は棚の上に折りたたみの将棋《しょうぎ》盤と駒箱があるのを見つけて、テーブルに置いた。駒を並べはじめる。

「誠やん、将棋なんかできるんかい」

「できるがな。NHKの将棋はときどき見る。堀やんは強いんか」

「アマの初段ぐらいかな」堀内も駒を並べる。

「そら、めちゃくちゃ強いわ。わしが勝ったら一万円、堀やんが勝ったら千円でどうや」

「ああ、かまへん。それで行こ」

伊達が先手で指しはじめた。玉を囲いもせずに攻めてくる。指し手も早い。十分ほどで堀内が勝った。伊達は千円札を出して、飛車か角を落とせという。堀内は角を落とした。

二局目は伊達にがりがり攻められて負けてしまった。一万円をとられてムッとした。くそっ、こんなはずやない――。

三局目も負けた。また一万円だ。伊達の術中に嵌《は》まった気がしないでもない。

四局目は雪辱したが、五局目にやられた。こんな不公平な勝負はないと思ったが、いまさら平手にもどしてくれとはいえない。角落ちのまま、六局目も負けた。

「――堀やん、降参してもええんやで」

「やかましい。三万八千円もとられて、なにが降参や。ほら、早よう並べんかい」

途中、署員が何人か休憩室に来た。見ず知らずの男ふたりが将棋を指しているのを見て、首をかしげていた。さすがに署員の前で金のやりとりはしなかったが。

七局目、堀内が勝ちかけているところへ岩根がもどってきた。伊達はさっさと盤面をくずして駒を箱に入れ、盤をたたんだ。

「すんません。えらい待たせました」

岩根は椅子《いす》をひいて座った。「これ、ニューパルテノンの従業員リストです。生安の連れが内緒でコピーしてくれました」

と、四つ折りの紙片数枚をポケットから出して伊達に渡した。伊達は広げてテーブルに置く。それは正規の捜査報告書だった。

《捜査報告書　平成×年6月12日（木）　巡査部長・増井和夫　巡査長・土屋《つちや》喬行《たかゆき》
捜査項目――パチンコ店名簿解析結果について。
捜査結果――名簿提出店に対する従業員の犯歴等につき、解析した結果は次のとおりであるから報告する。
1　解析店名――ニューパルテノン　所在地―大阪市淀川区西中島1丁目68番12号
2　犯歴該当者

（イ）住居――大阪市淀川区西中島２丁目19番３号
氏名――豊川《とよかわ》××　昭和49年５月10日生
犯歴――平成15年９月18日　神戸　傷害
（ロ）住居――吹田《すいた》市古坂《こさか》２丁目４番22号
氏名――岸野《きしの》××　昭和52年８月30日生
犯歴――平成６年６月２日　和歌山県　大滝《おおたき》警察署　窃盗（空巣狙い）審判
不開始
（ハ）住居――大阪市東淀川区東新庄《しんじょう》４丁目７番19号
氏名――高畑《たかはた》××子　昭和47年11月９日生
犯歴――平成10年　岡山県　占脱
（ニ）住居――豊中《とよなか》市荘内《しょうない》４丁目６番10号
氏名――初見《はつみ》××　昭和27年２月26日生
犯歴――昭和43年　窃盗（万引き）
昭和44年・昭和48年　窃盗（忍び込み）
昭和57年　窃盗（出店荒らし）
（ホ）住居――大阪市淀川区西中島２丁目19番３号
氏名――間宮浩一《まみやこういち》　昭和44年12月28日生
犯歴――平成２年　三重県　占脱　平成４年　三重県　自転車盗　平成16年

大阪　覚醒剤《かくせいざい》取締法違反》

犯歴該当者は（イ）から（ホ）まで五人だった。パルテノンの従業員は二十人以上いるはずだから、この犯歴率は平均値だろう。高畑と間宮の〝占脱〟というのは〝占有離脱物横領〟――つまり、遺失物横領で、その多くはネコババだ。豊川と間宮の住所が同じなのは、パルテノンの従業員寮か契約アパートに居住しているのかもしれない。

パチンコ店が所轄署生活安全課に従業員名簿を提出する義務などない。これはパルテノンのマネージャー光山が名簿と履歴書を保安係長の森野に差し出して従業員の素行調査を依頼したものだ。森野は部下の増井と土屋に指示して犯歴捜査報告書を作成し、コピーを光山に渡したにちがいない。この犯歴捜査報告書そのものが光山と北淀署生活安全課の癒着を物語っている。

「パルテノンと生安のつきあいは」伊達が訊いた。

「いろいろあります」

岩根はうなずく。「酒、ゴルフ、女……。特に森野と光山はツーカーの仲みたいです」

「課長の峰山はどうなんや」

「その手の噂はないようです。まだ着任して間がないし」

「パルテノンの顧問は分かったか」

「はい、ふたりいてます。片山満夫《かたやまみつお》と矢代治郎《やしろじろう》」

ふたりとも警察ＯＢで、片山は七十五歳、矢代は六十四歳だという。

「片山はただの名義貸しやな」

「たぶん、そうです」

「矢代は片山よりひとまわり若いな。定年まで行ったんか」

「いえ、五十六歳で退職してます」

「どういうことや」

「矢代は第四方面副本部長で勧奨退職、階級は警視でした」

「五十六で勧奨退職いうのは、訳ありやな」

「そうやと思います。詳細は不明ですけど」

伊達が訳あり、といったのは、健康上の問題以外で定年まで三年以上を残して退職することが疑問だからだ。それに〝本部長〟ではなく〝副本部長〟で辞めたこともおかしい。『副』の役職で退職することは餞別《せんべつ》金の額、送別会の有無など、条件的に不利であり、本人の名誉、プライドにもかかわる。矢代はおそらく〝汚れた警視〟であり、監察から退職を強制されたのだ。

「それと、パルテノンの税理士は分かったか」

「北区豊崎《とよさき》の毛利《もうり》会計事務所です。北淀税務署に問い合わせました」

岩根は電話番号と住所をいい、伊達は手帳に書く。

「いや、めんどくさいことを頼んで、すまんかったな」

伊達はコピーを手にとった。「これ、かまへんか」

「はい、いいですよ。ただし……」

「外には出さへん。絶対にな」

伊達はコピーを手帳に挟んだ。「今日のとこは借りにしといてくれ。いつか返す」

休憩室を出た。将棋盤と駒箱はそのままだった。


車に乗った。どうする、堀やん、と伊達が訊《き》く。

「おれは誠やんのいうとおりや。どこでも連れてってくれ」

「サブマネの間宮に込みをかけたいんやけどな」

「シャブか」間宮には覚醒剤取締法違反の前歴がある。

「間宮を叩《たた》いて光山のことを訊きたい。光山はオーナーの親戚《しんせき》筋やという気がする」

「荒木に頼んで光山の個人データをとるのは」

「光山いうのは通名やろ。本名を知らんとデータはとれん」

社長の松原剛泰と専務の松原哲民はどう不仲なのか、パルテノンの債務総額と債務の内実はどうなのか、債権者は商工ローンやパチンコ関連業者だけなのか——、調べることは山ほどある、と伊達はいう。

「もういっぺんパルテノンに行って、間宮を引っ張り出そ」

「また、光山が出てきよるぞ」

「店の外から電話するんや。堀やんがな」

北淀警察署をあとにした。

伊達はパルテノンの駐車場にイプサムを駐《と》めた。堀内は一〇四で番号を訊き、電話をかける。

――お電話ありがとうございます。パチンコパーラー、ニューパルテノンです。

――サブマネージャーの間宮さんをお願いします。堀内といいます。

――お待ちください。

電話が切り替わった。

――間宮ですが……。

――さっき、ホールに行った堀内です。

――はい？

――連れが携帯で写真を撮ってたでしょ。

――あっ……。

――もうちょっとだけ話したいことがあるんやけど、出てきてくれませんかね。駐車場にいてますねん。

――あんたら、マネージャーと話したやないですか。

――マネージャーとは別口ですわ。おれはおたくに話がある。ほんの五分ほど、時間をくださいな。

――いったい、なんですねん。

――おれは筋者《すじもん》やない。おたくを脅してるわけでもない。パルテノンのことを訊きたいだけですわ。

――話すことなんか、ないですね。

――こんなことはいいとうないけど、おたくは平成十六年にシャブで捕まってる。それも含めて話をしたいんです。……ま、とにかく、出てきてください。マネージャーには黙ってね。

――あんた、なんでそんなことを……。

――間宮さん、おれは白のイプサムに乗ってます。

電話を切った。

「出てきそうか」伊達がいう。

「来るやろ。シャブのことは気になるはずや」

薬物中毒者は再犯率が高い。間宮はまたやっている可能性がある。

間宮はしかし、姿を現さなかった。二十分待って、堀内はまた電話をかけた。さっきと同じ、若い女が出た。

――間宮さんをお願いします。

――間宮は早退しました。

——そら、おかしいな。ついさっき、話をしたんやで。

——すみません。間宮は早退しました。

電話は切れた。

「誠やん、あかんわ。フケよった」首を振った。

「やっぱりな。わしはそんな気がした」

——と、フェンダーミラーに車が映った。黒のクラウンが近づいてきてイプサムの後ろに停まる。左右のドアが開き、男がふたり降りた。ひとりは黒のスーツ、ひとりは革のフライトジャケットにチノパンツだ。黒スーツはイプサムの助手席側にまわって中を覗《のぞ》き込む。堀内はウインドーをおろした。

「伊達と堀内いうのは、おまえらやな」

あごをしゃくって、黒スーツはいう。パンチパーマに縁なし眼鏡、眉《まゆ》が薄く頰が削《そ》げている。「こんなとこでなにしとんのや」

「待ってるんや。ここのサブマネをな」堀内はいった。

「へっ、間宮は来《け》ぇへんわい。待つだけ無駄じゃ」

「あんたら、光山から電話がかかって呼ばれたんか」

「なんやと、こら……」

黒スーツの声が低くなり、粘りつくような口調に変わった。「腐れの競売屋が舐《な》めた真似さらすなや」

「腐れの競売屋でわるかったな」

堀内は視線をはずさず、「それであんたら、なにしに来たんや」

「おまえらをどつきに来たんやないけ」

「どつくのはかまへんけど、ちょっと骨があるかもしれんぞ」

「おいおい、このごろの競売屋は強気やぞ。わしらとゴロまくんやと」

黒スーツは後ろを向いた。フライトジャケットはへらへら笑っている。黒スーツより少し背は低いが、がっしりしている。喧嘩《けんか》馴《な》れしているのはフライトジャケットだろう。

「あんたら、庚星会か」

「どこで聞いたんや」

「この界隈《かいわい》は庚星会の縄張《シマ》やろ」

「それを知ってんのなら、怪我せんうちに消えんかい。このホールには二度と近づくな」

「分かった、そうしよ。土産に、あんたの名前を教えてくれるか」

「加納《かのう》や」

「そっちの革ジャンのお兄さんは」

「黒沢《くろさわ》や」

「庚星会の加納と黒沢やな。憶《おぼ》えとこ」

「あほんだら。加納さんと黒沢さんやろ」加納はタイヤを蹴《け》った。

「堀やん、こいつら、うっとうしいぞ」

伊達がいった。さも不機嫌そうに唇をゆがめている。

「こら、なにをごたごたぬかしとんのじゃ。早よう消えさらせ」

加納はわめいた。またタイヤを蹴る。伊達はエンジンをとめた。

「やめとけ、誠やん、手は出すな」

伊達はかまわず、ドアを開けて車外に出た。堀内も出る。

黒沢が伊達の前に立ちはだかった。

「なんや、こら、やるんかい」舐めるような視線で伊達を見る。

瞬間、伊達の拳《こぶし》が黒沢のみぞおちに入った。黒沢はぐらっとしたが踏みとどまり、殴りかかる。伊達は引きつけて黒沢の顔面に頭突きをあびせ、股間《こかん》に膝《ひざ》を突きあげる。前のめりになった黒沢の腕をとって腰に乗せた。黒沢は頭からクラウンのボンネットに叩《たた》きつけられ、地上に落ちた。鼻血が噴き出し、泡まじりの反吐《へど》をはく。

「このガキ……」

加納は身構えたが、動かない。相手がわるすぎる。

「ほら、横にしたれ。気管がつまる」

拳をなでながら伊達はいった。加納は白眼を剝《む》いた黒沢のジャケットをつかんで俯《うつぶ》せにする。黒沢はぴくりともしなかった。

「――おまえら、これで済むと思うなよ」加納は顔をもたげた。

「なんじゃい、まだカマシを入れとんのか」

「この落とし前はつける。庚星の代紋にかけてな」

「いつでも来いや。西天満のヒラヤマ総業。わしは伊達や」

伊達はイプサムに乗った。堀内も乗る。駐車場をあとにした。

5

「誠やん、やってしもたな」

「ああいう田舎極道を見てたら、頭ん中の赤い糸がプチッと切れるんや」

伊達は舌打ちして、「二へんも車を蹴りくさった」

「しかし、極道を雑巾にしたら、あとが面倒やぞ。加納はヒラヤマに来るかもしれん」

「来たらええがな。生野が始末するやろ」

「生野は極道に強いんか」

「そら強いやろ。業界三十年の競売屋や」

こともなげに伊達はいう。「生野の手に負えんときは金子が出る」

「いちおう、生野に知らせとくか。パルテノンのケツ持ちをぼこぼこにしたと」

「それより、荒木に電話してくれ。庚星会の加納と黒沢。データをとるんや」

「そうか、そのほうが先やな」

荒木の携帯にかけた。すぐに出た。

――はい、荒木です。

――堀内です。

――あ、昨日はどうも。ごちそうになりました。

――遅うまで引っ張りまわして、すんませんでしたな。

――いえ、おもしろかったです。ちょっと飲みすぎましたわ。

荒木の飲みっぷりはみごとだった。ふぐ屋で日本酒を一升、道頓堀のラウンジでウイスキーのボトルを一本、『翔』でブランデーを一本、空にした。そのほとんどは荒木と伊達が飲んだのだ。堀内も酒はいけるほうだが、大男ふたりは格がちがった。

――いま、どこです。

――刑事部屋です。書類仕事してますねん。

――ひとつ頼みごとをしたいんやけど、かまへんかな。

――はい、なんです。

――西中島の庚星会、加納と黒沢いう組員を調べて欲しいんですわ。

――加納と黒沢ね。なんかあったんですか。

――黒沢をボロにしたんです。パルテノンの駐車場で。

手短に経緯を話した。荒木の笑い声が聞こえた。

――伊達先輩も相変わらずやな。ヤ印は脅しが商売ですよ。道具出しよったらどないするんです。無駄な喧嘩《けんか》はせんようにいうてください。

折り返し連絡します、と荒木はいい、電話は切れた。

「誠やんのこと、笑うてたぞ」

「荒木に笑われたら世話ないわ。あいつはあの図体で、よめはんに頭があがらんのや。毎日、よめはんの作った弁当を持って家を出て、食うたあとは、ビタミンCとかEとか錠剤を山ほど服《の》まんとあかんらしい」

そういえば、荒木の妻は看護師だと聞いた。

「子供は作らんのかい」

「荒木は欲しいけど、よめはんが要らんのや」

「そら、あんなでかい赤ん坊が出てきたら困るわな」

新御堂筋の側道に出た。伊達はウインカーを点滅させる。

「どこ行くんや」

「豊崎の毛利会計事務所。パルテノンの財務状況を訊《き》く」

「喋《しゃべ》るかな」

「喋らんやろ」

そう、強制捜査にでも入らないと、詳しい調べはできない。

「豊崎へ行く前に、中津《なかつ》に寄ってくれ。知り合いの税理士がおる」

「毛利のことを訊くんやな」

信号が青になり、側道に入った。

北区中津──。十三筋《じゅうそうすじ》沿いのコインパーキングにイプサムを駐《と》め、中津西小学校裏のマンションに入った。エレベーターで六階にあがる。

「こんなとこに税理士がおるんか」

「自宅が事務所なんや」

《税理士事務所　菅正昭《すがまさあき》》の表札を見てドアをノックした。はい、と返事があった。堀内は事務所に入った。菅がパソコンからこちらに顔を向けた。

「ああ、堀内さん」

「久しぶりやな。元気かいな」

菅の頭はいよいよ薄くなっていた。

「堀内さん、変わりないですね。いまどこにいてはるんです」

「東京や。港区の芝浦」

「へーえ、なんでまた東京に？」

「おれが警察辞めたんは知ってるよな。いろいろあって、大阪を出たんや」

「そちらのかたは……」

「今里署の元同僚や」

「伊達いいます。よろしいに」伊達は一礼した。

「ま、どうぞ」

菅は立って、ソファを指した。堀内と伊達は腰をおろす。菅は衝立の向こうへ行き、缶コーヒーを三本持ってきた。

「すんませんな。ビールでもあったらええんやけど」

「いや、今日は車で来たんや」

缶コーヒーを受けとった。プルタブを引いて口をつける。かなり甘い。

菅を知ったのは十年ほど前、堀内が中央署にいたころだ。なんば元町《もとまち》のポーカーゲーム屋をガサ入れして賭博《とばく》開帳図利の裏付け捜査をしたとき、事情聴取をしたのが税理士の菅だった。菅はゲーム屋の経営者に示唆して二重帳簿をつけさせていたが、それを不問にすることを条件に、こちらのいうとおりの証言をさせて調書を作り、経営者を勾留《こうりゅう》、事件を送致した。以来、菅は盆暮れの挨拶《あいさつ》を欠かさず、堀内が今里署に異動するときは十万円の餞別《せんべつ》を包んできた――。

「おれはいま不動産屋の調査員をしてるんや」堀内はいった。

「土地とか建物の調査ですか」

「競売物件の調査や」

「競売物件ね……」

菅は話が呑《の》み込めていないようだ。

「それで、菅さんに訊きたいことがあるんやけど、ええかな」

「はい、ぼくで分かることやったら」

「豊崎の毛利会計事務所いうのは？」

「ああ、知ってますよ。毛利さんは北淀支部の副支部長ですわ」

大阪市北区の一部と淀川区を管轄する北淀税務署管内の近畿税理士会北淀支部には約四百名の税理士が所属していると菅はいい、支部長は一名、副支部長は七名いるといった。

「毛利のフルネームは」

「毛利……なんでしたかな……」

名鑑を見ましょうか、と菅はいう。堀内は手を振って、

「毛利はどんな人間や」

「どんな人間て……。齢《とし》は六十五、六で、白髪頭で、押し出しのいいひとです」

「六十五、六いうのは、ベテランやな」

「元は北淀税務署の統括国税調査官ですわ。北淀ＯＢ税理士会の副会長もしてるんとちがうかな」

「その統括調査官いうのは」

「税務署ではナンバースリー。署長、副署長の下の課長クラスです」

毛利は天下りの開業税理士で、それもかなりの大物だった――。

「菅さん、西中島のパルテノンいうパチンコ屋は」

「いや、知りません」

菅はいって、「そのパチンコホールを毛利さんがみてるんですな」

「おれはパルテノンの財務状況を調べたい。菅さんに訊いたら、毛利のネタが入るかなと思たんやけどな」

「協力したいのは山々やけど、毛利さんのことはよう知らんのです。そもそもパチンコホールみたいな上得意は、ぼくらの事務所には縁遠いしね」

パチンコホールは脱税の温床であり、その経理操作には税理士も多かれ少なかれ協力しているか、見て見ぬふりをしてるのはまちがいない。税理士にとってパチンコホールはいちばんの得意客であり、税務署幹部が退職して開業する際の斡旋《あっせん》先として、一種の利権になっていると菅はいった。

「堀内さんが警察手帳を突きつけても、税理士はめったなことで帳簿は出しません。それが税理士の信義です」

信義とはよくいった。菅はポーカーゲーム屋を刺して、自分は逃げたのだ。堀内は嗤《わら》いをこらえて缶コーヒーを飲んだ。

「毛利に帳簿を出させるには、どこをついたらええんです」

伊達がいった。「近畿税理士会ですか、北淀税務署ですか」

「そら、北淀税務署です」

菅はうなずいたが、「毛利さんは元統括調査官やし、北淀税務署のＯＢです。そんなひとに帳簿を出せとは、そうそう簡単にはいえませんわな」

「ほかにパルテノンの財務を知る方法はないんですか」

「ま、ホールの経営者に訊くしかないでしょうね」

「堀やん、空振りやったな」伊達はにやりとした。

「そのホールは競売に出てるんですか」菅がいった。

「近々、出るみたいなんや」と、堀内。

「そういう情報はどこで手に入れるんですか」

「競売屋は銀行とか商工ローンとか街金とか、いろんなとこに網張ってるんやろ。おれも詳しいには知らんけど」

「うちのお客さんも青息吐息ですわ。なにせ、銀行が金を貸さんのです」

リーマン・ショック以降、契約先の企業が三社も倒産したと菅はいう。「このままでは、ぼくも転職を考えんとあきません」

「菅さん、まだ独りかいな」

「はい、もちろん」

「なんとか頑張ろうや。いつか景気も上向くやろ」

いって、腰をあげた。菅は小さく頭をさげた。

「堀やん、あれ、どういう意味や」

　廊下に出るなり、伊達がいった。「菅に、まだ独りかと訊《き》いて、はい、もちろん、と答えたやろ。なんか変やったぞ」

「菅はな、こっちなんや」手の甲を頬にあてた。

「そうか、ひとは見かけによらんもんやな」

「菅は別に隠さへん。恬淡《てんたん》としてる」エレベーターのボタンを押した。

「しかし、困ったな。生野に出す報告書はパルテノンの財務状況がキモやで」

「ま、とにかく毛利会計事務所に行ってみよ。毛利が税務署ＯＢと分かっただけでもええやないか」

　エレベーターの扉が開いた。


　豊崎五丁目――。毛利会計事務所はラマダホテルのすぐ裏手、こぎれいなテナントビルの三階にあった。事務所には若い男と女の事務員がいて、応接室に通された。

「菅のとことはえらいちがいやな。ええ羽振りやで」

　白い革張りのソファにもたれて伊達はいう。窓の外にラマダホテルの緑が見えた。

「税務署も警察署も利権の巣なんや」堀内は煙草を吸いつける。

「統括国税調査官いうのは、階級があるんか」

「どうやろな。所轄署なら警部や」

　署長、副署長に次ぐ刑事課長か地域課長あたりだろうか。通常は署長と副署長が警視、課長は警部だ。

「税務署幹部には裏給与があるんかのう」

「誠やん、おれに訊くな。マル暴担の退職刑事に税務署の裏も表も分かるはずないやろ」

そこへノック——。ダブルのダークスーツを着た男が入ってきた。小肥《こぶと》りの赤ら顔、真っ白な髪をきっちり七三に分けている。

「はじめまして。毛利です」

「伊達と申します」伊達は名刺を差し出した。

「同じく、調査員の堀内です」

立って、名刺を受けとった。《税理士　毛利和久《かずひさ》》とだけある。事務所の住所と電話番号、メールアドレスは裏に印刷されていた。

「ヒラヤマ総業は競売専門の不動産業者でしたっけ」ソファに座って毛利はいう。

「よう知ってはりますな」と、伊達。

「連絡があったんですよ、パルテノンの光山さんから。ヒラヤマ総業の調査員がおたくに行くかもしれないからよろしく、と」

「へーえ、用意周到ですな」

伊達は笑った。「それやったら話は早い。パルテノンの債務と債権者を教えてくれませんかね」

「伊達さん、税理士のわたしにそれを訊くのは筋ちがいでしょう」

毛利も笑った。「顧客会計をみだりに外に洩《も》らすのは税理士法の綱紀違反、守秘義務違反だ。わるくしたら免許剝奪《はくだつ》になる」

「なるほど。それはきつい縛りですな」

「士業《さむらいぎょう》には権利と同時に義務がある」

毛利はひとりうなずいて、「あなたがたも資格をお持ちなんでしょう。不動産鑑定士とか、土地家屋調査士とか」

「そうか、競売屋も資格が要る時代なんや。これから勉強しまひょか」

伊達はひとつ間をおいて、「パルテノンの競売申し立ては『ＯＣＵキャピタル合同』が主導してるんですか」

「ほう、ＯＣＵを知ってるんだ」

「我々も多少のネタはつかんでますねん」

「ＯＣＵはなんの略です」

「それは聞いてませんわ」

「オオサカ・クレジット・ユニオン。憶えておいてください」

「クレジットユニオンいうのは」

「信用組合」

さもばかにしたように毛利はいい、「お帰りください。あなたがたにお話しすることはない」

「さすが、羽振りのええ税理士は強気ですな」

伊達は腰をあげた。「また来ますわ。光山さんによろしゅういうといてください」

毛利会計事務所をあとにした。

車に乗った。伊達はエンジンをかけて、

「くそ爺《じじい》に会うだけ無駄やったな。次はどないする」

「北淀署の森野と増井に会うてみたいな」

「腐れっぷりを見るんか」

「光山に頼まれて従業員の犯歴調査をするくらいや。パルテノンの内情も、ある程度は知ってるやろ」

「しかし、現役の警察官を攻めるのはな……」

「ほな、もういっぺんサブマネを叩《たた》くか」

「そいつは夜まで待とうや。間宮のヤサは分かってるんやから」

捜査報告書には間宮の住所が書いてあった。西中島の二丁目だ。

「ＯＣＵへ行くのはどないや」

「ああ、それがええ」

伊達は生野に電話をして『ＯＣＵキャピタル合同』の所在地を聞いた。北浜《きたはま》一丁目の大阪証券取引所の近くだった。

　伊達はパーキングを出て御堂筋を南へ向かった。

　ＯＣＵキャピタル合同は堺筋沿《さかいすじ》いの『大阪総銀ビル』の六階にあった。五十坪ほどのワンフロアを一社で使っている。想像していた以上に大きな会社だった。

　エレベーターで六階にあがった。受付カウンターにピンクの制服の女性社員が座っている。メイクを落としたら別人になりそうな厚化粧だ。

「西中島のパルテノンいうパチンコホールの融資担当者をお願いします」

　伊達がいった。「ヒラヤマ総業の伊達、堀内です」

「お約束ですか」

「いや、してません」

「こちらにお名前をいただけますでしょうか」

　女性社員は受付簿とボールペンを出した。《ヒラヤマ総業・伊達　堀内　ＰＭ４：50》と伊達が書き込む。それを見て、女性社員は電話をかけた。

「営業部の者が参ります。これをおつけください」

　裏にクリップのついた名刺大のカードを一枚ずつ渡された。紐《ひも》を伸ばして首にかける。伊達はブルゾンの胸ポケットにとめた。

　受付前のベンチソファに座って融資担当者を待った。

「こうして、ふたりで訊き込みに歩いてると、今里署のころを思い出すのぅ」

伊達がいう。「また堀やんとコンビやで」

「けど、桜の代紋があるのとないのではえらいちがいや。なにを訊くにも手間がかかる」

「極道をぶちのめしても、あとがややこしいわな」

「ややこしいのは、代紋があろうとなかろうといっしょやで」

「堀やんは東京の生活に満足してたんか」

「どうかな。……惰性や。なにも考えてなかった」

ただ、漠然とした焦燥感はあった。いずれは金がなくなる、杏子とも別れる、ひとりとして知った人間のいない東京で、どう生きていくのだろうか、と。

黒いスーツの若い男が来た。長めの髪を真ん中で分け、セルフレームの細い眼鏡をかけている。男は融資課の斎藤《さいとう》と名乗った。

「西中島のニューパルテノンですよね。どういったご用件でしょう」

「競売ですわ」と、伊達。

「はい……？」

「パルテノンは近々、競売に出る。その申し立てをＯＣＵキャピタル合同が主導すると聞いて、詳細を教えてもらいに来たんです」

「失礼ですが、おたくさまは」

「ヒラヤマ総業。不動産屋です」

伊達は名刺を渡した。「パルテノンの競売にそなえて調査してますねん。おたくがいちばんの債権者やし、話を聞きたいと思いましてね」

「その、競売云々《うんぬん》はどこでお聞きになったんですか」

「某商工ローンとだけいうときますわ」

「そうですか……」

斎藤は少し考えて、「要件は上司とお話しください。ご案内します」

斎藤のあとについて受付の左奥の部屋に入った。真ん中に応接セット、壁際に木製キャビネット、床にはダークグレーのパイルカーペットを敷きつめている。伊達と堀内が座るのを待って、斎藤は部屋を出ていった。

「なんだかんだと勿体《もったい》ぶってるのう。〝クレジットユニオン〟いうのは、要するに金貸しやないか」

「金貸しで勿体ぶらへんのは街金と闇金だけや。〝090金融〟てなやつは電話した途端に金を持ってきよる」

「あれはなにを担保に金を貸すんや」

「基本は借用書やろ。客の親兄弟はもちろん、よめはんの実家から友だちの家まで連絡先を教えんとあかんらしいけどな」

利息は〝トサン〟から〝トゴ〟、十日で三割から五割が相場だ。中には一週間返済もあると聞く。

「それやったら堀やん、片っ端から電話して、嘘八百並べ立てたらええがな。もし取り立てにきよったら、ぶち叩くんや」

「そんなこと考えるのは誠やんだけやで。090金融はいっぺんに五万ほどしか貸さへんのや」

というより、こんなガラのわるそうな大男に金を貸すやつはいないだろう。

ノック──。男がふたり入ってきた。小柄な斎藤と、長身の四十男だ。ライトグレーのスーツに縞《しま》のワイシャツ、紺色のネクタイを締めている。

「融資課の青木《あおき》です」

男はいってソファに腰をおろした。斎藤も膝《ひざ》をそろえて座る。

伊達は名刺を差し出した。青木は受けとったが、自分の名刺は出さない。

「青木さん、名刺ぐらいくれても罰は当たらんでしょ」

伊達がいった。青木は無表情で上着のポケットから名刺を出す。《OCUキャピタル合同株式会社　営業部融資課　審査兼任課長　青木徹《とおる》》とあった。

「生野さんはお元気ですか」青木はいった。

「ほう、生野を知ってますんか」

「三、四年前かな、競売がらみで何度か顔を合わせました」

「なんの競売です」

「阿倍野の焼肉店です。うちは大阪総銀の子会社ですから」

民団系金融機関の顧客にはパチンコホールや焼肉店、建築会社などが多いといいたいのだろう。

「営業部調査係……。伊達さんはいつからヒラヤマ総業におられるんですか」

伊達の名刺を手にして、青木は訊《き》く。

「去年ですわ。ふたりとも新入社員ですねん」

「そうは見えませんね」

「前職はマル暴担です」

「マル暴……」青木の顔が強張《こわば》る。

「ヤクザやない。ヤクザを取り締まる刑事ですわ」

伊達は首をこくりと鳴らした。「生野にスカウトされましたんや。物件調査と占有排除に向いてるとね」

「道理で、強面《こわもて》やと思いました」青木は小さく息を吐いた。

「西中島のニューパルテノン、ＯＣＵキャピタルが筆頭債権者ですな」

「ええ、そうです」

「競売の申し立ては」

「うちは考えておりません」

「それは意外ですな」

独りごちるように伊達はいって、「ほな、どこが考えてるんです」

「正確にいえば、いま協議している段階です」

「その協議はどこが仕切ってるんです」

「……………」青木は答えない。

「青木さん、パルテノンが競売になったら、ヒラヤマ総業が入札するんです。いうたら、おたくの債権を買い取る客ですわ。客にサービスするのは企業の務めですやろ」

「競売は債権者ではなくて、裁判所がするんです」

「そんなあたりまえのことを訊いてるんやない。わしは仕切り役を訊いてますねん」

「……………」

「商工ローンですか、遊技機メーカーですか、それとも大阪総銀本社ですか」

伊達は青木に視線を据えて訊く。青木は横を向き、

「ちょっと外してくれるか」斎藤にいった。

「いいんですか」

「ああ、かまわん」

「じゃ……」

斎藤は立って、部屋を出ていった。青木は伊達に向き直る。

「これはわたしの口から聞いたとは、絶対にいわないでください」

「もちろんですがな。おたくに迷惑かけるようなことはしません」

「ニューパルテノンの債務返済協議は我孫子《あびこ》商事が仕切ってます」

「我孫子商事……。初耳ですな」

「事業者金融会社です」住吉《すみよし》区我孫子に本社があるという。

「事業者金融いうのは、商工ローンですな」

「いえ、商工ローンのように不特定多数の企業を相手にする会社やないんです。我孫子商事はニューパルテノンに三億五千万円を融資してます」

「三億五千万は大きいな。我孫子商事の金主は」

「オーナーが金主です。勝井《かつい》さんといって、数百億の個人資産があるといわれてます」

我孫子商事のオーナー、勝井峻大《たかひろ》は土建解体業から身を起こしてバブルのころに事業を拡大し、不動産賃貸業と金融業をはじめた。勝井は複数の金融会社を経営し、それぞれ貸金業登録もしているが、小口融資を主とはせず、特定の企業に数千万単位の事業資金を融資している、と青木はいった。

「堀やん、勝井いう名前、どこかで聞いたことないか」伊達がいった。

「ある。末松《すえまつ》恒産や」

バブルのころ、住専五、六社から二千億円以上の融資を引き出したあげくに破綻《はたん》した末松恒産グループの周辺に勝井峻大という男がいた。末松恒産は倒産し、住専の損失は公的資金で清算されたが、勝井の名はいつのまにか裏舞台から消えた――。

「――思い出した。末松恒産は日進《にっしん》観光とかいう会社名義で、新大阪駅の近くに『フラミンゴ』いうパチンコホールをオープンしたやろ。九五年ごろや」

「そういや、そんなパチンコ屋があったな。西洋の城みたいなど派手なホールやった。わし、何べんか行ったことある」
一、二階がパチンコとスロット、三階がバーと喫茶室、四、五階が駐車場だったと、伊達はいう。「日進観光の代表者が勝井なら、勝井はパチンコ屋がらみでパルテノンに渡りをつけたんやな」
「日進観光はまだあるんか」

「ないやろ。フラミンゴいうパチンコホールも、いまはない」

末松恒産の倒産後、フラミンゴは営業をやめ、五年ほど前に建物が取り壊されて跡地に高層マンションが建てられたという。「勝井がまだ生き残ってるということは、末松恒産からうまいこと手を引いたんやで」

「勝井は極道か」

「いや、その手の話は聞いてへん」

「勝井は我孫子商事を通してパルテノンに三億五千万を貸し込んだんやろ」

「我孫子商事の社長は北尾《きたお》というひとです」青木がいった。

「パルテノンの債務返済協議には北尾が出てきてるんですな」

伊達はソファに寄りかかる。「競売の旗振り役は北尾ですか」

「はい、そうです」

「パルテノンに対するOCUの債権額は」

「それは答えられません」

「我々の情報では、二十億ほど焦げついてると聞いたんですけどね」

「…………」青木は曖昧《あいまい》に首を振る。

「OCUは競売反対、我孫子商事は競売賛成、そう考えてよろしいか」

「債務返済協議の内容については、なにもいえません」

「しかし、考えたらおかしいですな。二十億の債権者であるOCUが競売反対やのに、三億五千万の債権者である我孫子商事が押し切って、パルテノンの土地建物は競売に付されようとしてる。……パルテノンが競落されたらどんな割合で金を分けるか、ほんまはその相談をしてるんとちがうんですか」

「パルテノンの競売申し立ては、まだ決まったわけではありません」

「いまさら、とぼけたこというてどないしますねん。パルテノンが競売に出ると知ったからこそ、こうして我々が調査してるんでっせ」

伊達はたたみかける。「OCUは我孫子商事に弱みでもあるんかいな」

「そんなものはありません」

「北尾は極道面で債権者を仕切ってるんですか」堀内は訊いた。

「いえ、北尾さんは紳士的なひとです」

「北尾のフルネームは」

「ごめんなさい。分かりません」

「調べてくださいな」フルネームがないと、個人データがとれない。北尾の生年月日も必要だが、それは荒木に調べてもらえばいい。

「お待ちください。資料を見ます」

青木はうなずいて、部屋を出ていった。

「あのばかたれ、自分とこの債権額もいわへんくせに、我孫子商事のことはべらべら喋《しゃべ》りよった。おまけに妙に協力的や。なにが狙いや」伊達がいった。

「誠やんとおれが元刑事と知って、利用できると考えたんやろ」

「敵の敵は味方かい」

「けど、この競売は込み入ってるぞ。末松恒産まで出てきたがな」

「勝井が黒幕やな。北尾の後ろで糸を引いとる」

「パルテノンの調査報告書は厚うなりそうやで」

あくびをした。

青木から北尾のフルネームを聞き、『OCUキャピタル合同』を出たときは六時前だった。コインパーキングに駐《と》めていたイプサムに乗る。

「堀やん、今日はこれで店じまいにしよか」

「店じまいはええけど、サブマネのヤサには行かへんのか」

「やめとこ。わしは勤労意欲が失せた。働きすぎは体にわるい」

「確かによう動いたな。腹減ったわ」

「西天満に車を駐めて、なんぞ食うか」

　ヒラヤマ総業には契約駐車場があると伊達はいう。北浜から西天満は目と鼻の先だ。

「そういや、生野に報告するの忘れてたな」

「なにを……」

「庚星会や」

「おう、電話してくれ」

　伊達は西天満に向かい、堀内はヒラヤマ総業に電話した。

　──営業部長の生野さん、お願いします。堀内といいます。

　──お待ちください。

「堀やん、そんなまどろっこしい言い方はせんでもええ。堀やんはもうヒラヤマの契約社員なんや」

「ま、そうやけどな……」

　──はい、生野です。

　──堀内です。ひとつ報告しとくことがありまして。

　──なんです。

　──パルテノンでトラブったんです。ヤクザもんがふたり、駐車場で因縁つけてきたもんやから、殴ってしもたんですわ。

状況を話した。生野は黙って聞いている。

——西中島の庚星会。筋者《すじもん》が顔出すかもしれません。

——因縁《いんねん》をつけてきたんは、向こうですやろ。

——マネージャーの光山に呼ばれたみたいです。伊達の車を蹴《け》ったんがわるかった。

——庚星会はどこの系統です。

——真湊組系東青組の枝で、兵隊は二十人と聞いてます。

——二十人いうのは大手ですな。

——確かにね。

指定暴力団真湊組の構成員は三百人前後だろう。二次団体の東青組が五十人程度と考えれば、三次団体である庚星会の二十人は多いということだ。

——委細承知しました。なにかいうてきたら、ぼくが対処しましょ。

こともなげに生野はいった。

——それで、おふたりは。

——いま北浜です。会社に車を駐めて、飯でも食おかというてますねん。

——それやったら、ぼくもいっしょさせてください。堀内さんの名刺ができましたんや。お渡ししますわ。

生野はいって、電話は切れた。

土佐堀通《とさぼりどおり》を右折し、難波橋《なにわ》を渡った。堀内はまた電話をかける。

——はい、荒木です。

——堀内です。

——あ、どうも。

——頼みごとばっかりしてわるいんやけど、ふたりほどデータをとってくれませんか。

——はい、名前は。

——住吉区我孫子の金融会社で、我孫子商事。オーナーの勝井峻大と社長の北尾勲《いさお》。本籍、生年月日は不詳。勝井は末松恒産事件当時の関係者で、日進観光いうパチンコ屋の代表者でした。

——了解です。末松恒産の関係者やったら、データはとれるでしょ。

荒木はいって、

——それと、西中島の庚星会。加納と黒沢の犯歴データをいいましょか。

——ええ、頼みますわ。

——いいます。

加納直樹《なおき》。昭和四十六年六月十九日生。本籍・鳥取県米子市《よなご》加茂町《かも》××。現住所・東淀川区瑞光《ずいこう》××。家族関係—妻、長女。

犯歴——昭和六十三年・傷害。平成三年・風営法違反。平成八年・風営法違反。平成十三年・暴対法違反（加入強要、少年に対する入れ墨の強要）。

黒沢稔《みのる》。昭和五十年二月八日生。本籍・兵庫県尼崎市塚口《あまがさきしつかぐち》××。現住所・淀川区十八条××。家族関係なし。

犯歴――平成四年・強姦《ごうかん》致傷。平成九年・窃盗。傷害。平成十年・銃刀法違反。平成十三年・傷害。平成十七年・傷害。

――ふたりとも立派な札付きですな。

――特に、黒沢は粗暴ですわ。

――成人してからは、娑婆《しゃば》よりムショ暮らしのほうが長そうやな。

――伊達先輩は黒沢のほうをいわしたんでしょ。

――先輩も粗暴やからね。

――加納は瑞光で、よめはんに『夕夢《ゆうむ》』いうラウンジをやらせてます。黒沢のシノギは不明です。

――庚星会の組長は。

――清水修司《しみずしゅうじ》、五十五歳。若頭は下村幹和《しもむらみきかず》、四十七歳です。

下村は若いころ、吹田の暴力団との抗争で殺人未遂の前科があるという。

――庚星会が出てきよったら、いうてください。本部四課と組対に知り合いがいてますから。

――すんませんな。ありがとうございました。

電話を切った。

「わしは粗暴かい」伊達がいう。

「荒木がいうたんや」

「洒落《しゃれ》にならんな」

「加納も黒沢も下っ端や。庚星会が出てきたら知らせてくれと、荒木はいうてた。本部四課と組対に知り合いがおるそうや」

〝本部四課〟は府警本部の捜査四課、〝組対〟は組織犯罪対策本部のことをいう。捜査四課は刑事二百人以上の大所帯、組対本部は六十人ほどの寄り合い所帯だが、暴力団の金融犯罪などに強いエキスパートがそろっている。

「わし、荒木にはあんまりややこしいとこを振りとうないんや」

「それは分かってる。ネタをもらうだけで充分や」

荒木はさっぱりしたいい男だ。汚れ仕事に引き込んではいけない。

「堀やんは府警本部に知り合いおらんのか」

「残念ながら、おらんのや」

首を振ったが、知り合いは何人かいる。警察学校の同期生や中央署暴犯係のころの同僚だ。だが、彼らは監察に馘《くび》を切られた堀内が顔を出すのを、決して歓迎はしないだろう。

西天満に着いた。ヒラヤマ総業の契約駐車場は西天満小学校のすぐ東側だった。

駐車場近くの喫茶店に入り、電話をすると、生野は十分後に現れた。ソファに座るなり、グリーンのプラスチックケースをふたつテーブルに置いて、

「肩書は適当につけときました」と、蓋《ふた》を開けた。

堀内は名刺の一枚を手にとった。《株式会社ヒラヤマ総業　営業部上席調査役　堀内信也》とある。それを伊達が横から覗《のぞ》き込んだ。

「生野さん、おれは〝営業部調査係〟で、堀内は〝上席調査役〟ですかいな」

「ほう、伊達くんは調査係でしたか。それは失礼さんでした。刷り直しましょか」

「いや、このままでよろしいわ。わしは堀内の部下のほうがおもしろい」伊達は笑う。

「名刺てなもんは嘘八百でっさかいな。特に、不動産の業界では」

そこへウェイトレスが来た。注文を訊《き》く。水ください、と生野はいった。

「コーヒーでも頼んだらどうですねん」

「いや、ミナミに出ましょ。フグでも食いながら酒を飲みたい」

「フグは昨日、食うたんですわ。道頓堀で」

「それやったら肉にしましょ。ステーキ、しゃぶしゃぶ、すき焼き、なにがよろしい」

「わしはステーキ」

「堀内さんは」

「なんでもけっこうです」

「そらあかん。今日は堀内さんの歓迎会でっせ」

「ステーキにしますわ」伊達に合わせた。

「ほな、行きましょ」

生野は伝票をとって立ちあがった。

6

一月二十九日——。昼すぎに起きて、新聞を読みながら湯に浸《つ》かっていたら、また眠ってしまい、ハッと気づいたときは新聞が湯船に浮いていた。湯冷めしたのか、鼻がむずむずする。熱いシャワーを浴びてバスルームを出た。

バスローブをまとってベッドに潜りこみ、杏子に電話をした。いま大阪にいるといったが、なにをしているとも、いつ帰るとも、杏子は訊かず、宅配便で大阪の豚饅《ぶたまん》を送れという。やかましい、怒鳴りつけて電話を切った。

テレビはまるでおもしろくない。安っぽいバラエティー番組ばかりで、脳細胞が破壊されるような気がする。読む本もないので退屈だ。知り合いに電話をするにも、思いあたるのはむかしの刑事仲間と、情報を拾っていたヤクザばかりだ。大阪にも東京にも友人はいないのだと思い知った。

地下鉄で梅田《うめだ》に出て、デパートで服を買った。下着、ネルシャツ、セーター、ジャケット、ダッフルコート、マフラー——。みんなホテルにとどけてもらうようにした。

阪急東通《はんきゅうひがしどおり》のフリー雀荘で麻雀をした。久々のサンマーは勘がとりもどせず、三回つづけてラスを食ったが、払ったのは一万五千円だ。大阪のフリー麻雀は東京に比べて安い。閉店までメンバー替わりで打ちつづけて、トータルすると四万円ほど負けた。

一月三十日——。電話の音で目覚めた。

——おはようございます。上席調査役。

——誠やんかい。

——朝飯食お。

——こんな早ようから起こさんとってくれ。

まだ八時前だ。

——えらい眠たそうやな。なにしてたんや。

——サンマーや。朝の五時まで打ってた。頭ん中がジャラジャラいうてる。もっと寝さしてくれ。

——堀やん、わしはもう家を出たんや。

——分かった。待ってる。

また布団をかぶった。

ノック——。ベッドから出てドアを開けた。伊達が入ってきた。黒の革ブルゾンにグレーのハイネックセーター、グレーのゴルフズボン。髭《ひげ》をきれいに剃《そ》っている。

「なんと、広い部屋やな。ベッドのほかになにもないがな」

「一泊五千八百円で贅沢《ぜいたく》いうてられんわな」

「サンマー、なんぼ負けたんや」勝ったか、とは訊かない。

「これだけや」指を四本立てた。

「四千円か」

「大の男が朝まで打って、四千円はないやろ」

床に脱ぎ散らかしたズボンを拾って穿《は》いた。シャツを着る。「どこで朝飯食うんや」

「西中島二丁目」

「なんやて……」

「パルテノンのサブマネのヤサへ行く。この時間ならおるやろ」

「朝飯は間宮を叩《たた》いてからやな」

靴下を履き、ジャケットをはおった。煙草の臭いが染みついている。シャツのポケットから煙草を出したが、空だった。

「煙草、くれ」

パッケージをくしゃくしゃにして捨てた。伊達がロングピースを放ってよこした。

外は霙《みぞれ》まじりの雨が降っていた。寒い。冷気が顔を刺す。小走りでイプサムに乗った。

伊達はナビに間宮浩一の住所をインプットし、西中島二丁目に向かった。新御堂筋の側道を南へ走り、淀川河川《よどがわかせん》公園沿いの一方通行路を西へ行く。

「あれやな、堀やん」

伊達の指さす先に白い五階建のマンションがあった。一階がコンビニで、左にタイル張りの階段が見える。階段の向こうは自転車置場だろう、鉄骨屋根の下に原付バイクや自転車が二十台ほど並んでいた。

「パーキングはないみたいやな」

「小さいマンションやで」

間取りは2DKか3DKだろう。堀内の芝浦のマンションより狭そうだ。

伊達は階段の前に車を駐めた。玄関庇《ひさし》に《リバーサイド　ASADA》とある。

八時半――。車を降りて階段をあがった。ガラスドアを押してロビーに入る。ロビーは薄暗く、粗大ごみの回収日や給水タンクの清掃日を書いたチラシが掲示板に貼られていた。

メールボックスはエレベーターの向かい側にあった。各階に五、六室。305号室にフェルトペンで《間宮浩一・美香《みか》》と書かれたプレートが差してあった。

エレベーターで三階にあがった。305号室のボタンを押す。チャイムが鳴り、しばらくしてドアが開いた。顔をのぞかせたのは、ショートカットの髪をメッシュに染めた若い女だった。

「朝早ようからすんませんな。間宮さん、いてはりますか」伊達がいった。

「どちらさんですか」女はいぶかしげに訊く。

「ヒラヤマ総業の伊達と堀内です」

「主人がなにか……」

「パルテノンのことで話があるんですわ」

「主人、寝てます」

「わるいけど、起こしてくださいな」

「九時前に起こしたら怒られるんです」

女は警戒している。無理もない。伊達のヤクザ顔と図体だ。

「ほな、九時にまた来ましょか」伊達は時計に眼をやった。

「そうしてください」

女はいって、ドアを閉めた。

「誠やん、九時にまた来たら、間宮はおらへんぞ」

堀内はいった。「今度はチャイムを鳴らしても、誰も出てこんやろ」

「ま、そうやろな」

伊達はうなずいて、「どこで張る？　下のロビーか」

「このフロアのほうがええで」

階段室へ行った。壁に寄りかかって廊下を見張る。エレベーターはすぐ向かい側だ。

八時四十五分、305号室のドアが開いた。堀内は身を隠す。

足音が近づき、エレベーターの前でとまった。赤いダウンジャケットにジーンズ、手にビニール傘、小柄な後ろ姿は間宮だ。

「今日は早出かいな」

階段室から声をかけた。間宮の肩がピクッとして振り向く。小さく舌打ちした。

「さっき奥さんには、九時にまた来るというたんやけどな」

「あんたら、いったいなんやねん。ひとの家まで押しかけて来て」

「話があるから来たんや。十分ほど、ええか」

「帰ってくれ。あんたらに話すことなんかない」

エレベーターの扉が開いた。間宮は乗る。堀内と伊達も乗り、扉が閉まった。

「庚星会のチンピラを呼んだんは、あんたかい」伊達がいった。

「なんのことや」

「とぼけたらあかんがな。わしらはパルテノンの駐車場でチンピラと揉《も》めたんやで」

「おれは関係ない。つきまとうのはやめてくれ」

一階に降りた。間宮はロビーに出る。伊達はすばやく横に並んで間宮の腕をつかんだ。

間宮は振り払おうとするが、びくともしない。

「なぁ、間宮さんよ、わしらは子供の使いやないんやで。手荒な真似はしとうないんや」

「分かった。分かったから放してくれ」

間宮は傍目《はため》を気にしたのか、玄関から外に出た。階段を降り、自転車置場の屋根の下に立つ。雨はさっきより小降りになっていた。

「あんた、よめさんと齢が離れてるな」

伊達がいった。「いつ、いっしょになったんや」

「なにをいうんや。どうでもええやろ」

「よめさんはシャブのこと知ってるよな」

「えっ……」

「平成十六年、あんたはシャブで捕まってる」

「…………」

「まさか、まだやってるんとちがうやろな」

「あんたら、おれのことを調べたんか」

「北淀署で訊《き》いてきたんや。パルテノンの従業員の犯歴をな」

「なんや、それ」

「知らんのかい。光山が北淀署に名簿を提出して、素行調査をしてるんや」

伊達はブルゾンのポケットから手帳を出した。四つ折りの紙片を抜いて広げる。「間宮浩一、昭和四十四年十二月二十八日生まれ。……平成二年、三重県にて占脱。平成四年、三重県にて自転車盗。平成十六年、大阪にて覚醒剤《かくせいざい》取締法違反。……どないや、まちがいないか」

「あんたら、警察か……」

「警察やない。競売屋や」

「競売屋がなんでおれの素行調査をしたんや」

「なんべんも同じこといわすなよ。調査をしたんは警察で、それを頼んだんは光山や」

「店長がほんまにそんなことしたんか」

「嘘やない。光山は北淀署の生安に頼んだんや。森野、増井、土屋にな」

「くそっ、あいつら……」間宮は歯嚙みする。

「三人を知ってるんやな」

「ああ……」

間宮はうなずく。「増井と土屋はときどき顔を出す。店長が接待するんや」

ふたりはたいてい夜の七時ごろ、連れ立ってホールに来る。光山はタクシーを呼び、ふたりを連れて北新地へ行く。飯を食わせてラウンジやスナックをまわり、最後は車代を渡して帰すのだと、間宮はいった。

「そういう接待は店長やのうて、オーナーの役目とちがうんかい」

「社長も専務も店にはあんまり顔を出さんのや」

「松原剛泰と松原哲民は犬猿の仲らしいな」

「どこでそんなこと聞いたんや」

「競売屋はな、地獄耳なんや」

「確かに、社長と専務は仲がわるい。あそこまでいがみあう兄弟も珍しいわ」

兄弟の不仲もあるのか、パルテノンの経営は店長の光山が一手に仕切っていると間宮はいった。「店長はやり手やけど、従業員の素行調査までするとはな……」

「光山はどっちの子分や。剛泰か、哲民か」堀内は訊いた。

「それは知らん。内輪のことや」

「光山は松原の親戚《しんせき》か」

「親戚や。従弟《いとこ》やと聞いた」先代社長の妹の長男が光山だという。

「松原兄弟の本名は」

「崔《チェ》や。チェ・カンテとチェ・チョルミン」

「光山は」

「金《キム》や。キム・ヨンス」

「パルテノンは有限会社やろ。光山は株を持ってるんか」

「そら、持ってるやろ。詳しいことは知らん」

間宮は煙草をくわえた。金張りのデュポンで火をつける。腕の時計は金色のロレックスだが、どちらも偽物くさい。

「あんた、パルテノンに勤めて何年や」伊達が訊く。

「そろそろ七年かな」

「サブマネの給料はええんかい」

「ええわけない。スズメの涙や」

「スズメの涙では食えんやろ」

「ほっといてくれ。余計なお世話や」

「パルテノンは近々、競売にかけられる。光山から聞いてるやろ」

「そうらしいな……」

間宮はけむりを吹きあげる。「けど、とことんがんばると店長はいうてる」

「パルテノンの負債額は」

「知らんな」

「四十億を超えてるらしいぞ」

「ほんまかい」

「そろそろ職探しをしたほうがええのとちがうか」

「四十億な……」間宮はぼんやり河川公園を見やる。

「なんなら、うちに来るか。いま正社員募集中や」

伊達は名刺を出して間宮に渡した。間宮は手にとって、

「調査係て、なにをするんや」

「競売物件のことを調べて、上に報告するんや。給料はわるうない。手取りで五十万、物件を落札したらボーナスもある」

「けど、おれみたいな素人に調査ができるんか」

「それは分からん。本人のやる気と能力次第や」

伊達はいって、「あんたの携帯を教えてくれるか」

「〇九〇・六九一六……」

間宮はあっさり番号をいった。伊達は書きとる。

「ほな、またなにかあったら連絡するわ」

階段前に駐《と》めたイプサムに向けてリモコンキーのボタンを押した。

間宮は傘をさして歩いていき、伊達と堀内は車に乗った。

「正社員募集中とはよういうた」

「コマセや。餌を撒《ま》いといて損はない。あいつはまだ利用できるかもしれん」

「これからどうする」

「まず朝飯や。そのあとで我孫子に行きたい」

「我孫子商事やな」

住吉区の街金だ。オーナーの勝井峻大と社長の北尾勲については、一昨日《おととい》、荒木にデータをとるよう頼んだ。

「さ、なにを食う」

「蕎麦《そば》かな……」

「それやったら、空堀《からほり》商店街に朝からやってる『大吉《だいきち》』いう蕎麦屋がある」

ひといちばい食い意地の張った伊達は、大阪中の食い物屋を知っている。

大吉で、伊達は鴨南蛮《なんば》と五目飯、堀内はにしん蕎麦を食った。店はほぼ満員で、昆布《こぶ》味の利いた出汁《だし》が美味《うま》かった。近くの珈琲《コーヒー》専門店でコーヒーを飲み、新聞を読む。今年はスギ花粉の飛散が早まりそうだとあった。

「誠やん、花粉は大丈夫か」

「あかんな。一昨年《おととし》まではそうでもなかったのに、去年はひどかった。眼がしょぼしょぼして鼻水がとまらへん。よめはんは煙草をやめろというけど、花粉症には関係ない。わしは子供のころからアレルギー体質で、山に遠足に行った次の日は、必ずというてええほど、顔とチンチンを腫《は》らしてた」

「漆や黄櫨《はぜ》に弱いんやな」

「チンチンが痒《かゆ》いからぼりぼり掻く。なんでかしらんピコンとなる。堀やんもそうやったやろ」

「おれは音楽の先生の脚を見てたら、ピコンとなったわ」

「どえらい〝ませガキ〟やのう」

「脚フェチなんや。……黒のガーターに黒のストッキング。なんともいえんな」

「そういや、麻美はいつでもガーターやったな」

「どうしてるんや、あの女」

「さぁな。どこぞのデリヘルかソープで客とってるんとちがうか」

伊達はさすがに麻美のことをよくいわない。麻美のヒモに刺されたのだから。

「行こか、堀やん」

伊達は十円玉を親指ではじいてキャッチした。「どっちや」

「裏」

「表」

指を広げた。表だった。堀内は伝票をとった。

谷町筋《たにまちすじ》を南下し、天王寺《てんのうじ》からあびこ筋に入った。長居《ながい》公園を経由して阪和《はんわ》線の我孫子町駅を目指す。我孫子商事の場所は一〇四で電話番号を訊《き》き、カーナビにインプットした。

我孫子商事はテニスクラブの東隣だった。四階建のビルの袖《そで》看板に《金融　あびこ》とある。

「素っ気ないのう。サラ金や商工ローンなら、ど派手な看板あげるのに」

「まちごうて小口の客が来よったらめんどくさいんやろ」

パルテノンに三億五千万も貸し込んだのは、紹介された客か、コネのある客しか相手にしないということなのだろう。

伊達はテニスクラブの駐車場にイプサムを駐めた。堀内は降りる。フェンス越しにレッスン風景が見えた。十人ほどの生徒はおばさんばかりだ。

ビルに入った。二階にあがる。廊下の左、《我孫子商事》のステンレスプレートを見てノックした。はい、と返答があった。

堀内はドアを引いた。低い衝立《ついたて》の向こうにデスクが四つ、男がふたり胡散臭《うさんくさ》そうな顔をこちらに向ける。窓際に立ってブラインドの隙間から外をながめているダークスーツの男もいた。

「北尾社長、いてはりますか」

「おたくは」窓際の男がいった。そばに来る。

「ヒラヤマ総業の堀内といいます」

「競売屋さんか」

男はヒラヤマ総業を知っていた。堀内は名刺を渡した。

「上席調査役……。生野さんとは」

「生野は上司です。我々ふたりの」

「で、おたくは」男は伊達に訊く。

「堀内の部下です」

伊達も名刺を渡した。男は二枚の名刺をワイシャツの胸ポケットにしまって、

「わしが北尾。なんの用です」

「西中島のニューパルテノンです。近々、競売にかけられるそうですね」堀内はいった。

「ま、申し立てはしましたわな、大阪地裁に」

「いつのことです」

「去年ですわ。十月の初めかな」

「どこが申し立てたんです」

「うちですわ。債権者を代表してね」

　こともなげに北尾はいう。ＯＣＵキャピタル合同の融資課長、青木は申し立て云々《うんぬん》をおくびにも出さなかったが。

「ま、立ち話もなんやし、座りましょか」

　北尾はデスクの男に向かって、「コーヒーや。わしはブラック」

　言い置いて、奥の別室に伊達と堀内を案内した。革張りのソファと木製デスクのある社長室だった。

「去年の十月に申し立てをしたということは、そろそろ競売開始ですか」ソファに座るなり、伊達は訊いた。

「一般的に競売決定は申し立ての五、六ヵ月後やから、来月中には公示されるかなと読んでるけどね」北尾はテーブルの煙草をとる。

「パルテノンは競売物件としてどうなんです」

　堀内は訊いた。「優良ですか、不良ですか」

「競売物件に優良も不良もないけど、あそこは占有もないし、土地建物の所有権に関してはそう複雑でもない」

　北尾はソファにもたれて煙草を吸いつける。「けど、債権者はややこしい筋ががちがちにからんでる。それをいうたら、かなりの不良物件やろね」

「その不良物件に、我孫子商事はいくら融資したんです」

「堀内さん、そういうことは訊くもんやない」

　北尾は笑った。「ヒラヤマ総業はどれくらいやと読んでますねん、競売価額」

「うちの見込みでは基準価額が七、八億。十億前後の競りになるんやないかと考えてます」生野に聞いたのと同じ額をいった。

「なるほどね。ええとこ読んでますな」

「債務返済協議にはパルテノンの社長や副社長も出てくるんですか」

「それはノーコメントやな」

「パルテノン側は競売の取り下げを主張してるんですね」

「あんた、訊いても無駄なことを平気で訊きますな」

　北尾は睨《ね》めつける。その目付きはマル暴担のころ、何百人と見てきたものだ。

「北尾さん、齢《とし》は」伊達が訊いた。

「いきなり、なんや、不躾《ぶしつけ》な」北尾は眉根《まゆね》を寄せる。

「いや、見たところ四十すぎやし、若いときから金融をやってんのかなと思てね」

「おれは四十六や。……あんたは」

「三十八ですわ。ベビーフェイスやけどね」

伊達はいって、「いつ、この会社を立ち上げたんです」

「九八年の設立やから、十四年目かな」

「ほな三十二の齢から街金の社長さんか」

「街金いうのはやめようや。うちは事業者金融や」

「で、オーナーは」

「なんやて……」

「普通、街金には金主がいてる。それがこの会社のオーナーとちがうんかいな」

「ほう、おもしろいな」北尾はけむりを吐く。

「我孫子商事の金主は勝井峻大。そのむかし、末松恒産グループに日進観光いう会社があったけど、その代表者が勝井やった」

伊達はつづける。「末松恒産は二千億以上の借金を踏み倒して破綻《はたん》した。勝井は新大阪の『フラミンゴ』いうホールの開店資金で、末松から二、三十億は引っ張ったという話を聞いたんや」

「日進観光な……。ちょっとは調べてるやないか」

北尾はソファにもたれて脚を組んだ。「さすが、警察OBや」

「おいおい、わしが警察OBやと、どこで聞いたんや」

「あんたらが競売屋なら、おれは金融屋や。おたがい情報で飯を食うとるんやで」

低く、北尾はいう。「パルテノンの守《も》りをしてるヤクザを殴り倒したそうやないか。……なんぼ警察OBやいうても、背中に眼がついてるわけやない。いつなんどき、ブスッとやられるか、楽しみやな」

「勝井の雇われ番頭はお茶目やのう。わしを脅しとるがな」

伊達は笑った。「おまえ、光山とつるんでるんか」

「なんやと、こら……」北尾は吐き捨てる。

「おう、地金《じがね》が出たな。おまえ、本籍は極道やろ」

伊達は腰をあげた。ゆっくり、北尾のそばへ行く。スーツの肩に手をやった。「なんやったら、おまえの飼い主と話をしてもええんやぞ。勝井んとこに連れて行けや」

「会長はおらん。静養や」北尾は横を向いた。

「病気でもしとんのか、会長は」

「温泉でも行ってるんやろ」

「どこの温泉や」

「知らんな」

「会長の家は」

「知らん」

「飼い主の家を知らんいうことはないやろ」

「…………」

「さっきまでの勢いはどないした。急に黙《だんま》りかい」

「…………」北尾はもうなにもいわない。

「しゃあないのう」

伊達は目配せをした。「行こか、堀やん。こいつは飼い主が怖いらしい」

堀内は腰をあげた。社長室を出る。さっきの男がコーヒーのトレイを抱えて立っていた。

「すまんな。話は終わった。また来るわ」

いって、事務所を出た。


「北尾は小者や。勝井の操り人形やろ」

階段を降りながら、伊達はいう。

「光山とつるんでるのはまちがいなさそうやな」

「もうちょっと責めたほうがよかったか」

「いや、無駄やろ。あいつは勝井の名前を出した途端に顔色が変わった」

ビルを出た。雨上がりの風が吹きつける。「寒いな。今日は冷える。この冬いちばんや」

「堀やんと張りをかけたことがあったな。東今里の立ち飲み屋や。あのときも二月の初めやったやろ」

「ああ、あれは寒かった。一晩中、ぶるぶる震えてた」

立ち飲み屋で拳銃《けんじゅう》の取引があるとタレコミがあったのだ。立ち飲み屋の近くには張り込みに適当な家も空き部屋もなく、一方通行の狭い道路には車を駐《と》めておける場所もなかった。伊達と堀内は吹きさらしのビルの屋上から五日間も遠張りをつづけて、拳銃はおろか、大麻や覚醒剤《かくせいざい》の取引も挙げられなかった。タレコミはおそらく、敵対する組からのものだった——。

「いま思たら、刑事稼業もええことばっかりやなかったのう」

「競売屋のほうがマシか」

「似たようなもんやろ。比べたところで詮《せん》ないわ」

伊達は刑事稼業に未練がある——。そう思った。

イプサムに乗った。テニスクラブの駐車場を出る。

「勝井のことが知りたい。堀やん、荒木に電話してくれや」

いわれて、携帯を開いた。発信ボタンを押す。二回のコールでつながった。

——荒木です。

——堀内です。

——あ、電話しよと思てました。勝井峻大と我孫子商事、データがとれました。

——すんませんな。ありがとうございます。

——勝井は街金を三社、やってます。よろしいか。

——待ってください。

メモ帳とボールペンを用意した。携帯を肩で挟む。

——はい、どうぞ。

——ひとつは我孫子商事。ひとつは『ウイニング』、もうひとつは『勝栄《しょうえい》』です。

我孫子商事。大阪市住吉区我孫子八—一四—××。代表取締役・北尾勲。取締役・勝井峻大。設立・平成十年五月一日。

ウイニング。大阪市旭区高殿《あさひくたかどの》西三—二一—××。代表取締役・江井祥三《えいしょうぞう》。取締役・勝井峻大。設立・昭和五十八年九月三十日。

勝栄。門真《かどま》市大和田《おおわだ》町一—九—××。代表取締役・萱野尚史《かやのひさし》。取締役・勝井峻大。設立・平成二年三月九日。

——この三社は商業登記簿を閲覧しただけです。もっと詳しいことは……。

——いや、これで充分です。北尾勲と勝井峻大のデータは。

——とれました。いいます。

北尾勲。昭和四十年十一月二十九日生。本籍・大阪市大正区三軒家《たいしょうくさんげんや》西二—六—××。現住所・平野区喜連《ひらのくきれ》九—一八—××。家族関係・妻、長女、次女、長男。犯歴——昭和五十九年・窃盗。昭和六十二年・傷害。平成二年・傷害。平成十二年・詐欺。有印私文書偽造。平成十六年・犯罪収益等収受。犯罪収益等隠匿。

勝井峻大。昭和十三年一月二十日生。本籍・徳島県吉野《よしの》郡相馬町《そうまちょう》四—三—××。現住所・箕面《みのお》市桜ケ丘《さくらがおか》三—三—××。家族関係・妻、長女、次女。

犯歴——昭和四十九年・産業廃棄物処理法違反。昭和五十七年・貸金業の規制等に関する法律違反（無登録営業）。平成四年・貸金業の規制等に関する法律違反（暴力団員等の使用禁止）。平成五年・出資の受入れ、預り金及び金利等の取締りに関する法律違反（高金利の処罰）。

——以上です。

——勝井の組関係は。

——その筋は不明です。末松恒産の末松辰雄《たつお》は川坂会系三次団体の元組長でしたけど。

末松辰雄は平成十六年に病死した、と荒木はいう。

——北尾はどうです。

——平成五年ごろまで東青組山本会の準構成員でした。

——足を洗うたんですか。

——山本会は平成五年に解散しました。

——なるほどね。

山本会は真湊組系東青組の枝だった。そうして、パルテノンの守りをしている庚星会も東青組の枝だ。山本会の準構成員であった北尾勲は庚星会とつながりがあるにちがいない。

——勝井はまだ土建解体業と不動産賃貸業をやってるんですか。

――土建からは手をひいたみたいです。街金三社のほかに『勝井興産』いう会社をやってて、大阪市内に七棟、堺、東大阪、摂津《せっつ》に一棟ずつ貸しビルを所有してます。

――勝井興産の事務所は。

――中央区です。淡路町《あわじまち》七丁目。

――電話番号は。

――〇六・六九四一・七〇××。

――了解です。お世話さんでした。

――またなにかあったらいうてください。

電話は切れた。

「勝井は貸しビル十棟のオーナーや。勝井興産は淡路町にある」

「勝井はほんまに静養か」

「待て。確かめる」

メモした番号に電話をかけた。

――はい、勝井興産でございます。

――ヒラヤマ総業の堀内といいます。勝井さん、いらっしゃいますか。

――あいにく、会長は本日、出社しておりません。

――連絡先、分かりますか。

――なにか、お約束がおありでしょうか。

――特には、ないです。

――申しわけございません。連絡先は分かりません。

――明日《あした》はおられますか。

――会長の予定は分かりかねます。ご用件を承っておきましょうか。

――いや、明日また電話します。

「あかんな。ガードが堅い。なにもいいよらへん」

会長の所在を明かすことは禁じられているようだ。

「勝井の家は」

「箕面や。桜ヶ丘三丁目」

「行ってみよ。箕面やったら阪神高速やな。住之江《すみのえ》入口から入ろ」

伊達は長居公園通を西へ向かった。

7

午後一時――。箕面市桜ヶ丘に着いた。付近は閑静な住宅街で緑が多く、住宅はどれも大きい。

三丁目、緑地の外れにひときわ豪壮な築地塀《ついじべい》の邸《やしき》があった。

「あれか」

「みたいやな」

伊達は邸の前に車を停めて表札を確かめた。篆書《てんしょ》で『勝井』とある。敷地は千坪以上、瀟洒《しょうしゃ》な長屋門、燻《いぶ》し瓦《がわら》の築地塀に見越しの松、数寄屋造りの平屋は優に二百坪を超えているだろう。別棟のガレージに並んでいるのは、マイバッハ、ベントレー、アストンマーチンと、超がつく高級車ばかりだ。

「わしはこういう家を見ると、いつも思うんや。税金払うとんのか、と」

「まともに払うてたら、こんな邸は維持できんわな」

「パルテノンの松原兄弟の家も、でかいんかのう」

「誠やん、パチンコ産業の総売上、知ってるか」

「知らんな……」

「三十兆円。日本の自動車産業はその倍くらいやけど、税金は十分の一しか払うてへん」

車を降りた。長屋門の防犯カメラがこちらを向いている。門扉の横のボタンを押した。

――はい、勝井です。

男の声だ。

――ヒラヤマ総業の堀内といいます。会長はご在宅でしょうか。

――勝井はおりません。

――我孫子商事の北尾さんに聞いて、こちらに来たんですけど。

──お待ちください。

声が途切れた。

「どうしたんや」伊達がいう。

「分からん」

防犯カメラを見る。「おれら、胡散臭《うさんくさ》いかな」

「NHKの集金人には見えんわな」

少し待って足音が聞こえた。近づいてくる。門扉の通用口が開いて、男が顔をのぞかせた。オールバックに縁なしの眼鏡、黒いピンストライプのスーツにグレーのシャツ、濃いグリーンのネクタイを締めている。

「会長がお会いします」

邸内に招き入れられた。もうひとり男がいる。ダークスーツに紺のネクタイ、伊達と同じくらいの長身だ。

「失礼ですが、チェックさせてもらいます」

ダークスーツがそばに来た。堀内は両手をあげる。伊達も黒スーツに向かって小さく手をあげた。

「えらい、ものものしいですな」

「初めての方にはお願いしてます」

このふたりは筋者《すじもの》だ。目付きと物腰で分かる。中央署暴犯係のころ、川坂会の直系組長の自邸で事情聴取をしたことがあったが、そこもガードがふたりいた。さすがにボディーチェックは受けなかったが。

ふたりのあとについて、石張りの通路を玄関に向かった。右は別棟のガレージ、左は純和風の庭園だ。槙《まき》、松、杉、楓《かえで》、樹形の整った木々がそこここに立ち、築山《つきやま》のあいだには池をしつらえて石橋を渡してある。これだけの庭を維持するには専属の庭師が必要だろう。

玄関は軒が深く、白木の格子戸の両側に自然釉《しぜんゆう》の甕《かめ》が置かれていた。甕に活けている造花のような枝は臘梅《ろうばい》だろう、馥郁《ふくいく》とした香りがした。

ダークスーツが格子戸を開けた。土間は広い。錆色《さびいろ》の陶板を敷きつめている。沓脱《くつぬ》ぎは幅広の自然石、式台の一枚板は磨き込まれて黒光りしていた。

廊下は縁なしの畳敷きだった。細い桟のガラス戸を透して露地風にしつらえた中庭が見える。枝折《しお》り戸の奥にある萱葺《かやぶ》きの建物は茶室のようだ。

応接間に通された。座布団を勧められ、腰をおろす。ふたりの男は出ていった。

「堀やん、この家は半端やないぞ」

伊達は嘆息する。「柱一本、建具一枚にも、めちゃくちゃ金がかかっとる」

確かに贅沢《ぜいたく》な造りだ。広さ十六畳、壁は聚楽《じゅらく》、天井は鶉杢《うずらもく》の杉、欄間は唐草の透かし彫り、床の間には朽ちた青銅の仏頭を飾っている。雪見障子の向こうは丸竹を詰め打ちにした濡縁《ぬれえん》だ。

「ＯＣＵの青木がいいよったな、勝井には数百億の個人資産があると。まんざら嘘でもなさそうや」

「気に入らんのう。勝井は末松とつるんで何千億いう金を住専から引っ張った。住専が潰《つぶ》れて闇に消えた公的資金は、元はといえば、わしらの税金やぞ」

「そこの仏さんの頭、持って帰れや」

「うちは床の間もない」

いったところへ、足音がして障子が開いた。薄茶の着物を着た白髪の男だ。男は伊達と堀内を一瞥《いちべつ》し、床の間を背にして卓の向こうに腰をおろした。

「勝井です」と、鼈甲《べっこう》縁の眼鏡を指で押しあげる。

「ヒラヤマ総業の伊達です」

「堀内です」

名刺を差し出した。勝井は卓上に置く。

「我孫子商事に行ったそうですな。おたくらのことは北尾から聞きました」

「北尾さんは、会長は静養やというてましたわ」伊達がいう。

「そう。昨日、帰ってきましたんや」

「どこの温泉です」

「温泉やない。カジノです」

「カジノ……？」

「マカオです。昼はゴルフ、夜は博打《ばくち》。ホテルから航空券がとどきますんや」

勝井は肩幅が広く、がっしりしていて、ものいいはふてぶてしい。齢《とし》は七十四と聞いていたが、五歳は若く見える。絣《かすり》の着物は結城紬《ゆうきつむぎ》、鶯色《うぐいすいろ》の帯は総絞りだ。

「マカオのカジノはいまや世界一らしいですな。ラスベガスを抜いて」

「ぼくの泊まった『ヴェネチアン』は、カジノテーブルが八百台、スロットマシンが六千台ですわ」

「六千台……。むちゃくちゃですな」

「なにせ広い。遠くのほうが霞《かす》んで見える」

「新大阪の『フラミンゴ』はマカオやラスベガスのカジノをモデルにしたんですか」

「ほう、フラミンゴを知ってますか」

「なんべんか行きました。豪勢なホールでしたな」

「そう、金はかけました」

勝井はうなずく。「大阪でいちばんの贅沢なホールを造りとうてね」

「フラミンゴは末松恒産の子会社が造ったんやないんですか。日進観光とかいう」

「日進観光は末松の会社やない。ぼくの会社ですわ」

「しかし、末松恒産が倒産して、フラミンゴもなくなったやないですか」

「大同銀行から金を借りるとき、末松に十億ほど債務保証してもろてたんです。その末松が潰《つぶ》れてしもたもんやから、どうしようもなかった」

「フラミンゴは競売にかけられたんですか」

「いや、話し合いですわ。所有権を移転して、日進観光は解散しましたんや」

「いま、跡地は高層マンションですな」

「大同不動産の分譲で、即日完売でしたな」まるでひとごとのように勝井はいう。

「末松恒産とはどういう関係やったんです」堀内は訊《き》いた。

「ま、ビジネスパートナーですな。末松は不動産、ぼくは金融が本業で、おたがいノウハウがあるし、人脈もあった。バブルが弾けさえせなんだら、末松が逮捕されることもなかったやろね」

勝井は眼鏡をとり、目頭を揉《も》む。「末松は世間が思てるようなワルやない。とどのつまり、住専をダミーにした大手銀行の不良債権飛ばしに利用されて、憤死したんですわ」

「末松辰雄は実刑を食らいましたな」

「三年ですわ。詐欺罪で」

「三年も塀の向こうにおったら、事業はバラバラですな」

「末松には息子がふたりおるけど、ふたりともボンクラで、グループ会社をみんな潰してしもた。……末松の最晩年はほんまに悲惨でしたわ」

末松辰雄は糖尿病の悪化で失明し、腎《じん》透析をしながら、八年前に死んだ。享年七十二。〝バブルの借金王〟の死を報じたのは大阪の地方紙と三流週刊誌だけだった、と勝井はいった。

「なるほどね、そんな後日談があったんや」

伊達がいった。「おたくは末松恒産グループの事業を引き継いだりせんかったんですか」

「それはない。ぼくがなんぼ狸でも、沈むと分かってる泥舟に乗る粋狂はおませんな」

「西中島の『ニューパルテノン』も泥舟やないんですか。三億五千万もの大金を融資した理由を教えてください」

「パルテノンに金を貸したんは勝井興産やない。我孫子商事ですわ」

勝井は笑った。「我孫子商事は北尾に任せてる。北尾には北尾の考えがあるんでしょ」

「さすがに会長は狸ですな」

伊達も笑った。「長い尻尾《しっぽ》をうまいこと隠すやないですか」

「ヒラヤマ総業はパルテノンをどう見てますんや」勝井はつづける。

「どう見てる、というのは……」

「入札するときの評価額です」

「それは我々みたいな下っ端には分かりませんわ。上の判断です」

「おたくの仕事は」

「競売物件の調査です。報告書を作成して上に提出しますねん」

「ヒラヤマ総業の金主は」

「さぁ、金主なんかいてるんかな」

「なんなら、ぼくが出資しましょか」

「そらよろしいな。報告書に書いときますわ」

伊達は膝《ひざ》をくずして胡座《あぐら》になった。「ところで、マカオの戦績はどないでした」

「もちろん、負けましたよ」

「種目は」

「バカラです」

「なんぼほど、やられたんです」

「こんなもんかな」

勝井は指を三本立てた。

「三百万？」

「たった三百万で、ファーストクラスの往復航空券とスイート三泊の招待状がとどくと思いますか」

さも侮ったように勝井はいい、「むかしは賭場《とば》にもよう行きましたわ」

と、片手で花札を繰る仕種をする。手本引きだ。

「それ、どこの賭場です」

「さて、どこでしたかな」

勝井は口をつぐむ。雑談には応じても面倒なことはとぼける。この男が生きてきた軌跡が透けて見えるような気がした。

「話は変わるけど、淡路町の勝井興産は自社ビルですか」堀内は訊いた。

「ええ、自社ビルです」

最上階の十二階に事務所があり、あとは賃貸しているという。

「今度は淡路町に行ってもよろしいか」

「先に電話してください。ぼくはめったに会社におらんから」

「普段はこの家ですか」

「出無精なんです」

「マカオへは行くのに？」

「これが行きたいといいますんや」勝井は小指を立てる。

「奥さんは知ってるんですか」

「内緒に決まってますやろ」

「勝井さん、お子さんは」

「ふたりです。娘がふたり」

「勝井興産の後継者は」

「さぁ……どうしますかな」

「なんで我々に会う気になったんです」

勝井は答えず、手を叩《たた》いた。すぐに襖《ふすま》が開き、さっきの黒スーツとダークスーツが顔を出した。

「お客さんのお帰りや」

その一言で、話は終わった。


勝井邸を出たのは午後二時だった。近くで昼食をとろうと、バス通りを東へ向かう。

「あの爺《じじい》、ものがちがうな。北尾なんぞは足もとにも及ばんわ」

「爺が持ってる貸しビルは、元は末松恒産のビルとちがうか。おれはそんな気がした」

「そうか、堀やん、ええとこ見てるな」

「勝井興産の会社経歴が知りたい」

「それやったら、法務局へ行くか」

「いや、行くまでもないやろ」

堀内は携帯を開いた。菅税理士事務所に電話をする。菅はすぐに出た。

──堀内です。一昨日《おととい》はすんませんでしたな。

──あ、どうも。こちらこそ、お役に立てずにごめんなさい。

──ひとつ頼みがあるんやけど、ええかな。

──はい、なんでも。

──中央区淡路町七丁目の勝井興産。たぶん、株式会社や。商業登記簿謄本と不動産登記簿謄本をとって欲しいんや。

——業種はなんです。

——不動産賃貸や。所有してるビルの登記、抵当権移転歴。会社の損益、貸借、銀行取引、子会社……。分かることはなんでも調べてくれるか。

——しかし、登記簿だけで分かることはそう多くないですよ。

——それはかまへん。できる範囲で頼むわ。

——急いではるんですか。

——けっこう急いでる。

——じゃ、今日中に行きますわ、法務局へ。

——わるいな。恩に着るわ。

携帯を閉じた。

「餅《もち》は餅屋や。菅に任しといたらええやろ」

「菅は堀やんに弱みでもあるんか」

「中央署のころ、事情聴取した。賭博《とばく》開帳図利幇助《ほうじょ》でな。それを不問にしたったんや」

「思い切り、脅しつけたんやろ」

「脅して利用できそうなやつはな」

箕面市役所前から一七一号線に出た。イタリアンレストランに入る。伊達はパイ包みのスープとパスタ、堀内はサラダと薄焼きピザを注文した。

「少食やな、誠やん」

「年がら年中、大食いやない。たまには食わんこともあるんやで」

「ビール、飲めや。おれが運転する」

「わしだけ飲むわけにはいかんやろ」

そこへ、伊達の携帯が鳴った。伊達はモニターを見てから着信ボタンを押した。

「――はい、伊達。――いま、箕面ですわ。――ほう、それで。――いや、やりますわ。わしが蒔《ま》いた種なんやから。――了解。三時半に行きます」

伊達はしばらく話をして、電話を切った。小さく笑う。

「誰や」訊《き》いた。

「生野や。……庚星会がねじ込んできたらしい」

「行くんか、組事務所へ」

「いや、パルテノンや。矢代とかいうホール顧問に会う」

「警察OBやな」

矢代の名は岩根から聞いていた。第四方面副本部長で勧奨退職した〝汚れた警視〟だ。

「パルテノンに庚星会も来るんか」

「どうやろな。行ってみたら分かるやろ」

伊達は平然としている。ヤクザの報復など、まるで恐れていない。

「やっぱり、ビール飲むか。景気づけに」

「やめとけ。昼間っから」

伊達の景気づけは危ない。またチンピラを殴る。

三時二十五分——。西中島のニューパルテノンに着いた。駐車場にイプサムを駐《と》めてホールに入る。景品交換所の前に間宮がいた。眼が合ったが、知らんふりをして向こうへ行こうとする。間宮さん——。伊達が大声で呼びとめた。

「ホール顧問は」

「なんです……」

「矢代が来てるやろ。三時半に会う約束なんや」

「ああ、来てますね」

「どこや」

「二階の応接室やと思います」

「連れは」

「見てませんね」矢代はひとりだったという。

「光山は」

「二階です」

それを聞いて、ホールの奥へ歩いた。トイレ横のドアを引く。階段をあがった。

廊下の左、《応接室》のプレートを見てノックした。はい、と声が聞こえた。

円いガラステーブル、革張りのソファに光山と、痩《や》せた男が座っていた。男は短髪、金縁眼鏡、焦げ茶のスエードジャケットにグレーのとっくりセーターを着ている。

「矢代さん？」

伊達が訊いた。男はうなずく。

「ま、どうぞ」

光山がいった。伊達と堀内は腰をおろす。

「飲物は」

「コーヒーを」

光山はサイドボードの電話をとって、飲物をいった。伊達は煙草を吸いつける。矢代はソファにもたれて鷹揚《おうよう》に構えている。

「──一昨日、駐車場でトラブったみたいですな」光山がいった。

「庚星会の加納と黒沢。あんたが呼んだんだんや」

伊達が応じた。「このホールには近づくなと、脅迫しよったがな」

「わたしはそう聞いてない。おたくがいきなり殴りつけたんでしょ」

「ものはいいようやな。極道を呼んどいて、わしがわるいというんかい」

「まぁ、まぁ。そんな喧嘩腰《けんかごし》では話にならん」

矢代が口を開いた。「相手はヤクザや。ここはわしが収めましょ」

なだめるように、そういった。

「あんた、極道に顔が利くんかい」

伊達は矢代にいった。「そら、どういう理由や」

「まぁ、いろいろあってね」矢代は薄ら笑いを浮かべる。

「いろいろ、では分からんな」

「わしはOBなんや」

「ほう、なんのOBや」

伊達は知っていながら矢代に訊く。矢代は少し間をおいて、

「あんたらといっしょや。府警におったんや」

「へーえ、元警察官か。……星は」

「警視や」

「それはお見逸《みそ》れしましたな。所轄の署長さん？」

「第四方面本部や」

「本部長でっか」

「副本部長や」

「なんと、方面本部の副本部長まで行った人間が、いまはパチンコ屋のケツ持ちとはな」

伊達はせせら笑う。「警務課はどないしたんや。天下りの斡旋《あっせん》もせんのかい」

痛いところを衝《つ》かれたのか、矢代の口もとが歪《ゆが》んだ。

「どうせ、監察にひっかかって首飛ばされたんやろ。……ここで退職届を書かんことには懲戒免職にする。免職になったら退職金がない、年金の支給もない。副本部長、それでもよろしいんか、となあ。……いったい、なにをしたんや。女か、金か、もっとヤバいことか。なんで府警を放り出されたか、いうてみいや」

伊達はなおも矢代を怒らせるように仕向ける。矢代の顔が紅潮した。伊達をじっと睨《ね》めつける。

堀内はおもしろかった。矢代は伊達のペースにはまっている。現役のころなら歯牙《しが》にもかけなかった巡査部長に光山の前で恥をかかされ、黙って拳《こぶし》を握りしめているだけだ。伊達が警務課云々《うんぬん》を口にしたのは公然たる天下り斡旋マニュアルが存在するからだ。その規定は府警の警察官ならみんな知っている――。

大阪府警では警部以上の勧奨退職者に対して警務課が再就職先を斡旋する。警部は年収六百万円以上、警視は年収八百万円以上を基準とし、その天下り先は金融、ゼネコン、流通などの一部上場企業や警察の外郭団体、または府、市の関連企業、第三セクターが主となっている。

天下りの目的は――、府警側としては、上級幹部に勇退させて後進に役職を与え、組織の活性化を図る。地位と立場、収入を確保できる職場に幹部を送り込み、警察力の強化と情報収集を図る。また企業側としては、元警察幹部の現職時代の地位、階級を利用して府警とのパイプ役とさせる。右翼、総会屋対策、労働問題、人物調査等に利用する。

元警察幹部の紹介で現役警察官を無料のガードマンとして使用できる。警察官は上命下従が徹底しているため、かつての上司の命令にも盲従する習性があり、企業側はＯＢ個人の実務能力にではなく、府警に対する影響力に高額の給与と立場（総務部長、渉外部長、専務理事など）を与えるのである。

また、警部補以下の勧奨退職者は総務部厚生課職員相談室が担当し、その再就職先は現場労働が主で、収入は上級幹部の半分ほどになるが、刑事、警備経験者は優遇される——。

「——それで、パルテノンの雇われ顧問はなにをしたいんや。なんでわしらを呼びつけたんや、え」伊達はつづける。

「このホールから手を引け。それだけや」渋面で矢代はいう。

「そらどういうわけや。理由をいえや。わしらは競売屋で、競売申し立て物件を調査してるだけやぞ」

「おまえらは庚星会と揉《も》めごとを起こした。わしが仲裁するというてんのや」

「誰が、おまえらや。腐れ警視がいつまでも大きな顔してんのやないぞ。手打ちをさせるというんなら、なんでこの部屋に庚星会がおらんのや」

「庚星会を呼んだらよかったんか」

「呼びたかったら呼ばんかい」

「生野はわしにいうた。お任せします、と」

「ほう、そいつはおもろいのう。ヒラヤマの営業部長はチンピラの治療費を払うとでもいうたんか」

「ヒラヤマ総業がパルテノンから手を引いたらチャラにする。それがわしの仲裁案や」

「生野は呑《の》んだんかい、おまえの仲裁案たらいうやつを」

「君らと話をしてくれというた」

「百万や」

「なんやと……」

「堀内とわしが五十万ずつ。百万で手打ちをしたる。チンピラ二匹に脅されたことも忘れたろ」

「おまえら、ヤクザ顔負けやな」

「おい、爺《じじい》、今度おまえというたら、窓から放り出すぞ」

「分かった。話し合いは決裂や。なにがどうなってもわしは知らんぞ」

「おまえ、ひょっとして、わしらを脅迫しとんのか、こら」

矢代は黙り込んだ。光山も口をきかない。

伊達はブルゾンの内ポケットに手を入れた。矢代と光山の顔がこわばる。

「警視さんよ、名刺をくれや」

伊達は手帳を出し、名刺を抜いた。堀内も名刺を出して交換する。矢代の名刺は《コンサルタント　矢代治郎》とシンプルな肩書で、西淀川区姫里《ひめさと》の住所と電話番号、携帯の番号が刷られていた。

「このコンサルタントいうのは、なにをするんや」伊達は訊《き》く。

「経営相談、企業診断、いろいろや」矢代はいう。

「顧問契約は何社や」

「そんなことはいえん」

「一社あたり、月に五万。六社もあったら飯は食えるのう」

伊達は名刺を手帳に挟んで、「マネージャー、ほかになんぞ用事があるか」

光山に訊いた。光山は小さく首を振る。

「ほな、今日のとこはこれまでや」

伊達は腰をあげた。堀内も立つ。応接室を出た。


駐車場のイプサムに乗った。伊達はエンジンをかける。

「堀やん、おかしいと思わんか。わしも競売物件は三、四十、調査してきたけど、こんなややこしいのは初めてや。占有屋や極道がからむのはあたりまえとして、銀行からノンバンク、街金、不動産屋に警察OBまで、ぞろぞろ出てきよった。これはどう考えても普通やないぞ」

「パルテノンには、よほどの後ろ暗いことがあるんかな」

「それとも、わしらは虎の尾を踏んだんかもしれん」

「どんな虎や」

「分からん。……分からんけど、なにか裏がある」

「元刑事の勘にぴんと響いたか」

「堀やんはどうなんや。奇妙やとは思わんか」

「いや、確かに妙や。どいつもこいつも過剰に反応してるような気がする」

ヒラヤマ総業がパルテノンから手を引いたらチャラにする――。矢代の言葉が蘇《よみがえ》った。いくら競売申し立てをされているとはいえ、まだ公示もされていない物件から手を引けというのは、やはりおかしい。

「けど誠やん、あんまり深入りするのも考えものやぞ。パルテノンの債務総額と債権者が分かったら報告書を書こ。庚星会とのことは生野に丸投げしたらええ」

「ま、堀やんのいうとおりやな。競売屋が刑事の真似して得することないわな」

伊達はハンドブレーキをもどした。駐車場を出る。新御堂筋に向かった。

「どこ行くんや」

「ティーブレーク。コーヒーを飲み損ねた」

伊達は煙草をくわえ、シガーライターを押し込んだ。

8

宮原《みやはら》の東淀川《ひがしよどがわ》高校前の喫茶店で、伊達はモカ、堀内はキリマンジャロを飲んだ。伊達はスポーツ新聞のプロレス記事を読みふける。

「誠やん、ストリートファイトでいちばん強いのはなんや。プロレスか、柔道か、ボクシングか」

「一概にはいえんな。基本的には身体の大きいやつが勝つやろ」

伊達は顔をあげる。「わしは相撲やと思うけどな」

「そういや、相撲取りはでかいな」

「高校生のとき、相撲部の人数が足らんで大会に出たことがある。わしがあたったんはインターハイの選手で、百二十キロくらいあった。立ち合いの瞬間、頭からぶちかまされて、土俵の下に転がり落ちた。そのあとは家に帰るまで記憶が飛んでた」

「脳震盪《しんとう》やな」

「着替えをして歩いては帰ったらしいけど、なにも憶《おぼ》えてへん。相撲は恐ろしいぞ」

「その百二十キロの相手はどうしたんや」

「高校を出て相撲部屋に入ったけど、三段目あたりで廃業した。大相撲で十両、幕内に行くようなやつは化物《ばけもん》やぞ」

相撲も柔道も上には上がいる、と伊達はいう。

堀内は時計を見た。四時半――。日暮れが近い。

「これからどうする」

「パルテノンの債務総額と債権者や。正確な数字を知りたい」

「税理士はあかんな。ＯＣＵと我孫子商事もあかん」毛利、青木、北尾——、みんな一癖も二癖もあった。

「いっそのこと、パルテノンのオーナーはどうや。松原剛泰と松原哲民。まだ挨拶《あいさつ》まわりしてへん」

「ふたりの自宅は」

「生野に訊こ」

伊達は携帯を開いた。堀内は窓の外を眺める。

——と、道路の反対側に停まっている黒いクラウンに眼がとまった。サイドウインドーに遮光フィルムが貼られていて車内は見えない。ボンネットが少し凹《へこ》んでいる。

庚星会の加納と黒沢が乗っていた車も黒のクラウンだった。黒沢は伊達に投げられ、ボンネットに叩《たた》きつけられたのだ。

クラウンの前方から犬を連れた老人が歩いてきた。老人はクラウンのそばまで来て、犬のリードを引き、足早に通りすぎていった。それは犬をクラウンに近づかせないような動きだった。

伊達が話を終えた。携帯をたたむ。

「松原剛泰は吹田《すいた》の千里山、哲民は豊中の旭丘《あさひがおか》や」

「それより誠やん、あのクラウンを見てくれ。ボンネットが凹んでる」

「ほんまやな……」伊達も窓の外を見る。

「ひとが乗ってるような気がするんや」

「こないだのチンピラか」

「パルテノンから尾《つ》けられた。……ちがうか」

「みたいやな」

「どないする」

「行って、ドアでも蹴《け》るか」

「おれはどこか適当なとこに誘い込んで、話をしたいな」

パルテノンと庚星会の関係を訊きたい。ただ、守《も》りをしているだけなのか――。「日が暮れるまで待と。クラウンは動かんやろ」

「で、どこに誘い込むんや」

「さぁな……」

考えた。「箕面はどうや。箕面公園のあたりやったら土地勘がある」

「よっしゃ。腹ごしらえしよ」

伊達はマスターにカツサンドとモカをもう一杯注文した。

五時四十分――。伊達がコイントスをした。

「表」

「裏」

「また負けた。おれは博打が弱いんか」

「気魄《きはく》や。堀やんは気魄が足らん」

喫茶店を出た。イプサムに乗る。

伊達が運転して新御堂筋の側道に向かった。少し距離をとってクラウンが尾いてくる。

「素人《トーシロ》の尾行いうのはしゃあないのう。丸分かりやぞ」ルームミラーを見ながら、伊達はいう。

「ちゃんと尾けやすいように、ゆっくり走ったれ」

後続の車のヘッドライトでクラウンの車内が透けて見えた。人影はふたつ。加納と黒沢だろうか。

新御堂筋を北上し、国道一七一号を跨《また》ぐバイパスを渡った。府道箕面池田線を左折する。クラウンは後ろに尾いている。

浄水場の信号を右折した。府道豊中亀岡線を北へ向かう。曲がりくねった上り坂だ。

「堀やん、この山道は淋《さび》しすぎる。チンピラを誘い込むのはええけど、道具を持ってたらやられるぞ」

「ほな、どこか脇道があったら入れや。そこで待ち伏せしよ」

「めちゃくちゃやな、堀やん」

伊達は笑った。「出たとこ勝負いうのはこのことやで」

脇道があった。《阪和《はんわ》製鋼箕面保養所》と案内板が立っている。伊達はウインカーも点《つ》けずに右折した。

未舗装の脇道は百メートルほどで行き止まりだった。木の柵《さく》の向こうに平屋の建物がある。窓に灯《あかり》はない。クラウンは脇道に入ってこなかった。

伊達と堀内は車を降りた。伊達がリアハッチを開ける。工具箱から、伊達はメガネレンチ、堀内はタイヤレンチを出してベルトに差した。

イプサムのスモールランプを点けたまま、府道に向かった。月明かりに眼が馴《な》れてくる。寒い。山の冷気に膝《ひざ》が震えた。

「堀やん、こっちや」

伊達は雑木林に入った。堀内もつづく。湿った落葉を踏みながら、少しずつ府道に近づいた。

立木の切れ間からクラウンが見えた。男がふたり、そばに立っている。暗くて顔は識別できないが、ひとりは黒っぽいスーツ、ひとりはブルゾンを着て、鼻のあたりに白いものを貼っている。

「あれは黒沢やな。鼻に湿布しとるわ」

伊達は小さくいう。「行って、ぶち叩くか」

「いきなり殴るのはあかんやろ」

「けど、あのボケはわしに恨みがある。わしを標的《マト》にかけとんのかもしれん」

「誠やん、黒沢がその気なら、チャンスはなんべんもあった。おれらを尾けまわしてるんは上の命令や」

しばらくようすを見よう、と堀内はいった。

黒っぽいスーツの男が煙草に火をつけた。パンチパーマに縁なし眼鏡――。加納だ。黒沢と加納は保養所の案内板を前にして、脇道へ入るかどうか、思案しているようだった。黒沢が加納になにか話しかける。加納はうなずいてクラウンの助手席に乗り、黒沢が運転席に乗る。クラウンはヘッドライトとスモールライトを消して動きだした。脇道へゆっくり入っていく。

「堀やんッ」

伊達はクラウンを追って雑木林の中を移動した。堀内も追う。暗い。足もとが見えない。下草がズボンにまとわりつく。

クラウンは脇道の途中で停まった。五十メートルほど先にイプサムのリアランプが見える。エンジンがとまり、クラウンのドアが開いて加納と黒沢が降りた。加納は右手になにか持っている。ふたりは身をかがめるようにしてイプサムに近づいていく。

「誠やん、加納は道具を持ってるぞ」

「ヤッパか、チャカか」

「分からん。暗すぎる」

刃物なら対処のしようもあるが、拳銃《けんじゅう》は始末がわるい。「――ここはやりすごしたほうがええかもしれんな」

「わしの車はどうなんや。歩いて家まで帰れんぞ」

伊達は舌打ちする。人目のない山中にヤクザを誘い込んだのはまちがいだったのかもしれない。

加納と黒沢がイプサムのすぐ後ろについた。リアフェンダーの隅にかがみ込んでようすを窺《うかが》っている。ふたりは伊達と堀内が車内にいると思っているようだ。

「堀やん、クラウンや」

伊達が耳もとでいった。「あのクラウンに乗って、ヘッドライトを点けてくれ」

ライトに驚いて、加納と黒沢が振り返る――。伊達は隙を見て雑木林から飛び出し、ふたりを殴り倒すという。

「しかし誠やん、加納はチャカを持ってるかもしれん。飛び道具には勝てんぞ」

「そのときは突っ込め。チャカより車のほうが強い」

伊達はやる気だ。このまま隠れてやりすごすつもりはないらしい。

「ええな。行くぞ」

伊達は堀内の返事も待たず、メガネレンチを手にして離れていった。堀内は雑木林を出て、クラウンに近づく。開いたままのドアを引き、そっと運転席に座った。キーは差さったままだった。

フロントウインドー越しに加納と黒沢が見えた。黒沢がイプサムの車内を覗《のぞ》き込んでいる。黒沢は小さく首を振り、加納は周囲を見まわした。
一、二、三……。ゆっくり十まで数えて、堀内はキーをひねった。エンジンがかかる。ヘッドライトを点けた。ハイビームにする。
黒沢と加納が振り返った。こちらに向かって走り出す。加納は拳銃を持っていた。

堀内はアクセルを踏み込んだ。エンジンが噴きあがる。車は動かない。

セレクターレバーを引いた。タイヤが空転し、フロントを撥《は》ねあげるように発進した。

赤い火柱、拳銃の発射音。加納を撥ねた。ヘッドライトの中にイプサムのリアランプが迫る。ステアリングを切り、ブレーキを踏む。コントロールできない。クラウンはスライドし、柵に突っ込んだ。堀内はドアを開けて飛び出した。

「堀やん、後ろ！」

振り向いた。黒沢が来る。躱《かわ》した。

伊達が雑木林から出て黒沢の腕にレンチを叩《たた》きつけた。白い刃が光る。ふたりはもつれあって倒れた。上になった黒沢がナイフを振りかざし、伊達は下からレンチを突きあげる。レンチは喉《のど》に入って黒沢の身体が浮き、伊達は黒沢を撥ね退《の》ける。横倒しになった黒沢の顔を堀内は蹴った。黒沢は俯《うつぶ》せになり、肘《ひじ》で地面を掻《か》く。その首筋に伊達の膝が落ちた。黒沢はひしゃげたように動かなくなった。

堀内はナイフを拾って雑木林に投げた。イプサムのそばに加納が倒れている。ベルトに差していたタイヤレンチを抜き、足もとから加納に近づいた。拳銃はない。

尻《しり》を蹴った。加納は呻《うめ》き声をあげた。

堀内はタイヤレンチを捨て、拳銃を探した。近くにはない。

「誠やん、懐中電灯あるか」

伊達に訊《き》いた。ある、という。伊達はイプサムのリアゲートをあげ、懐中電灯を持ってきた。


拳銃は雑木林の中まで飛んでいた。S&Wの38口径。真正拳銃だ。弾はシリンダーに三発装塡《そうてん》され、硝煙の臭いがした。バレルはまだ少し熱をもっていた。

伊達は加納の襟首をつかんで引き起こし、立木の根方にもたれかからせた。顔に懐中電灯を向けて頰を張る。

「起きんかい。いつまでも寝てんのやないぞ」

加納は呻いて眼をあけた。

「どないした。骨でも折れたか。内臓が潰《つぶ》れたか」

加納は呻いて眼をあけた。なにかつぶやく。

伊達は胸を押した。加納は悲鳴をあげた。

「そうかい。肋骨《ろっこつ》が折れたか。痛いやろのう」

「おどれら、殺すぞ……」掠《かす》れた声で加納はいう。

「おう、まだやるか。庚星会の加納さんは根性あるがな」

伊達は笑った。「おまえ、なんでわしらを尾《つ》けた」

「おどれを殺《と》るんや」

「やるんなら、さっきの喫茶店《サテン》で弾《ひ》かんかい。その気もないのに、ええかっこさらすな」

「今度は弾いたる。待っとれ」

「待つのはええけど、わしは堅気やぞ。堅気は値が張るんや。三十年は食らい込む覚悟で来るこっちゃな」

「おまえ、さっき何発撃ったんや」堀内は訊いた。

「じゃかましい。知るかい」

「そうか……」

加納の脇腹を蹴《け》った。加納はまた悲鳴をあげる。右手がだらりとさがっているのは腕の骨が折れたか、肩が脱臼《だっきゅう》したかもしれない。

「弾は何発、こめてたんや」

「六発や……」

「こいつ、三発も撃ちよったわ」伊達にいった。

「拳銃と実包を同時に持つ加重所持罪は三年以上の有期懲役。組織的、不正権益目的で撃った発射罪は無期または五年以上の懲役や」

伊達はつづける。「おまけに殺人未遂ときたら、二十年は堅いのぅ」

「どうする、誠やん。こいつらふたり、チャカをつけて四課に渡すか」

「ええな。ダニは檻《おり》ん中に放り込も」

「待て」

加納はいった。「連れはどないした」

「黒沢かい。そこや」

伊達は懐中電灯を黒沢に向けた。脇道の端に倒れている。

「おまえ、いつからパルテノンの守りをしてるんや」堀内は訊いた。

「知らん。わしは知らん」

加納は首を振る。「上にいわれただけや。パルテノンへ行けと。一昨日《おととい》の昼や」

「上て、誰や」

「若頭《かしら》や」

「下村か」

「ああ……」

「下村はどういうたんや」

「パルテノンの駐車場に白のミニバンが駐《と》まってる。伊達と堀内いう競売屋が間宮いうサブマネを待ってるから、行って追い散らせ、といわれた。二度とパルテノンに近づかんように脅せ、とな」

そのとき、組事務所には黒沢がいた。加納は黒沢を連れて西中島に向かった。パルテノンの駐車場で喧嘩《けんか》になるとは思わなかったという。

「今日も下村にいわれて、わしらを尾けたんか」

伊達が訊いた。加納はうなずく。

「尾けて、どうするつもりやったんや」

「おまえらがどこへ行って、なにをするか、報告せいといわれた」

「えらい面倒見がええやないか。庚星会はパルテノンの守りをしてるだけやないやろ」

「知らんわい。わしは若頭のいうとおりにしただけや」

「舐《な》めんなよ、こら」

伊達は加納の右肩に手をやった。つかんでひねる。ウグッ、加納は唸《うな》った。

「いわんかい。パルテノンと庚星会の関係や」

「――うちの組はパルテノンに金を貸してる」

「なんやと……。極道がパチンコ屋に金を貸すてなことは話が逆やろ」

「ほんまや。若頭に聞いた」

加納のいったことは嘘ではない、と堀内は思った。庚星会のシノギは街金と闇金、債権取立で、ヤクザ金融もしている。ヤクザに金を貸して、パチンコ屋に貸さないということはないだろう。

「庚星会はパルテノンになんぼ貸してるんや」堀内はいった。

「二億五千万や。若頭はそういうた」

「なんでもかでも、若頭に聞いた、か。……二億五千万の出処《でどころ》は」

「知らん。聞いてへん」

「二億五千万は右から左に動かせる金やないぞ。金主がおるはずや」

加納は下を向いた。喋《しゃべ》りすぎたと思ったのかもしれない。

「金主は誰や。いわんかい」

伊達が怒鳴りつけた。加納は俯《うつむ》いたまま、

「――『ウイニング』とかいう街金や」

「ウイニング？　どこかで聞いたな」

「誠やん、勝井の子会社や」

我孫子商事と勝栄とウイニング――、勝井興産は街金三社を統括経営している。

勝井興産のオーナー勝井峻大はパチンコホール『ニューパルテノン』に、我孫子商事をとおして三億五千万円、ウイニングと庚星会をとおして二億五千万円を貸し付けているのだ。合わせて六億という融資は半端な額ではない。

「おまえ、箕面の勝井の邸《やしき》を知ってるな」

堀内はいった。加納は顔をあげる。「あの邸におる使用人は庚星会の組員やろ。……ひとりはオールバックに縁なし眼鏡、もうひとりは痩せで背が高い。名前を聞こか」

「――瀬川《せがわ》と坂野《さかの》や」瀬川がオールバック、坂野は痩せだという。

「勝井と庚星会は長いんか」

「長いやろ。うちのオヤジが組を揚げたころからや」

「庚星会の組長は清水やったな。いつ旗揚げした」

「オヤジを知ってんのか」

「おまえ、おれらがただの競売屋と思てんのか」

「ほかになにがあるんや」

「おれも伊達も元マル暴担や。極道のデータはなんぼでもとれる」

「…………」

「真湊組系東青組庚星会の組長は清水修司、五十五歳。若頭は下村幹和、四十七歳。下村は吹田の組筋との抗争で殺人未遂の前科がある。……ついでにいうと、おまえの名前は加納直樹で、本籍は鳥取県の米子、家族はよめはんと娘がひとり。東淀川の瑞光で、よめはんに『夕夢』いうラウンジをやらせてる。なんなら、おまえと黒沢の前科もいうたろか」

「もうええ。分かった」加納は吐き捨てる。

「清水はいつ、組を創ったんや」

「昭和六十三年や」

「ほな、勝井と庚星会は二十年以上のつきあいか」

「おどれら、わしをどないするんや」

「さぁな。ここでおまえを埋めたら後腐れはない」

「あほいえ。人殺しやぞ」

「おまえはおれを撃った。ケジメをつけんとな」

「おまえが車で突っ込んできたからや。正当防衛や」

加納は必死で抗弁する。さっきまでの威勢は消え失せた。

堀内は立って、拳銃《けんじゅう》を抜いた。銃口を加納の額にあてる。ハンマーをあげた。

「やめてくれ」

加納は叫んだ。四《よ》つん這《ば》いになって逃げる。伊達が襟首をつかんだ。

「わるかった。堪忍や。堪《こら》えてくれ」

加納は背中を丸めて震える。スーツは泥だらけで、靴は片方脱げている。

堀内は銃を持ちかえて、グリップをハンカチで拭《ふ》いた。動かない加納の右腕を後ろ手にとって、グリップを握らせる。そうして銃をハンカチに包み、ジャケットのポケットに入れた。

「このチャカは預かっとく」

加納を見おろして、いった。「おまえの指紋が付いてるし、硝煙反応もある。今度、もし、おまえと黒沢の姿を見ることがあったら、このチャカは駅のロッカーに入れて四課に電話する。次の日には庚星会と夕夢にガサが入るんや」

「分かった。よう分かった。もうおまえらのそばには近づかへん」息も絶え絶えに加納はいう。

「誠やん、聞いたか」

「おう、聞いた」

「ほな、行こ」

踵《きびす》を返した。伊達はイプサムに乗り、堀内は懐中電灯を持ってクラウンを見る。

保養所の柵《さく》をなぎ倒したクラウンのフロントウインドーには蜘蛛《くも》の巣がふたつ張っていた。巣の真ん中に親指大の穴が開いている。加納の撃った三発のうち二発が命中したのだ。

堀内はジャケットをあらためた。襟も裾《すそ》も泥まみれだが、穴はない。血も付いてはいなかった。

クラウンに乗り、グローブボックスから車検証を出した。ステアリングをティッシュペーパーで拭《ふ》き、キーを拭く。車を降り、ドアハンドルも拭いて、イプサムの助手席に乗り込んだ。

「なにを持ってきたんや」伊達が訊《き》いた。

「車検証や。クラウンの所有者が分かるやろ」

加納が乗っていたからといって、加納の名義とはかぎらない。

伊達はイプサムをバックして切り返し、脇道をあとにした。

「誠やん、おれは死にかけたぞ」

「チャカか……」

「クラウンのウインドーや。ふたつ、穴があいてた」

「そら、えらいこっちゃ」

ひとごとのように伊達はいう。「あいつら、どう始末するんかのう」

「クラウンのキーはつけといた。エンジンも動いてる」

加納はフロントガラスを叩《たた》き割り、黒沢を乗せて姿を消すだろう。

「この寒いのに、吹きさらしで走るか」

「迷惑なんは保養所や。柵が壊れた」

「けど、堀やん、チャカに加納の指紋を付けたんは正解や。大したもんやで」

「S&Wの38口径。相場は三十万やな」

「売るんかい」

「売るわけない。隠しとく」

「どこに」

「さぁな……」

いま泊まっている安ホテルには置いておけない。妻子持ちの伊達に預けるわけにもいかないだろう。「──隠し場所は考える」

「これからどないする」

「今日のとこは解散しよ。疲れた」

「ほな、送って行こか。ホテルまで」

「いや、誠やんは家に帰れ。おれは千里中央でタクシーを拾う」

「分かった。そうしよ」

府道豊中亀岡線から箕面池田線に出た。

千里中央駅で伊達と別れたのは八時すぎだった。ロータリーは客待ちのタクシーでいっぱいだ。

チャカをどうする——。考えた。ジャケットのポケットが膨らんでいる。S&Wの重さは一キロを軽く超えているはずだ。

中央署と今里署のころにつきあいのあったヤクザは大勢いるが、やつらに拳銃を預けるわけにはいかない。それこそ、猫にマタタビだ。

女や。独り暮らしで口の堅い女——。

キタやミナミで知った女を思い浮かべた。『芳村《よしむら》』の美穂《みほ》、『ケントクラブ』の彩音《あやね》、『すみれ』の奈津子《なつこ》——。みんな五年以上前だ。まだ店があるかどうかも分からない。

ふっと、『MAY』の理紗《りさ》を思い出した。道修町《どしょうまち》の健康食品会社オーナーの愛人で、鰻谷《うなぎだに》の裏カジノを摘発したとき、オーナーといっしょにルーレットテーブルに座っていた。堀内は中央署で理紗の取り調べをし、賭《か》けていたチップがオーナーのもので一回あたり千円程度の少額だったこと、また裏カジノは初めてでオーナーに強く誘われて行ったこと、などの事情を聞き、調書には〝積極的な賭博《とばく》行為なし〟と書いた。理紗は不起訴処分になり、オーナーとは別れた。その後、堀内は『ＭＡＹ』に出入りして理紗とつきあったが、堀内は今里署に異動し、理紗は北新地のクラブに移って、いつしか連絡は途絶えた。最後に理紗に会ったのは、三年前の春だったろうか。理紗の本名は森下香織《もりしたかおり》。北久宝寺町《きたきゅうほうじまち》のマンションには何度か行った。

堀内は携帯を開いた。アドレス帳を見る。《リサ　０９０・６３２２・５３××》が残っていた。発信ボタンを押したが、理紗は出ない。この時間は店にいるのだ。

新地の店はなんやったかな——。記憶をたどった。カタカナの音楽用語……。そう『フォルテシモ』だ。

一〇四で北新地のクラブ『フォルテシモ』を訊き、かけた。

——はい、フォルテシモでございます。

——理紗ちゃん、いますか。

——失礼ですが。

——堀内です。

——お待ちください。

理紗はまだフォルテシモにいた。店を移っても名前は変えない、といっていた。

——はい、代わりました。理紗です。

——おれ。堀内。

——あ、はい……。

——刑事の堀内。

——あっ、久しぶり。どうしてはったん？

——これから行ってもええかな。

——うん。来て、来て。

——すまんな。三十分で行くわ。

電話を切り、タクシーに乗った。


北新地本通り——。《フォルテシモ》の袖《そで》看板を見て、ハーフミラーのビルに入った。エレベーターで三階にあがる。《ff》のプレートのあるドアを押した。

いらっしゃいませ——。ダークスーツのマネージャーがそばに来た。

「さっき電話した堀内やけど」

「お待ちしておりました。どうぞ、こちらです」

席に案内された。店は広い。十あまりのボックスに先客は三組だった。

ソファに腰をおろして、おしぼりを使った。泥に汚れた靴も拭く。ズボンの折り返しには枯葉や草が入っていた。

理紗が来た。丈の長い紺のワンピース。大きな薔薇《ばら》の地模様が入っている。

「いらっしゃいませ」

丁寧に頭をさげて向かい側に座った。「お飲物は」

「ブランデーにしよか。水割りで」

「銘柄は」

「任せる」

「じゃ、コルドンブルーね」

理紗はボーイを呼んだ。堀内は煙草をくわえる。

理紗は堀内の煙草に火をつけて、じっと顔を見た。

「なんや、珍しいか」

「ううん。……血がついてる」額を指さした。

「ほんまかい」

もう一枚のおしぼりで額を拭《ぬぐ》った。黒い血の筋がついた。「怪我したんやな」

「どうしたん」

「いや、さっきまで箕面におったんや。雑木林の中を歩いた」

加納の撃った弾がクラウンのフロントガラスを貫通した。その破片で額を切ったのかもしれない。

よく見ると、ツイードのジャケットにも、ところどころ泥が付いていた。ポケットに拳銃《けんじゅう》があると知ったら、理紗はどんなに驚くだろう。

「なんで、箕面なんか行ったん」

「仕事や。おれは警察を辞めた。いまは不動産屋の調査員をしてる」

「ふーん、そうなんや」

熱のこもらぬふうに理紗はいって、「いつ辞めたん、警察」

「一昨年《おととし》の夏や。依願退職。ほんまのとこは懲戒免職やけどな」

「なんかわるいことしたんや」

「した。あちこちの不良企業から袖《そで》の下をとってたんがバレた」

「そら、派手に飲み歩いてたもんね」

堀内の金遣いの荒さを理紗はいっている。刑事の給料ではやっていけないことを知っていたのだ。

「不動産屋のほうがいいの、警察より」

「なにが」

「収入」

「おれは一昨日《おととい》、不動産屋になったんや。それも、契約調査員にな」

退職してからの経緯を、杏子との関係を伏せて話した。妻と別れて大阪を離れたこと、いまは東京の芝浦に住み、六本木でラウンジをやっていること、今里署の同僚に誘われて大阪にもどり、西中島のビジネスホテルに泊まっていること——。

「不動産屋というたらまだ聞こえがええけど、要は競売屋や。ヤクザや半堅気を相手に物件の調査をするんや」

「ケイバイて、わたしのお客さんもなったわ。会社のビルをとられたんやて」

「ここ三、四年、倒産ラッシュやからな。特に大阪は土砂降りの不景気や」

そこへ、ブランデーとオードブルが来た。理紗は水割りをつくりながら、

「今日は箕面の土地を調査したん」

「保養所や。箕面の滝の近くの」

「あのあたり、猿が多いよね」

「最近は減ったらしいで」

「わたし、子供のころ、箕面の猿にポッキーをとられた。すごい怖かった」

理紗は水割りを置いた。乾杯する。さすがに、コルドンブルーは旨《うま》い。五、六万は飛ぶだろうが。

「理紗はいくつになったんや」

「いきなり訊《き》く？」

理紗は笑った。「もうすぐ二十九」

「おれはもうすぐ四十や」

「いい年まわりやね」

「人生、先が見えた。不惑とはようういうたわ」

「六本木でラウンジしてるて、かっこいいやんか」

「六本木の外れや。たった十三坪で、ボックス三つにカウンターが七席。ラウンジというよりはスナックというたほうが似合いやな」

「女の子は」

「ママを入れて四人。バーテンひとり」

毎月、赤字を垂れ流しているとはいわなかった。

「わたし、遊びに行こかな、東京に。……行ってもいい？」

「ああ、かまへん」

杏子がどう思おうと知ったことではないが、いくらなんでも芝浦に泊めるわけにはいかない。「ホテルをとったる。ハイアットリージェンシー、ウェスティン、フォーシーズンズ、どこでもな」

「めちゃ、お洒落《しゃれ》やんか。ほんとに行くよ」

「はとバスで観光ツアーしよ」

オードブルのチーズをつまんだ。「で、理紗はこのごろ、どうなんや」

「それって、わたしのプライベートライフ？」

「まぁな」

「去年の暮れに別れた。いまはフリー」

男は北浜の地場証券会社の歩合外交員だったが、去年の秋、契約を解除されたと理紗はいう。「男の値打ちは稼ぎやもんね。わたし、フリーターとつきあう気はないねん」

「ほな、おれとつきあうか。まじめな交際」

「堀内さんはあかんわ。遊び人やもん」媚《こび》をふくんだ眼を、理紗は向ける。

「久宝寺のマンションはどうした」

「いまもいるよ。……だって、お金ないもん」

「あのマンション、六十平米はあるやろ。家賃は自分で払うてるんか」

「あほらし。新地のホステスにそんな質問したらあかんわ」

「そうか。野暮やったな」

「わたし、落ち着きたいねん。結婚なんかしたくないけど」

「それはなんや、愛人志望か」

「どう？　立候補する」

「ま、考えとこ」

理紗のセックスを思い出した。奔放で、わがままで、そのくせ避妊には神経質だった。コンドームなしの挿入は許されず、終わるとすぐバスルームに行って、三十分は出てこなかった。理紗と長続きしなかったのは、そんな味気なさを感じたからかもしれない。

携帯が震えた。開いてモニターを見る。税理士の菅だった。

「わるい。ちょっとだけ外す」

立って、カウンターのほうへ歩いた。着信ボタンを押す。

──堀内さん、菅です。いま、よろしいか。

──ああ、かまへん。

──中央区淡路町七丁目の株式会社勝井興産。商業登記簿謄本と不動産登記簿謄本をとりました。

――すまんな。ご苦労さん。

店を出た。エレベーターホールには誰もいない。

――業種は不動産賃貸です。現在、所有してる賃貸ビルは大阪市内に七棟、堺市堺区翁橋町《おきなばしちょう》、東大阪市小阪《こさか》、摂津市千里丘《せんりおか》東に三棟で、総床面積は約七千坪。前年の売上は二十億円で、二億六千二百万円を利益計上してます。

――登記簿謄本だけで、ようそこまで分かったな。

――法務局から淀屋橋《よどやばし》の近畿《きんき》商工リサーチに寄ったんです。

近畿商工リサーチは聞いたことがある。帝国データバンクや東京商工リサーチと同じ企業興信所で、会員は企業情報や人事情報を一件ごとに購入できる。

――情報料、払わなあかんな。

――いえ、そんなん、よろしいわ。

――菅さん、会員やろ。会費が要るやないか。

菅に借りはつくりたくない。三万円を払うといったら、郵送してくれといった。ちゃっかりしている。

――勝井興産の創立は。

――昭和六十年二月です。

一九八五年……。日本がバブルに向かおうとしていたころだ。

――勝井興産のグループ会社は。

――五社、あります。事業者金融の『我孫子商事』『ウイニング』『勝栄《しょうえい》』と、ビル管理の『勝栄ビルメンテナンス』、ディベロッパーの『勝栄トータルエステート』です。

勝井興産をふくめたグループ全社の年間売上は二百億円だと菅はいう。

――全社の従業員数は。

――契約社員を入れて、二百二十人です。

非上場の不動産賃貸と事業者金融会社で二百二十人の従業員というのは、かなりの規模だろう。勝井峻大の個人資産は数百億と聞いたが、ほんとうだと思った。箕面の桜ヶ丘にあれだけの大邸宅を構えるのも不思議ではない。

――勝井興産のビルのうち、末松恒産から移転登記されたものはあるか。

――ありますね。大阪市の七棟のうち五棟と、堺の一棟がそうですわ。

――その購入額は。

――ちょっと待ってください。根抵当権の設定と抹消を見ます。

――概算でええ。細かい数字は要らん。

――いま、トータルします。

菅は電卓を叩《たた》いているのだろう。一分ほど待って、

――ざっと六百三十億ですね。

――六棟の総床面積は。

――約四千坪です。

――勝井は四千坪を六百三十億で買うたわけか。

坪あたりの購入額を訊いた。千五百七十五万円、と菅はいう。いまどきのマンションの坪単価は百五十万から二百万だから、千五百万はあまりにも高い。銀行や住専の債権放棄など、なんらかのトリックがあったにちがいない。勝井はやはり、バブル崩壊のどさくさにまぎれて国民の税金を食ったのだ。

――いや、分かった。忙しいのにわるかったな。

――またなにかあったらいうてください。手伝います。

電話は切れた。堀内はフォルテシモにもどった。

9

尿意で眼覚めた。理紗を起こさないよう、そっとベッドを出る。放尿し、洗面所の鏡を見た。無精髭《ぶしょうひげ》、瞼《まぶた》が腫《は》れぼったい。顔を洗い、寝癖で逆立った髪を手でなでつけた。

リビングにもどり、テーブルに置いていた腕時計を手にとった。午前六時すぎ――。四時間ほど寝たようだ。

カーペットに脱ぎ散らした服を着た。ジャケットが重い。ポケットのS&Wだ。

ソファに座り、銃を包んでいたハンカチを広げて、指紋が付かないように注意しながら、シリンダーラッチを銃口のほうに押した。シリンダーを振り出し、三発の弾を左の掌《て》に受ける。万が一、理紗が銃を見つけても撃つことはできない。

弾とハンカチ包みの銃を持ってダイニングへ行った。理紗は料理をしないから、キッチンは片付いている。ダイニングボードの抽斗《ひきだし》を開けると、週刊誌大のビニール袋があった。銃と弾を分けて二枚の袋に入れ、小さく巻く。

流し台の扉を開けた。無造作に置かれたポットやヤカンの奥にS字の排水管が見える。排水管の後ろは灯がとどかず、陰になっている。

銃を包んだビニール袋を排水管の後ろに押しあげた。排水管と裏板のあいだに挟み込まれて固定され、落ちてはこない。

弾の隠し場所は、キッチンから離れたところがいいと思った。脱衣所へ行き、洗濯機を持ちあげて、排水トレイの溝に押し込んだ。

理紗もええ迷惑やで——。笑ってしまった。本人の知らない拳銃所持だ。

ヤクザは女に拳銃や覚醒剤《かくせいざい》を預けることが多いが、あれこそは愚の骨頂だ。女は喋《しゃべ》る。男も喋る。取調室に入れられてもなお口を割らず、他人の犯罪を背負い込もうというようなやつはいない。

ダイニングの椅子《いす》に腰かけて手帳にメモを書いた。《サンライト西中島・803　090・6458・15××》。紙を破りとってテーブルに置き、その上に五万円を置いた。

玄関へ行き、靴を履いた。シューズボックスの上に空の花瓶がある。中を覗《のぞ》くと、鍵《かぎ》や印鑑や小銭があった。四本の鍵のうち、二本は玄関ドアの予備だろう。

堀内は予備の鍵一本をポケットに入れ、理紗の部屋をあとにした。


堺筋本町の喫茶店でモーニングサービスのハムトーストとスクランブルエッグを食べ、コーヒーを飲んだ。朝刊に興味をひく記事はない。七時に喫茶店を出てタクシーに乗った。

西中島のビジネスホテルに帰ると、フロントマンに呼びとめられた。お預かりものがございます、という。一昨日《おととい》、梅田のデパートで買った服だった。受けとって、八階の部屋にあがった。

十時――。部屋の電話が鳴った。伊達がロビーで待っているという。

堀内は服を着替えた。下着、ネルシャツ、セーター、ジャケット、ダッフルコート――。マフラーは巻かずに部屋を出た。

「なんと、重装備やな、え」

堀内を見るなり、伊達はいった。「そんなに着膨れしてどないするんや」

「ダッフルコートを着たかったんや。高校生のころを懐かしんでな」

「えらい生地が厚いやないか」

「ヘリンボーンや。英国の『グレンフェル』」

「二、三万はするんか」

「あと十万、足してくれ」

「堀やんは〝やつし〟やで」

そういう伊達は、昨日と同じ黒の革ジャケットにグレーのハイネックセーターを着て、ズボンだけをアイボリーのチノパンツに替えている。靴は焦げ茶のトレッキングシューズ。伊達の服装にコーディネートという概念はない。

「で、今日は」

「昨日のつづきや。松原剛泰と松原哲民の家庭訪問をする」

そう、剛泰の自宅は吹田の千里山、哲民のそれは豊中の旭丘だった。

ホテルの前に駐《と》めていたイプサムに乗った。伊達が運転して豊中に向かう。

「生野はなにかいうてきたか」堀内は訊《き》いた。

「いや、連絡はない」

「ほな、庚星会は生野に接触してへんのやな」

「競売屋の車を尾《つ》けて箕面に行ったら、ぼこぼこにやられてチャカを奪《と》られました……。

そんなことを、加納と黒沢が上に報告するか」

「ま、一端《いっぱし》の極道なら、よういわんわな」

「わしは昨日、千里中央で堀やんと別れてから荒木に電話した。荒木は笑うてたで。堀内さんもめちゃしますなと」

「チャカのことは、荒木にいうたんか」

「いうわけない。わしも堀やんもいまは一般人やで。チャカなんぞ持ってたら、手が後ろにまわるがな」

「チャカは隠した。あるところにな」

「それでええ。隠し場所は聞かんとこ」

伊達は笑って、「荒木は今日、岩根と連れだって庚星会の事務所に行くというてた」

「誠やんとおれのためにか」

「ヒラヤマ総業の堀内と伊達は元マル暴担で、いまも警察の協力者や。ふたりになにかあったら庚星会にガサかけると、釘《くぎ》を刺しに行くそうや」

「そらありがたい。ふたりに礼をせんとな」

ビール券でも渡すか、といったら、伊達は首を振った。荒木は笊《ざる》のように飲むが、岩根は一滴も飲まないという。

「岩根は堀やんとちごうて女遊びもせん。柔道一筋の好青年や」

「おれは飲む打つ買うの三拍子揃た軟派中年かい」

「堀やんは〝やつし〟の遊び人や。わしの倍ほどのな」

昨日も理紗に遊び人といわれた。ひとは堀内をそう見ているのだろうか。

江坂町《えさかちょう》から府道一三四号に入った。服部《はっとり》緑地を抜けて泉丘《いずみがおか》から旭丘へ。地区集会所の前で伊達は車を停めた。

「このあたりが二丁目や。松原の弟の家は三丁目の九番地」ナビを見ながらいう。

「もうちょっと北やな」

二百メートルほど行ったバス停の角を右折した。電柱の住所表示を見る。

「あれやな」

伊達の指さす先に赤いスペイン瓦《がわら》の家があった。伊達はカーポートの前に車を停める。

堀内は車外に出た。

煉瓦《れんが》積みの門柱に《松原》の表札があった。敷地は六、七十坪か。カーポートの車は白のセルシオと軽四のミニバンだ。

「パルテノンの専務の家にしてはショボいな」

車を降りた伊達がいう。「勝井の邸《やしき》とは比べもんにならんで」

「パルテノンは借金まみれや。これぐらいの家が分相応やろ」

堀内はインターホンのボタンを押した。

――はい。

女の声が聞こえた。

――ヒラヤマ総業の堀内といいます。松原さん、いらっしゃいますか。

――主人はおりません。

――西中島ですか。

——いえ、ちがいます。

——いつ、お帰りです。

——あの、ご用件は。

——我々は不動産調査員です。ニューパルテノンの競売について、お伺いしたいことがありまして。

——主人は存じておりますか。

——約束はしてません。

——主人が帰りましたら、申し伝えます。

名刺を郵便受けに入れるようにいう。玄関を出てくる気もないらしい。

——すんません、松原さんはいつお帰りですか。

インターホンのレンズに向かって、もう一度訊いた。

——主人の予定は分かりません。携帯に連絡してください。

——電話番号は。

——知らないんですか。

——ええ。知りません。

——会社にお訊きください。

それっきり、音声は途切れた。とりつく島もなかった。

「居留守か」伊達がいう。

「どうやろな……」居留守なら、携帯に電話してくれとはいわないと思うが。
伊達は携帯のカメラで家を撮り、車に乗った。堀内も乗る。
「誠やん、ちょっと離れたとこで停めてくれ」
伊達は近くの児童公園の脇に車を駐めた。堀内は生野に電話をする。
――堀内です。
――はい、ご苦労さん。
――松原剛泰と松原哲民の携帯と自宅の電話番号、分かりますか。
――携帯は分からんけど、自宅の番号はどこかに書いてまっしゃろ。
――ほな、哲民の家に電話してくれますか。女の声がよろしいわ。
いま、豊中の旭丘にいる、哲民が家にいるかどうか確かめたい、といった。
――で、用件は。
――哲民がおったら、カチ込みます。
――殴り込みですかいな。
――哲民がどういう男か、顔を見ときたいんです。話をするだけですわ。
――了解や。十分ほど待ってください。
そうして、電話は五分後にかかってきた。
――堀内さん、哲民は出張ですな。二十七日から。
生野は総務の女子社員にパルテノンの従業員を名乗って電話をさせたという。

——いつ、帰ってくるんです。

——今日の晩やそうです。

——そうか、嘘やなかったんや。

——嘘？　誰が。

——いや、哲民のよめはんですわ。居留守かと思たんです。

——自宅の番号、いいましょか。哲民と剛泰の。

——お願いします。

手帳に書きとり、電話を切った。

「誠やん、哲民は出張や。二十七日から」

「えらい長い出張やな。今日は三十一日やぞ」

「女連れとちがうか。そんな気がする」

カーラジオのスイッチを入れ、車を発進させた。


バス通り沿いのラーメン屋で昼定食を食べ、千里山に向かった。豊中の旭丘から吹田の千里山はほんの三キロだ。

松原剛泰の家はコンクリート打ち放しの洒落《しゃれ》た造りだった。高い塀も建物もグレー一色で、屋上はステンレスの手すりを巡らしている。敷地は約百坪、こういった家は屋内の仕上げも打ち放しで、ガラスとステンレスと石を多用したインテリアだろう。

「さすがに、専務の家よりは社長の家のほうが金がかかってそうやな」

「どうせ、この家も抵当に入ってる。いずれは競売にかかるんや」

「地震に強そうやの。落札しよか」

「先立つものは」

「ない」

伊達は首を振り、インターホンのボタンを押す。ほどなくして返答があった。

——すんません、ご主人、いてはりますか。

——どちらさまでしょう。

——ヒラヤマ総業の伊達です。ニューパルテノンの出入り業者です。

——お待ちください。

インターホンは切れ、塀の向こうから足音が聞こえた。通用口が開く。出てきたのはピンクのコットンパーカとクラッシュジーンズの若い女だった。背が高く、ほっそりしている。

「父はいません。旅行です」

「娘さんですかいな。失礼しました」

伊達は頭をさげる。「いつ、お帰りですか」

「今晩です」

「いつ、出はったんですか」

「二十七日やったかな」

「ほう、そうですか……」

妙に符合する。松原哲民が家を出たのも二十七日で、帰りは今日の夜だ。

「差し支えなかったら教えてくれませんか」

堀内はいった。「お父さんはどこへ行かれたんです」

「マカオです」あっさり、娘はいった。

「ひょっとして、ホテルは『ヴェネチアン』ですか」

「ええ、そのはずですけど……」

「お父さんはおひとりで？」

「さぁ、詳しいことは聞いてません」

「お父さん、ゴルフは」

「します」

「クラブはマカオに送ったんですか」

「知りません」

娘は怪訝《けげん》な顔をした。「――あの、どういう業者の方ですか」

「パチンコの玉貸し機のメーカーです」

「お世話になってます」

娘は小さく頭をさげた。「名刺をいただいたら、父に伝えますけど」

「いや、出直しますわ。明日《あした》、パルテノンに行きます。ヒラヤマ総業の伊達と堀内です」

「じゃ、来はったことだけいっときます」

娘は愛想よくいい、通用口の向こうに消えた。

「かわいい子やな」

伊達がいった。「女子大生か」

「それより、松原の兄弟や。おれは哲民もヴェネチアンに泊まったと思う」

「しかし、兄弟は仲がわるいんやろ」

「不仲でも、招待されたらマカオに行くわな」

「招待したんは、勝井か……」

「勝井は昨日、マカオから帰った」

「そうして今晩、松原剛泰と哲民がマカオから帰ってくる……」

「ヴェネチアンに泊まったんは、三人だけやないな」

「向こうで、どういう会議をした」

「整理や。パルテノンの倒産整理」

「こいつはいよいよ生臭いぞ」

伊達は小さくいい、曇り空を見あげた。

イプサムに乗ったところへ、伊達の携帯が鳴った。

「──はい、伊達。──そうか、すまんな」

荒木からや、と伊達はいった。「──おう、それで。──いや、そんなことはかまへん。──ウイニングの専務？　ほんまかい。──そいつはおもろいな。──いまから行くんか。──ひとりやったら退屈やろ。わしと堀やんも行こ。──分かった。南方駅の改札を出たら、白のミニバンを探してくれ。イプサムや」

伊達は電話を切り、荒木といっしょに庚星会の事務所へ行く、といった。

「荒木は岩根と行くはずやなかったんか」

「岩根が出られんようになったらしい。品触《しなぶ》れの指輪を質屋に持ち込んだ女がおって、その捜査やと」

岩根は北淀署の盗犯係だ。〝品触《ナシ》れ〟とは盗品手配のことをいう。「──荒木につきおうたろ。あいつが庚星会でどう話をつけるか、見学しようや」

「おれも庚星会には挨拶《あいさつ》せなあかんと思てた」

堀内はうなずいて、「ウイニングの専務、とかいうてたんはなんや」

「車検証や。クラウンの」

昨日、堀内は加納と黒沢の乗っていたクラウンのグローブボックスから車検証を持ち出した。クラウンの所有者は枚方市谷田町の深沢耕一《ふかざわこういち》となっていたが、その人物の特定を伊達は荒木に頼んでいたのだ。

「ひょっとして、あのクラウンは……」

「そう、深沢耕一はウイニングの専務やった」

「街金のウイニングは庚星会の金主で、高級車も使わせてたということか」

「ウイニングの親会社は勝井興産で、箕面の勝井邸のガードは庚星会の瀬川と坂野や」

「勝井と庚星会はずぶずぶやな。腐臭がするぞ」

「深沢には犯歴がある。公文書偽造及び行使、威力業務妨害で前科二犯や」

二犯とも執行猶予で実刑にはなっていないという。

「ウイニングの社長は誰やった」

「江井とかいうたな。江井祥三」

「叩《たた》けば埃《ほこり》が出そうやな」

「江井のデータも荒木に頼も」

伊達はハンドブレーキをもどした。


午後一時――。阪急南方駅前で荒木を拾い、木川東へ向かった。

「忙しいのにすまんのう。ややこしいことばっかり頼んで」伊達がいう。

「先輩、極道を叩くのが暴対の仕事ですわ」

まるで管轄ちがいの東大阪から来ていながら、荒木はそういって笑う。気のいい男だ。

「鴻池署の縄張《シマ》には組事務所がなんぼほどあるんや」

「組長の自宅の一室とか、組員の連絡所みたいなのを入れたら、二十あまりですわ」

「それで、暴担は」

「五人です。……係長、主任、ヒラ三人」

「チームワークは」

「よくもなし、わるくもなし。係長は頼りないけど、主任がけっこう面倒見のええひとで、それなりの成績はあげてますわ」

去年は川坂会系の四次団体ひとつを解散に追い込み、覚醒剤《かくせいざい》事犯を七件挙げたと荒木はいう。

「チャカは挙げてへんのか」

「あきませんね。ここ三年、ゼロですわ」

昨日、庚星会の加納からS&W38口径を奪いとったと知ったら、荒木はどう反応するだろう。暴対の刑事にとって拳銃《けんじゅう》を挙げるのはいちばんの手柄であり、勲章だ。いずれパルテノンの調査が片付いたら、S&Wは荒木に進呈しようと、堀内は思った。

木川東、築地堺《ついじべい》の寺の向かいにこぢんまりした三階建のビルがあった。車寄せにSクラスのベンツとレンジローバー、一階はシャッターで、二階と三階にハーフミラーの窓があり、チョコレート色のタイルの壁に《金融・経営相談　庚星企画》とステンレスのプレートを打ちつけている。黒のクラウンは見あたらない。

伊達はレンジローバーの隣にイプサムを駐《と》めた。三人は車外に出る。

荒木がインターホンのボタンを押した。庇下《ひさし》の監視カメラがこちらを向いている。

——はい、庚星企画。

男の声で返事があった。

——清水さんか、下村さんは。

——おたくは。

——大阪府警の荒木。ちょいと話がある。

——あとのふたりは。

——ヒラヤマ総業の伊達と堀内。

——なんの用事です。

——それは会《お》うて話す。

荒木はカメラに向かって手帳をかざし、旭日章《きょくじつしょう》を見せた。

「話はおれがしますわ。先輩と堀内さんは聞いててください」

「わるいな。任せる」

ほどなくして、ロックの外れる音がした。伊達が鉄扉を引く。一坪ほどの狭い玄関。正面に黒いカーペット敷きの階段があった。一階は事務所ではなく、倉庫かガレージにしているようだ。

「防犯対策はしっかりしとるな。カチ込み仕様や」

伊達がいう。急勾配《きゅうこうばい》の狭い階段はひとりずつしかあがれない。踏み面の真鍮《しんちゅう》板に天井のライトが映っている。

二階にあがった。右にローズウッドのドア。傘立てに金属バットが三本、差してある。荒木がドアを引き、入った。キャビネットの手前に男がふたり立っている。スキンヘッドとパンチパーマ。長身のスキンヘッドはジーンズに迷彩柄のブルゾン、ずんぐりしたパンチパーマはだぶだぶのコーデュロイパンツに赤のスタジアムジャンパーだ。

「清水さんは」荒木が訊《き》いた。

「いてまへん」と、スキンヘッド。

「下村さんは」

「若頭《かしら》は三階ですねん」

「案内してくれるか」

「その前に、あらためさせて欲しいんですわ」

「なんや、ボディーチェックかい」

「すんまへん。定《き》めですねん」

「刑事が極道にチェックされてたら世話ないな」

荒木はスーツの両手をあげ、頭の後ろで組んだ。スキンヘッドは荒木の腋《わき》から腰、ズボンをあらためる。

「えらい、固太りでんな」

「百三十キロや」

「わしの倍でんがな」

「食費が高うついてかなわん」

さもうっとうしそうに荒木はいう。

伊達と堀内のボディーチェックはパンチパーマがした。ほな、こっちへ——、と事務所を出る。スキンヘッドとパンチパーマに挟まれて階段をあがった。

三階の廊下はモスグリーンのカーペット敷きだった。左側は窓、右にドアがふたつある。スキンヘッドは手前のドアを開け、一礼して中に入った。

広い部屋の中央、革張りのソファにダークスーツの男が座っていた。神棚や飾り提灯《ちょうちん》はなく、書棚に木製デスク、五十インチほどのテレビ、サイドボードといった調度類が置かれている。レースのカーテンとハーフミラーの窓を透して、向かい側の寺の境内が見えた。ひっつめ髪の女が落葉を掃いている。

「あの鐘、鳴るんかいな」

鐘楼を指さして、荒木はいった。

「さぁ、聞いたことおまへんな」

ソファにもたれたまま、男は答える。「こんな街中で鐘を撞《つ》かれたら迷惑でっせ」

「寺も迷惑やろ。真ん前に組事務所があったら」

「いいまんな。……おたく、名前は」

「荒木。マル暴担や」荒木は手帳を呈示した。

「府警の四課でっか」

「鴻池署や」

「東大阪の刑事が北淀まで、なんの用でんねん」

「庚星会が競売屋とトラブってると聞いてな」

「なるほどね。そういうことでっか」

男は小さくうなずいて、「そちらのおふたりは」

「伊達さんと堀内さんや。ヒラヤマ総業の」

「わし、下村いいます。よろしいに」

下村はにやりとした。半白の髪、金縁眼鏡、鼻下に細い髭《ひげ》。齢《とし》は四十七と聞いていたが、五十すぎにも見える。「――飲みもんは」

「コーヒーもらおか。三つ」

「おい、ホット四つや。おまえらは外せ」

下村はあごをしゃくった。スキンヘッドとパンチパーマは頭をさげ、部屋を出ていった。荒木と伊達と堀内はソファに腰をおろした。

「で、おたくはなんで競売屋とつるんでまんねん」

下村は伊達と堀内を無視して、荒木に訊く。

「このふたりはおれの先輩や。暴対のな」

「それがいまは競売屋でっかいな。極道相手の刑事はよろしいな。いつまでもツブシが利いて」

　嫌味とも本音ともつかぬふうに下村はいう。

「加納と黒沢はどうした。今日は来てへんのか」

「ちょっと怪我しましたんや。どこぞでゴロまいてね」

「箕面の山ん中でか」

「さぁ、どこでっしゃろな。詳しいことは聞いてまへんねん」

　下村の口ぶりから、加納たちは拳銃を奪《と》られたことを報告していないと、堀内は思った。それはそうだろう、拳銃云々《うんぬん》が表に出たら、組にガサが入る。加納と黒沢は破門、下手したら絶縁だ。

「あんた、いつから若頭してるんや」

「さぁ、そろそろ十年かな」

「清水の盃《さかずき》をもろたんは」

「平成元年ですわ」

　組長の清水修司が組をあげた一年後だ。下村は二十代半ばで庚星会の組員になり、吹田の組織との抗争で殺人未遂の刑を受けた。その出所後、功を認められて若頭に取り立てられたのだろう。

「清水の自宅はどこや」

「この近くですわ。歩いて五分のマンション」

「事務所には出てこんのか」

「オヤジはめったに顔出しまへんな。組内のことはわしが仕切ってまんねん」

「若頭がしっかりしてる組は統制がとれてる。あんた、シノギも巧そうやな」

からかい口調で荒木はいい、下村は黙ってテーブルの煙草をとる。金張りのカルティエで火をつけた。

「加納と黒沢にどういう命令したんや」荒木はつづけた。

「なんのことでっか」下村は天井を仰いでけむりを吐く。

「このふたりを尾行させて、なにを知りたかった」

「わしは尾行なんぞさせてまへんがな」

下村は舌打ちした。「黒沢はパルテノンで競売屋に殴られた。わしは日頃から、喧嘩《けんか》は勝つまでやめるな、と下の者《もん》にいうてまんねん。加納と黒沢はケジメとるつもりでパルテノンを張ってたんやろね」

「ほう、ものはいいようやな」

荒木は腕を組んだ。肩の筋肉が盛りあがっている。「加納と黒沢が乗ってたクラウンは誰の車や」

「妙なこといいまんな。加納の車は加納のもんでっしゃろ」

「名義がちがう。クラウンの所有者は深沢耕一や」

「へーえ、そうでっか」

「深沢は『ウイニング』いう街金の専務や――」嘲《あざけ》るように下村はいう。

「さすがに、いろいろ調べてまんねんな」

「深沢とはどういう関係や。いうてみい」

伊達がはじめて口をきいた。我慢しきれなかったのだろう。

「なんじゃい、おまえは」

下村は伊達を睨《にら》みつけた。「競売屋は黙っとれ」

「なんやと……」伊達は拳《こぶし》を握りしめた。

「誠やん、やめとけ」

堀内は制した。「競売屋が極道に喧嘩売るな」

伊達が切れたら、ウイニングが庚星会の金主であることまでいうかもしれない。いまはまだ、手のうちを見せるのはまずい。

「調子こいてたらあかんぞ」

下村は伊達に向かって、「おまえ、女のヒモに腹刺されてクビになったんやろ。おまえがどれほどのクズやったか、みんな知っとんのやぞ」

挑発するようにいう。伊達はソファにもたれて眼をつむった。

そこへ、ノック。さっきのパンチパーマがコーヒーのトレイを持って入ってきた。テーブルに置いて出ていく。荒木はカップをとり、ブラックで飲んだ。

「――いま、庚星会は何人や」静かに訊《き》く。

「娑婆《しゃば》におるんは」

「二十人や」さも面倒そうに下村は答える。

「十六人」

「弁当持ちは」

「四、五人やろ」

「あんたもか」

「わしはちがう。きれいなもんや」

「よう聞け。これは警告や。ヒラヤマ総業の伊達と堀内になんかあったら、おれはいちばんにおまえんとこに来る。分かったな」

「刑事が競売屋に肩入れしてええんでっか」

「肩入れもへったくれもない。このふたりは警察ＯＢで、いまはパルテノンの調査をしてる。仕事が終わったら、庚星会とは縁切りや」

「それは、ま、聞いときまひょ」つぶやくように下村はいった。

「下のベンツとレンジローバーは誰の車や」

「二台とも、オヤジのですわ」

「ええ羽振りやな」

「そうでもおまへん。極道は見栄でっさかいな」

「あんたの車は」

下村は笑って、シャツのボタンを外した。胸もとに青い墨が見えた。

「するわけおまへんがな。なんのために若い者《もん》がいてまんねん」

「運転するんか」

「レクサス。ガレージに駐《と》めてます」

10

庚星会の事務所には二十分ほどいた。イプサムに乗るなり、伊達は吐き捨てる。

「下村のくそボケ、瓢簞《ひょうたん》面を殴りかけたぞ」

「先輩、ハイエナの巣でハイエナに手出ししたらあきません」と、荒木。

「情けないのう。わしが現役のころは、極道にタメ口きかせることはなかった」

伊達はエンジンをかけて走り出した。「すまんな、健坊。競売屋に肩入れさして」

「そんなん、気にせんとってください」

荒木は首を振る。「けど、極道の事務所でボディーチェックされたんは初めてですわ」

「庚星会、金はあるな」

堀内はいった。事務所の匂いだ。シノギの細った組はどこからうらぶれた感じがするものだが、庚星会にはそれがなかった。

「ヤクザ金融をしてるくらいや。勝井のほかにも太い金主がおるんやろ」

「加納と黒沢、入院でもしたんかな」

「下村に怒鳴りつけられたんや。堅気の調査員にやられたあげくに、クラウンの所有者まで割られた。組に顔向けできんわな」

「あの二匹は謹慎か」

「ほとぼりが冷めるまではな」

伊達はうなずいて、「健坊のカマシ、利いたで」

「ああ、あれは利いた」堀内もうなずく。

「あんなもんでよかったら、いつでもいうてください」荒木は笑った。

地下鉄御堂筋線、西中島南方の駅近くで荒木を降ろした。荒木は一礼し、階段をあがっていった。

「誠やん、そろそろ報告書を書くか」

「報告書な……」

伊達は煙草を吸いつけて、ウインドーをおろす。

「パルテノンの債務総額と債務の内訳や。とりあえず、それをまとめよ」

大阪総銀傘下のOCUキャピタル合同から二十億、勝井興産から六億、そこまではつかんだ。あとは三協銀行系の商工ローン、日邦銀行系の商工ローン、遊技機販売会社、周辺機器メーカー、プリペイドカード会社などがニューパルテノンの債権者だ。「——債権者会議のメンバーで内幕を喋《しゃべ》りそうなんはどこや」

「大口はやっぱり、遊技機販売会社やろ」

伊達はポケットからメモ帳を出した。携帯を開いてボタンを押す。「おう、間宮さん、ヒラヤマ総業の伊達や。ちょっと教えてくれるか——」

少し話をして、伊達は電話を切った。

「パルテノンの台は『ニチナン』や。納入したんは大国町《だいこくちょう》の『成見《なるみ》テクノス』」

「よっしゃ。行こ」

西中島からミナミの大国町まで三十分もかからないだろう。


成見テクノスは大国町の交差点を西へ一筋入った郵便局の隣にあった。真新しい五階建のビルだが、袖《そで》看板はない。全フロアを一社で使う自社ビルなのだろう。

伊達は車寄せにイプサムを駐めた。堀内は降りる。一階はガラス張りのショールームで、壁面にパチンコ台を十台とスロットマシンを二十台ほど並べている。どの機種も同じようなデザインだから見分けがつかない。

ショールームに入った。奥のカウンターに紺色の制服を着た女性が座っている。パチンコ台は派手だが、女性は地味だ。

「ヒラヤマ総業の伊達といいます」

伊達はカウンターの前に立った。「西中島のニューパルテノンのことで……」

「はい、いつもお世話になっております」

愛想よく、女性はいった。「中本《なかもと》でございますね」

「ええ、パルテノンの担当者を」

「どうぞ、こちらへ」

応接室に案内された。ソファに腰をおろす。女性は出ていき、ほどなくして、黒いスーツの男が入ってきた。

「営業の中本と申します」

名刺を交換した。表に《株式会社成見テクノス　営業部次長　中本滋《しげる》》とあり、裏に《パチンコ遊技機・スロットマシン・各種ゲーム機　販売及びリース》とあった。

「ヒラヤマ総業というのは……」

中本は名刺を見ながらソファに座る。半白の髪、黒縁眼鏡、齢《とし》は四十代半ばか。

「そこに書いてあるとおり、不動産業です」伊達がいう。

「ニューパルテノンさまとお聞きしたんですが」

「パルテノンはいま、競売の申し立てをしてます。それは知ってはりますわな」

「存じてます」中本はうなずいた。

「おたくはパルテノンに債権があるんでしょ」

「それはありますが……」

「債権者会議には」

「出てます」

「中本さんが？」

「いえ、わたしの上司です」

「うちはパルテノンの松原社長に頼まれて二億ほど債務保証してますねん」

伊達は適当に話をつくる。「おたくの債権額は」

「ちょっと待ってください」

中本はかぶりを振った。「どういう趣旨で来られたんですか」

「ニューパルテノンの債権者会議は我孫子商事いう街金が仕切ってます。我孫子商事の北尾社長は筆頭債権者であるOCUキャピタル合同を差し置いてパルテノンの土地建物を競売にかけようとしてるんです。……うちは競売に反対です。そこで債権者会議のメンバーをまわって、意見を聞いてますねん」

「わたしは会議の内容を知りません。意見をいえる立場でもありません」

中本は真顔だ。とぼけているふうではない。

「しかし、おたくはパルテノンにパチンコ台を納入して、代金が焦げついてるんでしょ。競売か、競売反対か、姿勢は決まってるはずですわ」

「それはもちろん、競売より話し合いのほうがいいでしょう」

上司の意見ですが、と中本はいう。

「うちの債務保証額は二億。おたくの債権額は」

「八千五百万円です」

「少ないですな」

「少なくはないですよ。うちは上場企業の遊技機メーカーとちがいます。代理店です」

「周辺機器メーカーとかプリペイドカード会社も同じような債権額ですか」

「他社のことは知りません」

「債権者会議には何社ほど出席してるんです」

「知りません」

「中本さんの上司はどなたです」

「いえません」

中本は警戒しはじめた。伊達の話が胡散臭《うさんくさ》いと気づいたのだろう。あとはなにを訊《き》いても答えなかった。


成見テクノスを出た。

「空振りやったな」伊達は苦笑する。

「そうでもない。債権額が八千五百万と聞いた」

「こうして債権者のとこをひとつひとつまわってたら、四、五日はかかるで」

「効率がわるいな」

「リストがあるはずやけどな。債権者とそれぞれの債権額を書いたリストや」

「OCUと我孫子商事からはとれんな」

「プリペイドカード会社はどうや。あれは警察と商社とクレジット会社の天下りの巣や」

「堀やん、心あたりがあるんか。カード会社に天下った警察ＯＢ」

「知らんな。パチンコ業界は生安の縄張りや」

「小腹が減った。なんぞ食いながら考えよ。どこかにルートがあるはずや」

伊達はインパネの時計に眼をやる。三時をすぎていた。


大国町のうどん屋で、伊達はてんぷらうどん、堀内は昆布《こぶ》うどんを食った。そのあと、近くの喫茶店に入ってコーヒーを飲む。伊達はプリペイドカード会社へのルートを考えようといいながら、漫画週刊誌を読みふけっている。そこへ、堀内の携帯が震えた。生野だ。


――はい、もしもし。

――堀内さん、パルテノンのマネージャーが行方不明ですわ。

――光山が行方不明……。

伊達が週刊誌から眼を離してこちらを見た。

――昨日、マネージャーに会わんかったですか。

――会いましたよ。西中島のパルテノンで。三時半にホール顧問の矢代と会う約束やったんです。

光山も二階の応接室にいた、といった。

——パルテノンを出たんは。

——さぁ、四時前後やったと思いますわ。

——そのあと、光山は矢代を車に乗せて、梅田まで送って行ったんです。

別れ際、光山は矢代に、競売屋と話をつける、といった。矢代は、相手にするな、といったが、光山は黙って走り去った。そのあと、光山はパルテノンにもどり、これから不動産屋に会うといって、ホールを出ていった。光山はその夜、旭区生江《いくえ》の自宅に帰らず、連絡もない。携帯の電源も切れたままだという。

——堀内さん、昨日の晩、マネージャーに会うたんですか。

——会うてません。おれと伊達は箕面の山ん中で庚星会のチンピラを締めた。そのことは報告したやないですか。

——チンピラを締めたあとは。

——千里中央駅で伊達と別れたんです。八時すぎでしたわ。

——それから、堀内さんはどうしました。

——なんですねん。取り調べみたいですな。

——いや、堪忍です。パルテノンの顧問が訊いてきたもんやさかい。

——矢代ですか。

——片山とかいいましたな。

——片山……。

そういえば、ニューパルテノンにはふたりの顧問がいたことを思い出した。ひとりは矢代、もうひとりは片山……。片山も警察ＯＢで、齢は七十五だった。

——片山には箕面のことをいうたんですか。

——そんなん、いうわけない。わしはなにも知りません、で通しましたがな。

——光山はいまだに行方不明ですか。

——そうらしいですな。

——光山の車は。

——白のマークⅡです。

——マークⅡも見つかってないんですね。

——ええ、そうです。

——光山はパルテノンの誰にいうたんですか。これから不動産屋に会うと。

——さぁ、そこまでは聞いてまへん。

——片山はなんで光山の行方不明を知ったんです。

——光山のよめさんが矢代に相談したみたいですな。主人が帰って来ませんと。光山が連絡もなく、家をあけることはなかったらしい。

——よめさんは捜索願を出そうかと、矢代にいうたんです。

——捜索願、ね……。

——ま、おふたりが関係ないんやったらよろしいわ。

——とにかく、伊達もおれも光山のことは知りません。

——分かりました。ほな、これで……。

電話は切れた。

「光山がどないした」伊達が訊く。

「昨日、パルテノンで会うたやろ。あのあと、競売屋に会うというて姿をくらました」

経緯を話した。伊達は口をへの字にして聞き、煙草に火をつけて、いった。

「堀やんはあのあと、どないした。ホテルに帰ったんか」

「いや、千里中央から新地へ行った。夜の八時から寝るわけにもいかんしな」

堀内も煙草を吸いつけた。「むかしの馴染《なじ》みの女を思い出したんや」

理紗のことはいいたくなかったが、隠すほどのことでもない。北新地のフォルテシモへ行き、零時ごろまで飲んだといった。

「理紗いうのは、ええ女か」

「化粧が巧いな。背が高うて手足が長い。頭もわるうない」

「寝たんか」

「むかし、な。……昨日は飲んだだけや」

理紗のマンションに泊まったといえば、拳銃《けんじゅう》の隠し場所が知れる。

「新地のフォルテシモか。今度、行ってみよ」

「ちょいと高いぞ。警察割引がないからな」

「座って、なんぼや」

「五、六万やろ」

「やめとこ。貧乏人には縁がない」

伊達が笑ったところへ、また携帯が震えた。生野だった。

──はい、なんです。

──堀内さん、いまどこです。

──大国町の喫茶店です。

──伊達さんもいっしょですな。

──眼の前で鼻クソほじってますわ。

──いまから、長堀《ながほり》へ行ってくれませんかな。

──長堀？　なんですねん。

──片山の事務所です。

片山がまた、生野に電話をかけてきたという。

──おふたりに直《じか》に会うて、話を聞きたいというてますねん。

──ちょっと待ってください。

送話口を指で押さえた。

「誠やん、片山が会いたいんやと」

「会うたらええがな。どんなクソ爺《じじい》か見たろ」

「分かった」

——長堀に行きますわ。場所は。

——三休橋《さんきゅうばし》。東急ハンズの東裏に『クレスト』いうビルがある。そこの306号室。『片山コンサルティング』いう事務所です。

——了解。五時までに行きます。

片山の事務所の番号を聞いて、携帯を閉じた。

長堀へ向かう途中、間宮の携帯に電話をした。

——ヒラヤマ総業の堀内です。

——はい、なんです。

——光山さんが行方不明やそうやな。

——なんで知ってるんです。

——いま聞いたんや。……さっき、伊達が電話したとき、あんたは光山のことを訊《き》かんかったな。

——別に理由はない。うちのホールのことをおたくらに訊いても無駄やないですか。

——けど、光山は昨日、不動産屋に会うというてホールを出たんやろ。

——それはぼくが聞いたんやない、高畑いうホール係ですわ。

不動産屋イコールヒラヤマ総業とは考えなかった、と間宮はいって、

——店長はおたくらに会《お》うたんですか。

——会うてへんから、こうしてあんたに電話してるんや。

——店長が無断欠勤したんは初めてやない。行方不明いうのは大袈裟《おおげさ》ですわ。

光山は神経質で気分にムラがあり、従業員の些細《ささい》なミスに激怒して客の前で怒鳴りつけたりすることがある。酒好きで毎晩のように西中島界隈《かいわい》のラウンジやスナックに出入りしているが、酒癖がわるく、酔うと誰かれかまわず突っかかる。スナックの客に殴られて顔が腫《は》れ、三日間、ホールに出てこないこともあった、と間宮はいう。

——根はまじめなひとやから気に病むんでしょ。売上の少ない日はブスッとしてものもいいませんわ。

——光山はしかし、なんでホール係に、不動産屋に会うというたんや。サブマネのあんたに伝えてから出るのが普通やろ。

——高畑は店長の女です。ホールの連中は知ってて知らんふりしてますねん。

光山がスナックで殴られたときも高畑がいっしょだったらしいと間宮はいった。

——光山は酒癖も女癖もわるいんやな。

——それだけやない。ホールの売上も抜いてますわ。証拠はないけど。

——あんた、光山が嫌いなんや。

——嫌いもなにも、うちのホールはもうあきませんわ。こうも客が細ってはね。

まるで他人事《ひとごと》のように間宮はいう。

——光山の家族は。

——子供はいてません。夫婦仲はようないみたいです。

——あんた、顧問の片山は知ってるんかいな。

——そら知ってますわ。枯木みたいな爺《じい》さんです。

——その枯木の前歴は。

——前歴？

——警察官のときの経歴や。

——どこかの署長ですやろ。府警本部の偉いさんやったとも聞きましたわ。

——いや、分かった。すまんかったな。

——ところで堀内さん、伊達さんはこないだの件、話してくれましたか。

——なんのことや。

——正社員募集中やないんですか、ヒラヤマ総業。

——あんた、ほんまに来るつもりなんか。

——よろしゅう頼みますわ。

——伊達にいうて紹介はするけど、もうちょっと待ってくれ。この調査が片付いてからや。

——履歴書、書きましょか。

——それやったら、伊達宛《あて》に送ってもらおか。免許証のコピーをつけてな。

携帯を閉じた。

「なんや、免許証のコピーて」

「履歴書や。間宮は真に受けてる」

「競売屋志望かい」

「紹介したれ。生野に」

「それより、光山はどうなんや」

「高畑いうホール係に言づけして、パルテノンを出たらしいな」

「高畑……。憶《おぼ》えがあるな」

伊達は運転しながら、ブルゾンのポケットからメモ帳を出した。挟んでいた紙片を抜いて堀内に渡す。光山が北淀署の生活安全課に依頼した捜査報告書のコピーだ。犯歴該当者の中に高畑の名があった。

《住居——大阪市東淀川区東新庄4丁目7番19号
氏名——高畑美枝子《みえこ》　昭和47年11月9日生
犯歴——平成10年　岡山県　占脱》

「誠やん、高畑は三十九や。住所は東新庄。旭区生江の光山の家とは淀川を挟んで二キロほどやで」

「高畑の家は光山が借りてやったんかもしれんな」

「光山はパルテノンの売上を抜いてると、間宮はいうてた」

「光山が競売に反対してるのも、それが理由か」

「金をつまむ賽銭箱がなくなるのは困るわな」

「片山の経歴はどうやった」

「元署長や。府警本部にもおったらしい」

「警視かい」

「警視正かもな」

曾根崎署、東署、中央署、西成《にしなり》署など、A級署の署長なら警視正だ。片山は矢代より大物だったような気がする。


三休橋のビル、『クレスト』はすぐに見つかった。八階建、玄関まわりの御影石に唐草文様を施した古めかしい建物だ。

ビル近くのコインパーキングにイプサムを駐《と》め、ビルに入った。石張りのロビーはかなり広い。以前は受付があったのだろうか、木製の大きなカウンターが階段下に押し込まれていた。伊達と堀内はエレベーターで三階にあがった。

306号室、『片山コンサルティングオフィス』はエレベーターホールの真ん前にあった。廊下の壁は薄緑のペイント塗り、アーチ型の磨りガラスが入った寄木《よせぎ》のドアもレトロな感じだ。建物は古いが大阪市内の一等地だけに、賃料は安くないだろう。

伊達がドアをノックした。どうぞ、と声が聞こえた。

伊達につづいて部屋に入った。窓際のデスクに座っていた白髪の男が立って、こちらに来る。濃紺のニットシャツにグレーのツイードジャケット、肩幅が広く、がっしりしている。男は愛想よく、

「わたし、片山です。……おたくが伊達さんかな」

伊達に向かっていい、「おたくが堀内さん」堀内にいった。

「へーえ、当たりましたな」伊達はうなずく。

「伊達さんは柔道の強化選手やったんでしょう。わたしは剣道ですわ」

「道理で、背筋がピシッと伸びてますな」

「毎朝、素振りをしてますんや」

片山は掌《て》でソファを指した。「おかけください。外は寒かったでしょう」

革張りのソファに伊達と並んで腰をおろした。向かいあって片山も座る。

広さ十坪あまりのゆったりした事務所だ。デスクがふたつと応接セット、キャビネットとロッカー、奥にもう一室ある。窓のブラインドは羽根が何枚か曲がって隙間が開き、天井付けのエアコンがビリビリ震えている。

「いまどき、こんな古ぼけた事務所も珍しいでしょう」

ふたりの眼を意識したのか、片山はそういって、「わたしがここに入ったときから、設備類はなにひとつ変わってない。大家が怠慢でね」

「いつ、この事務所を？」伊達が訊《き》いた。

「十七年目です。退職した年の夏に契約しました」

「定年まで勤めはったんですか」

「いや、五十八です」

「勇退ですな」

「強制的勇退ですよ」鷹揚《おうよう》に、片山はいう。

「退職したときは署長で？」

「警務部参事官です」

片山はやはり、警視正だった。

「署長をされたんは」堀内は訊いた。

「金剛《こんごう》署と花園《はなぞの》署です」

ふたつともB級署で、署長は警視だ。片山は警務部参事官に異動したとき、警視正に昇格したらしい。大阪府警の警視以上の最上級幹部勇退者は毎年、二十数人で、通常は警視長がふたり、警視正が三人ほど含まれる。片山は勇退するにあたって上場企業十社前後を警務課から斡旋《あっせん》され、三休橋にコンサルティング事務所を開設したのだ——。

「パルテノンの顧問も警務課の紹介ですか」

「まさか、警務課がパチンコホールを紹介はせんでしょう」

片山は堀内をじっと見て、「ちょっとしたツテです。頼まれて断るわけにもいきませんからな」

「顔が広いんですね」

「それはまぁ、四十年も警察官をしたら、いろんなところに知り合いができますわ」

「ここは、おひとりで？」伊達が訊いた。

「一昨年《おととし》まで居候《いそうろう》がいたんですがね、独立して阿倍野にコンサルティング事務所を構えました。彼も警察ＯＢですよ」

「部署は」

「本部捜査四課の警部です。あなたがたの先輩ですな」

「本部四課の警部？　誰です」

「いや、名前は勘弁してください」片山は小さく首を振る。

この男は切れる――。堀内は思った。柔らかなものいいで、じわっと圧力をかけてくる。同じパルテノンの顧問でも矢代とはものがちがう。高卒で警官になったようだが、警視正まで昇りつめたのはよほどの能力と運があったということだ。

「パルテノンには警察ＯＢの顧問がふたりもいる。これは異例ですよね。理由があるんですか」堀内は訊いた。

「あのホールはわたしが見てました。これといったトラブルもないし、所轄署ともうまくやってるから、矢代に譲ったんです。わたしは名前だけの顧問ですわ」

「矢代さんとの関係は」

「彼はわたしが金剛署長のときの警務課長でした」

「なるほど、そういうことですか」

警察官の人脈は広く、結束はかたい。親分子分のつながりは生涯切れることがない。

「おふたりは昨日、パルテノンで矢代と光山に会いはったそうですな」

低く、片山はいう。「そのあと、どうしました」

「宮原の喫茶店でコーヒー飲みました」

「誰かと待ち合わせですか」

「ちょっと一服したかっただけですわ」

「で、そのあとは」

「箕面へ行ったんです」

「目的は」

「我々を尾行してた庚星会の組員に話を聞こうと思てね」

庚星会の名を出した。片山に反応はない。既に報告を受けているのだ。「——おれと伊達は千里中央駅で別れたんです」

「何時ごろ」

「八時すぎでした」

「そのころ、光山から電話は」

「さぁね……。おれは携帯の電源を切ってることが多いから」

含みをもたせた。「光山から連絡はないんですか」

「まだ、ないみたいですな」

「車も見つかってないんですね。白のマークⅡ」

「光山のよめさんは捜索願を出したいんやけど、わたしがとめてますんや。あと一晩だけ待て、と」

「片山さん、矢代から直接、聞いたんですか。光山が我々に会う、と」

「そうですわ。矢代は嘘をつくような男やない」

ここは腹の探り合いだ。片山も堀内も情報を小出しにして相手の出方を見る。

「高畑美枝子には会うたんですか」

「高畑……。誰です」

「パルテノンのホール係やないですか。光山の愛人でもある」

「…………」片山は眉根《まゆね》を寄せた。愛人云々《うんぬん》は初耳だったようだ。

「光山がほんまに失踪《しっそう》したとして、どういう理由が考えられます」

「そんなことは見当もつきませんな。わたしはただのホール顧問です」

「顧問を依頼してきたんは、光山ですか、松原ですか」

「先代ですよ。松原兄弟の父親の松原成徳《しげのり》」

パルテノンの先代社長は十年ほど前に死んだと聞いた。片山は府警を退職して間もないころ、顧問契約を結んだらしい。

「つかぬことを訊きますけど、片山さん、海外旅行は」

「むかし、サイパンに行きましたな」

「マカオは」

「東南アジアはあきません。食い物が辛い」

片山は手を振って、「──おふたりは光山に会うてないんですな」念を押す。

「会うてません。会う理由もない」

「光山の捜索願が出たら、警察に事情を訊かれる。かまわんのですな」

「上等やないですか。取り調べのノウハウは身に染みついてますわ」

「えらい自信ですな」

片山は笑った。その口ぶりで、片山はまだなにか知っているのではないかと思ったが、堀内には糸口がない。伊達も黙りこくっている。

「もう、このへんでよろしいか」

堀内は腰を浮かした。片山はうなずく。

「ほな、失礼しますわ」

片山コンサルティングオフィスを出た。

エレベーターホールで、菅に電話をした。

——堀内です。ちょっと訊きたいんやけど、ええかな。

——はい、なんです。

——勝井興産の所有物件や。三休橋の『クレスト』いうビルを登記してへんかな。

——三休橋のクレストですね。謄本を見ますわ。

少し待って、返答があった。

——中央区南船場《せんば》二丁目の『クレスト』ビル。登記してます。八階建、部屋数は五十三室だという。

——前の所有者は。

——末松恒産です。

——了解。すまんな。

電話を切った。

「誠やん、当たりや」

「勝井興産かい」

「片山は勝井の子分やで」

エレベーターの扉が開いた。

11

一階に降りた。ロビー奥に立看板が出ている。

「誠やん、喫茶店《サテン》がある。一服しよ」

店内に入った。天井の高い、木と漆喰《しっくい》の古めかしいインテリアだ。レジ近くの席に座って、堀内はモカ、伊達はブレンドを注文した。

「おれは気がついたんやけど、パルテノン程度の中型ホールに警察OBの顧問ふたりというのはおかしいことないか。それも、矢代は警視、片山は警視正や」

「そういや、堀やんのいうとおりやな。ふたりとも大物すぎる。パチンコ屋の顧問てなもんは所轄署の警部補あたりが相場や」伊達は煙草を吸いつける。

「これは裏になにかある。片山は勝井の子分で、矢代は片山の子分や」

「そこへパルテノンの先代オーナーも嚙《か》んどるわ」

「おれはよほどの因縁がありそうな気がする」

勝井興産の勝井峻大、ニューパルテノン先代社長の松原成徳、現社長の松原剛泰、現専務の松原哲民、松原成徳の甥《おい》でニューパルテノン店長の光山英洙、元警視正の片山満夫、元警視の矢代治郎——。役者がそろってきた。金と利害が複雑にからみあっている。

「光山はひょっとして、永遠に失踪したままとちがうか……」

「堀やん、そら考えすぎやで」

「なんか、そんな予感がするんや」

堀内も煙草に火をつけた。「ひとつ確認しとこ。誠やんは昨日、千里中央でおれと別れてからどないした。まっすぐ家に帰ったんやろ」

堀内は訊《き》いた。しかし、伊達はすぐに答えない。

「どこか、寄り道したんか」

「いや、それがな……」伊達は口ごもる。

「まさか、光山に会うたんやないやろな」

「会うてへん」

伊達はかぶりを振った。「会うてへんけど、電話した」

「なんやて……」

「いや、荒木に電話して深沢耕一の身元照会を頼んだあと、パルテノンに電話したんや。光山に、庚星会のチンピラにわしの車を尾行させたんはおまえやろ、とねじ込んだ」

光山は知らない、といった。伊達はなおも詰問したが、光山は関係ないと言い張り、電話を切ったという。

「わしは胸糞《むなくそ》わるかったんや。昨日の三時半、堀やんとわしがパルテノンで矢代に会うことは、光山が庚星会に知らせたにちがいない。光山のせいで、堀やんとわしは撃たれかけたんやないか」

「誠やんの電話を光山に取り次いだんは、パルテノンの誰や」

「分からん。女やった」

「高畑か」

「いちいち名前まで聞かへんがな」

「で、電話を切ったあとはどうしたんや。パルテノンには行ってへんわな」

「行くわけない。まだ宵の口やったし、飲みに出た」

千里中央駅から少し離れた公園のそばにイプサムを駐《と》め、十三へ行ったと伊達はいう。

「なんで公園のそばに駐めたんや」

「夜は見まわりが来んからや。いつも路駐の車が並んでる」

「十三へは電車で行ったんか」

「そのつもりやったけど、空車のタクシーが来たから乗った」

「十三に馴染《なじ》みの店でもあるんかい」

「いや、キャバクラや。客引きのギャルが手招きしてた」

「なんちゅうキャバクラや」

「憶《おぼ》えてへん。やたら騒々しい店やった」

「キャバクラのあとは」

「フィリピンパブや」

「そのあとは」

「ホテルや」

「どういうことや」

「女としけこんだ」

「おい、誠やん……」

「流れや。女が出よというから店を出た。店のすぐ裏手がラブホテルやった」

「えらい流れやな」

「そやから、いいとうなかったんや」きまりわるそうに伊達はいった。

「ホテルを出たんは」

「一時ごろやったかな。……タクシーで千里中央にもどった」

「公園から家までは酒気帯び運転かい」

「ビールの小瓶を三、四本飲んだだけや。明け方まで車ん中で寝てから家に帰った」

「しかし誠やん、こいつはちょいとまずいかもしれんぞ。光山は誠やんからの電話を受けたあと、不動産屋に会うというてパルテノンを出た。光山になにかあったら、いちばんに事情を訊かれるのは誠やんとおれやで」

「わしはいややで。十三で遊んだてなこと、よめはんに知られたら、今度こそ家を叩《たた》き出される。娘にも愛想尽かされるがな」

そこへ、コーヒーが来た。ウェイトレスのスカートは短く、脚がすらりと長い。理紗を思い出した。

「堀やんはどないしたんや。昨日は新地のクラブで十二時ごろまで飲んだんやろ」

伊達はブレンドに砂糖を三杯も入れた。ミルクもたっぷり注ぐ。

「おれも実は、女の部屋に行った」

「なんや、おい、泊まったんか」

「すまんな。流れや」コーヒーに口をつけた。

「世の中は不公平にできとるな。堀やんは新地のクラブのホステスで、わしは十三のフィリピンパブのホステスかい。いっぺんスワッピングしよか」

「それ、よめさんにいうてみいや」

「あほいえ。殺されるわ」伊達は真顔でそういった。

「これからどうする」

時計を見た。五時が近い。

「わしはリストが欲しいな。パルテノンの債権者と債権額リスト」

「プリペイドカード会社か……」

「堀やん、中央署におったんやろ。生安からカード会社に天下ったOBは知らんのかい」

「生安のOBな……」

考えた。思いあたる人間はいない。堀内は暴対が長く、生活安全課とは交流が薄かったが……。「そういや、ひとりおるな。おれの警察学校の同期で依田《よだ》という男や。いまは確か、監察におるはずや」

「監察と生安とは関係ないやろ。まして堀やんの同期やったら、まだ現役や」

「監察は警務部や。警務部には人事課もある。依田に訊いたら、ＯＢの再就職先が分かるし、片山と矢代のデータもとれるかもしれん」

「しかし、監察の刑事がぺらぺら喋《しゃべ》るか。あいつら、口が堅いから監察におるんやぞ」

「依田とおれはちょっとした顚末《てんまつ》があったんや」

「なんや、どういうことや」

「おれの別れたよめはんや。依田はよめはんの友だちとつきおうてた」

堀内が里恵子と知り合ったのは、警察学校を出て三年目、北淀署の地域課の苦情処理を担当していたころだった。里恵子は保育園の保育士で、園児の母親と同居している男が園児に暴力をふるっているらしく、生傷が絶えないと、相談に来た。典型的な児童虐待だった。堀内はアパートを訪れて母親と男から事情を訊き、問題を地域課の上司に引き継いだ。ほどなくして母親は男と別れ、虐待はやんだ。その間、里恵子とは何度か顔を合わせたが、責任感の強いはきはきした態度に好意をもって交際を申し込み、一年後に結婚した。

依田はそのころ刀根山《とねやま》署の警務課にいたが、ことあるごとに女を紹介しろ、と堀内にいった。依田は陰気に見える顔とずんぐりした体形のためか女には縁遠く、風俗でしか発散できない、と嘆いていた。

「おれはなんべんか、依田をダブルデートに誘うたった。相手はよめはんの同僚の保母さんや。それが知らんまに手を出して、妊娠させてしもたんや」

「へーえ、ずんぐりむっくりのくせに、そっちのほうは達者なんや」

「素人女に子供ができたら籍を入れる。それが警察官のルールやろ。ところが依田は中絶させて女を切った。手術費も出さずにな」

「なんと踏んだり蹴《け》ったりなガキやな。手切れ金くらい渡さんかい」

「よめはんは生真面目やったから怒った。刀根山署の上司に訴えるというから、おれは必死になってとめた。でなかったら、依田はとっくに退職させられてる」

「依田はそのことを知ってるんか。堀やんが尻拭《しりぬぐ》いしたんを」

「そらもちろん知ってるけど、恩には着てへんやろ。依田の女癖がわるいのは、あとで分かった。そんなやつがいまは監察で幅を利かしてるんや」

「依田とは会《お》うてへんのか」

「あれっきりや。もう十年以上、会うてへん」

「よっしゃ、分かった。府警本部へ行こ」

伊達はコーヒーを飲み、煙草を揉《も》み消した。


中央区大手前の大阪府警本部――。ロビーの受付で、警務部監察室の依田に面会したいといった。氏名と身元を訊《き》かれる。堀内はヒラヤマ総業の名刺を見せて、依田の友人だといった。

少し待って、依田が現れた。一瞬、表情をくもらせる。会いたくないやつが来た、という顔だ。

「久しぶりやな。元気か」堀内は笑った。

「おう、おまえも元気そうやないか」

依田も笑う。額が後退し、肥《ふと》っていた。「――そちらさんは」

「ヒラヤマ総業の伊達。今里署でいっしょやった」

「あ、どうも。依田といいます」

依田は頭をさげたが、伊達にはすぐ気づいたようだ。伊達が新地の取立屋に腹を刺され、懲戒免職になったのはつい去年のことだ。監察室の依田が伊達を知らないはずはない。

「ちょっと話があるんやけど、ええかな」堀内はいった。

「そうか。外に出よ」

依田は先に立って府警本部を出た。

上町筋《うえまちすじ》を渡り、大阪城公園へ歩いた。吹きさらしの風が冷たい。依田は寒そうに首をすくめる。緑地のベンチに並んで腰かけた。

「で、話というのはなんや」つぶやくように依田はいった。

「ふたつある。……ひとつはパチンコホールの顧問をしてるOBの履歴、もうひとつはパチンコのプリペイドカード会社に再就職したOBを紹介して欲しい」

「堀内、おれはいま監察や。立場を考えてくれ」

案の定、依田は逃げを打った。依願退職した堀内や懲戒免職になった伊達にはいっさい関わりたくない。そんな口ぶりだ。

「おまえの立場は分かってる。それを押して、おれはおまえに会いに来た。頼みごとをするのは、この一回きりや」

「けど、おれは……」

「迷惑はかけへん。おまえの名前も出すことない。協力してくれ」

「………」

依田は口をつぐんだ。伊達は後ろに立って空を仰いでいる。

「おまえ、おれに会うのは嫌やろ。おれも府警本部なんぞ来とうないんや」

「──分かった。OBの名前をいえ」依田は小さくうなずいた。

「パチンコホールは西中島のニューパルテノン。顧問は片山満夫と矢代治郎。片山は警務部参事官、矢代は第四方面副本部長で退職した」

「警視正と警視やないか……」

「そこがおれには不思議なんや。大物ふたりがチェーン店でもない街場のパチンコ屋のケツ持ちをしてる。これには理由があるはずや」

「もういっぺん、名前をいうてくれ」

依田はメモ帳を出して書きとった。堀内はつづける。

「ニューパルテノンは借金まみれで競売の申し立てをされそうになってる。その債権者の中にプリペイドカード会社があるんや。おれはそこに天下りしたOBから話を聞きたい」

「その会社は……」

「名称は分からん。『PSA』いうプリペイドカードシステムメーカーの団体に所属してるはずや。ニューパルテノンにカードシステムを納入した会社を調べてくれ」

「PSAな……」

依田はメモ帳に書く。「おまえの携帯は」

「〇九〇・六五八八・一七××」

「よし、分かったら連絡する」

「急《せ》いてるんや。今日、明日《あした》中に返事くれるか」

「勝手やのう。相変わらずや」

「どういう意味や」

「意味はない」

依田は仏頂面でいい、ベンチを立って去っていった。伊達は後ろ姿を見やりながら、

「堀やん、あの男は食えんな。わしを見た眼で分かった。五メートル以内には近づくなという眼や」

「ああいうくそ生意気で愛想のかけらもないのが監察向きなんやろ」

警察組織において監察は特異だ。彼らは上層部の指示で警察官の悪を暴き、世間に対しては隠蔽《いんぺい》する。それは決して正義のためではなく、上層部の権力闘争や仲間を追い落とすためのシステムとして機能する。すべての警察官は監察を畏怖《いふ》し、嫌悪するが、監察のメンバーは強烈なエリート意識をもっている。監察は確かにエリートであり、その閉鎖性は公安に似たところがあるが、他の警察官の恥部を握っているだけに出世は早い。

依田は堀内と同じ齢《とし》で警部補だ。

「誠やん、行こ。寒い」

腰をあげたとき、携帯が震えた。モニターを見る。生野だ。

——はい、もしもし。

——堀内さん、光山が見つかりました。

——そらよかったやないですか。

——いや、死体ですねん。

——なんですて……。

——いまテレビのニュースを見ましたんや。十津川《とつかわ》村の崖下《がけした》にね、白いマークⅡが転落してたんです。

——車内に光山が？

——車の近くですわ。首の骨が折れてたそうです。

——殺しですか、自殺ですか。

——分かりません。

ただ死体が発見されたとしか分からないと生野はいう。

——とりあえず知らせとこと思てね。またなにかあったら連絡しますわ。

電話は切れた。

「光山、死んだんか」伊達がいった。

「おれの予感が当たった」携帯を閉じる。

「こいつはいよいよ面倒や。奈良県警が来るぞ」

険しい顔で、伊達はいった。


午後六時——。パルテノンに行った。間宮を見つけて、駐車場に連れ出した。

「わしらが来た理由は分かるよな」

「マネージャーでしょ」

間宮の表情は険しい。「えらいことですわ」

「いつ、見つかったんや」

「昼すぎです。三時ごろ、店に電話がありました」

「奈良県警から？」

「いや、マネージャーの奥さんです」

間宮は社長と専務に連絡をとったという。「ふたりとも家におらんのです」

「なんで、おらんのや」

「それは聞いてません」

間宮は松原剛泰と哲民がマカオに行ったことを知らないようだ。

「ほな、店の従業員は誰も十津川村へ走ってへんのか」伊達が訊いた。

「高畑が行きましたわ。サブマネのぼくが店をほったらかしにするわけにもいかんし」

高畑美枝子は顧問の矢代とふたりで十津川村に向かったという。

「矢代から電話は」

「さっき、ありました」

「どうなってるんや、現場は」

「死体は収容されたみたいです」間宮は矢代から聞いた状況を話した。

今日の昼、十津川村小野《おの》の県道で、住民がガードレールの隙間から車が落ちたような跡に気づき、一一〇番通報した。奈良県警ヘリが現場に飛び、県道から約百メートル下の山中に白いセダンが転落しているのを発見した。機動隊員が降りて付近を捜索したところ、男がひとり車外に投げ出されて死亡していた。全身打撲。頸髄《けいずい》離断が死因らしい。隊員は男の免許証で氏名、現住所を確認し、県警本部に報告した——。

「光山の自他殺について情報は」堀内は訊《き》いた。

「ジタサツ？」

「自殺か他殺か、奈良県警はどう読んでるんや」

「そんなん、知りません」

「矢代の携帯は」

「待ってください」

間宮は携帯を出した。開いて着信記録を見る。「──〇九〇・六一五五・三七××」

番号を聞きながら、堀内は携帯のボタンを押した。五回のコールでつながった。

──はい、矢代。

──ヒラヤマ総業の堀内です。いま十津川ですか。

──なんや、誰に聞いたんや。

──ニュースに流れてるやないですか。ここにパルテノンの間宮さんがいてますねん。

──光山が死んでしもた……。

矢代のため息が聞こえた。

──自他殺の可能性は。

──分からん。事故ではないやろ。

──どういうことです。

──県道は直線路や。ガードレールの支柱が曲がって、そばにヘッドライトの破片が落ちてる。

ガードレールの一部は破損しているが、一車線の県道から車を転落させるには、ハンドルをほぼ九十度に切らなければならないと矢代はいう。
――遺書とか、書き置きとかはないんですね。
――そういうのはない。……けど、車内にウイスキーのボトルがあった。
――酒飲んでたんですか、光山は。
――それは解剖せんとな。
――車は百メートルも落ちたんですか。
――かなり、へしゃげてる。光山は放り出されて川原の岩に叩《たた》きつけられてた。
――死亡推定日時は。
――昨日の夜から今日の明け方にかけてやろ。
――通報したんは地元のひとですね。
――日本郵便のパートをしてる六十五歳の男や。配達の途中、現場を通りかかった。
――そのあたりは人家のないとこですか。
――人家どころか、車もめったに通らへん。県道は二キロほど奥で行き止まりや。
そこの馬越《まごし》地区に戸数八軒の集落と営林署の出張所があると矢代はいった。
――さすがに調べがゆきとどいてますね。
――それよりあんた、なんで電話してきたんや。光山のことが気になるんか。
――気にもなりますわ。光山は不動産屋に会う、というてパルテノンを出たんやから。
――会《お》うたんか、光山に。

——会うわけない。会う理由もない。

——光山は、競売屋と話をつけると、わしにいうたんやで。

——ほんまにいうたんですか、そんなこと。

——わしが嘘をついてどうするんや。わしは元警察官や。

——それをいうんやったら、おれも伊達も警察ＯＢですわ。途中リタイアやけどね。

——ま、これからが楽しみやな。せいぜい頑張ることや。

電話は切れた。

「誠やん、車内にウイスキーのボトルがあったらしい」

「どれくらい飲んでたんや」

「分からん。剖検はまだや」

「どっちにしろ、奈良県警が来よるな」

「うっとうしい。あれこれ訊かれるで」

「間宮さんよ、光山と高畑は長いんか」伊達は間宮に訊いた。

「長いかどうかは分からんけど、高畑は四年前、うちのホールに来ました」

「光山のよめはんも十津川に行ってるんやな」

「ええ、そのはずです」

「本妻と愛人がバッティングか。見ものやの」

さもおかしそうに伊達は笑った。「堀やん、どないする。わしらも行くか、十津川に」

「ああ、そうしよ。光山のよめはんと高畑に会うてみたい」うなずいた。

阪神高速道路から南阪奈《はんな》道路、葛城《かつらぎ》インターチェンジをおりて国道二四号を南下した。五條《ごじょう》市の定食屋で腹ごしらえをし、そこから運転を代わった。国道一六八号を天川村《てんかわむら》へ向かう。新天辻《しんてんつじ》トンネルをくぐったあたりから道は曲がりくねり、山間部を縫《ぬ》うようにして走る。午後八時すぎだが、対向車とすれちがうことはあまりない。馴れないミニバンの運転には神経をつかう。

「堀やんは十津川村に行ったことあるんか」

「高校生のころやな。男五、六人でキャンプに行った」

「谷瀬《たにせ》の吊《つ》り橋《ばし》、渡ったか」

「ああ、あのめちゃくちゃ高い吊り橋な……」

踏み板の幅が一メートルもなく、細いワイヤーのあいだから下の川原が見えた。全長は三百メートル、高さは五、六十メートルあっただろう。「へっぴり腰で往復した。地元の人間はバイクで渡るのにな」

「わしは橋に近づきもせんかった。ジェットコースターにも乗れん弱僧《よわぞう》やからな」

伊達は強度の高所恐怖症だ。千里ニュータウンの公団住宅も一階を賃借している。

風屋《かぜや》ダムをすぎ、十津川第一という交差点から国道四二五号に入った。カーナビのとおりだと、この二キロほど先に転落現場があるはずだが。

「しかし、十津川村がこんなに遠いとはな。ほんの一、二時間で着くと思てたのに」

「山道は遠い。時間もかかる」

「来んかったらよかった」

「いまさら遅いわ」

前方に灯《あかり》が見えた。山裾《やますそ》の空き地に七、八台の車が駐《と》まっている。クレーン車もあった。堀内はイプサムを停め、ダッフルコートをはおって車外に出た。白っぽいパーカを着た男がこちらに来る。

「なんです、おたくら」無愛想にいった。

「光山さんの知り合いですねん。パルテノンの出入り業者です」

伊達とふたり、名刺を差し出した。男は手にとってペンライトの光をあてる。

「ヒラヤマ総業、上席調査役……。金融関係ですか」

「パチスロの販売会社です。市場調査の担当です」

不動産業とはいわなかった。説明が面倒になる。「──あの、失礼ですが」

「県警交通捜査課のもんです」

男は名前をいわず、伊達と堀内の名刺をポケットに入れた。小肥《こぶと》りで背が低い。

「光山さんの奥さんは」伊達が訊いた。

「橿原《かしはら》の大正《たいしょう》医大です」そこに遺体を移送して解剖するのだろう。

「パルテノンの矢代さんと高畑さんは」

「奥さんに付き添ってるんやないですかね」

「車はまだ引き揚げてないんですか」

「今日は無理です。明日《あした》の朝からとりかかります」

「光山さんには世話になりました。手を合わせたいんですが」

「どうぞ。危ないから下には降りんように」

男は離れていった。まるでやる気がない。堀内が交通捜査課の捜査員なら車にもどって県警本部に連絡をとり、ヒラヤマ総業を照会するのだが。

伊達が車のトランクから懐中電灯を出し、ガードレールに沿って歩いた。凍えるように寒い。このあたりの標高は千メートル近いのではないだろうか。

ガードレールの切れ間があった。右の支柱が根元で折れ、レールが曲がっている。支柱のまわりに透明アクリルの破片とガラスが散乱し、アスファルトの舗装路から斜面にかかる路端に削りとられたような跡があった。すぐ下の木の枝が折れている。

「なるほどな。誰が見ても、車が落ちたと分かる」

堀内は崖下《がけした》を覗《のぞ》き込んだ。ただ真っ黒な空間が広がっている。その空間の底にぽつんとひとつ小さな灯が見えた。

「あそこにマークⅡがあるんやな」

「えらい遠いぞ。ほんまに百メーター落ちたんや」

「しかし、車がなんでガードレールにぶつかったんや。自殺にしろ他殺にしろ、ガードレールを壊して落ちる必然性はないやろ」

「事故を偽装したかったんかな」

「こんなカーブでもないとこで事故はせんぞ」

舗装路にスリップ痕《こん》はない。マークIIは頭から崖下に落ちていったのだ。

「光山はシートベルトをしてたんか、酒を飲んでたんか、ドアのロックはしてたんか、そういうとこを訊《き》きたいな」

「誠やん、おれらはパチスロ販売会社の社員や。要らんこと訊いたら怪しまれる」

「手帳がないのは不自由やのう」伊達は嘆息する。

「橿原へ行こ。大正医大へ」

谷底に向かって手を合わせ、イプサムのところにもどった。伊達が運転して現場をあとにした。


橿原市北八木町《きたやぎ》——。大正医科大学に着いたのは十一時前だった。夜間受付で光山英洙の所在を訊く。警備員はあちらこちらに電話をして、光山の遺体は法医学部の霊安室に安置されていると教えてくれた。

伊達と堀内は西棟の法医学部に入った。ロビーのベンチに黒いコートの女と矢代が座っている。女は四十がらみ、光山の妻だろう。

「なんや、あんたら……」矢代が顔をあげた。

「お悔やみに来ました」

堀内は女に向かって低頭した。「堀内といいます。昨日、光山さんにお会いしました」

「伊達といいます。このたびはご愁傷さまです」

「すみません。ありがとうございます」

女は力なく頭をさげた。化粧気はなく、眼が赤い。憔悴《しょうすい》している。

「県警のひとは」矢代に訊いた。

「地階ですわ」

光山の妻の手前、矢代も横柄な顔は見せない。

「矢代さん、ちょっと」

手招きした。矢代が立つ。いっしょに外に出た。

「高畑は」伊達が訊いた。

「帰った」

矢代はいう。「さすがに、病院まではついて来んかった」

「よめはんは知ってるんかいな。高畑のこと」

「薄々は知ってるやろ。顔には出さんけどな」

「剖検は」

「終わった」

明日、遺体を引きとって大阪に帰るという。

「光山は酒飲んでたんか」

「飲んでた。血中アルコール濃度が高かったらしい」

「他殺の疑いは」

「さぁな、そこまでは分からん。訊くわけにはいかんし、訊いても答えんやろ」

「あんた、元警視やないか。それをいうたんか」

「いうたところでなんにもならん。光山は十津川村で死んだ。奈良県警の事件や」

「光山のよめはんはどういうてるんや。光山が自殺したんやったら、動機があるやろ」

「わしはなにも聞いてへん。立ち入ったことを訊くのは主義やない」

矢代は首を振ったが、これは嘘だ。矢代は根掘り葉掘り事情を訊いたにちがいない。それが目的で光山の妻に同道しているのだから。

「あんた、片山にいわれて動いてるんやろ。この状況を一から十まで片山に報告する。ちがうか」

「あほくさい。わしがなんで片山に指図されなあかんのや。考えてものいえ」

「無理に怒ってみせんでもええがな。あんた、片山にパルテノンの顧問を譲ってもろたんや。顧問料はなんぼや。月に五万か、十万か」

「…………」矢代は答えず、伊達を睨《にら》みつける。

「ま、ええわい。片山はあんたの飼い主や。せいぜい尻尾《しっぽ》を振ったれや。朝まで光山のよめはんにつきおうて、葬式の段取りもするこっちゃな」

「失せろ。二度とわしの前に顔出すな」

低く、つぶやくように矢代はいった。堀内はロビーにもどる。光山の妻に向かって脚をそろえた。

「光山さんのお顔は見られんようなので、ここで失礼します」

「わざわざ、ありがとうございました」

「どうぞ、お疲れのないように」

西棟を出た。額にぽつりと冷たいものがあたった。

「誠やん、雨や」

「早よう帰ろ」

イプサムに乗った。

12

目覚めたのは昼前だった。ベッドをおりてカーテンを開ける。四車線の道路を挟んだ向かい側は八階建のビジネスビルだ。上階にはデスクで電話をしている男、パソコンのモニターを見つめている女、階下には段ボール箱を積んだキャスターを押して玄関に入っていく宅配便のドライバー、行き交う車はワイパーを作動させている。雨は降りつづいていた。

湯船に湯をためた。湯船の中で髭《ひげ》を剃《そ》り、新聞を読む。十津川村の自動車転落は社会面の片隅に掲載されていた。車から投げ出されて死亡していたのは〝大阪市旭区生江の会社員、光山英洙さん（50）〟とあり、〝解剖により光山さんの体内からアルコールが検出された〟と書かれていた。この記事が警察発表のとおりだとすると、奈良県警はまだ光山の死亡について事故とも自殺とも、あるいは他殺とも判断していないようだ。

バスルームから出て、携帯が鳴っていることに気づいた。裸のまま、着信ボタンを押す。府警監察室の依田だった。

――昨日の件、調べた。いま、ええか。

――すまん。……早いな。

――そうややこしい調べやないからな。いうぞ。

――ちょっと待ってくれ。

メモ帳を開いた。ボールペンをノックする。

ニューパルテノンの顧問、片山満夫。七十五歳。平成七年三月、警務部参事官で退職した。昭和三十年、大阪府立泉野《いずみの》高校卒、同年、大阪府警採用。登美丘《とみおか》署警邏《けいら》課、池島《いけじま》署警邏課、一方面機動警邏隊、府警本部警備部、茨田《まった》署副署長、金剛署署長、花園署署長を経て府警本部警務部参事官。総務、警務畑が長く、刑事として事件捜査にあたった経歴はない。平成七年十月、中央区長堀に『片山コンサルティングオフィス』という企業相談事務所を設立し、ニューパルテノンのほかに金融、流通、食品など十数社と顧問契約を結んでいる——。

——片山は大物や。いまも警務部に顔が利く。警察OBを何人か事務所に引きとって、顧問先を世話したりしてる。

——それは本人に聞いた。一昨年《おととし》まで本部捜査四課のOBがおって、阿倍野に事務所を構えたというてた。

——片山の事務所に行ったんか。

——三休橋のクレストいうビルや。煮ても焼いても食えんような爺《じじい》やったな。

——警務部参事官いうたらノンキャリトップのひとりや。そら一筋縄ではいかんわな。

——片山にわるい噂はなかったんか。

——どういう噂や。

——闇の連中とのつきあいとか、収賄とか。

——そのへんはきれいやな。矢代とはちがう。

——矢代は汚れてたんか。

——どろどろや。あれでよう懲戒免にならんかったこっちゃ。

ニューパルテノンの顧問、矢代治郎。六十四歳。昭和四十五年、近畿学院大《きんきがくいんだい》卒、同年、大阪府警採用。富南署交通課、中央署総務課、府警本部総務部厚生課、金剛署警務課長、府警本部総務課管理官を経て第四方面副本部長。平成十六年、五十六歳で依願退職。矢代は総務部厚生課、施設課の担当業務に関連して出入り業者と癒着、業務上の優遇に対して金銭的見返りを要求し、これが発覚して退職に追い込まれた――。

――矢代の疑惑のひとつは厚生課指定のゴルフ場や。宝塚《たからづか》の大峰《おおみね》高原ゴルフクラブ。矢代は会員やったけど、会員権取得に金を払うた形跡はない。会員として月に三、四回、プレーするのはもちろんのこと、新規会員の人物調査や支配人の交通違反のもみ消しに便宜をはかって、ゴルフセットや商品券を受けとってた。その上、部下の女子職員とも不倫の関係にあって、職員の夫から監察室に告発された。警視以上の退職者は天下り先を世話されるもんやけど、矢代は汚れすぎてて、その世話もなかった。府警を放り出された矢代を片山が拾うたったんやな。

――ほな、矢代は……。

――一年ほど、片山の事務所におった。いまはパルテノンのほかに、あてがい扶持《ぶち》の顧問先を何社かもってるはずや。

――パルテノンの顧問料はなんぼや。

――そんなことは分からん。

――プリペイドカードシステムの会社は分かったか。

――『TPSC』や。トーキョー・プリペイドカードシステム・コーポレーション。

――そこに府警OBは。

――ひとり、おる。安川裕之、六十二歳。

安川裕之……。どこかで耳にした憶えがあった。思い出せない。

――安川の経歴は。

――横堀《よこぼり》署の生安課長補佐で退職した。警部補や。

――TPSCに天下りしたんやな。

――そういうこっちゃ。

――TPSCの事務所は。

――日本橋《にっぽんばし》や。四丁目十九の八、エクセルビル。

住所をメモした。

――安川を訪ねて行ったときに、誰か紹介者の名前を出したいんやけどな。

――どうせ、そう来るやろと思た。灘本功《なだもといさお》さんの紹介やといえ。

灘本は安川が退職したときの横堀署副署長だと依田はいった。

――灘本は現役か。

――いまは交通総務課の管理官や。

ということは、灘本は警視だ。

――灘本さんの名前を出すのはかまへんけど、迷惑がかかるようなことはするなよ。

――そんなことはせえへん。ややこしいことというてわるかったな。この礼はする。

――礼なんかいらん。頼みごとはこれが最後にしてくれ。

電話は切れた。

身体が乾いていた。トランクスを穿《は》き、バスタオルで髪を拭《ふ》く。そこへ、ナイトテーブルの電話が鳴った。

——はい、堀内。

——わしや。携帯にかけても話し中やから、こっちに電話した。

——依田や。片山と矢代の経歴と、プリペイドカードシステム会社に天下った警察OBを知らせてきた。

——そら、よかった。あとで聞こ。……昼飯食うたか。

——まだや。

——ほな、食お。二十分で行く。

——ああ、待ってる。

立って、シャツを着た。

伊達は二十五分後に来た。ホテルの車寄せにイプサムを駐《と》め、近くのお好み焼き店に行く。伊達は焼きそばとミックス焼、堀内はカキのお好み焼を注文した。

「——で、片山と矢代の経歴はどうやった」伊達は湯飲みの茶に口をつける。

「片山は高卒で参事官まで行った。思てたとおりの切れ者や」

堀内は手短に経歴を伝えた。伊達はさもつまらなさそうに聞いて、

「矢代はどうなんや」

「腐りきってる。収賄から不倫まで、なんでもござれや」

堀内は説明し、「――矢代はまだ年金の満額支給年齢やない。天下りもできんかったし、金には不自由してるんとちがうかな」

「そういや、矢代のジャケットとセーター、安物くさかったな。時計はデジタル、靴は五千円くらいのビジネスシューズやった」

「よう見てるんやな、誠やん」

「訊《き》き込み対象人物の装《な》りを値踏みするのは、刑事の基本やろ」

伊達はひとりうなずいて、「カード会社はどうやった」

「TPSC。日本橋や。安川裕之いうOBがおる」

堀内は煙草をくわえた。「おれ、名前に聞き憶《おぼ》えがあるような気がするんやけどな」

「どんな字や」

「これや」

メモ帳を見せた。伊達はなにか思いあたったらしく、自分のメモ帳を出して、挟んでいた紙片を広げた。

「ほら、先週、道頓堀のふぐ屋で荒木からもろたリストや」

紙片には《北淀暴力追放センター　理事・安川裕之》とあった。

「暴追センターは公益法人や。正確には、大阪府暴力追放推進センターの北淀支部やろ」

「よう憶えてたな。安川の名前」

「警察ＯＢの業界は狭い。カードシステム会社の社員と暴追センターの理事が同一人物であることに不思議はないで」

伊達は紙片とメモ帳をポケットに入れた。「お好み焼き食うたら、日本橋へ行こ」

「誠やん、今朝の新聞、読んだか。十津川村の自動車転落事故」

「読んだ。あんな小さい記事ではなにも分からん」

伊達は厨房《ちゅうぼう》のほうを向き、茶の代わりを頼んだ。


中央区日本橋――。でんでんタウンの駐車場にイプサムを駐めた。堺筋のアーケード下を南へ歩く。でんでんタウンは電器店とアニメグッズとフィギュアの店が共存しているためか、眼にとまるのは男ばかりだ。小肥《こぶと》り、色白、眼鏡、スニーカー、それに彼らのほとんどが黒やグレーのリュックサックを背負っている。〝オタク〟とひとくくりにするのは簡単だが、その没個性には驚きより感心が先に立つ。

「堀やん、東京の秋葉原《あきはばら》もこんな街か」

「秋葉原はもっとカラフルや。若い女も多い」

「でかいリュックサックになに詰めてるんや。所帯道具一式か」

「そこらの兄ちゃんを捕まえて訊いてみいや。なにを運んではるんですか、と」

《エクセル》は堺筋から一筋東に入った交差点の角にあった。一階は電気工具専門店と中古ビデオの販売店、二階から六階は賃貸の事務所ビルだろう。

階段で二階にあがった。《TPSC大阪支社》の表札を確認してライムグリーンのドアを引く。中には短いカウンターがあり、その後ろにローズウッドのパーティションが立っていた。

「こんちは。誰かお願いします」

伊達がいった。はい、と返事が聞こえて黒いスーツの男が出てきた。

「ヒラヤマ総業の伊達といいます。安川さん、いてはりますか」

「お約束ですか」

「いや、ちがいます」

「安川は出ておりますが」

「いつ帰られます」

「もうもどるころですが……」安川は食事に出ている、と男はいった。

「待たせてもろてもよろしいか」

「ええ、こちらでよかったら」

男に勧められて壁際のベンチシートに座った。六畳ほどのスペースにはカウンターとベンチシートのほかにはなにもない。パーティションの向こうからはファクスの音や話し声が聞こえる。

「堀やん、パチンコのプリペイドカードいうのは、そもそもどういうもんなんや」

「二十年ほど前、三菱商事と住友商事とNTTデータ通信が東京と大阪に設立したカード会社が最初やろ。二社の初代会長は元警察庁刑事局長と元関東管区警察局長やなかったかな」

「それはなんや、警察官僚の天下り会社かい」

「CR機や。警察庁は保通協をとおしてプリペイドカード対応のCR機を認可する一方、そのほかのパチンコ台はなんだかんだと因縁をつけて認可せんかった。ホールオーナーはしかたなしにCR機を導入して、警察利権はめちゃくちゃ肥大した」

「そういや、CR機が増えはじめたころ、偽造カードが出まわったな」

「中国マフィアやろ。被害総額は数千億といわれた」

「カード会社はつぶれんかったんか」

「二社とも倒れかけた。いまは吸収合併されてパチンコ機メーカーの子会社になってる」

「TPSCもそうか」

「訊いてみいや。安川に」

「堀やん、詳しいな」

「おれがなんぼパチンコに負けたと思てんのや。いやでも学習するやろ」

「堀やんの学習は身につかんのう」

伊達が笑ったところへ、薄茶のツイードジャケットの男が現れた。頭がみごとに禿《は》げあがっている。男はゆっくり近づいてきて、

「安川ですが」

「あ、どうも、初めまして。伊達といいます」伊達は立ちあがった。

「堀内です」堀内も立って一礼する。

「わしになにか……」

「我々は府警のOBです。安川さんもOBとお聞きして、こちらへ来ました」

「セールスかなにかですか」

「いや、そんなんやないんです」

堀内は手を振った。「横堀署副署長やった灘本警視に安川さんの紹介を受けました」

「ああ、灘本さんには世話になりました」

安川の表情がゆるんだ。「どうしてはります」

「交通総務課の管理官です」

「あのひとは仕事にソツがなかった。出世しはりますわな」

「TPSCは西中島のニューパルテノンにカードシステムを納入しましたよね。その件で教えていただきたいことがあるんです」

「おたくらは」

「不動産の調査員です。ヒラヤマ総業といいます」

名刺を交換した。《(株) TPSC　大阪支社総務部次長　安川裕之》とあった。

「立ち話もなんやし、お茶でもいかがですか」

「そうですな……」

「二十分ほど、つきおうてください」

安川をあいだに挟んで事務所を出た。


エクセルビルの隣の喫茶店に入った。安川は馴染《なじ》みの客らしく、マスターに小さく手をあげて、窓際の席に腰をおろした。ホットコーヒーを三つ、注文する。安川はソファにもたれて煙草を吸いつけた。

「お仕事は忙しいですか」堀内は訊いた。

「ぼちぼちですな」

安川はいう。「おたくら、いつ退職したんです」

「もう五、六年前になりますかね。伊達は西成署、ぼくは中央署の暴犯でした」

適当に答えて、今里署にいたことは伏せた。

「中央署の館野《たての》は」

「よう知ってます。地域課長でした」

「館野はわしの同期ですわ。ときどき会《お》うて飲みますんや」

「館野さんは豪快でしょ。なんべんか連れてってもらいました」

話を合わせた。館野のことなどどうでもいいが。

「おたくら、パルテノンとどういう関係です」

「倒産しかけてるのはご存じですよね」

「そうらしいですな」

「パルテノンは近々、競売にかけられます。我々は負債総額を知りたいんです」

直截《ちょくせつ》にいった。安川に反応はない。

「ヒラヤマ総業には競売部門があるんです」

伊達がつづけた。「パルテノンの競売入札の前に債権者をリストアップして、各々の債権額を調べんとあかんのですわ」

「競売ね……。なにかとややこしそうですな」

「確かに、ややこしいです」

伊達はうなずく。「整理や競売には筋悪の連中がたかってきます。面倒やけど、そいつらの扱いは馴《な》れてますから」

「警察出は何人ぐらいいるんです、ヒラヤマ総業に」

「堀内とぼくのふたりだけですわ。安い給料でこき使われてます」

「よろしいがな。この時節、給料があるだけでも良しとせんと」

安川はけむりを吐く。前歯が一本、欠けている。

「パルテノンにカードシステムを納入した担当者は誰ですか」伊達は訊《き》く。

「横山《よこやま》です。営業二課長の」

「横山さんは、パルテノンの債権者会議には」

「出てますわ、毎回」

「債権者リストと債権額の一覧表みたいなもんは」

「そら、持ってるやろね。見たことはないけど」

「手に入れられませんか」

「それはしかし、むずかしいでしょうな。社外には出せん書類でしょ」

「そこをなんとか、入手してもらいたいんです」

「………」安川は答えず、灰皿を引き寄せて煙草を消した。

「こんなことというたら失礼かもしれませんですけど、うちの社には調査協力費という項目があります。先輩の口座を教えてもらえませんか」

「いや、わしは総務やし、パルテノンに直《じか》に関わってるわけやないから……」

安川は曖昧《あいまい》にそういった。協力費を受けとる意思はあるらしい。

「先輩、このとおりです」

伊達は頭をさげた。「タイムリミットは今週いっぱいです。正直なとこ、競売決定までに一覧表を入手せんことには首が寒いんです。同じ警察の釜《かま》の飯を食うた後輩を助けてもらえませんか」

「お願いします。協力してください」

堀内も膝《ひざ》をそろえて頭をさげた。安川は腕を組み、嘆息する。田舎芝居だが、効き目はありそうだ。

「分かった。なんとかしましょ」

ぽつり、安川はいった。「おたくの携帯は」

「すんません。ありがとうございます」

伊達はまた名刺を出した。裏に携帯の番号を書いて安川に渡す。安川は受けとって、

「そのリストと一覧表は写真でもよろしいな」

「けっこうです。読めたら」

安川は携帯で撮影し、メールで送るつもりなのかもしれない。

「先輩の口座、教えてください」

伊達はメモ帳を出した。安川は少し間をおいて、

「三協銀行恵美須《えびす》支店。〇〇四八二××。ヤスカワヒロユキ」小さくいった。

「振込人はどないしましょ。ヒラヤマ総業ではまずいでしょ」

「そうですな、おたくの……いや、ヤスカワキミコの名前で振り込んでもらいましょか」

「ヤスカワキミコさんね。了解です」

「で、なんぼほど？」

「これくらいでどうですか」

伊達は片手を広げた。安川は横を向く。

「ほな、十万で」

「それやったら……」

安川はうなずき、伊達の名刺をジャケットのポケットに入れた。

「腐れオヤジめ、足もとを見くさった」

喫茶店を出るなり、伊達はいった。「金額を訊いた上に、五万円ではウンといわんかったぞ」

「調査協力費てなもん、あるんか」

「あるわけない。わしは安川を見て、金で釣れると思たんや」

「五万ずつ出すか。おれと誠やんの経費から」

「あほいえ。生野に頼むんや。十万ぐらい出すやろ、臨時経費で」

伊達は歩きながら携帯を開いた。ヒラヤマ総業にかける。

「──どうも、伊達です。いま、日本橋です。──ＴＰＳＣいうパチンコカード会社の安川いう警察ＯＢに会うたんやけど、金が欲しいといいますねん。──総務の次長ですわ。──そう、パルテノンの債権者リストと債権額の一覧表をね。──調査協力費いう名目で十万円、よろしいか。──すんません。わしが振り込みますわ。──えっ、なんですて。──奈良県警が？──いつです。──了解。これからもどります」

伊達は電話を切った。「堀やん、事情聴取や」

「奈良県警か」

「わしらに会いたいんやと」

「やっぱりな……」

「三時や。ヒラヤマに来る」

伊達は舌打ちした。


信濃庵でざる蕎麦《そば》を食いながら県警捜査員を待った。

「おもしろいのう、堀やん。奈良の刑事《デカ》がどんな調べをしよるか、お手並み拝見やで」

「こっちも光山がどう死んだか、情報をとろ」

そこへ携帯が鳴った。生野だ。

──いま、電話がありました。すぐ近くまで来てるそうです。

──名前は。

──長濱《ながはま》とかいうてましたな。

──話は信濃庵でしますわ。

電話を切った。ちょうど三時だ。堀内は外に出た。

府税事務所のほうから傘をさした男がふたり、歩いてきた。ふたりとも丈の短いステンカラーコートを着ている。警察官の匂いがした。

ふたりが立ちどまった。左の男は四十すぎ、右の男は三十代半ばだ。

「よう降りますな」

堀内はいった。「長濱さん？」

「長濱です」左の男がうなずいた。

「ヒラヤマ総業の堀内です」

ふたりを連れて店に入った。小座敷にあがる。ざる蕎麦の盛り皿は片付いていた。

「遠いとこ、ご苦労さんです」

伊達がいった。「ま、座ってください」

ふたりはコートを脱ぎ、卓の向こうに座った。

「申し遅れました。奈良県警交通捜査課の長濱です」

「交通捜査課の沼田《ぬまた》です」

「ヒラヤマ総業の伊達です」

「堀内です」

名刺を交換した。長濱も沼田も巡査部長だった。

「ビールでも飲みますか」伊達が訊く。

「いや、勤務中ですから」長濱は手を振った。

「ほな、蕎麦でも食いますか」

「いまはけっこうです」

「そうですか……」

伊達は品書きを見て、蕎麦の素揚げと胡瓜《きゅうり》の浅漬けを注文し、蕎麦茶を頼んだ。

「伊達さんは恰幅《かっぷく》がいいですな」長濱がいった。

「柔道やってますねん」

「段は」

「いちおう、四段を」

「そら、ほんまに強いわ」

「長濱さん、武道は」

「からきし、あきません。体を動かすのはね」

「沼田さんは」

「右に同じです」と、沼田。

「沼田は射撃が得意です。去年の奈良県警察拳銃《けんじゅう》射撃大会で優勝しました」

長濱がいう。「二百点満点中、百九十五点です」

百九十五点がどれほどのものか、堀内には分からない。射撃には興味がなく、訓練もよくサボったものだ。

長濱は正座をくずして胡座《あぐら》になった。

「おふたりは昨日、十津川村に来られたそうですな」低く、いう。

「夜の八時半すぎやったかな。小野の現場で白いパーカを着たひとに挨拶《あいさつ》しましたわ」

伊達が答えた。

「なんで現場に行かれたんです」

「パルテノンの競売で、なんべんか光山さんと会うてましたんや。それが突然、死んだと聞いてね」

「わざわざ、十津川村まで？」

「わしらの前歴、知ってますわな」

「大阪府警ですな」

「元刑事の本能ですわ。現場を確認したいのは」

おたがい、腹の探り合いだ。長濱はどこまで調べてきたのだろう。

「現場を見て、どう思われました」

「事故ではなさそうですな」

「その理由は」

「現場は直線道路でスリップ痕《こん》がなかった。ガードレールの損傷も小さい。車は頭から谷底に落ちていった……」

「ま、おっしゃるとおりでしょ」

そこへ、女将《おかみ》が蕎麦茶を持ってきた。急須《きゅうす》ごと卓に置く。沼田が湯飲み茶碗《ぢゃわん》に蕎麦茶を注いだ。

「マークⅡは県道に揚げたんですか」堀内は訊《き》いた。

「はい、昼前に」

車にワイヤーをかけ、十トンクレーンで引き揚げたと長濱はいう。「なにしろ百メーターですから、四時間もかかりました」

「車はどうでした」

「かなりひどかったですね。ひしゃげてました」

ルーフは押しつぶされ、右のフロントドアがちぎれていた——。「車はバウンドして、なんべんもひっくり返りながら落ちたんです」

「死体は車外に投げ出されてたんですよね」

「全身打撲。首がぶらぶらでした」

「車内に血痕は」

「なかったです」

「死因は頸髄《けいずい》離断ですか」

「頭蓋《とうがい》骨折もありました」

「光山はどれくらい飲んでたんです」

「相当量、飲んでたみたいですな」

「薬物は」

「薬物？」

「睡眠薬とか、シャブとか……」

「それは検出されてませんね」

長濱の視線がわずかに揺れた。光山の体内からは、アルコールのほかになにか検出されたのかもしれない。

「光山さんと最後に会われたんはいつです」

「一昨日《おととい》です。三十日の午後三時半。パルテノン二階の応接室です」

店長の光山、ホール顧問の矢代、伊達と堀内、四人でパルテノンの競売に関する話をしたといった。

「差し支えなかったら、そのときの話の内容を聞かせてもらえませんか」

「パルテノンの負債を訊いたんです。……けど、答えてはくれんかった」

「話し合いは決裂したんですか」

「決裂というような大袈裟《おおげさ》なもんやない。我々は競売対象物件の詳細を調べるのが仕事やけど、ことがすんなり運ぶことはめったにありませんわ。そこはおたくらの訊き込みと同じじゃないですか」

「つまり、調査は不調に終わったんですね」

「そういうことです」

「パルテノンを出られたのは」

「四時前やなかったかな」

「それからどうされました」

「アリバイ調べですか」

「ええ、そうです」

長濱はうなずいた。真顔だ。愛想もなにもない。

「宮原の喫茶店でコーヒー飲んで、千里中央で伊達と別れました。五時ごろです」

箕面の山中で庚星会の組員ふたりを痛めつけたことは伏せた。「──おれは西中島のホテルに帰って、九時ごろ、飲みに出た。北新地の『フォルテシモ』いうクラブです」

「席についたホステスは憶《おぼ》えてますか」

「理紗です」

「馴《なじ》染みの子ですか」

「むかしのね」

長濱が質問し、沼田がメモをする。刑事の訊き込みは十年一日変わらない。

「フォルテシモには何時まで?」

「十一時すぎに出て、ホテルに帰りました」

「ホテルの名前は」

「サンライト西中島。ビジネスホテルです」

「フロントに誰かいましたか」

「憶えてないですね」

「部屋のキーは」

「いつも持って出ますねん。カードキーをね」

長濱は堀内がホテル住まいをしている理由を訊かなかった。長濱は堀内と伊達の個人データをとり、堀内が大阪府警を退職した経緯や東京に住民票を移した事実を知った上で訊き込みにきたのだ。

蕎麦《そば》の素揚げと漬物が来た。堀内は素揚げをつまみ、蕎麦茶を飲む。長濱と沼田は手をつけない。

「伊達さんは堀内さんと別れてからどうされました」長濱は訊く。

「わしは家に帰りましたわ。南千里の公団住宅にね」と、伊達。

「夕方からずっと家におられたんですか」

「いや、家に帰ったんは車を駐車場に置くためで、そのまま飲みに出ましたんや」

「ひとりで？」

「そう、ひとりで。……十三ですわ」

「十三へは、電車で？」

「南千里の駅からね」

阪急千里線で淡路、京都線に乗り替えて十三へ行ったと伊達はいう。「十三本町の『新富《にいとみ》』いう居酒屋で飯食うて、キャバクラ行って、最後はフィリピンパブやったかな。タクシーで家に帰ったんは二時ごろでしたな。よめはんは寝てましたわ」

「そのキャバクラとフィリピンパブは」

「憶えてませんな。客引きのねえちゃんに手招きされて入ったから」

「三十日の午後六時ごろから三十一日の午前一時半ごろまで、ひとりで十三にいたんですな」

「ま、そういうことですわ」

「奥さんは伊達さんが帰ったのをご存じですか」

「そいつはどうかな。うちのよめは寝たら起きへんからね」

伊達は笑って、「よめに裏をとるんやったら、わしは堀やんといっしょやったというてくれんかな。ひとりでキャバクラやフィリピンパブへ行ったと知ったら、小遣いとりあげられますねん」

「そのへんは心得てます」

長濱は小さくうなずいた。ほんとうに裏をとるのだろうか。

「光山はほんまに不動産屋に会うというてパルテノンを出たんですか」

堀内は長濱に訊いた。「それが不思議でしかたない。伊達もおれも光山に会う用事はなかった」

「しかし、光山さんには訊くことがあったんやなかったんですか」

「そら、パルテノンの負債額は訊きたかった。オーナーの松原兄弟との関係も知りたかった。……けど、光山の口から聞けるとは思てなかったし、光山を呼び出すつもりも我々にはなかった。……そもそも、矢代と高畑の証言を疑うてみることはせんかったんですか」

「それはおたくらにいうことやない。あらゆる可能性を追うのが捜査の基本ですわ」

「我々のアリバイ調べをしてるのは、光山の死に疑問があるからですな」

「疑問、というのは……」

「他殺ですわ。光山は殺されたと疑うてる。ちがいますか」

「ほう、そうですか……」長濱は口ごもった。

「光山は酒を飲んでた。マークⅡの車内にはウイスキーの空き瓶があった。そのほかに遺留品は」

「………」長濱は答えない。じっと堀内を見つめている。

「光山の体内から検出されたんはアルコールだけやない……」

低く、堀内はいった。「なにが検出されたんです」

長濱はやはり黙っている。答える気はないようだ。

「光山は車から放り出されて川原の岩に叩《たた》きつけられた……。状況に不自然な点は」

「どういうことです」

「事故か自殺を偽装した形跡はないかと訊《き》いてますねん」

「偽装、ですか……」

「光山は酒を飲まされ、薬物をもられて意識が朦朧《もうろう》となった。光山はマークⅡの運転席に座らされ、車ごと崖下《がけした》に落とされた。犯人《ホシ》は県道から斜面を降りて状況を確かめた。光山は死なずに、車内で呻《うめ》いてた。犯人は瀕死《ひんし》の光山を引きずり出して殴殺し、死体を川原に棄てた。……そんな可能性もなくはないですわな」

「なるほど。元警察官はいろんなことを考えるんですな」

「光山に自殺の動機は」

「それはこれから捜査するんです」

もうこれ以上は訊くな、といった顔で長濱は首を振る。

「パルテノンのオーナーのとこには行ったんですか。松原剛泰と松原哲民」

「まだ行ってません」

「なんで行かんのです」

「日本におらんからです」

「そら、おかしいな。松原の兄弟は昨日の晩、マカオから帰ってきたはずや」

「ふたりがマカオに行ったと、なんで知ってるんです」

「我々も松原兄弟に会おうとしてましたんや。競売調査でね」

「ふたりはマカオです。確認しました」

「いつ、帰ってきますねん」

「今晩です。直行便で」

「便名は」

「さぁ、そこまでは……」

「松原兄弟は昨日の飛行機をキャンセルしたんですか」

「詳細は聞いてません」

「調べがゆきとどいてますな」

嫌みでいった。長濱の表情は変わらない。

「三十日の午後四時以降、堀内さんと伊達さんは光山さんとの接触がなかった……。そう認識してまちがいないですな」長濱は念を押す。

「まちがいもなにも、いまアリバイを訊いたやないですか」伊達がいった。

「失礼。これも仕事ですから」

長濱は蕎麦茶を飲んだ。「──この建物はヒラヤマ総業の自社ビルですか」

「競売で落としたみたいですな」と、伊達。

「競売は落札してからが大変なんでしょ」

「極道がらみの物件が多いからね」

「県警の暴対刑事で〝マンションころがし〟をしてるやつがいましたよ」

「それは大阪府警も同じですわ。最近は不動産相場が下がってしもて、大した小遣い稼ぎにはならんみたいやけど」

「暴対はなにかとツブシが利きますな」

「再就職にはよろしいで」伊達は笑う。

「じゃ、今日はこれで」

長濱は腰をあげた。沼田も立つ。靴下に穴があいて指がのぞいていた。

13

長濱と沼田が店を出るのを待って、伊達はいった。

「どないや、堀やん、感想は」

「光山は他殺やな」

堀内は胡瓜《きゅうり》の浅漬けをつまむ。「アルコールのほかに薬物が検出されたんやろ」

「それはなんや、どんなクスリや」

「おれは睡眠薬と読みたい」

「犯人《ホシ》は光山の死体をマークⅡに乗せて谷底に落としたという線もあるで」

「その場合は死体の傷の形状か、死亡推定時刻のズレやな」

剖検で他殺を疑わせる結果が出たのかもしれない。「どっちにしろ、光山の直接の死因は車の転落やない。おれはそう思う」

「犯人は庚星会か」

「そう考えるのが普通やろな」

「庚星会の糸を引いたんは」

「松原剛泰と松原哲民。マカオでアリバイ工作や」

「帰国を一日遅らせた理由は」

「光山の死体が発見されてから帰ってくる計画やったんやろ」

「けど、それやったら説明がつかんぞ」

伊達は首をひねる。「十津川村で光山が発見されたんは三十一日の昼ごろや。光山の死亡推定日時は三十日の夜から三十一日の明け方やから、剛泰と哲民が予定どおり三十一日の夜に帰国してもアリバイは成立するで」

「誠やん、奈良県警のヘリが現場に飛んで白いセダンを見つけたんが三十一日の昼や。隊員が崖下に降りて、男の死体を発見して、それが光山英洙と判明するまでに二時間や三時間はかかる。剛泰と哲民はその連絡が来るまで飛行機には乗れんかったんや」

「なんか、もうひとつピンと来んな」

「十津川村の県道で車が落ちたらしいと気づいたんは日本郵便の配達員や。配達員が警察に通報せんかったら、光山の死体発見はもっと遅かった可能性がある。……もし一週間も半月も遅れたら、死体は腐敗して死亡推定日時に幅ができる。剛泰と哲民のアリバイ工作はフイになるかもしれん」

「剛泰と哲民がマカオにおるときに光山が死んだんは偶然やないということか」

独りごちるように伊達はいう。「しかし、不仲の兄弟がマカオまで行ったんはどういうわけや。アリバイ工作なんぞ日本でもできるがな」

「マカオには勝井興産の勝井がおった。勝井と剛泰と哲民は光山殺しに噛《か》んでる。……噛んでるからこそ、何千キロも離れた遠い異国で光山が死ぬのを待ってたんや」

「そうか、堀やんのいうとおりかもしれんな……」

伊達はあごをなでながら、「パルテノンの店長を殺したんは、パルテノンの社長と専務ということになるで」

「おれの説は想像がすぎるか」

「いや、筋はとおってる」

「光山の自他殺を決めつけるのはまだ早いけど、裏にはまちがいなく仕掛けがある。おれは松原剛泰と哲民を叩きたい」

「高畑美枝子も叩かないかんぞ。光山がほんまに不動産屋に会うというたんか、矢代と高畑が口裏を合わせてるかもしれん」

「パルテノンへ行って高畑に会お。それから関空や」

「関空で捕まえるんか、松原の兄弟を」

「パソコンで調べよ。マカオ直行便は何便もないはずや」

「よし、行こ」

伊達は十円玉を出した。「どっちや」

「表」

「裏」

伊達はテーブルの上で十円玉をまわした。皿にあたって畳に落ちる。裏だった。

堀内が勘定を払って、信濃庵を出た。

ヒラヤマ総業四階の営業部にあがった。生野は席にいない。

堀内はパソコンの前に座って検索サイトをクリックし、〝関西国際空港　マカオ　直行便〟と入れた。画面が切り替わる。二月一日のマカオ直行便は《マカオ航空NX838便＝15：00マカオ発　19：35関空着》だった。

「午後七時三十五分……」

時計を見た。いまは三時四十分だ。「関空まで、車でどれくらいや」

「一時間では行けんかもしれんな」

「ほな、六時すぎに市内を出るか」

「おう、そうしよ」

伊達はうなずいて、「関空で松原兄弟を捕まえるのはええけど、顔を知らんぞ」

「顔写真や。パルテノンで手に入れよ」

そこへ、生野がハンカチで手を拭《ふ》きながらもどってきた。紺のフランネルジャケットの下にグレーのカーディガン、ボタンが弾《はじ》けそうなほど腹が膨らんでいる。生野の体重は八十キロを超えているだろう。

「どうでした、奈良の刑事は」にこやかにいう。

「堀内とわしのアリバイをしつこく訊《き》いて帰りましたわ」

長濱と沼田――。交通捜査課の巡査部長がふたりで来たと伊達はいった。

「ほな、光山は……」

「他殺ですな。たぶん」

「そら大変ですがな」

大変だといいながら、動じる気配はない。生野はくしゃくしゃのハンカチをジャケットのポケットに入れた。「さっきいうてはった調査協力費、渡しましょか」

「出金伝票は」

「そんなもん、要りますかいな」

生野は札入れを出した。一万円札を抜き、十枚を数えて伊達に渡す。「――たった十万でパルテノンの債権者と債権額が分かったら安いことですわ。臨時経費が要るときは、いつでもいうてください」

生野は自分の席へ歩いていった。

堀内がイプサムを運転し、西中島のニューパルテノンに着いたのは四時二十分だった。店内に入る。景品交換場のカウンターに間宮がいた。

「間宮さん、高畑は」堀内は訊いた。

「今日は休みですわ」

「休み……」

「朝方、電話があって、体調がわるい、いうてました。……そら、無理もないでしょ」

「で、葬式は」

「明後日《あさって》です。お通夜は明日《あした》の夜です」

「高畑は家かいな、東新庄の」伊達がいった。

「と、思います」

「電話を入れてくれんかな。いっぺん、高畑に会いたいんや」

「会《お》うたことないんですか」

「顔も知らん」

「けっこう、ええ女ですよ」

間宮は携帯を開いてボタンを押す。

「わしらが行くことはいわんようにな」

「はい……」

間宮は話しはじめた。「――間宮です。いま、家？――どう、具合は。――あ、そう。それやったらよかった。――いや、別に用はないんやけど、気になったから。――ほな、無理せんように」

間宮は携帯を閉じた。高畑は家にいる。

「それともうひとつ。社長と専務の写真が欲しいんや。顔がよう分かるのを」

「写真ですか……」

間宮は考えて、「慰安旅行の写真がありますわ」

去年の暮れ、有馬《ありま》温泉で撮った写真が二階の休憩室に貼ってあるといい、間宮はカウンターを出ていった。

「サブマネはようういうことをききよる」

伊達は笑う。「履歴書、書いたんかな」

「しかし、あんな軽そうな男に競売屋が務まるか」

「ま、無理やろ」

少し待って、間宮がもどってきた。写真を三枚、カウンターの上に並べる。ホテルの前で撮った集合写真が一枚と、宴会のスナップ写真が二枚だった。

「このデブが兄で、この髭《ひげ》が弟ですわ」

「社長をデブ呼ばわりしたらあかんやろ」

「みんなに嫌われてますねん。オーナー風吹かして偉そうにするから」

スナップ写真は、ふたりとも丹前を着て膳《ぜん》の前に座っている。兄弟だが、顔はまるで似ていない。兄の剛泰は眉《まゆ》が薄くて眼が細く、生野と同じくらい肥《ふと》っている。弟の哲民はゴマ塩の髪をオールバックにし、鼻下とあごに髭を生やしている。剛泰は六十一歳、哲民は五十九歳だ。

堀内は写真をポケットに入れた。間宮に礼をいい、パルテノンをあとにした。

西中島から東新庄は車で十分だった。阪急京都線、上新庄《かみしんじょう》駅のすぐ東側、住宅と商店、町工場の混在した下町だ。道路は狭く、入り組んでいる。カーナビを見ながら一方通行路をゆっくり北へ走った。

「このあたりやけどな」

伊達がいう。「四丁目の七番地」

堀内はイプサムを停めた。右はブロック塀の工場とフェンス囲いの鋼材置場、左は三階建の木造住宅が十軒ほど並んでいる。どの家も造りは同じで間口が狭く、一階がカーポートと玄関、二階にベランダ、三階に出窓があり、ベランダの壁面にだけ屋根と同色の赤や茶色のタイルを貼りつけている。隣家との隙間は二十センチほどしかなく、いったいどうやって横壁のモルタルを塗ったのか、不思議な思いがする。

伊達が車を降りた。スーパーのレジ袋を提げて歩いてきたおばさんを呼びとめる。伊達はしばらく話をして、「こっちや」と、堀内を手招きした。

伊達が指さしたのは奥から二軒目の家だった。玄関ドアの両側に十鉢ほどの鉢植を置いている。堀内は家の前に車を駐めて降りた。郵便受けに《高畑》と、小さな表札がある。

「一戸建か……。おれはアパートかマンションやと思てたけどな」

家は古そうだ。モルタルの壁は煤《すす》けて、ところどころにクラックが入っている。ガレージの車は白のカローラだ。

「さっきのおばさんに聞いた。この並びの家は築三十年ほどの建売住宅や」

伊達がいう。「高畑は三年前に越してきたらしい。ひとり暮らしや」

「しかし、パルテノンの給料で一戸建が買えるか」

「新築マンションより安いやろ。築三十年で土地は十五坪。千二、三百万いうとこやで」

「光山が頭金を出して、あとは高畑名義のローンかい」

「毎月の返済額を訊いてみるか」

伊達はインターホンのボタンを押した。はい、と返答があった。

――ヒラヤマ総業の伊達と堀内です。

――えっ……。

――パルテノンの光山さんのことでお訊きしたいことがあるんやけど、よろしいか。

――どういうことです。

――光山さんは一昨日《おととい》、不動産屋に会うというてホールを出たそうですな。そのあたりの話を……。

――話はしましたよ、奈良の刑事さんに。

――そのことでえらい迷惑してますねん。ちょっと出てきてくれませんか。

返事がない。

――高畑さん、わしらはさっき事情聴取をされましたんや。まるで犯人扱いですわ。

まだ返答がない。高畑は渋っている。

――正直、困ってますねん。話を聞くまで、なんべんでも来まっせ。嚙みついたりせんし、顔を見せてくださいな。

――分かりました。出ます。

玄関ドアが開いた。高畑が顔をのぞかせる。高畑はドアチェーンを外し、外に出てきた。ざっくりしたベージュのセーターにジーンズ、長い髪を後ろにとめている。色白で整った顔だちだが、目元に疲れが見える。あまり眠っていないようだ。

「すんませんな。伊達です」

「堀内です」

頭をさげた。高畑はとまどったように、

「わたし、嘘なんかついてません。店長は、これから不動産屋に会う、といったんです。まちがいありません」

「光山さんがパルテノンを出たんは何時でした」堀内は訊《き》く。

「五時ごろです」

「光山さんはなんでサブマネの間宮さんにいわんと、高畑さんに言づけたんです」

「そんなん知りません。近くにサブマネがいなかったんでしょ」

「光山さんは〝競売屋〟というたんやないんですな」

「不動産屋、です」

ここが微妙にちがっていた。光山は矢代を梅田へ送って行ったとき、競売屋と話をつける、といったのだ。そうして光山はパルテノンにもどり、高畑には、不動産屋に会う、といったのだ。光山は高畑に競売屋といっても理解できないと思ったのだろうか。

「光山さんは我々のほかに不動産屋と交渉するようなことがあったんですか」

「そんな話、聞いたことないです」

「パルテノンはいま、競売にかかりそうやないですか」

「ケイバイとかキョウバイとか、わたしらには関係ないです」

「しかし、光山さんからは聞いてたでしょ」

「聞いてません」高畑は大袈裟《おおげさ》にかぶりを振る。

「光山さん、ときどき来るそうやね、この家に」カマをかけた。

「誰がそんなこというてるんです」

「近所の眼というもんがある。ひとの口に戸は立てられんのです」

「…………」

「光山さんはおたくに経営状態を話したでしょ。パルテノンの」

「聞いてません、なにも」高畑は頑《かたくな》に否定する。

「光山さんがパルテノンの債務返済協議に呼ばれたことは」

「知りません」

「光山さんとオーナーの関係はどうでした」

「帰ってください。店長は亡くなったんです。お話しすることはありません」

憤然として高畑はいった。これ以上粘っても無駄だ。

「いや、気をわるうしはったんやったら謝りますわ。すんませんでしたな」

堀内はいった。高畑はさっと背中を向けて、ドアの向こうに消えた。

「なかなか愛想のええ女や」

伊達はにやりとした。「あいつは光山からいろんなことを聞いとるぞ」

「けど、いまはあかん。ようすを見よ」

「あいつはほんまに聞いたんかい。光山から、不動産屋に会う、と」

「分からん。……分からんけど、あの女が嘘をついてるとしたら、後ろに糸をひいてるやつがおる」

「矢代のクソ爺《じじい》か」

「矢代の後ろにも仕掛人がおる。片山や。おれはそう思うな」

時計を見た。ちょうど五時──。「なにか食うか」

「さっき、蕎麦《そば》を食うたがな。腹は減ってへん」

「ほな、コーヒーや」

イプサムに乗った。

上新庄の喫茶店で時間をつぶし、六時に都島《みやこじま》から阪神高速に入った。守口線、大阪港線を経由して湾岸線へ。りんくうジャンクションから空港連絡橋を渡り、関西国際空港に着いたのは七時五分前だった。空港駐車場にイプサムを駐《と》めて、エアターミナル一階の国際線到着ロビーへ行く。マカオ航空NX838便は予定どおり〝19・35〟着と、ボードに表示されていた。税関からロビーへの出口は北と南の二ヵ所があり、松原剛泰と哲民がどちらから出てくるかは分からない。

「手分けして張ろ。堀やんは南出口、わしは北出口や。ふたりを見つけたら、電話して合流しよ」

「ロビーはひとが多いぞ。どこで摑《つか》まえる」

「タクシー乗場か、バス乗場やな。電車に乗るようやったら、駅の改札口で摑まえよ」

「ふたりはたぶん、ゴルフバッグを持ってる。空港駐車場に車を駐めてるかもしれんぞ」

「駐車場は好都合や。ゆっくり話ができる」

松原兄弟がマカオで勝井となにをしていたか、問いつめると伊達はいう。

「ヒラヤマ総業の調査員は勤勉やな、え」

「堀やん、わしはパルテノンの負債額と債権者を報告書にしたら、それで始末がつくとは思てへんのや」

伊達は真顔になった。「先週、生野にいわれて、わしらはパルテノンにかかわった。調べれば調べるほど、パルテノンには裏がある。極道や半堅気や警察OBが寄ってたかってパルテノンを食いもんにしてる。……堀やん、パルテノンは金の生《な》る木や。これをシノギにせん手はないで」

「そうか、やっぱりな」

堀内は笑った。「おれも同じこと考えてた。光山が失踪《しっそう》したとき、パルテノンはシノギになるかもしれんと思た」

「報告書はつくって生野に渡そ。あとは堀やんとわしのオプション、や」

「いや、報告書を渡してしもたら、この調査は終了や。また次の仕事が来る。ここはじっくり腰を据えて金の生る木に水をやるんや」

「そうか、生野に臨時経費も請求できるもんな」

伊達はうなずいて、「堀やんはさすがに役者がちがう。わしよりずっと上手《うわて》や」

「それ、褒めてるようには聞こえんな」

「わしは褒めたつもりやで」

ロビーのひとが増えてきた。北出口と南出口の周辺に集まっていく。ANAのソウル便と上海便が到着したのだ。

「あと二十分で838便が着く。松原兄弟が出てくるのは、早ようてもその十分後やろ。わしは煙草が吸いたい」

「上へ行くか」

「ああ、そうしよ」

三階にあがった。レストランエリアのカフェ&バーに入って煙草を吸いつけた。

間宮にもらった松原剛泰と哲民の写真をもう一度見て、七時四十分に国際線到着ロビーに降りた。838便はすでに到着している。伊達は北出口へ行き、堀内は南出口へ行った。出迎えのひとが集まっている。堀内は出口から少し離れたシースルーのエレベーターのそばに立った。

南出口のドアが開き、両手にバッグを提げた男が現れた。つづいてカートを押す家族連れ、キャスターを引いたカップルと、次々に出てくる。ゴルフバッグを持った男もいるが、松原ではない。

携帯が震えた。

――はい、おれ。

――剛泰が出てきた。ひとりや。

――ひとり？

――哲民とは別々かもしれん。

――どうする。

――わしはとにかく剛泰を尾《つ》ける。

そのとき、ゴルフバッグの男が現れた。グレーのジャケットに黒のズボン、髪はオールバック、髭面《ひげづら》……。哲民だ。携帯を耳にあてている。

――こっちはいま、哲民が出てきた。連れはおらん。

――よし、分かった。尾けてくれ。

――摑まえたら知らせる。

電話を切った。

哲民は宅配便の受付カウンターへ歩いたが、ゴルフバッグを預ける素振りはない。立ちどまってあたりを見まわしている。

赤いコートの女が哲民に近づいた。哲民が女に気づく。親しげに言葉を交わして、女は哲民のトランクをとった。

高畑……。堀内はエレベーターの陰に隠れた。さっき会ったばかりの高畑美枝子が哲民の出迎えに来ていたのだ。

哲民はゴルフバッグを肩にかけ、高畑はトランクを引いてエスカレーターに向かった。堀内は離れてあとを追う。

ふたりはターミナルビルの二階から連絡通路に出た。電車に乗るのだろうか。

堀内は伊達に電話をした。

――誠やん、どこや。

――タクシー乗場や。これから剛泰を摑まえる。

――待て。それは待て。まだ接触するな。

――どういうことや。

――哲民の出迎えに女が来た。高畑や。

「——なんやて。

——おれはふたりがどこへ行くか尾ける。でないと、ふたりの関係が分からん。

高畑は哲民に話しかけ、哲民は小さくうなずきながら歩く。ふたりは連絡通路を渡って右にまがった。

——ふたりは駐車場へ向かってる。高畑は車で来たみたいや。

——分かった。わしはこのまま剛泰を尾ける。堀やんもとことん尾けて行け。

——車はおれが乗って帰るからな。

携帯を閉じた。イプサムのキーは堀内が持っている。

ふたりは駐車場に入った。高畑が精算機に駐車券を差し、哲民が札を入れる。高畑は駐車券を抜き、哲民の先に立って駐車場の奥へ歩いていく。

堀内も駐車券の精算をした。走ってイプサムに乗る。哲民と高畑を見失わないよう、通路に出て車を停めた。ふたりは三ブロック離れた駐車スペースの端にいる。

高畑は白いカローラのトランクフードをあげた。哲民がゴルフバッグとトランクを積む。ふたりは車に乗り込んだ。

カローラのヘッドライトが点《つ》き、走りだした。堀内もライトを点けて後ろにつく。

駐車場を出た。カローラは空港連絡橋を渡り、泉佐野《いずみさの》ジャンクションから阪和《はんわ》自動車道に入った。制限速度を大きくは超えないから尾けるのは易い。堀内は伊達に電話をかけた。

——いま、どこや。

——湾岸線や。タクシーでタクシーを尾けてる。

——こっちは阪和道や。高畑がカローラを運転してる。

——カーポートに駐めてた車やな。

——阪和道に乗ったということは、どこかに寄り道するつもりかもしれん。

——光山の愛人が哲民を迎えにきた……。妙な成り行きやな。

伊達の笑い声が聞こえた。


カローラは阪和自動車道から近畿《きんき》自動車道に入った。東大阪北、大東鶴見《だいとうつるみ》、門真をすぎ、淀川を渡った。摂津北インターを降りる。中央環状線を少し走り、青いネオンのラブホテルに入っていった。

堀内はイプサムを左に寄せて停めた。ホテルの出入口はこの道路沿いにしかない。カローラは二時間くらいで出てくるような気がした。

携帯が震えた。伊達だ。

——千里山に着いた。剛泰は家に入った。

——おれは摂津や。

——えらい寄り道やな。

——『シャトー・サンジュリー』、ラブホテルの前におる。

——おいおい、パルテノンのホール係は店長と専務の二股《ふたまた》かけてたんかい。

——哲民と剛泰が到着ロビーから別々に出てきたわけが分かった。哲民は剛泰に知られずに高畑に会いたかったんや。

——どないするんや、堀やん。

——おれはここで張る。泊まりはないやろ。

——わしはどうしよ。

——家に帰れ。明日《あした》、電話する。

煙草を抜き、シガーライターを押し込んだ。


十一時二十分、白のカローラがホテルから出てきた。中央環状線を北へ向かう。堀内は少し離れてあとを追った。

カローラは茨木《いばらき》から吹田に入り、万博記念公園を抜けて西へ走る。千里インターチェンジから新御堂筋に入った。道路は広く、空《す》いていて、信号もほとんどないから尾行は容易だ。

カローラは新御堂筋の側道を走り、上新田東という交差点を右折した。堀内はカーナビを見る。豊中市旭丘はこの二キロほど先だ。

カローラは旭丘に入った。スピードを落とす。児童公園の脇で停まった。堀内は五十メートルほど手前でイプサムを停め、ライトを消した。

カローラのドアが開き、哲民が降りた。トランクフードをあげてゴルフバッグとトランクをおろす。哲民がフードを閉めると、カローラは走り去った。

哲民はゴルフバッグを肩にかけ、トランクを引いて歩きはじめた。自宅の前まで女に送らせることはためらわれたようだ。

堀内はイプサムを発進させ、哲民を追い越した。車を停めて降りる。街灯の下、哲民は立ちどまった。

「松原さん、ヒラヤマ総業の堀内です」歩み寄った。

哲民は訝《いぶか》しげな顔で堀内を見た。近づくと、意外に大柄だ。髪はオールバック、鼻下とあごに髭《ひげ》、仕立てのよさそうなウールのロングコート、ヤクザの組長だといってもとおるだろう。

「マカオは二月でもゴルフができるんですな」

「なんや、おたく……」

哲民はトランクを立て、ゴルフバッグを路上に置いた。

「いや、松原さんに訊《き》きたいことがあってね」

「なんのことや」

「マネージャーの光山さん、死にましたな」

「それがどうした」

「立ち話もなんやし、車に乗りませんか」

「どこへ連れて行くんや」

「警戒せんでもよろしいがな。別にとって食うわけやない。ヒラヤマ総業のことは聞いてましたやろ。ホール顧問の片山さんか、矢代さんから」

「車には乗らへん。君にも話すことはない。帰れ」

「実はさっき、関空まで松原さんを出迎えに行ったんですわ」

「関空へ……」

「ところが、女のひとがおったもんやから、気を利かして声かけんかったんです」

低く、いった。「あれは誰です」

「誰でもええやろ」

「松原さん、初対面の人間に喧嘩腰《けんかごし》でものいうのが流儀ですか」

「君はなにをいいたいんや」

「質問に答えて欲しいというてるだけですわ」

「競売のことか」

「そうです」

「それやったら、明日、ホールへ来い。わしは疲れてるんや」

「おれも疲れてますねん。白のカローラを追いかけて、あちこち走ったからね」

「なんやと……」

「摂津の『シャトー・サンジュリー』、えらい遠回りでしたな」

「尾けたんか」

「成り行きでね」

「わしがなにをしようが、君にとやかくいわれる憶《おぼ》えはない。下司《げす》な真似するな」

哲民は吐き捨てた。ゴルフバッグに手をかける。

「松原さん、おれは元刑事ですねん、暴対の」

「それがどうした」

「『なにわ・55・そ・32××』、カローラの所有者を問い合わせたら、すぐに判るんですわ」まだ、高畑の名前は伏せた。

「君はわしを脅してるんか」

「そんなつもりはないですね」

「いったい、なにを訊きたいんや」

「マカオから帰ってきたんは、光山さんが死んだからですか」

「ああ、その連絡があったからや」哲民はうなずく。

「いつから、マカオに」

「二十七日や」夕方、関空を発って、夜、着いたという。

「ホテルは『ヴェネチアン』ですね」

「なんで知ってるんや」

「全室、スイート。世界一のカジノホテル。……兄さんと同じ部屋ですか」

「わざわざマカオまで行って、男ふたりで寝るやつはおらんやろ」

「ゴルフは兄さんとまわったんでしょ」

「まぁな」

「ほかのメンバーは」

「知り合いや」

「どういう知り合いです」

「仕事で世話になってるひとや」

「勝井興産の勝井さん？」

「なんやと……」

「本人から聞いたんですわ。マカオでパルテノンの社長、専務とゴルフした、と」

「勝井さんを知ってんのか」

「我孫子商事の北尾さんにも会いました。パルテノンは我孫子商事をとおして、三億五千万を借りてますな」

情報を小出しにして反応を見る。取り調べのテクニックだ。

哲民は黙り込んだ。こちらがどこまで知っているのか、はかりかねているようだ。

「光山さんはパルテノンの競売申し立てに反対してたそうですな」

「反対もなにも、うちは借金まみれや。光山がどういおうが関係ない」

「パルテノンの債務返済協議は我孫子商事が仕切ってると聞いたんですけどね」

「あれはあくまでも協議の場や。どこそこが仕切るということない」

「協議にはいつも出席してるんですか」

「呼ばれたときは出る。社長と交代でな」

「ゴルフのメンバーのあとひとりは誰です」

「――三人でまわったんや」

一瞬、哲民の返答が遅れた。パーティーは四人だ。まちがいない。

「光山さんの死は事故やない。それは聞いてますな」

「君はなにをいうてるんや。わしはなにも聞いてへんぞ」

「マカオに連絡があったんは、誰からです」

「片山や。顧問の」

「予定では、昨日、帰国するはずやなかったんですか」

「いちいちうるさいな。ひとには都合があるんや」

「行きの飛行機は勝井さんもいっしょでしたね」

「マカオ直行便は一日一便しかないからな」

「そもそも、なんでマカオへ行ったんです。パルテノンが傾いてるいうのに」

「君にとやかくいわれる筋合いはない」哲民は気色ばむ。

「勝井さんに誘われたんですか」

「どういうことや」

「昼はゴルフ、夜は博打《ばくち》、ホテルから航空券がとどくと、勝井さんがいうてました」

「勝井さんには親父の代から世話になってる。誘われて行かんわけにはいかんやろ」

マカオまでの往復運賃、ヴェネチアンの宿泊費、ゴルフのグリーンフィーからカジノのチップまで、すべて勝井の払いだと哲民はいった。

「しかし、大口債権者と債務者がいっしょにマカオへ行って遊ぶというのは、おれには不思議ですね。どんな相談ごとがあったんです」

「たかが競売屋になにが分かるんや。くだらん勘繰りはやめてもらおか」

「おれは競売屋の調査員でね、ちゃんとした調査報告書を出さんとあかんのですわ」

「もうええ。喋《しゃべ》りすぎた。うちはともかく、勝井さんのことを嗅《か》ぎまわるのはやめとけ」

哲民はゴルフバッグを肩にかけた。「二度と、わしの前に顔出すな」

「待ってください。まだ話は終わってへん」

哲民は答えず、トランクを引いて去っていった。

腐った男や――。堀内は笑った。哲民はボロを出した。パルテノンの後ろには勝井がいて、剛泰と哲民を操っている。それを確信した。

14

イプサムに乗り、西中島に帰った。近くの契約駐車場に車を駐《と》め、ダッフルコートを持ってホテルへ歩く。午前一時をすぎていた。

ホテル横の路地から男がふたり現れた。ひとりは革のフライトジャケット、ひとりは迷彩柄のアーミージャケットだ。ふたりは堀内をみとめて、ゆらゆら近づいてくる。

「遅かったたな。待ってたんやで」

「夜は冷えるのう、堀内さん」

口々にいう。ふたりとも初顔だ。フライトジャケットは長髪、アーミージャケットはモスグリーンのワッチキャップをかぶっている。

「ちょっと、顔貸したれや」

「話をするだけやがな」

ふたりはホテルの玄関を背にして並んだ。長髪は右手にバンダナを巻いている。バンダナの先からのぞいているのは包丁の刃のようだ。

堀内は左右を見た。逃げるのなら左だ。ガードレールの切れ間に煉瓦《れんが》のプランターが置かれている。プランターを飛び越え、車道を走って向こうへ渡ればコンビニがある。

 ──がしかし、コンビニに走り込んで、ふたりが追ってきたらどうする。コンビニの客や店員を巻き込むようなことは絶対に避けないといけない。

「こら、どこを見とんのや。逃げたら、いてまうぞ」

「おまえら、庚星会か」

「へへっ」低く笑う。

後ろで足音がした。振り向く。またひとり、男が近づいてくる。堀内は囲まれた。

「ほら、顔貸せ。こっちや」

後ろの男がいった。痩《や》せて、首がひょろ長い。

「極道に顔貸したら、ただでは済まん。話はここで聞こ」

「眠たいことほざくな。ついて来んかい」

「おれをどうしようというんや」

「あほんだら。こないだのケジメをとるんじゃ」

「加納と黒沢か」

「やられたら、やり返す。逆さに吊《つ》るして血反吐《ちへど》はかしたろかい」

脅しやない。こいつら、本気や――。そう思った。

瞬間、ダッフルコートを長髪に投げた。アーミージャケットの股間《こかん》を蹴《け》る。痩せが殴りかかってきた。躱《かわ》して腕をとり、巻き込んだ。痩せを路上に叩《たた》きつける。長髪が包丁を突き出した。払って、鼻梁《びりょう》に拳《こぶし》を叩き込む。長髪はストンと腰から落ちた。アーミージャケットが喚《わめ》きながら突っ込んでくる。

堀内はプランターを飛び越し、車道を走った。トラックの急ブレーキ。かまわず走る。交差点まで走り、振り返ると、誰も追っては来ない。タクシーを停めて、乗った。

「久宝寺。四《よ》ツ橋《ばし》寄り」

タクシーは新御堂筋に向かった。

左腕に痛みが走った。ジャケットの袖《そで》が切れて手首のあたりから生温かいものがしたたっている。袖口から指を入れると、ネルシャツが濡《ぬ》れていた。手首と肘《ひじ》のあいだから出血しているようだ。左手をジャケットの裾《すそ》に包み、上から強く握りしめた。

久宝寺――。理紗のマンションの前でタクシーを降りた。玄関ドアはオートロックだ。理紗の携帯に電話した。理紗は起きていたのか、すぐに出た。

――はい。誰？

――おれや。堀内。

――なんやの、こんな時間に。

――いま、マンションの前におるんや。

――あ、そう。

――玄関のドア、開けてくれへんか。

――また、泊まる気？

――あかんか。

――待って。開けるから。

カシャッと音がした。ドアを押す。ロビーに入り、エレベーターに乗った。

八階、五号室。錠はかかっていなかった。堀内は中に入って靴を脱ぐ。

「鍵《かぎ》、かけて」

理紗はダイニングにいた。風呂《ふろ》あがりなのか、綿のジャージを着て椅子《いす》に座り、トマトジュースを飲んでいる。

「昨日、なにもいわずに出ていったよね」

「六時すぎに出た。起こすのはわるいやろ」

施錠して、ダイニングにあがった。

「あの五万円、なんやったん」

「泊まり賃のつもりや」

「お昼ごはん、食べに行こと思たのに」

「すまん。仕事やった」

「どうしたん、その手」

「ああ、ちょっとトラブった」

ジャケットの裾から左腕を出した。袖と手が赤く染まっている。理紗はハッとしたようだが、なにもいわない。眉根《まゆね》を寄せて堀内を見た。

「タオル、あるか」

「そこ」理紗は指さした。

流し台の把手《とって》にピンクのタオルがかけられていた。堀内は流し台の前でジャケットを脱ぎ、ネルシャツも脱ぐ。蛇口の下に腕を出して水をかけた。

傷は肘関節《ひじかんせつ》の少し下、腕の裏側にあった。三センチほど口をあけて白い脂肪層が見えている。そこから血が滲《にじ》み出して肘からシンクに伝い落ちる。静脈が切れているようだ。

堀内は傷口を洗い、タオルを巻きつけた。

「縫わなあかん。近くに救急病院あるか」

「阪神高速の高架の向こう。歩いて行けるわ」

「付添い、してくれ」

「いややわ。そんなん」

「おれひとりで行かれへんのや。こういう刺し傷は事情を訊《き》かれる。通報されたら面倒なことになる」

「うちが付添いしても同じやんか」

「台所で怪我をしたというてくれ。理紗がいうたら、それで収まる」

「待ってよ。うちが刺したと思われるやろ」

「それはおれが説明する。ソファに寝ころがったら、そこに包丁があったとでもいう」

たとえ痴話喧嘩《ちわげんか》だと疑われても、犯罪性がなければ通報されることはない。

「うち、すっぴんやで。外に出られへんわ」

「化粧したらええがな」

「ほんまに、強引なんやから」

理紗は立って、リビングへ行った。

積和会《せきわかい》四ツ橋病院――。救急外来の窓口へ行き、事情を話した。理紗といっしょに外科の診察室に入る。当直医は茶髪の若い男だった。

堀内はジャケットとネルシャツを脱ぎ、丸椅子に座った。左腕に巻いていたタオルを看護師がとる。血が数滴、床に落ちた。医師は脱脂綿を消毒液で濡らし、傷口を拭《ぬぐ》った。

「これは……」と訊く。

「包丁が刺さったんですわ。つい、うっかりして」

リンゴを剝《む》いた包丁がソファにあったのに気づかなかった、といった。医師はなにもいわず、脱脂綿を替えて傷を拭《ふ》く。

「ちょっと深いですね。いつ、受傷しました」

「つい、さっきです」

「眩暈《めまい》とか、吐き気は」医師は堀内の眼を覗《のぞ》き込む。

「ないですね」

「包丁はどんな形ですか」

「普通の肉切り包丁です」

「錆《さ》びてませんか」

「ステンレスやし、錆びてないと思います」

傷の中に錆《さび》や異物が入っていないか、確認しているらしい。

「じゃ、洗滌《せんじょう》して、縫いましょう」

「お願いします」

「付添いの方は出ていただけますか」

看護師が理紗にいう。理紗は一言も口をきかず、診察室を出て行った。

堀内は診療台に横になった。看護師が傷口を開いて洗浄し、麻酔薬を打つ。麻酔が効くのを待って、医師は縫いはじめた。


診察室を出たら、理紗は廊下の長椅子に腰かけていた。

「すまん、待たせたな」

「ここ、寒いわ」

「ラーメンでも食うて帰るか」

「いらんわ。うちは眠たいねん」

不機嫌そうに理紗はいって、「お金は」

「分からん。事務のスタッフがおらんから。……とりあえず五万円、看護婦に預けた」

明日《あした》、預かり証と保険証を持って精算に来てくれといわれたが、その気はない。警察共済の健康保険は去年、失効した。

「じゃ、帰ろ」

理紗は立って、ハーフコートのボタンをとめた。

「それ、ミンクか」

「ロシアンセーブル」

「高そうやな」

「うち、新地のホステスやで」

理紗は背を向けた。足音が廊下に響く。ピンヒールのスエードブーツもたぶん、客のプレゼントだ。理紗にはいま、何人の男がついているのだろう——。

マンションの部屋にもどって、堀内はジャケットとネルシャツを脱いだ。

「ごみ袋ないか」

「なにするの」

「捨てるんや。血染めの服をな」

「Tシャツ一枚でどうすんのよ。着替えないのに」

「服屋は大阪中にある」

ポリ袋をもらって服を放り込んだ。麻酔が切れてきたのか、傷がひりひりする。理紗はソファに座って、

「うち、疲れたわ」

「すまんな。迷惑かけた」

「もういっぺん、風呂入ろ」

「いっしょに入るか」

「やめてよ。包帯が濡《ぬ》れるやろ」

理紗は髪をあげながらバスルームへ行った。ドアを閉める音がした。

目覚めたときは窓の外が明るかった。十時だ。ソファに寝たまま、煙草を吸いつける。つづけて二本吸ったら眠気が飛んだ。

堀内は起きあがってキッチンへ行った。流し台の扉を開け、排水管の後ろに手を伸ばす。ビニール袋をつかんで下に引いた。S&Wはずしりと重い。

銃を持って脱衣所へ行った。洗濯機を押しあげ、排水トレイの溝から弾を取り出す。フェイスタオルを肩にかけて脱衣所を出た。

理紗が起きてくる気配はない。堀内はダイニングの椅子に腰かけてビニール袋から銃を出し、弾も出す。グリップに加納の指紋と掌紋を付けさせたが、そんなことはもうどうでもいい。今度、庚星会に襲われたら命のやりとりになる。

銃に三発の弾を込め、タオルでくるんだ。タオルごとズボンのポケットに入れると大きく膨らんだが、銃の外形は分からない。また一本、煙草を吸って、部屋をあとにした。

マンションから御堂筋へ出る途中に洋服のチェーン店があった。女性店員は真冬にTシャツ一枚の堀内を見ても表情を変えず、いらっしゃいませ、と挨拶《あいさつ》した。

堀内はダンガリーシャツと黒のコーデュロイジャケットを買った。

「これ、着て行きたいんやけど、ええかな」

「はい、けっこうです」

値札をとってもらって試着室へ行った。シャツとジャケットを着て、銃をベルトに差す。腰の膨らみはジャケットの裾《すそ》に隠れた。

洋服店を出て、御堂筋へ歩きながら伊達に電話をした。

——おう、堀やん、遅いな。

——わるい。寝坊した。

——わしも、いま起きたとこや。迎えにきてくれるか。

——あと一時間ほどで行く。ちょっと寄るとこがあるんや。

——それやったら、いっしょに食おうや、昼飯。

——分かった。そうしよ。

電話を切った。銃が重い。

心斎橋筋《しんさいばしすじ》から道頓堀を抜け、阪町《さかまち》まで歩いた。ガンショップは風俗街の外れにある。間口二間の小さな店だ。店主はカウンターの中でテレビを見ていた。

「ショルダーホルスター、あるかな」

そういうと、オートマチックとリボルバーのどちらです、と店主は訊く。

「リボルバー。S&Wのスナップノーズ」

店主はうなずいて、カウンターに革製とビニール製を置いた。堀内は革のショルダーホルスターを買った。

道頓堀のパチンコ店へ行き、トイレに入った。ブースの中でジャケットを脱ぎ、ホルスターを装着する。銃を納めてクリップをとめると、刑事のころ支給されたニューナンブの感触が腋《わき》の下に蘇《よみがえ》った。


西中島――。ホテルの真ん前でタクシーを降りた。未明に庚星会の組員に投げたダッフルコートは付近に見あたらない。たった二日間だけ着た『グレンフェル』だった。

ホテルに入り、チェックアウトを頼んだ。精算のあいだに部屋へ行く。私物をまとめてショッピングバッグに詰め、ロビーに降りた。一月二十七日から二月一日までの宿泊料金は四万円で釣りがきた。

ホテルを出て駐車場に行った。しばらくようすを見てからイプサムに乗り、新御堂筋を北へ走る。伊達に電話をかけた。

――誠やん、いまホテルを出た。どこで会う。

――南千里の駅前で拾うてくれ。

――昼飯は。

――焼肉、食お。佐竹台に旨《うま》い店がある。

昼間から焼肉はどうかと思ったが、いやとはいわなかった。

伊達を拾って『慶州《キョンジュ》』という焼肉店に入った。油紙を敷きつめた座敷にあがる。座布《ざぶ》団《とん》がじんわり暖かい。

「ここ、オンドルか」

「電気のな」

「焼肉にはビールが欲しいな」

「堀やん、飲めや。わしが運転する」

「やめとこ。傷にわるい」

「傷て、なんや」

「刺された。昨日の夜や」

手短に事情を話して、ジャケットの袖《そで》をあげた。伊達は包帯を見て舌打ちした。

「なんで電話してこんかったんや」

「誠やんにいうたら、庚星会に行きかねんやろ」

「わしは極道の巣にひとりで殴り込むようなバラケツやないぞ」

「おれは自分の血を見て怖《お》じ気《け》づいた。庚星会は本気や」

「怖じ気づいた男が焼肉なんか食えるかい。いまごろ東京へ逃げ帰っとるわ」

そこへ、店員が来た。伊達は品書きを広げて注文する。堀内が自分で頼んだのはピビンパだけだった。店員はコンロに火をつけて座敷を出ていった。

「——庚星会のチンピラどもは、ケジメをとるというたんか」

「加納と黒沢のな」

「仕返しするんなら、講釈たれる前に手を出したやろ。そこが妙やな」

「チャカや。あいつらはおれを攫《さろ》うて、チャカを取りもどしたかったんや」

「そういや堀やん、チャカをどないしたんや。ホテルに置いてたんか」

「チャカはここや」

ジャケットを広げた。ホルスターを見せる。

「堀やん……」伊達は言葉を呑《の》む。

「護身用や。おれは誠やんみたいに強うない」

「しかし、そいつは両刃《もろは》の剣やぞ」

「もし、引鉄《ひきがね》をひいたときはおれがかぶる。誠やんはなにも知らんのや」

「一蓮托生《いちれんたくしょう》やないか。堀やんを競売屋に引っ張り込んだんは、このわしやで」

「とにかく、チャカのことはおれがかぶる。これから先は忘れてくれ」

強くいった。伊達は口をつぐむ。

生レバーと肉とウーロン茶が来た。伊達が網に肉をのせる。ジュッと煙があがった。

「――堀やん、昨日のこと、荒木にいうか」

低く、伊達はいう。「もういっぺん、庚星会に釘《くぎ》を刺すんや」

「いや、おれがチャカ持ってたら荒木に迷惑がかかる。……それに、なんぼ釘を刺したところで、極道は極道の定《き》めで動くからな。危ないのは誠やんもいっしょやで」

「わしも極道は怖い。チャカが欲しいのう」

「あほいえ。誠やんにはよめはん子供がおる」

生レバーに箸《はし》をつけた。新鮮だ。伊達も食べる。焼肉屋でビールを飲まないのは初めてかもしれない。

「で、今日はどうする」

「高畑んとこへ行こ」

「高畑は哲民から尾行のことを聞いたはずやで」

「さっき、間宮に電話した。高畑はパルテノンに出てへん」

「光山の通夜は今日やったな」

「七時や。生江の祭典ホール。高畑は家におるやろ」

伊達はロースをつまんで口に入れた。


東新庄——。伊達は高畑の家の前にイプサムを停めた。カーポートに白のカローラが駐《と》められている。

車を降り、インターホンのボタンを押した。少し待って、返事があった。

——ヒラヤマ総業の堀内と伊達です。

——帰ってください。

いきなり、いわれた。

──高畑さん、ここで話ができんのやったら、おれはお通夜に行きます。葬式にも行きます。おたくのストーカーになりますわ。

──話は昨日、したやないですか。

──あれからちょっと情勢が変わった。あらためて光山さんのことを訊《き》きたいんです。

高畑の声が途切れた。インターホンのスイッチを切ったようだ。

ドアが開いた。高畑が出てくる。焦げ茶のとっくりセーターにベージュのジーンズだ。

「今日は立ち話やなしに、ゆっくり話をしたいんですわ。どこか近くの喫茶店でも……」

「それやったら、家で聞きます」

高畑にいわれて玄関に入った。靴脱ぎにあるのはヒールとミュール、女物のスポーツシューズだけだ。

「あがってください」

リビングに通された。キッチンとダイニングもあるワンルームだ。家具、調度類はどれも小さく、きれいに片付いている。男の匂いはなかった。

堀内と伊達はスエードのソファに腰をおろした。フローリングの床に敷かれているのは白いシャギーのカーペットだ。

「飲み物は」

「お茶を」

高畑はキッチンへ行き、盆に急須《きゅうす》と湯飲み茶碗《ぢゃわん》を載せてきた。テーブルに盆を置いてソファに座る。

「この部屋、改装したんですか」

壁と天井のクロスは新しい。ペンダントライトにも曇りがない。

「去年、リフォームしました。一階だけです」

「金、かかったでしょ」

「はい、けっこう」高畑は部屋を見まわす。

堀内は煙草を出した。クリスタルの灰皿には口紅のついた吸殻がある。「煙草、よろしいか」

「どうぞ」

高畑もメンソールの煙草を手にとった。堀内はライターの火を差し出す。高畑は吸いつけて脚を組んだ。指の爪は鮮やかなレモンイエローで、緑のラメが散らしてある。

この女、案外に図太いぞ――。堀内は思った。

「で、なにを話したらいいんですか」上を向いて高畑はいう。

「光山さんは社長と専務がマカオへ行ったことを、どういうてました」

「別に、なにも聞いてません」

「光山さんの死に、心あたりは」

「それ、どういうことですか」

「十津川村の転落は事故やない。自殺でもない。光山さんは殺されたんですわ」

一瞬、高畑の口もとがピクッとした。

「なんで、そう思うんです。警察に訊いたんですか」

「我々は事情を聴取された。交通捜査課の刑事がふたり、奈良から大阪まで出てきた。それがなによりの証拠やないですか」

「けど、わたしはなにも……」

「刑事は怪しいやつからあたって行くんですわ。いずれはここにも来ますやろ」

「そんなん、関係ないわ」

高畑は急須の茶を湯飲みに注ぎわける。表情からはなにも読みとれない。

「この部屋のリフォーム、誰が金を出したんです」

「なんです、それ……」

高畑は顔をあげた。「失礼やないですか」

「失礼は承知で訊いてますねん」堀内はじっと高畑を見た。

「おたくら、なにか勘違いしてません？」

高畑は煙草を吸う。「わたしが誰かとつきあってるとでも聞いたんですか」

「そう、聞きました。光山さんとつきおうてる、とね」

「あほらし」

高畑は笑い声をあげた。「サブマネにでも聞いたんでしょ」

「それはいえませんわ」

「あのひとは嘘つきです。わたしのこと、嫌ってるんです」

「ほな、一昨日《おととい》はなんで十津川村へ行ったんです」

「サブマネにいわれたからやないですか。矢代さんといっしょに行って、ようすを見てきてくれと。変な勘繰りはやめて欲しいわ」

「なるほどね。ものはいいようや」

この女はどこまでも光山との関係を認めないつもりらしい。

「昨日、見たんでしょ」

高畑は堀内の表情をうかがうように、「関空で、わたしと専務を」

「親しそうでしたね」

堀内はうなずいた。「関空から豊中まで尾《つ》いていったんですわ」

「恥ずかしいことないんですか。ひとを尾けまわしたりして」

「尾行は好きですわ。けど、気をつかう。見失わんようにせんとあかんからね」

嘲《あざけ》るようにいった。高畑を怒らすように仕向ける。

少し沈黙があった。高畑は煙草を消して、

「いったい、なにが目的です」

「大したことやない」

茶を飲んだ。「松原剛泰と哲民がマカオでなにをしてたか、それを知りたいんですわ」

「ゴルフとカジノでしょ」

「ゴルフのメンバーは四人ですな」

「…………」

「勝井興産の勝井と、もうひとりは誰です」

「…………」高畑は首を振る。

「高畑さん、おれはあんたのプライバシーを暴いてどうこうするつもりはない」

堀内はつづけた。「あんた、松原さんから聞いたはずや。あとひとり、ゴルフのメンバーを教えてくれたらよろしいねん。それさえ聞いたら、あんたには用がない。二度と顔出すこともないでしょ」

「それ、ほんとですね」

「約束しますわ」

「あとのひとりは……」

高畑はソファに浅く座り直した。「仁田《にった》というひとです」

「フルネームは」

「知りません」

「仁田は何者《なにもん》です」

「結婚式場をやってると聞きました」

「式場の名称は」

「知りません」

「結婚式場屋の仁田ね……」

「もういいでしょ」

高畑はいった。「朝から体調がわるいんです」

「すんません。長居しましたな」堀内は腰をあげた。

「あと、ひとつだけ、よろしいか」伊達がいった。

「はい……」高畑は伊達を見る。

「光山さんがトラブルを抱えてたとか、なにかに怯《おび》えてたとか、そういうことはなかったですか」

「なかったと思います」

「光山さんはなんで死んだんです」

「そんなこと、わたしに分かるはずないでしょ」吐き捨てるように高畑はいった。

「誠やん、失礼しょ」

堀内はいった。伊達は茶を飲んで立ちあがる。高畑の家を出た。

車に乗り、伊達はエンジンをかけた。

「しぶとい女や。あれはそうとうの狐やぞ。光山との仲、最後までシラ切りよった」

「光山から哲民に乗り換えたんやろ。おれはそんな気がする」

堀内はシートベルトを締める。「けど、収穫はあった。仁田や」

「結婚式場を調べたいな」

「ヒラヤマへ行こ。パソコンがある」

　イプサムはバス通りに向かった。

15

　ヒラヤマ総業四階の営業部にあがった。生野がデスクでスポーツ新聞を読んでいる。伊達はずかずかと近づいた。

「パルテノンの件で、仁田いう名前を聞いたことないですか」

「誰です、それ」生野は新聞から顔をあげた。

「マカオで勝井や松原といっしょやった男です。結婚式場をやってるそうなんやけど」

「結婚式場ね……。山ほどありまっせ」

「ま、そうですわな」

　伊達は自分のデスクに座った。堀内は隣のデスクのパソコンの前に座って検索サイトを出す。〝結婚式場　大阪〟と入れた。画面が切り替わった。

《式場を探す——。大阪市北部エリア・31　大阪市南部エリア・15　北摂エリア・6　東大阪エリア・12　南大阪エリア・17》とあった。

　堀内は大阪市北部エリアから見ていった。『ベストブライダル北野《きたの》』『アイリス御堂《みどう》筋《すじ》』『アンジュ』『ブライダル祥燿殿《しょうようでん》・中津《なかつ》』『シャトールージュ清涼《せいりょう》』……。ひとつずつチェックして電話番号をメモしていく。八十一の式場すべてをリストアップすると、そのうちの三分の一はブライダルチェーンだと分かった。いちばんの大手が祥燿殿、次がアイリス、その次がルミナーレだった。

「誠やん、手分けして探そ。検索してくれ」

リストの半分を伊達に渡した。伊達もパソコンを立ちあげる。

検索サイトに〝祥燿殿〟と入れたら、《祥燿殿グループ》のトップページが出た。〝グループの概要〟をクリックする。

《グループ名称――祥燿殿グループ。

本部所在地――大阪市中央区石町《こくまち》六―八―二三。

創立――昭和三十二年三月十九日。

代表者――仁田芳正《よしまさ》。》

「誠やん、当たりや。仁田が出た」

「ほんまかい……」

伊達は椅子《いす》を滑らせてこちらに来た。パソコンを覗《のぞ》き込む。堀内は画面をスクロールした。

《事業内容――冠婚葬祭互助会事業全般。結婚式に関する業務全般および結婚式場の経営。葬儀に関する業務全般および葬儀斎場の経営。

グループ資本——二億五千八百万円。

グループ年商——二百三十億二千三百万円。

従業員数——九百二十六人。正社員四百三人、準社員五百二十三人。》

「おいおい、従業員が九百人もおるぞ」

「昭和三十二年創立ということは、仁田芳正は二代目社長やろ」

〝沿革〟を見ると、創立者は仁田与志治《よしはる》となっていた。

画面をトップページにもどして〝ブライダル〟をクリックした。大阪七店のほか、京都に二店、和歌山、奈良、神戸に一店あった。近畿一円に十二店だ。

〝お葬式〟をクリックした。こちらは祥燿殿ではなく『祥燿会館』となっている。祥燿会館は近畿一円に二十七の式場があった。

「こいつはでかい。祭典コンツェルンや」

「仁田は大物や。勝井以上かもしれん」

「そんな大物ふたりがパチンコホールのオーナー兄弟とマカオでゴルフかい」

伊達はあごをなでる。「いったい、なにを画策しとんのや」

「仁田に込《い》みをかけよ」

電話をとり、祥燿殿グループの代表番号を押した。

——はい、祥燿殿本部でございます。

——ヒラヤマ総業の堀内といいます。仁田社長はおられますか。

——失礼ですが、どのようなご用件でしょうか。

——用件は社長にお会いして話したいんですわ。

——それでしたら秘書室におつなぎします。

電話が切り替わった。

——お待たせしました。秘書室の伊藤《いとう》と申します。

——堀内といいます。勝井興産の勝井社長の紹介で、仁田社長にお会いしたいんですが。

——仁田は本日、出社しておりません。

——ほな、アポイントをとれますか。

——勝井さまとはどういったご関係でしょうか。

——商工会議所の知人です。

——仁田は明日《あした》、出社いたしますので、明朝、お電話をいただけますか。

——はい、電話します。

——お手数ですが、来社されるときは勝井さまの紹介状をご持参ください。

口調は丁寧だが、木で鼻をくくったような対応で電話は切れた。

「あかん、ガードが堅い」

「正面突破はしんどいやろ。自宅を攻めよ」

「自宅な……」

振り向いて生野に訊《き》いた。「紳士録、ありますか」

「ああ、その棚にありますやろ」

生野はスチールキャビネットを指さした。

日本紳士興信録は上下二巻、厚さが十センチほどもある重い本だった。堀内は下巻を開き、〝仁田芳正〟を見つけた。

《仁田芳正――（株）祥燿殿代表取締役社長（株）祥燿会館代表取締役社長（株）祥燿ブライダルウェア代表取締役社長（株）祥燿花壇代表取締役社長（株）祥燿商事取締役社長。大阪府出身　住吉区在籍。

昭和24年8月14日・大阪府　故与志治、故慶子《けいこ》の長男に生る。昭和46年・近畿学院大経営学部卒、祥燿商事に入社。不動産部長等を経て同56年・祥燿商事社長。平成5年・祥燿殿、祥燿会館専務。同12年・現職に転ず。趣・ゴルフ、クルーザー。住・〒558―0053　大阪市住吉区帝塚山《てづかやま》中一―二四―三。電・06―6672―01××。

妻・真弓《まゆみ》　昭和28年生、川崎皓一郎《こういちろう》長女、鳳《おおとり》短大卒。長男・史郎《しろう》　昭和52年生、英《えい》光《こう》大経済学部卒、祥燿殿勤務。同妻・雅美《まさみ》。次男・芳弘《よしひろ》　昭和55年生、神戸産業《こうべさんぎょう》大経済学部卒、三協銀行勤務。長女・絢子《じゅんこ》（昭和53年生、京都音大卒）は伊田《いだ》和久《かずひさ》（新東洋商《しんとうようしょう》事《じ》勤務）に嫁す。》

「なんと、プライバシーもへったくれもあったもんやないな」

伊達は嘆息する。「娘の嫁ぎ先まで書いとるがな」

「紳士録は自主申告や。仁田は金を払うて載せてもろてるんやで」

「世の中には訳の分からんやつがおるのう」

「家は帝塚山か。邸街《やしきまち》やな」

そこへ、伊達の携帯が鳴った。伊達は携帯を開いて話しはじめる。

堀内は紳士録をコピーして、キャビネットにもどした。電話を終えた伊達が来る。

「堀やん、安川や。債権者リストを手に入れたんやと」

「どこや、安川は」

「日本橋や。こないだの喫茶店で会う」

日本橋に寄って帝塚山へ行こうと、伊達はいった。


でんでんタウンのコインパーキングにイプサムを駐《と》め、エクセルビルの隣の喫茶店に入った。安川は奥の席にいた。

「すんません。待ちましたか」

「いや、いま来たとこですわ」

テーブルには水のグラスだけがあった。伊達と堀内は席に座った。

「で、リストは」

「ここに」

安川は入口のほうを一瞥《いちべつ》し、上着の内ポケットからショートホープを出した。テーブルに置く。「――デジタルカメラのチップです」

ニューパルテノンの債権者リストと各々《おのおの》の債権額が読みとれる、と安川はいった。

伊達はショートホープを手にとって振った。カラカラと音がした。

「正直いうて、こんな早ようにもらえるとは思わんかったですわ」

「昨日、残業しましたんや」

「それはどうも、ご苦労さんでした」

伊達は封筒を出した。「十万円です。振り込みの手間が省けましたわ」

安川は黙って封筒をポケットに入れた。


喫茶店を出て、堺筋のフォトショップに入った。カウンターの店員に伊達がチップを渡した。

「これ、すぐにプリントできるかな」

「画像は何枚でしょうか」

「二、三枚かな」

「じゃ、五分ほどお待ちください」

店員はプリントの大きさを訊いた。伊達は後ろのサンプルを見て、A4判、といった。

画像は一枚だった。文字がきれいに読みとれる。伊達はプリントとチップを受けとり、料金を払ってフォトショップを出た。

　パーキングに駐めた車に乗り、堀内はプリントを手にとった。社名と数字だけが上下に並んだ、知らない人間にはまったく意味の分からないリストだ。

《大阪総銀—653200000　三協銀行—178000000　三協アトムズ—2850000000　日邦ローン—140000000　みなと信用組合—61000000　ウイニング—150000000　庚星企画—250000000　OCUキャピタル合同—193450000　我孫子商事—351000000　TPSC—7830000　成見テクノス—8500000000　共栄—28000000……》

　債権者は十六社だった。総債権額は概算で四十二億円。ウイニングは庚星会を経由して二億五千万を融資しているだけではなく、自社からも一億五千万円を貸し付けていた。

「大阪総銀が六億五千万、勝井の子会社は七億五千万もパルテノンに突っ込んでるぞ」

「わしは一千万でもええ。おこぼれが欲しい」

「一千万は、おこぼれといわんやろ」

　堀内は車を降りてパーキング料金を精算した。

　帝塚山——。万代池の西、南海《なんかい》高野線と阪堺《はんかい》電軌上町線に挟まれた区域が帝塚山中だった。大阪市内ではいちばんの高級住宅街らしく、周辺は緑が濃く、敷地の広い閑静な邸が建ち並んでいる。

　一丁目二四番地に豪邸があった。燻《いぶ》し瓦《がわら》の数寄屋風の平屋、丈の高い槙《まき》の生垣、唐草文様の鍛造の門扉、黒御影の切石を積みあげた門柱に《仁田》と浮き彫りにしたブロンズの表札が埋め込まれている。

「おいおい、どえらい家やな」

「勝井の邸と似てるな」

「こっちのほうが上やろ。土地値が高い」

　敷地はざっと見て五百坪、車寄せが広い。伊達はイプサムを駐めた。

　車を降り、門柱のボタンを押した。返答がない。

　何度もボタンを押して、やっと声が聞こえた。

　――はい、どちらさまですか。

　女の声。レンズに顔を近づけた。

　――ヒラヤマ総業の堀内といいます。勝井興産の勝井社長の紹介で来ました。

　――お約束ですか。

　――いえ、マカオから帰られたと聞いたので。

　――仁田は寝《やす》んでおりますが。

　風邪気味だという。

　――すみません。失礼は承知で来ました。勝井社長の紹介とお伝えください。

　――お待ちください。

声は途切れた。

「仁田は会いよるかな」

「おれは会うと思う。マカオと聞いたら、気になるはずや」

「このあたり、坪なんぼや」

「さぁな、三、四百万はするやろ」

「三百万としても、五百坪で十五億かい。おとろしいな」

「これから葬式産業はええぞ。死ぬ人間が右肩あがりで増えていく」

「そういや、ビール券を配りまくってたな。葬儀屋が」

「『崇浄苑《すうじょうえん》』やろ。刑事課長の息がかかってた」

堀内と伊達が今里署にいたころ、崇浄苑という葬儀社の営業担当が刑事課に出入りしていた。崇浄苑には警察ＯＢが四人いて、手分けして大阪府下の警察署をまわっていたようだ。崇浄苑の売上は七割以上が警察関係の仕事だといい、それだけで年間七億円だと聞いた憶えがある。

今里署管内では一年に二百体ほどの変死体が見つかった。最近は核家族化がすすみ、独り暮らしの〝変死体〟は増える傾向にある。変死体が発見されたり、死亡交通事故が発生したとき、遺体は検視のため警察車両で署か病院に運ぶことが多いが、その際、捜査員は遺族に葬儀社を紹介する。自宅で検視したときも捜査員は遺族に訊かれて葬儀社を紹介するから、葬儀社は警察に対する挨拶《あいさつ》を欠かすことができない。

崇浄苑の営業担当は月に一、二度、刑事課に寄って、刑事課長に「差し入れです」と、封筒を渡していた。封筒の中身は五十枚、百枚のビール券だ。刑事課長はそれをプールして総務課長に渡し、総務課長は換金して自分たちの飲み食いに使い、署長や副署長に闇給与として上納していた。また捜査本部が立ちあがったりしたとき、崇浄苑の営業担当は熨斗《のし》袋に《激励》とか《陣中見舞い》と書き、十万円単位の現金を刑事課長に渡していた。

署の幹部が異動したときの餞別《せんべつ》はもちろんのこと、武道始めや歓送迎会、ゴルフコンペやボウリング大会といったレクリエーションにも、営業担当は呼びつけられてビール券や賞品を差し入れていた。そこまで金をたかられても、葬儀を一回すれば百万、二百万の売上にはなる。葬儀社の利益率は六割から七割だとみられているから、少々の差し入れなど痛くも痒《かゆ》くもない。

つまるところ、葬儀は警察の利権であり、警察署は葬儀社にとっての利権なのだ。警察は葬儀社を介在させて事故や事件を食い物にしているといっても過言ではない――。

「崇浄苑の営業担当は誰やった」

「忘れたな。カマキリみたいな顔した、調子のええおっさんやった」

営業担当は刑事課長のお供で、署長や幹部連中のゴルフ接待もやっていた。会費は一万円と聞いたが、グリーンフィーや帰りの飲み会が一万円で済むはずがない。刑事課長と交通課長のゴルフクラブは崇浄苑のラベルが貼ってあると噂されていた。

「祥燿会館にも警察ＯＢがおるんかのう」

「そら、崇浄苑どころやないやろ。グループ従業員、九百人以上やもんな」

生垣の向こうから足音が聞こえた。白いカーディガンにグレーのロングスカートの小柄な女が来て、唐草の門扉にリモコンを向ける。カチャッと音がして錠が外れた。

「どうぞ、お入りください」

「失礼します」

邸内に入った。石張りの通路を囲む広い庭は松や柘植《つげ》、楓《かえで》や梅が植えられ、根方には苔《こけ》が敷きつめられている。樹木に遮られて玄関は見えない。

「えらい立派な庭ですな」伊達がいった。

「手入れが大変です。ほんとに」

「失礼ですけど、奥さんですか」

「いえ、ちがいます」女は小さく、かぶりを振った。

通路を歩いて案内されたのは別棟の座敷だった。木造高床の平屋、庭に向かって二方に縁側が開いている。伊達と堀内は縁側から座敷にあがった。暖房が効いている。女はふたりに座布団《ざぶとん》を勧め、座敷を出ていった。別棟は渡り廊下で母屋とつながっているようだ。

「堀やん、わしは気に入らんぞ」胡座《あぐら》をかいて伊達はいう。

「なにが……」

「勝井の邸も豪勢やったけど、ここもまるで負けてへん。わしは家なんぞ雨漏りせんかったらええと思てたけど、考えをあらためた。公団を出て、家を建てることにする」

「どこに建てるんや。丹波《たんば》の山奥か、十津川村の川原か」

「和歌山の実家にミカン畑がある」

「男はそれでええかもしらんけど、女は田舎暮らしを嫌がる。よめさんがついて来るんかい」

「ついて来んやろな」

伊達は座敷を見まわす。「しかし、勝井も仁田もなんでこんな家を建てたんや。わしが大金持ちやったら、建築家に頼んで体育館みたいなビルにするぞ。柔道場は百畳敷きや」

「勝井は不動産屋で、仁田は祭典ホール屋や。両方ともハコモノ商売やから、自宅は木造の純和風にして、庭を造りたかったんやろ」

「うちの下の娘な、犬を飼いたいんや。盲導犬にする犬」

「ラブラドルやな」

「けど、公団住宅では飼えん。ハムスターで我慢しとるわ」

そこへ、襖《ふすま》が開いた。黒のとっくりセーターにツイードのジャケット、黒のズボンの男が入ってくる。仁田です、と一礼し、床の間を背にして座った。

「いきなり押しかけまして申し訳ないです。ヒラヤマ総業の堀内といいます」

「伊達です」

名刺を差し出した。仁田は二枚を卓上に並べて、

「勝井さんとはどういうご関係です」

「西中島のニューパルテノンです。我々は競売屋の調査員で、勝井さんはパルテノンの大口債権者です。勝井さんは子会社のウィニングと我孫子商事を経由して七億五千万円をパルテノンに融資してます」

仁田の顔をじっと見た。表情は変わらない。

「奇妙なことに、パルテノンの債権者である勝井さんと、債務者である松原剛泰、哲民の兄弟がマカオへ行った。そしてそこに仁田さんも同行した。……どういう目的で行かれたんですか」

「マカオへ行くのに目的もなにもないでしょう。遊びですよ。マカオでゴルフをしてバカラでもしようと、勝井さんに誘われた。それだけです」

「勝井さんとは、いつから？」

「古いつきあいです。親父の代からのね」

「どんなつきあいです」

「勝井さんは顔が広い。いろんな業界に知り合いがいる。勝井さんとつきあって損をすることはないでしょう」

「パルテノンの松原兄弟は」

「マカオで会ったのが初めてです。勝井さんに紹介されて、パチンコ店をやっていると知ったんです」

「パルテノンのマネージャーが死んだことは」

「知ってます。ニュースで見ました」

「マネージャーの死は事故ではなく、自殺か他殺の疑いがある。それはご存じですか」

「いや、初耳ですな」

驚いたふうもなく仁田はいう。光山がなぜ死んだか、訊《き》こうともしない。

「松原兄弟が帰国を遅らせた理由はなんです」

「そんなこと、知るわけないでしょう。あのふたりとは親しくもないし、いっしょにいておもしろいとも思わない。勝井さんがなぜあのふたりを連れてきたのか、ぼくには分からないんだ」

「なにか、いやなことがあったんですか」

「彼らはマナーがわるい。特にわるいのは兄のほうだ。ゴルフは金を賭《か》けようというし、カジノでは負けが込んで、初対面のぼくに金を貸してくれといった」

「ほう、なんぼほど」

「三百万。……もちろん、断りましたがね」

眉根《まゆね》を寄せて仁田はいうが、実感がない。仁田は嘘をついている。マカオで初めて松原兄弟に会ったというのも、たぶん嘘だ。

仁田は咳《せき》をした。額に掌《て》をあてる。

「もういいですか。昨日、今日と風邪気味でね」

「それはどうも、すんませんでした」

伊達がいった。胡座をくずして膝《ひざ》立ちになる。「仁田さん、庚星企画というのを聞いたことないですか」

「なんですか、それは」

「ほな、警察ＯＢの片山とか矢代というのは」

「知りませんね」

「いや、それやったらええんです」

伊達は立って、障子を開けた。冷気が吹き込んだ。


庭を歩きながら、伊達は笑った。

「あのわざとらしい咳はなんや。おもろいおっさんやで」

「嫌そうな顔しながらでも、会《お》うて話をしよった。上出来やないか」

「あいつはわしらがどこまで知ってるか、確かめたかっただけや」

「松原兄弟はうっとうしいと、強調してたな」

「そこがかえって怪しい。勝井はマカオで仁田と松原兄弟を引き合わせたんや」

「その目的は」

「分からん。仁田がパルテノンに融資をするとも思えんしな」

「マカオで四人をアテンドした人物はおらんのか」

「どういうこっちゃ」

「松原兄弟はともかく、勝井と仁田はＶＩＰや。『ヴェネチアン』とかいうホテルに世話係がおってもおかしいことはないやろ」

「なるほどな。堀やんのいうとおりや」

「それともうひとつ、しっくりせんことがある」

「なんや……」

「勝井興産グループの年間売上は二百億で、従業員数は二百二十人。祥燿殿グループの年商は二百三十億で、従業員数は九百二十人。……これほどの企業のオーナーふたりが借金だらけで潰《つぶ》れかけのパチンコホールのオーナーとマカオまで行ってゴルフをするか。……いったい、どんな理由があったんや」

「堀やん、そのとおりや。こいつはおかしい」

「おれは光山がキーマンやったと思う」

「口封じか……」

「たぶんな……」

庭を抜けて門のところに出た。さっきの小柄な女が扉を開けて待っていた。

西天満にもどってヒラヤマ総業の契約駐車場にイプサムを駐《と》め、信濃庵で蕎麦《そば》を肴《さかな》に酒を飲んだ。六時すぎに信濃庵を出て、タクシーで生江に向かう。城北筋《しろきたすじ》の祭典ホール『セレモニー城北』に着いたのは三十分後だった。事務室で借りた喪章をジャケットの袖《そで》に巻き、《光山家通夜》の案内板を見て会場に入る。折りたたみ椅子《いす》が百脚ほど並び、ぽつりぽつり、ひとが座っていた。伊達と堀内は最後尾の椅子に腰をおろした。

「堀やん、剛泰と哲民がおるぞ」

「間宮もな」

松原剛泰と哲民は家族連れで親族の席、間宮はパルテノンの従業員五人と関係者席に座っている。高畑はいなかった。少し離れた遺族席で挨拶《あいさつ》をしているのは光山の妻と子供だろう。息子は大学生、娘は高校生ぐらいに見える。三人とも沈鬱《ちんうつ》な表情だ。

「高畑は来んのかな」

「来んやろ。明日《あした》の葬式にもな。あの女はパルテノンを辞める肚《はら》や」

堀内は携帯のカメラで祭壇を撮った。——六、七十枚は並んだ供花の中に、《大阪総銀》《OCUキャピタル合同》《成見テクノス》《片山満夫》《矢代治郎》《毛利会計事務所》《TPSC》《北尾勲》《江井祥三》《日邦ローン》《みなと信用組合》など、今回の調査で知った名前や社名が混じっていた。

「勝井興産の供花がないな」

伊達はいう。「庚星企画もない」

「いや、庚星会はある。あの〝清水修司〟いうのがそうや」

名札に肩書はないが、清水は庚星会の組長だ。

「このあと、どないする」

「適当に引き揚げよ」

参列者の顔ぶれを見て、注意をひく人物がいたら写真に撮る。あとはキタかミナミで酒を飲みたい。

会場がほぼ満席になり、通夜がはじまった。僧侶《そうりょ》の読経《どきょう》につづいて焼香がある。伊達と堀内はそっと会場を出た。ロビーにコート姿の男がふたり立っている。丈の短いステンカラーコートだ。ふたりはずかずかと近づいてきた。

「ちょっといいですか」長濱がいった。

「わしら、飲みに行くんやけどな」と、伊達。

「時間はとらせません」沼田がいう。

「こんなとこで込《い》みをかけるもんやないで」

伊達は外に出た。堀内はあとにつづく。

伊達はタクシーを停めた。助手席のドアを開ける。

「ほら、ボーッとしてんと乗りいな」

仏頂面で伊達はいった。長濱と沼田は後ろに乗る。堀内も乗った。伊達は助手席に座り、北新地、と運転手にいった。タクシーは走り出す。それからは誰も口をきかなかった。

梅田新道でタクシーを降りた。新地本通へ歩く。

「伊達さん、我々は勤務中ですんや」長濱がいった。

「七時半やで」

伊達は腕の時計を見る。「本日の勤務は終わったやろ」

長濱と沼田は顔を見合わせ、黙ってついてきた。

永楽町《えいらくちょう》のショットバーに入った。ボックス席に座り、伊達と堀内はコロナビールを注文する。長濱と沼田はコートを脱いでそばに置き、ジンジャーエールを頼んだ。

「──で、今日はなんですねん」伊達は煙草をくわえた。

「これはまだ公表してないので黙ってて欲しいんですけどね」長濱がいう。

「ほう、そいつはおもしろそうやな」

「光山の血液から薬物が検出されたんですわ」

「薬物……？」

伊達はライターを擦る。「なんや、それは」

「覚醒剤《かくせいざい》です」

「シャブやと……」

伊達は長濱を睨《にら》みつけた。「蕎麦屋《そばや》で会うたときはいわんかったな」

「ええ、そうですね」

しれっとして長濱はいう。やはり、隠していたのだ。

「注射痕《こん》は」堀内は訊《き》いた。

「ありました。左腕に複数」

「光山はシャブ中かいな」

「覚醒剤常用者です。そう判定しました」

「量は」

「〇・二グラムから〇・三グラム程度を摂取したようです」

「それ、ほんまか。単位をまちごうてへんか」

「まちがいないです。摂取量を確認するために時間がかかりました」

「〇・三グラムとはな……」

普通、シャブの初心者が一回に射《う》つ量は〇・〇二五グラムほどだ。中毒がすすんで耐性のできた常用者でも〇・一グラムだろう。それを一度に三回分も射ったら、ショック状態に陥り、命を落とすこともある。

堀内が暴犯係だったころ、シャブの売人と客は何人も逮捕した。売人はシャブを〇・一グラム単位に小分けにした〝パケ（小袋）〟を客に売る。パケの値段はそのときどきの相場と売人によって上下するが、三、四年前は〇・一グラム入りで八千円から一万円、〇・三グラム入りで二万円前後だった。ポンプ（注射器）は三千円で、上客にはタダで渡していた――。

「マークⅡの車内にパケやポンプはあったんか」伊達が訊いた。

「いや、なかったです」長濱は首を振る。

「コップとか、水の入ったペットボトルは」

「それもないです。転落現場の周辺は詳細に調べました」

パケ、注射器、コップはシャブ中の〝三点セット〟だ。コップに水を入れ、適量のシャブを溶かして、その水溶液を注射器に吸い込み、腕の静脈に射つ。五分もすれば効果が現れてシャブ中は天に昇る。

「光山は殺されたんやな」

伊達はいう。「その状況は」

「覚醒剤の常用者である光山は何者かに脅されてウイスキーを飲まされ、高濃度の覚醒剤を射たれたんです」

長濱は説明する。「息も絶え絶えになった光山はマークⅡの運転席に座らされて、車ごと県道から突き落とされた。……光山の体の傷が転落時についたものか、あるいは転落前からついてたものなのか、その判定はできません」

「光山は突き落とされる前に死んでた可能性もあるんやな」

「ええ、そうです」長濱はうなずく。

「光山がシャブをやってたんなら、家宅捜索は」

「光山は、シャブ絡みのトラブルで殺されたということは」

「それはないと判断してます。光山は売人とちがいますから」

伊達は小さく首を振って、

「そいつはしかし、被疑者死亡で不起訴やな……」

「します。組対課の薬物係が」


そこへ、コロナビールとジンジャーエールが来た。伊達と堀内はライムを瓶に押し入れてラッパ飲みする。長濱はジンジャーエールを一口飲んで、

「おふたりは、覚醒剤は……」

「なんやて」

伊達はコロナビールをテーブルに置いた。「わしらがシャブ中に見えるんかい」

「いや、入手ルートを知ってるんやないんですか」

「待てや。それはどういう質問や。わしらが光山殺しに関係あるとでもいいたげやな」

「一月三十日の午後十時、光山に会いましたか」

「さっきから、なにをいうとんのや。昨日も蕎麦屋で説明したやろ。三十日の夕方、わしらは宮原の喫茶店《サテン》でコーヒー飲んで、千里中央の駅で別れたんや」

「宮原の喫茶店はなんという店でした」

「店の名前なぞ、いちいち憶《おぼ》えてへん。東淀川高校の真ん前の喫茶店や」

沼田がメモ帳を出した。伊達のいったことを書きとめる。

「おいおい、新地のバーでそういう真似すんな。田舎刑事《デカ》丸出しやぞ」

伊達は挑発した。沼田は憤然と顔をあげる。長濱はかまわず、上着の内ポケットから紙片を取り出してテーブルに置く。

「なんや、これは」伊達は視線を落とす。

「おたくの名刺です」

長濱は紙片を広げた。伊達の名刺をコピーしたものだった。「光山のカード入れの中にありました」

「確かに、名刺は渡した。光山が持っててもおかしいことないやろ」

「すると、これはなんですかね」

長濱はもう一枚、紙片を出して広げた。名刺の裏をコピーしたものだった。その真ん中にボールペンのような字で《1/30 22:00》とあった。

「光山が書いたんですわ。三十日の午後十時に、おたくに会うつもりでね」

「わしが光山に会うわけないやろ。用もないのに」

「ほな、このメモはどういう意味です」長濱はコピーを指で叩《たた》く。

「意味もへったくれもあるかい。ええ加減にせい」

伊達は声を荒らげた。バーの客がこちらを向く。堀内が見返すと、あわてて視線を逸《そ》らした。

「第一、これはほんまに光山の字か。筆跡鑑定はしたんかい」

「いま、してます。鑑識でね」

「抜かりがないのう。奈良県警の交通捜査課は」

「我々はおふたりの行動を確認しました」

低く、長濱はいう。「堀内さんが三十日の午後九時ごろからフォルテシモというクラブにいたことはまちがいない。……閉店までクラブにいて、理紗というホステスといっしょに出ましたね」

さすがに、このふたりは刑事だ。昨日の訊き込みのあと、裏をとったのだ。理紗が喋《しゃべ》ったとは思えないから、フォルテシモのマネージャーかホステスに訊いたにちがいない。

「しかしながら、伊達さんの行動は不明です」

長濱はつづける。「十三本町の居酒屋も、キャバクラも、フィリピンパブも、特定できてません」

「わしにはアリバイがないといいたいんかい」

「ない、とはいうてません。きわめて曖昧《あいまい》やというてますねん」

「ほう、おもしろいのう。まるでわしが光山を殺したみたいな言いぐさやないか」

「そうとられるのは不本意ですね」

長濱は薄ら笑いを浮かべた。「おふたりには動機がない。光山を殺す動機がね」

伊達は椅子にもたれ、脚を組んだ。

「光山は他殺やと断定したんやな」

「ええ、しました」

「それやったら、交通捜査課の縄張りやないやろ。捜査一課に引き継がんかい」

「もちろん、一課とは連絡をとってます」

「いっそ、わしの身柄《ガラ》をとったらどうや。任同で」

「そのときはお願いします」

「あんた、切れるな。ええ刑事《デカ》や」

「そら、うれしいですね」

「話は終わった。河岸を変えよ」

伊達はコロナビールを飲みほして、テーブルの紙片に手を伸ばした。長濱はさっと紙片をとってポケットに入れる。

「我々は帰りますわ」

「つきあいわるいのう」

「奈良は遠いからね」

口早にいって、長濱は立ちあがった。沼田が伝票を見て財布を出す。

「要らん、要らん。ここはわしが誘うたんや」

伊達はさもうっとうしそうに手を振った。長濱と沼田は黙って出ていった。

伊達はまたコロナビールを注文した。

「あいつら、ネタを小出しにしてきよる。わしらはやっぱり、疑われてるんか」

「そら、しゃあない。光山は不動産屋に会うというてホールを出た。誠やんの名刺の裏にメモ書きもあった。おれらは元暴犯係でシャブの売人も知ってる。おまけに十津川村の現場にのこのこ顔を出した。疑われるのはあたりまえや」

「くそったれ、コピーを持って帰りよった」

「名刺の裏にメモを書いたやつが光山を殺《や》ったんやで」

「庚星会か」

「そう、庚星会や」

うなずいた。「三十日の夕方、加納と黒沢がおれらを尾《つ》けてきた理由が分かったような気がする。あいつらは誠やんとおれを張って、動きを組に知らせてたんや。パルテノンの駐車場でやられた仕返しをするために尾けてきたんやない」

「わしらを嵌《は》める肚《はら》やったんやな」

「図《え》を描いたんは片山やろ。片山は矢代に、光山がおれらに会うといわせた。矢代は高畑を使うて、光山が不動産屋に会うといわせたんや」

片山の後ろで糸をひいているのは勝井だ。片山は勝井興産所有の三休橋のビルに退職後すぐ、コンサルティングオフィスをかまえている。

「堀やん、わしはムカムカしてきたぞ」

伊達は吐き捨てる。「飲むのはやめや。矢代を叩こ」

「いや、叩くのは高畑が先やで」

「行こ。いまから」

「急《せ》くな。ビールを頼んだやろ」

堀内はラフロイグのロックを注文した。

16

東新庄——。高畑の家のそばでタクシーを停めた。カーポートにカローラがある。高畑は家にいるようだ。

タクシーを降り、インターホンのボタンを押した。返事がない。ポーチに立って玄関ドアをノックしたが、やはり応答がない。

「留守ではないよな」

「わしらに会うのがいやなんやろ」

伊達がノックした。しつこくノックする。ようやく、ドアが開いた。

「やめてください。近所迷惑な」

高畑はいった。「約束したでしょ。ここにはもう来ません、と」

「ちょいと情勢が変わったんですわ」

「なにをいうてんのよ」

「お通夜には行かんのかいな」

「行きません」

「葬式にも？」

「帰ってください」

高畑はドアを閉めようとしたが、伊達の靴先が挟まっている。

伊達はドアを引いた。引きずられるように高畑が出てくる。

「あんた、隠してたな」

「なにを……」

「光山がシャブをやってたことや」

「…………」高畑の口もとがわずかにこわばった。

「腕、見せてくれるか」

伊達は高畑の手首をつかんだ。高畑は振り払う。

「警察、呼ぶよ」

「呼べや。根掘り葉掘り訊《き》かれるぞ。なんで、わしらがここに来たか、をな」

「あんた、最低やな」高畑は伊達を睨《にら》みつけるが、大声は出さない。

「腕、見せてくれ」

「見たらいいやろ」

高畑は左腕を突き出してセーターをまくった。肘《ひじ》の裏側を見せる。

「ほう、そらなんの真似や」

伊達は笑い声をあげた。「シャブをどこに射《う》つか、よう知ってるやないか」

「もしも……」

「右腕も見せてみいや」

「………」高畑は俯《うつむ》いた。

「さっき、わしらは奈良県警の刑事に会《お》うた。光山の死体からシャブが検出されたんや。もし、この家にシャブがあるんやったら、すぐに始末せい。炙《あぶ》りの道具も注射器も捨てるんや。分かったな」

高畑はただ黙って聞いている。身じろぎひとつしない。

「あんたがシャブをやってようがやってまいが、わしにはどうでもええこっちゃ。……ただし、教えてくれ。光山が不動産屋に会うというてホールを出たんは、嘘やろ」

「………」高畑は力なく、うなずいた。

「誰の差し金や。誰にいわれて嘘ついた？」

「矢代さんです。……矢代さんに、そういえといわれたんです」

「やっぱりな」

伊達は小さく舌打ちした。「わしの名刺に小細工したんは誰や」

「なんのことです」

「いや、知らんかったらええんや」

伊達は少し間をおいて、「光山がシャブをやってること、誰にいうた」

「誰にもいうてません」

「そら、おかしいな。光山を殺った犯人は、光山がシャブ中やと知ってたんやぞ」

「わたし、誰にもいうてません。ほんとです」

高畑は顔をあげ、強くいった。

「光山はどこでシャブを手に入れてたんや」

「知りません。訊いたことないし、知りたくもなかった……」

「光山はなにかに怯《おび》えてるふうはなかったか」

「わたし、店長とは別れたんです。半年前に」

別れ話は高畑から切り出したという。光山は未練があったようだが、しつこくはなかった。高畑の光山に対する気持ちはとっくに冷めていた——。

「光山はあんたと松原の弟がつきおうてること、承知やったんか」

「承知もなにも、関係ないやないですか。誰に後ろ指さされることもないですよ」

「ほんまにそう思うんやったら、通夜ぐらい出たらどうや」

「刑事さん、ひとは死んだらそれっきりです。わたしがお通夜に出て、よろこぶひとがいるんですか」

「ほう、理屈やな」

「もういいですか。訊くことはないんですか」

「いまんとこはない」

「じゃ、帰ってください」

「分かった。帰る」

伊達はドアから手を離した。「——わし、刑事やない。競売屋の調査員や」

つぶやくようにそういった。

東新庄のバス通りに出た。堀内は手帳に挟んでいた矢代の名刺を見て、携帯に電話をした。五回のコールでつながった。

——矢代です。

——ヒラヤマ総業の堀内です。

——ああ、なんです。

——ちょっと、込み入った話があるんですわ。これからお会いしたいんですけどね。

——もう九時やで。

光山の通夜に出て、自宅に帰ったばかりだと矢代はいう。

——その光山の件ですわ。シャブをやってたことは知ってはりますか。

——シャブ……？　ほんまか。

——詳しいことは会うて話します。

——わしの家は。

——ここに名刺があります。……姫里五丁目、六の九。

——阪神姫島駅の北側に姫里病院がある。その横のファミリーレストランで待ってる。

——二、三十分で行きますわ。

電話を切った。

「誠やん、矢代は姫島のファミレスを指定してきよったぞ」

「爺《じじい》も考えとるやないか」

「ファミレスで吊《つ》るしあげるわけにもいかんな」

「攫《さら》うか、爺を」

でないと、矢代は口を割らないだろう、と伊達はいう。

「どこに攫うんや」

「USJの先の埋立地はどうや」

伊達は此花《このはな》区の舞洲《まいしま》と夢洲《ゆめしま》のことをいっている。夢洲はいま埋め立て中で、関係者以外は立ち入り禁止のはずだ。

「しかし、タクシーに矢代を乗せるわけにもいかんぞ」

「堀やんは姫里へ行け。わしは西天満に寄ってイプサムを運転して行く。十分ほど遅れるやろ」

「阪神姫島駅北側の姫里病院。その横のファミレスや」

「分かった。電話する」

伊達はタクシーに手をあげた。

矢代がいったとおり、姫里病院の隣に『デイリーファーム』というレストランがあった。

カラオケボックスのような外観の建物で、一階部分はすべて駐車場になっている。堀内はタクシーを降り、レストランの鉄骨階段をあがった。矢代は奥のボックス席にいた。薄茶のとっくりセーターにモスグリーンのジャケット。いま来たばかりなのだろう、テーブルには水のグラスしかない。

「なんや、ひとりかい」

顔をあげるなり、矢代はいった。「相棒は」

「ちょっと寄るとこがあってね」

「来るんか、ここへ」

「どうやろ……。用事が済んだら来るかもしれませんわ」

赤いベンチシートに座った。ウェイターが来る。コーヒーを注文した。

「あんた、通夜に来てたな」

「見たんですか」

「いちばん後ろの席に座ってた」

「焼香がはじまって、すぐに出たんですわ」

「ほな、なんのために行ったんや」

「故人を偲《しの》ぶためやないですか」

「へっ、故人のアラ探しやろ」

矢代は上体を寄せてきた。「——光山が覚醒剤《かくせいざい》をやってたというのは」

「奈良県警の捜査員に聞いたんです。摂取量は〇・二から〇・三グラム。重度のシャブ中でもぶっ倒れるような濃さですわ」

「光山が覚醒剤の中毒やったとはな……」

「知ってたんとちがうんですか」

「なにを……」

「光山のシャブ」

「あほなこといえ」

矢代は吐き捨てた。酒の匂いがする。

「さっき、矢代さんに電話したとき、おれは東新庄におったんです」

「それがどうした」

「今日は高畑に二回も会うて、いろいろ話を訊《き》いたんですわ」

「どんな話や」

「高畑はシャブをやってます」

「それ、ほんまか」

「いまごろ、家中に掃除機かけてますわ」

そこへ、コーヒーとレモンティーが来た。矢代は砂糖を入れて混ぜる。堀内はブラックで飲んだ。

「──高畑は吐きましたわ。光山が不動産屋に会ういうてパルテノンを出たんは嘘やった、とね」

「嘘やと……」

「矢代さん、あんた、シャブをネタにして高畑を脅したんや」

「………」矢代の口もとがかすかに歪《ゆが》んだ。

「あんたは知ってた。ふたりがシャブをやってることを。あんたは庚星会にそのことをいうたんや」

矢代の眼をじっと見て、堀内はつづける。「庚星会は光山のシャブ中を知って、それを利用しようとした。高濃度のシャブを射《う》って光山を殺した。片棒を担いだんはあんたや」

「黙って聞いてたら、なにをいうとるんや。世迷い言もええ加減にせい」

「あんた、ヒラヤマ総業がパルテノンから手を引いたらチャラにするというた。あれは誰にいわされたんや」

「くそ生意気な。刑事を途中で辞めさせられたやつがなにをほざいとんのや」

「警察を放り出されたんは、あんたもいっしょやろ、え」

この男はやはり、手間がかかる。多少の脅しでは口を割りそうもない。

携帯が震えた。モニターを見る。伊達だ。着信ボタンを押した。

——わしや。いま、駐車場におる。

——あかん。どうしようもない。

——攫うか。

——ああ、そうしよ。

——矢代は車か。

——いや、ちがう。

——分かった。下で待ってる。

電話は切れた。

「誰や」と、矢代。

「伊達ですわ。家に帰るそうです」

「南千里やったな」

「よう知ってますな」

「おまえらのことは調べた」

矢代は紅茶を飲んだ。「伊達は去年、愛人のヒモに刺されて貝塚西署を懲戒免職。おまえは一昨年《おととし》、今里署を依願退職。いったいなにをしたんや」

「賭場《とば》のガサ入れでパクった学校法人の理事長を脅したんですわ。頭にチャカを突きつけてね」

「まさか、拳銃《けんじゅう》を？」

「春日井学園の森本いう腐れでした。舐《な》めた口きくから撃ったりましたんや」

「なんやと……」

「壁に穴があきましたな。……監察が揉《も》み消したから事件にはならんかった」

「嘘も休み休みいえ。刑事がそんなことするわけない」

「チャカ、いまも持ってまっせ」

「あほぬかせ」

「ほう、そうかい」

ジャケットのボタンを外した。脇下のホルスターを見せる。アッ、と矢代は息を呑《の》んだ。

堀内はホルスターから銃を抜いた。

「これが本物かどうか、あんたも元警察官やったら分かるわな」

「そんな物騒なもん、しまえ。見られたらどうするんや」気丈に、矢代はいう。

「三十日の夜、箕面の山ん中で庚星会の組員ふたりをいわした。このチャカが土産や」

銃把をテーブルにつけ、銃口を矢代に向けた。「おれはあんたを撃ちとうない」

「…………」矢代の顔は蒼白《そうはく》だ。

「ほな、出よか」

左手で伝票のホルダーをとった。コーヒーと紅茶は七百円だった。

堀内はホルダーの下に千円札を挟み、ジャケットで銃を隠して立ちあがった。

「ほら、固まってんと立たんかい」

矢代は立ちあがった。堀内は横にまわる。ウェイトレスがこちらを見た。

「金は置いてる。釣りは要らん」

矢代の腕をとってレストランを出た。

伊達は階段の下にいた。堀内の動きを見てすぐに察したのだろう、矢代の肩をつかんでイプサムのほうへ連れていった。ドアを開けて、リアシートに矢代を押し込む。堀内は矢代の横に乗り、伊達が運転してイプサムは走り出した。

姫島通を西へ行き、伝法大橋を渡って此花区に入った。伊達も矢代も黙りこくっている。

梅香の交差点を右折し、北港通を西へ向かった。四車線の道路は空《す》いている。

「どこ行くんや」矢代が訊いた。

「USJでピーターパン見るんや」と、伊達。

「わしをどうするんや」

「じゃかましい。口きくな」

北港通の突きあたり、此花大橋にあがった。橋を渡れば舞洲だ。

此花大橋は長大な吊《つ》り橋《ばし》だった。海面からの高さは五十メートル以上か。南に大阪港、南港方面、北に神戸、湾岸線が見える。車は一台も走っていない。

伊達は橋の真ん中あたりで車を左に寄せ、停めた。ライトを消す。

「堀やん、ここでやろ」

「や、やめんかい」

矢代が叫んだ。ドアハンドルに手をかける。堀内は襟首をつかんで引き寄せた。

「な、矢代さんよ、暴れても無駄や。おとなしいにしぃや」

「わしはなにも知らん。撃ちたいんやったら撃て」

「ほう、腐っても元警視やな。開きなおったか」

伊達は笑った。運転席から降りて後ろにまわる。ロックが外れてリアハッチがあがった。

「おまえら、こんなことしてタダですむと思うなよ。わしがおまえらに会うたことは、家内が知ってる。わしが帰らんかったら、家内が通報するぞ」

「よめはんがどうした。うるさい爺《じじい》やのう」

伊達はリアデッキに乗り、ハッチを閉めた。手にロープを持っている。矢代の頭をつかんで押さえつけた。矢代は必死で抵抗するが、狭いリアシートで痩せの小男が伊達の力にかなうはずはない。伊達は矢代の膝《ひざ》と足首にロープを巻きつけた。

「堀やん、出ろや」

いわれて、堀内はスライドドアを開け、車外に出た。真冬の夜、歩道に人影はない。ガードレールを跨《また》ぎ越し、矢代の腕をつかんで引きずり出した。矢代はガードレールにひっかかって歩道に落ちる。伊達も車外に出てきて矢代を担ぎあげ、橋の手すりにもたれかからせた。

「矢代さんよ、心臓は丈夫か」

「やめてくれ。頼む」

矢代は手すりの脚をつかんでかがみ込む。

「あんた、こないだから態度がわるかった。逆さに吊るしたる」

「いう。なんでもいう。訊《き》いてくれ」

「光山がシャブをやってたことは知ってたんやな」

「知ってた。聞いたことがある」

「誰から聞いたんや」

「高畑や」

「こら、嘘はやめとけ。高畑がいうわけない」

「哲民や。松原哲民」

「哲民と庚星会はツーツーか」

「そう、ツーツーや」

「哲民と剛泰のほんまの仲はどうなんや」

「むかしはわるかったけど、いまはそうでもない。パルテノンの経営が傾いてからはな」

「哲民と剛泰はパルテノンを売りたい。光山は反対やったんやな」

「光山は哲民と剛泰を脅迫してたんや」

「脅迫するにはネタが要る。それはなんや」

「知らん」

「吊るすぞ、こら」

「ほんまに知らんのや。わしはただのホール顧問や」

「片山は知ってるんか。お前の親分や」

「片山さんが知るわけない。あのひとはパルテノンに出入りしてへん」

「光山を殺ったんは庚星会やな」

「知らん」

「ほな、おまえはなんで、わしらが光山とトラブってると奈良県警にいうたんや」

「わしはそんなことというた憶《おぼ》えはない」

「片山の差し金やろ」

「知らんというたら知らんのや」

「光山が失踪《しっそう》したんは三十日や。そして三十一日に、片山がヒラヤマ総業の生野に訊いてきた。わしらが三十日の夜、どこでなにをしてたか、とな。……光山の死体がまだ発見されてへんのに、片山がわしらのアリバイを訊いたんはどういう理由や」

「そんな込み入ったことは、わしには分からん」

「片山が黒幕やな」

「あほいえ。片山さんは本部参事官まで行ったひとや。おまえらみたいな半端者《はんぱもん》やない」

「ほう、いうてくれるやないか」

伊達は笑った。ロープの端を手すりに括《くく》りつける。

「な、なにするんや」矢代は呻《うめ》き、叫び声をあげる。

「半端者は怖いんやで」

伊達は矢代の腰に腕をまわした。矢代は手すりにしがみつく。その腕を堀内は蹴《け》った。

伊達は矢代の身体を持ちあげるなり、手すりの外に放りだした。矢代は悲鳴をあげて落下する。堀内は手すりから上体を乗り出した。下から潮風が吹きあげてくる。矢代はぶらぶら揺れていた。

「気絶しよったな」

「誠やん、無茶するで」

「ネズミ爺はわしらを舐《な》めとる。いっぺんえらいめに遭わしとかんとな」

「端《はな》から吊るすつもりやったんやな」

「姫里に行く途中、工事現場があった。それを見て思いついたんや」

「現場でロープを拾たんか」

「トラックの荷台に落ちてたんや」

伊達は手すりにもたれかかって煙草をくわえた。「寒いな……」

「そら、海の上や」

海面は遥《はる》か遠く、暗い闇が広がっている。

「そろそろ、あげたるか」

「待て。煙草吸わしてくれ」

伊達はライターを擦ったが、風にあおられて火が点《つ》かない。煙草を捨てた。

堀内はロープをつかんで引いた。重い。伊達が手伝って、矢代を歩道にあげた。矢代は白眼をむいている。ズボンとシャツが濡《ぬ》れているのは小便だろう。

「死んでへんよな」

「息しとるわ」

「こら、起きんかい」

伊達は矢代の頰を張った。矢代は呻いた。

「すまんかったな、副本部長。ちょいと手荒いことしてしもた」

伊達はかがんで矢代の顔を覗《のぞ》きこんだ。「あんたの態度がわるいんやで」

矢代はひどく怯《おび》えて、全身が震えている。

「もういっぺん訊く。片山が黒幕やな」

矢代は手すりの脚もとにうずくまり、何度もうなずいた。

「片山はあんたにどんな指示をしたんや」

「…………」

「おい、口がきけんのか」

「競売屋を寄せつけるな。……そういわれた」掠《かす》れた声で矢代はいった。

「それで、わしらを嵌《は》めようとしたんかい」

「え……」

「光山が失踪した日、おまえは光山がわしらに会うようなことを奈良の刑事にいうた。

高畑にも同じことをいわせた。……あれはなんや」

「…………」

「おまえの頭で考えたことやないやろ」

伊達はロープを引き寄せた。矢代の顔がひき攣《つ》る。

「片山さんや……」

「やっぱりかい」

「わしは知らんかった。まさか、光山があんなことになるとは思わんかった」

「光山を庚星会に引き渡したんは、おまえか」

「ちがう。わしはなにも聞かされてへん」

「いったい、片山の狙いはなんや」

「…………」

「矢代さんよ、もういっぺん吊《つ》るされたら心臓がとまるぞ」

「取り下げや。競売の」力なく、矢代はいった。「片山さんはパルテノンの競売を取り下げる方向で動いてた」

「どういうことや」

「パルテノンの債権者は競売の申し立てをするけど、最終的に取り下げる。それが片山さんの考えや」

「その理由は」

「債権者を納得させるためや」

「競売申し立ては債権者会議の結論やないか」

「いったん結論を出して申し立てをしたら、あとは裁判所任せや。入札の値段を決めるのは裁判所や」

「裁判所に入札の最低価格を出さしてから、取り下げるんやな」

「そういうことや」

「取り下げたあとは、どこが債務の肩代わりするんや」

「聞いてへん。……けど、片山さんは、アテがあるというてた」

「なるほどな。そういうカラクリかい」

伊達と矢代のやりとりはもうひとつ理解できないが、堀内は黙って聞いた。

「片山は勝井興産の手先やな」伊達はつづける。

「手先かどうかは知らん。勝井興産は〝片山コンサルティングオフィス〟のいちばんのスポンサーや」

「ヒラヤマ総業を排除しようとしたんはどういう理由や」

「大手の競売屋が出てきたら落札価格があがる。競売屋はヤクザがらみの物件も平気で入札すると、片山さんはいうてた」

「庚星会を走らせたんは片山か」

「片山さんはヤクザが嫌いや。庚星会はむかしからパルテノンに出入りしてた」

「なんでそんなに片山を庇《かば》うんや」

「庇うてへん。片山さんは立派なひとや」

「大した刷り込みやのう」

伊達は立ちあがった。「堀やん、行こか」

「もう訊《き》くことはないんか」

「ない。副本部長はよう喋《しゃべ》ってくれた」

伊達はガードレールを跨《また》ぎ越した。


此花大橋を渡り、舞洲に降りてUターンした。また、橋にあがる。矢代は反対側の歩道に座り込み、こちらを見ていた。ロープを解く気力もないようだった。

「あの爺《じじい》、よほど堪《こた》えたみたいやな」

「ショック死せんかっただけでもマシやぞ」

「あれが腐れ警官の成れの果てや。むかしの階級《ホシ》なんぞ、クソの役にも立たん」

「矢代と誠やんがしてた競売の話、おれには分からんかったぞ」

「わしもちゃんとは知らんのや」

しれっとして伊達はいう。「競売の裏はプロに訊こ」

「プロ……？」

「生野や。業界何十年の古狸にな」

伊達は運転しながら携帯のボタンを押した。「——伊達です。いまどこですか。——それやったら、新地で会いますか。——ええ、堀内の馴染《なじ》みの店で。——場所、訊いてください」

堀内は携帯を受けとった。

——堀内です。

——ああ、どうも。遅うまでご苦労さんですな。

——新地本通りの『フォルテシモ』。都タクシーの隣のビルです。

——了解。これから出ますわ。

電話は切れた。

「生野は会社か」

「いや、自宅や」

「どこや」

「茨木の城山台《しろやまだい》。二百坪のでかい家や」

元はヤクザの組長の家で占有者がおり、入札したのは生野だけだったという。「時価一億三千万の家を七千万で落としよった」

「役得やな」

「わしもあやかりたいわ」

伊達はあくびをした。堀内はホルスターを外して、拳銃《けんじゅう》といっしょにグローブボックスに入れた。

17

新地の一時預り駐車場にイプサムを駐《と》め、フォルテシモに行った。理紗は奥のボックスにいる。堀内を見て、小さく手を振った。

マネージャーの案内でピアノのそばに座った。ホステスがふたり来る。どちらも若い。ひとりは赤のワンピース、もうひとりは黒のドレスで胸がはち切れるように大きい。

「いらっしゃいませ。響子《きょうこ》です」

「真緒《まお》です」

響子は堀内、真緒は伊達の隣に座った。

「響子ちゃんはどんな字や」

「〝音響〟の響です。オーケストラ」杏子ではなかった。

「なに、なさいます」真緒が訊いた。

「とりあえず、ビール。あとはブランデー。理紗の係でボトルがあるはずや」

「お名前は」

「堀内」

「ありがとうございます」

真緒はボーイを呼んで飲み物を頼んだ。

「──おふたりとも、よう灼《や》けてはりますね」

「外まわりやからな」伊達がいう。

「どんなお仕事ですか」

「訪問販売や。補正下着を売り歩いてる」

「嘘ばっかり」

「真緒ちゃんには必要ない。補正するとこがないもんな」

伊達はドレスの胸を覗《のぞ》き込む。「何カップや」

「Gです」真緒は胸を押さえる。

「そら、でかい」

「お客さまも大きいですね」

「顔は大きいけど、気が小さいんや」

伊達は図体に似合わず、場持ちがいい。クラブやラウンジでは上機嫌でよく喋る。ヤクザが飲んでいると、途端にムスッとするが。

ビールを飲み、コルドンブルーの水割りに移ったところへ生野が来た。響子の隣に座り、膝《ひざ》に手を置く。それがあたりまえといったしぐさだった。

「お飲み物は」真緒が訊いた。

「そうやな……」

生野はテーブルのコルドンブルーを見て、「ウイスキーをもらおか。シングルモルトのスコッチは」

「『ボウモア』があります。ガラスのボトルと陶器のボトルが」

「ほな、陶器のほうを」

生野はいって、こちらを向く。「今日、お通夜でしたな」

「行きました。そこで奈良の〝これ〟に捕まってね」

親指と人差し指で輪をつくり、額にあてた。生野はそれを見て、

「わるいけど、ちょっと外してくれるか」

真緒と響子にいう。ふたりは立ってカウンターのほうへ行った。

「奈良の刑事になにを訊かれましたんや」上体を寄せて、生野はいった。

「わしと堀内のアリバイですわ」

伊達が答えた。「光山は他殺と判定されたんです」

光山の血中の覚醒剤《かくせいざい》、名刺の裏のメモについて伊達は説明し、高畑の家から姫里に行き、矢代を拉致《らち》して此花大橋から吊《つ》るした、といった。生野はそう驚きもせず、シートに片肘《かたひじ》をつけて聞いている。

「――矢代がいうには、親分の片山はパルテノンの競売申し立てをしておいて、あとで取り下げる肚《はら》なんですわ。……その理由を訊いたら、債権者を納得させるためやというてたけど、そこがわしにはピンと来んのです」

「競売を取り下げると、矢代はいうたんですか」生野がいった。

「そういいましたな」伊達はうなずく。

「しかし、取り下げは困りますな。うちは経費倒れやないですか」

「競売の取り下げて、そんな簡単にできるんですか」堀内は訊いた。

「珍しいことやないんですわ」

生野は笑う。「あれこれ物件調査して入札しても、開札日の前に取り下げになってしまうことが多々ありますんや」

取り下げは概《おお》ね〝任意売却〟という、競売によらない通常売買を理由に行われる。競売の開札前日まで無条件に取り下げが可能なため、事前調査はもちろん、それまでの入札手続きすべてが無駄骨になってしまうのだと、生野はいった。

「けど、パルテノンの競売申し立ては債権者が集まって決めたことやないですか」

「堀内さん、競売というやつは流れがややこしいんです。……まず、債権者が対象物件の競売申し立てをして、裁判所が開始決定をするまでに二、三カ月はかかる。そのあと、債権者は当該の債権を届け出て配当要求をし、裁判所は現況調査報告書と評価書を作成し、それをもとに売却基準価額を決定する」

生野は詳しい説明をした――。売却基準価額はすなわち入札最低価格であり、裁判所は物件明細書を作成して、売却日時等を公告する。そのあと期間入札に入り、落札希望者は入札をする。開札により売却許可決定公告がなされると、落札者（買受人）は代金を納付し、裁判所は登記嘱託したのち、債権者に対して弁済金交付と配当手続きをする――。

「つまりはこういうフローなんやけど、競売申し立てに至るまでに紆余曲折《うよきょくせつ》がある。そら債権者にもいろんな事情がありますわな。配当は少のうてもええから、すぐにでも競売にして早よう金が欲しいひともいれば、任意売却を待って配当の上乗せを要求するひともおる。それこそ百人百様で、債権者会議は簡単にはまとまらん。……パルテノンみたいに債権者の多い競売は、弁済額には眼をつぶって債権を整理しようという、債権者の合意のためのセレモニーみたいな側面もありますわな」

「債権者会議は債権額の大きい企業が主導するんですよね」

「ま、それが建前やけど、整理には〝ヤ〟のつく連中がつきもんですわ。そいつらを排除するためにも競売に持ち込んで、裁判所という公的機関を利用する戦略がありますな」

「ほな、パルテノンは……」

「競売申し立てはポーズかもしれませんな」

「ポーズ？」

「パルテノンの債権者会議は勝井興産の息のかかった街金が仕切ってるんですやろ」

「そう。我孫子商事とウイニングですわ」

「とどのつまり、勝井のマッチポンプですな」

「どういう仕掛けです」

「勝井はパルテノンの競売を申し立てて、裁判所に売却基準価額を出させる。基準価格は十億以下ですやろ。……勝井は頃合いを見計らって任意売却の相手を探してくる。基準価額に十パーセントも上乗せしたら、債権者は売却に同意しますわな」

「しかし、そのためには基準価額を抑えるようにせんとあきませんな」伊達がいった。

「勝井興産グループはなんぼほどパルテノンに融資してます」

「わしの調べでは七億五千万です」

「そいつは上げ底ですやろ。勝井興産は松原兄弟と談合して架空の借金をこしらえたにちがいない」

「その手口は」

「白紙手形です。倒産後に二億ほど分けてやると言いくるめて判子を捺《お》させるんです」

「そういや、ウイニングは庚星企画を通して二億五千万を融資してますわ」

「それこそハッタリですな。ヤクザがパチンコ屋に金を貸すてなことは、話が逆やないですか」

「そうか、よう考えたらそのとおりですな」

「街金、闇金の融資は疑うてかかったほうがよろしい。どこまでがほんまの融資か分かりません」

「要するに、勝井興産は債権者会議を牛耳ってパルテノンの競売を申し立て、入札価格を抑えてから任意売却に持ち込む肚ですな」

「ま、そういうことですやろな」

　生野はうなずく。「それで、うちみたいな競売屋が入札に来て基準価額より高値で買収しそうやとなったら困るんですわ」

「くそっ、どいつもこいつも腐っとる」

「伊達さん、倒産整理は火事場泥棒の殴り合いですわ。そこに競売屋も噛《か》んでますねん」

「けど、二十億も貸し込んでるOCUキャピタル合同が勝井の言いなりになってるのはどういうことです」

「OCUは大阪総銀の子会社で、まともな企業です。パルテノンの競売申し立ては世間に対して体裁を繕うのに、そうわるいことでもない。債権回収には努力しましたが、いたしかたなく競売に付しましたというスタンスですわ」

「なるほどね。部長のいうことはいちいちもっともですわ」伊達はブランデーを飲む。

「けど、パルテノンの競売取り下げは困ります」

生野は腕組みをした。「うちはあの物件を落としたい。何ヵ月も前から入札に備えて、資金の準備もしてきたのにね」

「そんなもん、取り下げできんようにしたらええやないですか」

「どういうことです」

「わし、部長の話を聞いて任意売却の相手が分かったような気がしますねん」

「ほう、それは……」

「祥燿殿グループ。……パズルのピースが嵌《は》まりましたわ」

独りごちるように、伊達はいった。

「祥燿殿……。パソコンで調べてはった結婚式場ですな」生野はいう。

「グループ年商、二百三十億。社員、九百人。近畿一円に十二の結婚式場と、二十七の葬祭場をかまえてます」

「そのオーナーが、マカオで勝井や松原といっしょやった仁田とかいう男ですか」

「仁田芳正。二代目社長です」

伊達は今日、帝塚山の仁田邸に行き、仁田に会ったといった。「仁田は勝井に誘われてマカオに行って、松原兄弟とは初対面やというてたけど、嘘ですな。……仁田は勝井の仲介でパルテノンの買収交渉をしたんですわ」

「そうか、そういうことか」

生野はうなずく。「西中島の九百坪。……いまどきのパチンコ屋に九百坪は狭いかもしれんけど、結婚式場にはぴったりや。えらい豪華な式場を建てられまっせ」

「光山はパルテノンの任意売却を知って、それを妨害しようとしたんやないですかね」

「けど、妨害するだけの理由で殺されたりしますか」

「光山はたぶん、脅迫したんですわ。勝井と勝井の関係者を」

「脅迫するには材料が要りますやろ」

「その材料を持ち出したせいで、光山は殺されたんとちがいますかね。わしはそんな気がします」

「ほな、それを突きとめたら？」

「パルテノンの競売取り下げを阻止できますわ」

「伊達さんの名刺の裏にメモを書いたんは」

「光山の死が殺しであると判定されたとき、捜査の眼をわしらに向けるためです」

「しかし、警察はあほやない。そんな簡単な仕掛けが効きますか」

「現に効いてますわ。奈良県警はわしらのことを調べてます。勝井の子分の片山は、警察がどう動くか、一から十まで知ってるからね」

伊達はにやりとした。「いずれにせよ、パルテノンにはまだまだ裏がある。こいつを探って叩《たた》いたります」

「目的は競売取り下げ阻止。そう考えてよろしいな」

「パルテノンを落札したら、ボーナスは」

「そらもちろん、出しますがな」

「落札金額の一パーセント。それでどないです」

「伊達さん、おたくはうちの社員やないですか」

「わしは契約調査員ですわ」

「一パーセントはおひとりで？」

「いや、欲はいいません。堀内とわしで分けます」

「分かりました。呑《の》みましょ」あっさり、生野はうなずいた。

「ほな、乾杯や」

伊達はホステスを呼んだ。真緒と理紗が来る。生野と伊達の横に座った。

「響子ちゃんは」伊達が訊《き》いた。

「帰りました」

理紗がいう。「あの子、尼崎《アマ》やから」

「もう、そんな時間かい」

堀内は腕の時計を見た。十二時前だった。「さっき、ボウモアを頼んだんやけどな」

「いま、来ます」

ボーイが陶器のボトルとグラスを運んできた。オードブルとフルーツをテーブルに置く。

「ここは何時まで」生野がいった。

「お帰りになるまでです」

「そらよろしいな。朝までやりまひょ」

生野は手を打ったが、理紗と真緒はくすりともしなかった。


零時半にフォルテシモを出た。生野は迎えのタクシーで茨木に帰り、堀内と伊達は本通りの『鮨煌《すしこう》』に入った。テーブル席に座って、吟醸酒と刺身の盛り合わせを頼んだ。

「堀やん、さっきの店、座って五、六万やろ。生野のおっさん、ボウモアを入れたぞ。22年物の」

「全部で二十万近く払うたんとちがうか」

「太っ腹やな」

「どうせ、経費や」

生野は真緒にクレジットカードを渡してサインしていた。「——落札価格の一パーセントいうたら、一千万ほどか」

「堀やんとわしで五百万ずつや。臨時ボーナスとしては不足ないやろ」

「契約調査員とはよういうたな」

「そのとおりやないか。わしはヒラヤマに骨を埋める気なんか、さらさらないで」

「わしはな、生野に競売の解説を訊くだけやない。条件交渉をするつもりで呼んだんや」

「けど、誠やん、ようい うてくれた」

「さすがや。誠やんを見直した」

「庚星会の極道どもとゴロまいた見返りや。堀やんはチャカで撃たれかけたんやで」

「そういや、駐車場に車を駐《と》めたままやな」

グローブボックスに拳銃《けんじゅう》がある。「あの車、貸しといてくれ」

「それはええけど、飲酒運転するなよ」

「せえへん。代行を頼む」

伊達からキーを預かった。

酒と刺身が来たところへ、理紗と真緒が現れた。ふたりともハーフコートにジーンズだ。女将《おかみ》にコートを預けて、理紗は堀内、真緒は伊達の隣に座った。

「なに飲む」理紗に訊いた。

「喉《のど》渇いたし、ビールにするわ」

真緒もビールといった。伊達が注文した。

「真緒ちゃんは昼間、なにしてるんや」伊達が訊いた。

「さぁ、なにしてるかな……」

真緒は上を向いて、「十時ごろ起きて、朝ごはん食べて、それからテレビ見たりして、二時ごろにフィットネス行って、夕方になったら美容院でセットして、お店に行くの」

「朝ごはんは外で？」

「ううん。自分で作るよ。わたし、お料理が好きやし、市場とかで買い物するのも好きやから」

「近くに市場があるんかいな」

「天満市場。マンションから三分」

「ひとり分の飯をつくるのは無駄が多いやろ」

「残りものはラップに包んで冷凍する。お野菜なんかはけっこう長持ちするよ」

「真緒ちゃん、ええよめさんになるで」

伊達は無駄話をしているのではない。真緒が独りで天満市場のそばのマンションに住み、他の仕事はしていないと知ったのだ。伊達は刑事のころから訊き込みが巧《うま》かった。

ビールが来た。刺身に箸《はし》をつけ、にぎりを注文する。理紗も真緒もよく食った。

鮨煌を出たのは一時半だった。

「わし、南千里やし、真緒ちゃんを送って帰るわ」

「そうか。ほな、おれは理紗を送る」

本通りで別れた。理紗は笑っている。

「どないした」

「だって、下心見え見えやもん」

「伊達はそんなこと考えてへん。親切なんや」

「堀やんとはちがうんやね」

理紗はコートの襟を立てた。「今日はどうするの」

「さぁ、どうするかな」

「ひとりで帰る？」

「帰るとこがあったらな」

「ほんまに勝手やね」

理紗は機嫌をわるくしたふうでもない。

「寒い。行こ」

御堂筋に向かって歩き出した。イプサムは明日《あした》、とりに来ようと思った。

目覚めると、ペニスを触られていた。窓の外は明るい。

「どうしたんや、朝っぱらから」

理紗は何もいわず、口に含んだ。堀内は理紗に任せる。

理紗は上になり、またがった。指をそえて挿入し、動きはじめる。女の匂いがたちのぼった。

理紗は騎乗位で絶頂を迎えた。堀内はペニスを抜き、手でいった。仰向きのまま、ナイトテーブルの煙草をとって吸いつける。
「なんか、犯された気分やな」
「ときどき、したくなるねん。起きたとき」
「そうかい……」理紗のセックスはわがまま勝手だ。男を道具扱いする。
理紗はベッドを降りてバスルームへ行った。三十分はもどってこないだろう。
堀内は菅に電話をした。
――菅税理士事務所です。
――堀内です。
――あ、どうも。
――ちょっと頼みがあるんやけど、かまへんかな。
――ええ、なんです。
途端に、菅の口調が暗くなった。
――こないだ調べてもろた勝井興産の取引先に祥燿殿グループというのはないかな。
社長は仁田芳正。
――祥燿殿いうのは結婚式場ですね。
――祥燿会館いう葬祭場もやってる。
――はい、調べます。
――それともうひとつ、勝井興産とOCUキャピタル合同との貸借関係も調べて欲しい。ＯＣＵはノンバンクで、大阪総銀の子会社や。
――オーシーユーはアルファベットですね。
――ああ、そうや。
――有価証券報告書を調べてみますわ。
――祥燿殿グループと勝井興産、ＯＣＵとの関係もな。
――分かりました。電話します。
菅は便利だ。金が入ったら礼をしようと思った。
ふと思いついて、杏子に電話をした。出ない。外泊か……。
杏子の携帯にかけた。
――あら、なに？
――どこにおるんや。
――どこて、うちの部屋やんか。
――ほんまかい。
――あんた、なにいうてんのよ。
――さっき電話したんや。
――リビングで鳴ってたわ。面倒やから放っといた。
――変わりないか。
――あほらし。一週間も音沙汰《おとさた》なしでどうしてんのよ。

——おれは大阪でシノギしてるんや。

——ヤクザみたいな言い方せんとって。

——おれのことは訊《き》かんのかい。

——元気そうやからいいやんか。

——あと一週間もしたら目途がつく。それから帰るわ。

——あ、そう。

——またな。

電話を切った。杏子とも切れどきか。

腹についた精液をティッシュで拭《ふ》きとり、ベッドを降りた。まわりに脱ぎ散らした服を拾って着る。理紗のガーターやショーツもあった。ズボンのポケットにイプサムのキーがあるのを確かめて、午前十時に部屋を出た。

四ツ橋筋まで歩いてタクシーに乗り、北新地に着いた。蕎麦屋《そばや》に入って鴨南蛮を注文し、伊達に電話をする。

——おはようさん。

——誠やん、どこや。

——家や。

——帰ったんかい。

――帰ったがな。朝の三時に。
――それはどういう意味や。真緒の部屋に寄ったんか。
――寄ったけど、なにもしてへん。缶ビール二本飲んで帰った。
――ほんまにそれだけか。
――お姫さまやったんや。
――そら、かわいそうに。
つい、笑ってしまった。新地のホステスはひと月のうち二十日がお姫さまだ。
――今度、同伴する。アフターも約束した。
――誠やん、深入りせんことやで。
またヒモに刺されるぞ、とはいわなかった。余計なお世話だろう。
――真緒はまじめや。理紗ほどスレてへん。
――へーえ、分かるか。
――わしは堀やんみたいな遊び人やないから、ちゃんとする。
どう、ちゃんとするのか、意味不明だ。伊達はまだ懲りていないらしい。
――おれはいま、新地や。蕎麦屋におる。
――分かった。これから出る。
――どこで会う。
――全日空ホテルや。一階の北側のカフェ。

電話は切れた。スポーツ新聞をとってくる。野球もゴルフもシーズンオフだから大した記事はない。記者はネタ探しに大変だろう。


蕎麦を食べ、駐車場からイプサムを出した。料金は五千円だった。

車を運転して全日空ホテルの地階駐車場に入れ、グローブボックスから拳銃《けんじゅう》を出した。ジャケットを脱ぎ、ホルスターを左肩につける。銃はずしりと重い。ジャケットを着てボタンをとめ、車を降りた。

伊達のいったカフェは天井が高く、北側の全面がガラス張りだった。客は堀内のほかに一組だけ。全席禁煙だ。近ごろはどこへ行っても肩身が狭い。コーヒーを注文した。

伊達は十分後に来た。グレーのチノパンツに黒のTシャツ、ベージュのムートンジャケットをはおっている。靴は赤紐《あかひも》のマウンテンブーツだ。

「誠やん、山でも登るんか」靴に眼をやった。

「わしは重い靴が好きなんや。足腰が鍛えられる」

伊達は座って、コーヒーを頼んだ。「今日はどないする」

「片山んとこに行きたいな」

「行くのはええけど、事務所におるかな」

片山は矢代から昨日の夜の顚末《てんまつ》を聞いているかもしれない、と伊達はいう。「此花大橋で吊《つ》るされたとはいわんまでも、わしと堀やんに拉致《らち》されたことは報告したんとちがや」

「いや、おれはそうは思わんな。矢代は喋《しゃべ》りすぎた。喋ったネズミは猫を避けるはずうか」

「片山は猫か」

「猫をふん縛って蹴《け》りまわしたろ」

伊達のコーヒーが来た。伊達は砂糖を三杯も入れ、ミルクをたっぷり注ぐ。

そこへ、堀内の携帯が震えた。

――はい、堀内。

――菅です。

――ああ、すまんな。

――勝井興産と祥燿殿グループとOCUキャピタル合同、かなり深い仲ですわ。

勢い込んで、菅はいった。

祥燿殿グループはOCUキャピタル合同の親会社である大阪総銀から十三億八千万円の長期融資を受けている。また、勝井興産は大阪総銀から三億二千万円、OCUから十六億四千万円の融資を受けながら、ここ五年間で三億六千万円しか返済していないという。

――祥燿殿グループの融資に疑問はないけど、OCUの勝井興産への融資は不自然です。五年間で三億六千万という返済は少なすぎます。

――元本はそのままにして利息だけを払うてるんとちがうんか。

――ＯＣＵはノンバンクです。年利は最低でも七、八パーセントでしょ。元本返済を猶予しても、勝井興産は年間、一億二千万円ほどを返済せんとあきません。

――ほな、五年間で六億か。

――そのほかにも、ひっかかることがあります。勝井興産所有の賃貸ビル十棟のうち六棟の土地、建物が大阪総銀から勝井興産に移転登記されてます。

――勝井は大阪総銀からビルを買うたんか。六棟も。

――たぶん、不良債権の付け替えですわ。

――どういうことや。

――勝井興産は大阪総銀が抱える事故物件の受け皿です。

――意味が分からん。ちゃんと説明してくれ。

――銀行は融資先が倒産したとき、担保にとってた不動産を処分して穴を埋めます。倒産が増えたら、抱える事故物件も増加するんです。

　こうした事故物件のうち、大阪市内の繁華街にあるような不動産には多くの抵当権がついていて権利関係が複雑なため、一般の銀行員では手に負えない。そんな事故物件は勝井興産に譲渡して権利関係を整理させる。整理された不動産は担保価値が高まるから、それを担保にまた資金を借りて新たな不動産を買い、建物が古ければ取り壊してビルを建てる。勝井興産はそんな仕組みで大きくなった会社だろうと、菅はいった。

——もちろん、事故物件というても買い上げるには資金が要ります。しかし大阪総銀が勝井興産に直接融資するのは憚《はばか》られる。その迂回《うかい》融資の窓口がＯＣＵやないですかね。

——すると、大阪総銀は不良債権の処理機関として勝井興産を利用してるんか。

——そうです。ぼくはそう読みました。

——なるほどな。

菅の読みは腑《ふ》に落ちた。勝井と大阪総銀は持ちつ持たれつの関係なのだ。パルテノンの債権者会議を勝井興産の子会社である我孫子商事が仕切っているのも、それで納得できる。

——それともうひとつ、祥燿殿グループは勝井興産から不動産を購入してます。

——なんやて。

——平成十一年、西区江之子島《えのこじま》の敷地六十坪のビルを買いました。それを改装して結婚式場にしたんが『祥燿殿あわざ』です。

——平成十一年な……。

意外だった。勝井と仁田は少なくとも十年以上の仲だったのだ。

——『祥燿殿たなべ』、『祥燿殿つるみ』も、元の土地所有者は勝井興産です。

——菅さん、忙しいのにすまんかったな。この礼はまとめてするわ。

——また、なにかあったらいうてください。

電話は切れた。堀内は話の内容を伊達に伝えた。

「くそっ、やっぱり勝井がキーマンか」伊達はいう。

「勝井を叩《たた》くためには、片山を責めないかん。三休橋へ行こ」

「その前に、片山の裏をつかみたいな」

「片山の裏？」

「わしは分からんのや。片山がどうやって勝井に取り入ったか……。片山は退職してすぐ、勝井興産のビルに入居してコンサルオフィスを開業してる。そのあたりの事情がな」

「片山と勝井の接点か」

「片山は高卒で府警に入って、ノンキャリトップランクの警視正まで昇進した。わしは勝井が後ろ楯《うしろだて》になって片山を押しあげたような気がする」

「そうか、そういう見方もあるな」

警察幹部にはスポンサーがつく。たとえば警察署長なら、地元商工会の有力者が来てゴルフや酒の席に誘い、タニマチ気取りでなにくれとなく面倒をみる。署長が異動すれば、そこでスポンサーとの縁は切れるのだが、異動してもなお関係がつづくこともある。スポンサーがその幹部の将来性を見込んだときだ。とりわけ勝井のようなダーティーなビジネスを展開している人物にとって、片山は格好の情報提供者であり、片山の昇進は勝井の利益にもつながったはずだ。勝井はおそらく、片山が現役だったころから金銭的援助をしていたにちがいない。

「——けど、誠やん、片山の裏を洗うのは簡単やないぞ」

「依田はどないや。監察には情報があるやろ」

「片山が退職したんは十七年前や。なんぼ監察でも無理やで」

「矢代をもういっぺん吊るすか」

「あの爺《じじい》はあかん。二度と誘いに乗ることはない」

「二へんも吊るしたら死ぬかもしれんのう」

さもおかしそうに伊達は笑って、「堀やん、わし、思い出した。片山の助手や。そいつをあたるのはどないや」

「片山の助手……?」

「本部捜査四課のOBや。一昨年《おととし》に独立して阿倍野にコンサル事務所を構えたと、片山がいうてたやろ」

「ああ、そうやったな」

OBの名は聞かなかった。訊《き》いたが、片山が答えなかったのだ。

「堀やん、依田に訊いてくれ。片山の事務所で助手をしてた四課のOBや。わしは荒木に訊く」

伊達は携帯を開いてボタンを押す。堀内も携帯を出して、府警本部にかけた。

——大阪府警察本部です。

——警務部監察室の依田さんをお願いします。

——あなたのお名前は。

——堀内といいます。

——お待ちください。

堀内、といったのはまずかったかもしれない。依田につながるだろうか。しばらく待った。電話が切り替わった。

——監察室です。

——依田さん、いらっしゃいますか。

——外出してます。

——いつ、お帰りです。

——今日はもどりません。

木で鼻を括《くく》ったような応対だった。

携帯を閉じた。伊達も電話を終えた。

「あかん、居留守を使われた」

「こっちは荒木が調べてる。いま、警友会名簿を繰っとるわ」

伊達はコーヒーを飲みほした。「時間がかかるかもしれん。なんぞ食お」

「おれはさっき、蕎麦《そば》食うた」

「つきあえ。サンドイッチぐらい食えるやろ」

伊達は手をあげてウェイトレスを呼んだ。

サンドイッチの皿が空いたとき、テーブルに置いた伊達の携帯が震動した。伊達は携帯をとり、少し話して切った。

「日野《ひの》康介《こうすけ》。六十五歳。事務所は阿倍野筋三丁目」

「よし。行こ」

堀内は立ちあがった。

18

阿倍野筋──。阪堺電軌阿倍野駅近くのコインパーキングにイプサムを駐《と》めた。車外に出て周囲を見まわす。ガソリンスタンドの隣に六階建の雑居ビルがあった。

「あれやろ。『あべの産業ビル』の三階や」

横断歩道を渡った。ビルの一階はカレー屋だ。横の玄関から中に入った。薄暗い。エレベーター脇の案内表示に《305・日野コンサルティングオフィス》とあった。

三階にあがった。廊下をはさんで七室ある。こんな古ぼけたビルの煤《すす》けた事務所に一見の客が来るのだろうか。

伊達がノックした。はい、と返事があった。ドアを引いた。

「すんません、警友会の案内を見て来ました」

「ご相談ですか」男が顔をあげた。

「ええ、そうです」

「どうぞ、入ってください」

事務所は狭く、天井が低い。デスクはふたつしかなく、がらんとしている。

男は立って、こちらへ来た。右に小さな応接セットがある。伊達と堀内は並んで座り、男も腰をおろした。

「おふたりは、警友会に？」

「OBですねん」

「まだ、お若いのに」

「わしら、暴対でしたんや」

「そうですか……」

暴力団担当の刑事は退職してもツブシが利くから定年までいかないことが多い。伊達はそれをいったのだ。

「申し遅れました。日野です」

男は名刺を差し出した。表は通常の名刺だが、裏には《企業相談、金融相談、法律相談、その他コンサルティング》と能書きを並べている。堀内と伊達も名刺を渡した。

「不動産、ヒラヤマ総業、調査担当……。これはどういう業務ですか」

「平たくいうたら、競売屋ですわ」

堀内はいった。「競売物件の事前調査が仕事です」

「なるほど。暴対にいてはったんなら、向いてるかもしれませんな」

日野は小さくうなずいた。小肥《こぶと》り、赤ら顔、眉《まゆ》が薄く、眼が細い。七三に分けたゴマ塩の髪は、すぐにそれと分かるカツラだ。

「で、ご用件は」

「片山さんのことをお訊きしたいんです」

直截《ちょくせつ》にいった。「日野さんは一昨年まで片山オフィスにいてはったんでしょ」

「それ、どこで聞いたんです」

「警友会です」

「なんか、妙な用件ですな」日野は微《かす》かに眉をひそめた。

「いま、西中島のパチンコ屋が競売の申し立てをしてます。その関連で片山さんの……

…」

「ニューパルテノンですか」日野は堀内の言葉を遮った。

「パルテノン、知ってるんですか」

「片山の顧問先やないですか」

「ほな、店長が死んだことも」

「知ってます。光山とかいいましたな」

「光山に会うたことは」

「顔は見たことないけど、ときどき電話がかかってきましたわ、片山に」

片山の事務所に電話がかかったということは、少なくとも二年以上前だ。「――光山の用件は」

「わしは電話を取り次いだだけですわ」

「日野さん、勝井興産の勝井いう人物は」

「ああ、勝井は片山の事務所に来たことがありますな」

「どんな用件で」

「そんなことは知らん。片山とふたりで応接室に入って、ぼそぼそ喋《しゃべ》ってましたな」

日野は片山を呼び捨てにする。そこが気になった。

「勝井と片山は親しい仲ですか」

「親しいかどうかは分からんけど、長いのは確かですな」

「長い、というのは」

「むかし、ちょっとした事故がありましたんや」日野は思わせぶりにいった。

「事故て、なんです」

「おたくら、なんで片山のことを調べてますねん」

「パルテノンの競売がらみですわ」

「その競売に、勝井も噛《か》んでますんか」

「けっこう噛んでますね」

「そうか、そういうことか」独りごちるように日野はいう。

「日野さん、事故てなんですねん」伊達が訊いた。

「むかし、府警のキャリアが死にましたんや。愛人の家で」

「キャリアが死んだ？」

「あれは昭和五十三年の二月やったから、三十四年前か。上村《うえむら》いう警備部長が在職中に腹上死したんですわ」

「腹上死……。そら、おもしろそうですな」

「ちょうど、その年の一月に東京の経堂《きょうどう》で交番の巡査が、巡回先で女子大生を強姦《ごうかん》して殺した事件があった。そんなどえらい事件のすぐあとに、今度は大阪でキャリアの警視長が腹上死したとなると、警察の威信はガタガタや。当時の府警本部長は、なにがなんでもこれを隠蔽《いんぺい》せいと部下に命令した——」

公安畑出身の上村は浅間《あさま》山荘事件で現場指揮をとり、SP創設に尽力したりするなど、いずれは警視総監か警察庁長官になると目された人物だったが、女癖がわるく、大阪に単身赴任した半年後には北新地のホステスとねんごろになり、守口《もりぐち》に家を借りてやった。

上村はこの愛人と寝ていて、意識をなくした。普通は一一九番通報して救急車を呼ぶところだが、愛人は「スキャンダルになる」と思い、かねて知っていた警備部長秘書——警備総務課所属の警部補——に電話をし、ことの次第を話した。秘書はただちに守口へ走り、上村の死亡を確認した。

秘書は府警本部長と警務部長に事態を報告し、本部長の命を受けて隠蔽工作にとりかかった。秘書は上村を背負って愛人宅を出ると、手配していた警備部の車に乗せた。天王寺区北山《きたやま》の警察病院に死体を運び、懇意にしていた医師に因果をふくめて死亡届を書かせた。そうして〝上村は自宅で倒れ、警察病院に運ばれたが、手当ての甲斐《かい》なく死亡した〟というストーリーが組み立てられた――。

「ナニが勃ったままの裸の警備部長を背負うた功績は大きかった。秘書は府警上層部の覚えめでたく、とんとん拍子に出世して、最後は警視正で退職したという顚末《てんまつ》ですわ」

「それ、片山のことですな」あっけにとられたように伊達はいった。

「そう、片山は上村の秘書でしたんや」

日野はうなずく。「キャリアの上村が死んで、ノンキャリの片山が出世した。ひとの運てなもんは、どこでどう反転するや分からんね」

「日野さん、なんでそんなことを話してくれたんです」

「片山は警察官として優れてるから警視正までいったんやない。所詮《しょせん》は死体を運んだだけの人間ですわ」

「しかし、日野さんは片山オフィスにいたやないですか」

「三年間もね」

日野は舌打ちした。「ほとんどタダ働きでこき使われたあげくに、顧問先のひとつも紹介せんと、片山はわしを放り出した。片山は人非人でっせ」

やはり、日野は片山を恨んでいた。呼び捨てにするはずだ。

がしかし、日野は片山と勝井の関係をなにも話していない。さっきの口ぶりでは、光山のこともなにか知っていそうだ。

「日野さん、むかし事故があった、というたんは腹上死のことやないでしょ」

堀内はいった。日野は視線を逸《そ》らした。

「なにがあったんです。いうてください」

堀内はつづけた。日野はこちらの顔色をうかがうように、

「いうのはかまへんけど、わしはこのとおり、コンサルタントで収入を得てますんや」

「ああ、それはよう分かってますけど……」

「ひとの話をタダで聞くのは刑事のわるい癖ですな。それに、おたくらは刑事やない。競売の調査員ですやろ」

「ギャラですか」

「相談料ですわ」

日野は金をくれといっているのだ。

堀内はポケットから金を出した。一万円札を三枚数えてテーブルに置く。日野は一瞥《いちべつ》しただけで手を出さない。

「足りませんか」

「足りませんな」

　こいつ――。思ったが顔には出さず、もう三枚を置いた。日野は六万円をポケットに入れ、ひとつ空咳《からせき》をして、

「事故というのは、溺死《できし》ですわ」

「溺死……？」

「末松恒産、知ってますか」

「もちろん知ってます。むかし、勝井と関係があった借金王やないですか」

「末松辰雄《たつお》が国会で証人喚問を受けたことは」

「それも知ってます。借金は返しますといいながら、その裏で何百億という資産隠しをしてた。……詐欺罪や競売入札妨害で三年、食らいましたな」

「けっこう詳しいやないですか」

「そら、いろいろ調べたから」

「末松は九三年に逮捕されて、十五億の保釈金を積んで出てきたんやけど、有罪、実刑判決が出るのは分かってた。そこで収監前に勝井を末松恒産の役員にして、妾腹《しょうふく》の子を補佐してくれと、あとを託したんですわ」

「妾腹の子？」

「添田《そえだ》雄一《ゆういち》。末松恒産の常務でした」

　末松の正妻の子、辰哉《たつや》と慎哉《しんや》は坊ちゃん育ちで出来がわるかったが、雄一は切れ者だった。末松恒産の負債を整理し、資産管理部門を本体から切り離して会社を存続させよ

うとしたが、そこで雄一は勝井と対立した。雄一は末松恒産の資産を勝井興産に移そうと画策する勝井を解任し、末松恒産から放逐しようとした――。

「その添田雄一が愛人のマンションで溺死しましたんや」

「いつのことです」

「九五年二月。北堀江《きたほりえ》の『ハイアットグレース』いう高層マンションです」

添田には持病があった。バセドー病による不整脈で倒れたことが何度かあり、医者からは過度の運動と飲酒を制限されていた。

その日、添田は北新地のクラブで取引先の金融業者数人と飲み、体調がわるいといって、十時すぎにクラブを出た。金融業者のひとりが添田をタクシーに乗せて、北堀江のハイアットグレースまで送りとどけたという。

「添田の自宅は芦屋《あしや》のマンションやけど、週のうち半分はハイアットグレースで寝泊まりしてましたんや。……十三階の３ＬＤＫ。愛人に借りてやった部屋ですわ」

「溺死した、というのは」

「風呂場《ふろば》の湯船に沈んでたそうです。一時ごろに帰った愛人が発見して通報した。死因は心臓発作による窒息死。クラブで飲んでるときも、息苦しいというてたらしい」

「愛人が一時ごろに帰ったというのは、ホステスですか」

「添田が飲んでたクラブのね」

クラブ『ラフネ』。不動産業者や地上げ屋、病院経営者、通販業者、パチンコホールオーナーなどが顧客の超一流クラブだったが、九七、八年に廃業したという。

「添田雄一の齢《とし》は」

「三十六」

「若いな……」

「現場状況に不審はなかったけど、遺体は行政解剖ではなく、司法解剖に付された。……溺死ですわ。肺に水がいっぱい入ってたらしい」

「体内に薬物は」

「あったら、事故死にはならんわね」

「添田に家族は」

「独身でした」

芦屋のマンションには母親が住んでいたという。

妙な符合だ。光山の前にもうひとり死んでいる。それも三十六歳という若さで。

「添田が死んで、末松恒産は」

「勝井の天下ですやろ。勝井の思いどおりに整理したんとちがうかな」

「片山は末松恒産の整理に噛《か》んでたんですな」

「そら、勝井とはズブズブの関係やったからね」

「ラフネには勝井と片山も出入りしてましたんか」伊達が訊《き》いた。

「そう聞きましたな」日野はうなずく。

「パルテノンの松原は」

「先代が出入りしてたみたいやね」

「先代？」

「松原成徳。剛泰と哲民の親父ですわ」

「添田の愛人はまだ住んでるんかいな。ハイアットグレースに」

「そこまでは知らんけど、ひとが死んだ風呂には入れんやろ」

「愛人の名前は」

「さぁ、誰やったかな……」日野は上を向く。

「思い出して欲しいな」

「聞いた覚えはあるんやけどね」

「そうでっか」

伊達はズボンのポケットから札入れを出した。日野の視線が動く。伊達は一万円札を四枚、テーブルに置いた。

「これでどないです」

「ああ、思い出した」

日野は四万円を手にとった。「添田の愛人は高畑とかいうたな」

「なんやて……」

「知ってるんかいな」

「高畑美枝子。パルテノンの……」

「ちがう、ちがう。そんな名前やない」

日野は首を振った。「高畑多江《たえ》や」

「高畑多江の齢は」

「添田より五つ、六つ下のはずや」

「ほな、いまは……」

「添田が死んだんは九五年やから、生きてたら五十三。高畑多江は四十七、八やな」

日野のいうとおり、高畑多江と高畑美枝子は別人だ。美枝子は確か、昭和四十七年生まれだったから、いまは三十九か四十歳だ。それに美枝子は平成十年に〝占脱〟で岡山県警に検挙されている。少なくとも十四年前までは岡山県に居住していたのだ。

「高畑多江に妹とか従妹《いとこ》は」堀内は訊いた。

「そんなことは知らん。知るわけない」

「添田雄一の芦屋のマンションは」

「知らんね」

日野はさも面倒そうに頭《かぶり》を振った。もう金をとれる情報はないらしい。

「また来ますわ」

堀内は立ちあがり、伊達をうながして日野コンサルティングオフィスを出た。

「くそボケが、十万もとりくさった」

阿倍野筋を歩きながら、伊達はいう。

「けど、値打ちはあったで」

「どない思う、堀やん。高畑多江と高畑美枝子、ただの偶然か」

「ちがうな。高畑いう名字はそんなに多いことない。それに高畑多江が勤めてたラフネにはパルテノンの先代も出入りしてた」

高畑美枝子に訊くべきだった。岡山から大阪に出てきて、パルテノンのホール係になるまでの経緯を。「誠やん、いつか、おれらは虎の尾を踏んだんかもしれんというたよな。ひょっとして、高畑美枝子が……」

「そう、高畑が虎の尾や。あの女をたぐったら、絡まった糸がほぐれそうな気がする」

「勝井、片山、松原成徳、みんな同じ穴の貉《むじな》やで」

「高畑んとこへ行くか」

「いや、おれはその前に、芦屋へ行きたいな。添田の母親に会うんや」

「しかし、どうやって調べるんや。荒木にも頼めんぞ。芦屋のマンションに住む添田という婆さんを捜してくれとは」

母親は七十代後半だろう、生きているかどうかも分からない、と伊達はいった。

「誠やん、おれにも少ないけど知り合いはおるんや。中央署のころの同僚がいま、堀江《ほりえ》署におる」

立ちどまって携帯を開いた。一〇四で堀江署の番号を訊き、かける。

――堀江警察署です。

――生安課、お願いします。堀内といいます。

すぐに電話が切り替わった。

――はい、生安課。

――端川《はしかわ》さん、お願いします。

主任、電話です、という声が聞こえて、端川が出た。

――堀内です。中央署でお世話になった。

――おう、元気かいな。

――ちょっと教えて欲しいことがあるんですけど、いまから行ってよろしいか。

――ああ、かまへん。今日は一日中、署におる。

――すんません。ほな、お邪魔します。

電話を切った。

「誰や」

「端川いうて、気のええデカ長や。来年あたり定年やろ」

イプサムのキーを伊達に渡した。「芦原橋《あしはらばし》から新なにわ筋を北へ行ってくれ。中央図書館の裏手や」

いって、コインパーキングへ歩いた。

《図書館前》の交差点を左に折れた。堀江稲荷《いなり》神社の西隣に堀江署がある。玄関前の車寄せに交通課の事故処理車が一台と白のマークII。駐車場は署の裏だが、伊達はマークIIの隣にイプサムを駐《と》めた。

ロビーに入った。カウンターの中に五人の制服警官がいる。車庫証明係の女性警官に名前をいい、端川を呼んでくれるようにいった。女性警官は電話をとり、少し話して、

「三階へどうぞ」と、左奥の階段を指し示した。

伊達とふたり、階段をあがった。三階の廊下に端川がいた。

「えらいすんません。お忙しいのに」

「久しぶりやな、堀内。どないしてるんや」

「ぼちぼちやってます。食いはぐれん程度に」

「仕事は」

「不動産屋で物件調査してます」

「そうかい。そら、よかった」

にこやかに端川はいい、「こちらさんは」

「伊達といいます」

伊達は頭をさげた。「今里署で堀内といっしょでした」

「ほな、おたくも？」

「刑事《デカ》を辞めました。いまは堀内と同じ不動産屋ですわ」

端川は伊達が新聞ダネになったことに気づいてないようだ。

「で、なんや。教えて欲しいというのは」

「管内に『ハイアットグレース』いうマンション、ありますか」

「ある。ここから五分ほど歩いた木津川沿いや」

「九五年二月にハイアットグレースの十三階で死亡事故があったんやけど、その記録を見て欲しいんです。添田雄一いう三十六歳の男が風呂場《ふろば》で窒息死しました」

「窒息死……。どういうこっちゃ」

「湯船の中で心臓発作を起こしたみたいです」

「九五年二月、ハイアットグレース十三階、添田雄一やな」

「添田を発見したんは愛人の高畑多江です。添田の遺体は芦屋に住む母親が引きとったと思います。母親の名前と住所、高畑多江の身元が分かったら、それもお願いします」

「いっぺんにいわれたら憶《おぼ》えられんな。……高畑多江と添田の母親やな」

「メモ、書きましょか」

「いや、要らん。この階段をあがった踊り場にベンチがあるから、そこで待て」

端川はいい、生安課の刑事部屋に入っていった。

堀内と伊達は踊り場へ行った。窓の下にベンチシートを二台並べ、あいだにスタンドの灰皿を置いている。署員の喫煙所といった体裁だが、階段室で煙草を吸うのは違法だろう。

「消防署の査察はないんか」

「一一九番にチクったれ」

「一服、吸うてからや」

ベンチに座り、ふたりで煙草を吸いつけた。

「堀やん、チャカは」

「ここや」左の脇腹に手をやった。

「チャカ持った一般市民が警察署で油売ってたら世話ないな」

伊達は上階に向けて煙を吐き、「さっきのオヤジは飲み助か」

「なんで分かったんや」

「ほっぺたと首が赤かった。酒焼けや」

「ほう、そうかい」

伊達がいうと、ほんとうのように聞こえるから不思議だ。

眼をつむり、ベンチにもたれかかった。じっと座っていると眠くなる。煙草を灰皿に捨てた——。

肩を叩《たた》かれて眼をあけた。端川が前に立っている。

「あ、どうも……」

「よう寝てたな。ふたりとも」

「すんません。このところ寝不足やから」

ジャケットの襟元を押さえた。銃は見えていないはずだ。

「記録を見た。九五年二月十九日、ハイアットグレースの1307号室で添田雄一、三十六歳が死んでる。心不全による窒息死や」

端川は隣に座った。メモを持っている。「発見者は高畑多江、三十一歳。通報により、救急隊員が部屋に入ったんは午前一時二十五分。添田は浴室の湯船の中で死んでた」

「高畑の言動に不審な点は」

「特になし。ショックでへたり込んでたみたいや」

「高畑が帰ったとき、錠は」

「かかってた。高畑は鍵《かぎ》を使うて部屋に入った」メモを見ながら、端川はいう。

「高畑多江に事情を聴いた署員は誰です」

「地域課の玉木裕之《たまきひろゆき》。九八年、久米田《くめだ》署の警務課に異動した」

「実況見分調書は」

「ない。……作成はしたけど、事件性がないと判断した時点で廃棄したんかもしれん」

地域課に保存されていた記録は事故報告書と死体検案書だけだった、と端川はいう。

「検視に不審点は」

「なかった。……解剖の結果、死因は窒息死。甲状腺《こうじょうせん》機能亢進《こうしん》症による期外《きがい》収縮と、それにより発症した心房細動が疑われる、と書いてあった」

「添田は日頃から薬を服んでたんですか。バセドー病や不整脈の薬」

「そら、現場に薬があったんやろ。検視官が判定したんやから」

「高畑多江はいま、どこに居住してます」

「分からん。記録がない」

「高畑の生年月日は」

氏名と生年月日が分かれば個人データがとれるかもしれない。

「不明や。調書がない」

端川はいって、「添田雄一の母親は分かった。……添田昭子《あきこ》、六十八。住所は芦屋市業平町《なりひらちょう》十の三の……」

「ちょっと待ってください。控えますわ」

メモ帳を出して住所を書いた。九五年に六十八歳だったということは、いまは八十五歳だ。まだ芦屋にいればいいが。

「念のために、検案書を書いた監察医は誰です」

「そこまでは見んかったな」

「わるいけど、教えてもらえませんか」

「なんで、そんな細かいことに拘《こだわ》るんや。添田の死因に疑問でもあるんか」

「いや、特にはないですけど」

「十七年も前の事故死を調べてる理由は」

「末松恒産の末松辰雄、知ってますか」

「もちろんや。バブルのころの大悪党やないか」

「添田雄一は末松の息子ですわ。名字がちがうのは妾腹《しょうふく》やから」

「へーえ、そうかい」興味もなさそうに、端川は相槌《あいづち》を打つ。

「いま、末松恒産がらみの物件調査をしてますねん」

「分かった。待っとけ。見てくる」

端川はまた刑事部屋にもどっていった。

「堀やん、こいつはどうも、ひっかかるぞ」伊達がいった。

「なにがや……」

「さっき、日野に聞いた話や。日野は添田の死因から解剖のことまで知ってた。妙やとは思わんか」

「そういや、日野はやけに詳しかったな」

「あいつは片山から、添田が死んだ顚末《てんまつ》を聞いてたんや」

「片山は身分を利用して添田の死を探った……。そういうことやな」

「片山の目的はなんや」

「勝井に報告するためやろ」

「添田雄一は事故死やない。他殺や。ちがうか」

「けど誠やん、剖検までしたんやで。おまけに現場は密室や。錠がかかってたんやろ」

「そこがかえって怪しい。密室やからこそ、事件にならんかったんや」

勢い込んで、伊達はいう。「勝井が黒幕、参謀は片山、実行部隊は庚星会。役者は揃うてるがな」

伊達の言葉を素直には受けとれなかった。話ができすぎている。できすぎた話には飛躍があり、陥穽《かんせい》がある。

「芦屋へ行こ。監察医の名前を聞いたらな」

堀内は立って伸びをした。左脇の銃が重い。

19

阪神高速神戸線の芦屋料金所を出て国道四三号を走り、《芦屋高前》の交差点を右折した。バス通りを北上し、上宮川町西から国道二号を西へ行く。

「誠やん、次の信号を右折や」

カーナビを見ながら、いった。業平町は市民センターの近くだ。

業平町十丁目に十数階建のマンションがあった。伊達は敷地内に入り、玄関前にイプサムを停めた。

堀内は車を降り、ロビーに入った。天井が高く、広い。床と壁と柱はアイボリーの大理石だ。エレベーターは三基。建物は古いが、造りに金がかかっている。

メールボックスを見た。《1501　添田》——とあった。最上階だ。

玄関を出て、手招きした。伊達はイプサムを車寄せに駐《と》めて降りてきた。

エレベーターで十五階にあがった。1501号室の前に立ち、表札を確認してインターホンのボタンを押した。

——はい。

返事は女の声だった。

——ヒラヤマ総業の堀内といいます。添田昭子さんでしょうか。

——はい、そうです。

——いきなり押しかけて申しわけないです。わたしは不動産の物件調査員で、大阪市西区のハイアットグレース1307号室の調査をしております。

老人が聞きとりやすいように、ゆっくりいった。少し間があって、

——息子があのマンションを借りてたのはずいぶん前です。

——添田雄一さんですよね。

——雄一は亡くなりました。

——その件で、堀江署に行きました。事故報告書を見せてもろたんです。

——なんで、そんなことを。

——息子さんの話をするのはお嫌かと思いますけど、ちょっと時間をいただけません

か。

——分かりました。いま行きます。

インターホンは切れ、少し待ってドアが開いた。添田昭子は白髪の小柄な女性だった。

堀内と伊達は名刺を差し出した。昭子は小さな字が読みにくいようだ。

「ヒラヤマ総業の堀内です」

「同じく、調査員の伊達です」

「立ち話もなんですし、お入りください」昭子は大きくドアを開けた。

「ほな、遠慮なく」

中に入り、廊下にあがった。毛足の長いカーペットを敷きつめている。

ダイニングを兼ねたワンルームのリビングは広さが三十畳ほどもあった。カーテンを開け放したベランダの窓越しに六甲の山並が望める。家具調度類はシンプルで上品だ。

「どうぞ、おかけください」

白い革張りのソファに腰をおろした。傍らに刺しかけの花模様の刺繡《ししゅう》があった。

「これは」

「キルトです。ハワイアンキルト」

「きれいですね」

「雑でしょう。眼がいけませんから」

サイドボードの上には老眼鏡がいくつか置かれている。昭子は独り住まいのようだ。

「お飲み物は」

「いえ、けっこうです」

飲み物より灰皿が欲しいが、いえない。

「いつ、堀江署に行かれたんですか」昭子は訊《き》いた。

「つい、さっきです。堀江から芦屋に来ました」

「雄一のことでなにか……」

「息子さんの事故死に疑問をもったからです」

「やっぱり……」

「お母さんもそう思てはるんですか」

「いまも信じられません。マンションで溺《おぼ》れ死ぬやなんて」

「バセドー病と不整脈の薬は」

「服《の》んでました。毎日、忘れずに」

雄一のクロゼットの抽斗《ひきだし》に、まだ残っていると昭子はいう。

「薬を服んでても、不整脈はあったんですか」

「ありました」

「その頻度は」

「ほとんど毎日です」

短いときは十分、長いときは三、四時間、頻脈がつづいたという。

「それはかなりの重症やないんですか」

「循環器センターのお医者さんにはカテーテルの手術を勧められてましたけど、雄一は先延ばしにしてました」

「カテーテルの手術？」

「詳しいには知りません。心臓の一部を焼いて脈を正常にもどすそうです」

当時はまだ手術例が少なかったと昭子はいう。

「心房細動の可能性は指摘されてなかったんですか」

「そんなことがあるかもしれないとはいってました」

昭子は小さくうなずいて、「けど、まさか、雄一が……」

「いや、すんません。つまらんことを訊いてしまいました」

添田雄一の不整脈はそう軽いものではなかったのだろう。だからこそ、医者は外科的治療を勧めたのだ。

「お母さんは知らせを受けて、堀江のマンションに行きはったんですか」伊達が訊いた。

「いえ、行ったんは阪大《はんだい》病院です。警察のひとが、これから解剖します、といいました」

「名前、憶えてますか。警察官の」

「玉木さんです」

「解剖した医者は」

「野口《のぐち》さんです」

野口肇《はじめ》――。死体検案書を書いた監察医だ。

「ハイアットグレースに住んでたんは、高畑多江という女《ひと》ですね」

「はい、そうです」

「北新地の『ラフネ』のホステス？」

「そうです」昭子は齢に似合わないしっかりした受け答えをする。

「雄一さんとの仲は」

「よかったんでしょう。……高畑さんは泣きづめでした」

「いまも連絡があるんですか」

「あります。年賀状のやりとりくらいですけど」

「高畑さんの住所、教えてもらえませんか」

「はい……」

昭子は立って、隣の部屋に行った。

「かわいそうにな。眼が潤んでた」伊達はいう。

「しゃあない。訊くべきことは訊かんとな」

「添田雄一はひとり息子か」

「そうやろ。本妻の子やないんやから」

「愛人とその子供は遺産を相続できるんか」

「愛人には相続する権利がないけど、認知した子供にはある」

「どれくらいや」

「本妻の子の半分や」

「よう知ってるな、堀やん」

「その程度のことはな」

刑事の常識だといいたかったが、もう刑事ではない。

「ほな、末松辰雄の場合は」

「本妻が五〇パーセント、ぼんくらの息子ふたりが二〇パーセントずつ。雄一が一〇パーセントや」

「けど、雄一は死んだ」

「そやから、一〇パーセントはあのひとがもろたんとちがうか」

実際の取り分はほとんどなかったはずだ。末松辰雄はグループ会社をみんな勝井に乗っ取られ、腎《じん》透析を受けながら死んだのだから。

昭子がもどってきた。年賀状を受けとる。

《岡山県備前《びぜん》市伊部《いんべ》三二一八—五　高畑多江》とあり、電話番号はなかった。

「伊部は備前焼の本場ですね」

「そう、多江さんは窯元の娘さんです」

雄一が死んだ年の秋にハイアットグレースを出て、備前に帰ったという。名字が変わってないのは、結婚しなかったのだろう。

「高畑さんに妹はいてますか」

「いえ、知りません」

「高畑美枝子という名前は」

「聞いたことないです」

「そうですか……」

堀内はメモ帳に住所を書き、伊達を見た。伊達は小さくうなずく。

「どうもありがとうございました。突然、お邪魔して申しわけなかったです」

伊達とふたり、頭をさげた。

「雄一のこと、調べはるんですか」

「そのつもりです」

「なんでも訊いてください。わたしで分かることやったら」

昭子は電話番号をいった。それをメモして、堀内と伊達は腰をあげた。


一階に降り、玄関を出た。車寄せに駐《と》めたイプサムに乗る。

「誠やん、片山を叩《たた》くのはあとまわしにしよ。おれは岡山に行きたい」

「これからか」

「芦屋まで来たんや。ついでに備前まで行こ」

ダッシュボードの時計は四時四十分だ。「高速を走ったら二時間で着くやろ」

高畑多江と高畑美枝子は岡山の出身だ。ふたりは縁戚《えんせき》だと確信した。

「よし、分かった。行こ」

伊達はシートベルトを締め、エンジンをかけた。「飯はどないする」

「どこか、パーキングエリアで食お」

伊達といっしょにいると食ってばかりいるような気がする。

阪神高速道路神戸線から第二神明道路、名谷《みょうだに》ジャンクションから神戸淡路鳴門自動車道を経由して山陽《さんよう》自動車道に入った。道路は空《す》いている。加古川《かこがわ》にさしかかったあたりで日が暮れた。

「堀やん、わしらのやってること、暴対のころと変わらんな」

「競売屋になっても、相変わらずの刑事《デカ》根性か」

「けど、情報はとりにくなった。個人データはとれんし、極道にも舐《な》められる」

「桜の代紋の威光が、いまになって分かったということっちゃ」

「わしはときどき夢を見る。取調室で供述調書を書いてるんや」

「相手は誰や」

「わしが引いた被疑者や。どいつもこいつも極道面でふてくされとる。調書を読み聞かせても否認しよるんや」

「おれは、そういう夢は見ぃへんな」

「堀やんは刑事稼業に飽き飽きしてたんやろ」

「いや、そうでもない。極道を叩くのはおもしろかった」

「ほな、もういっぺん刑事をせいといわれたら、するか」

「分からん。おれはどうせ定年までは勤まらんかった」

未練がないといえば嘘になる。暴対の刑事は堀内の気性に向いていた。極道を追い込んで手錠をかけるまでのプロセスがおもしろかった。

がしかし、生まれ変わっても警察官になるかと考えれば、話は別だ。左には左の道があり、右には右の道がある。どの道を歩こうと、あともどりはできない。おのれの才覚で、おのれの足で、死ぬまで歩きつづけるしかないのだ。


山陽自動車道、備前インターを出た。国道二号を走り、伊部東の交差点をすぎたところに備前陶芸美術館《びぜんとうげい》があった。午後七時――。もう閉館したようだが、駐車場に入った。伊達が車を降り、建物の裏へ歩いていった。堀内は車内で待つ。ほどなくして、伊達がもどってきた。

「係員に訊《き》いた。『高畑暁山《ぎょうざん》』いう窯元がこの先にある」

駐車場を出た。少し西へ行って右折する。山陽新幹線の高架をくぐり、坂道をあがった。

伊達はナビを見ながら、

「もうちょっと行ったら三叉路《さんさろ》に突きあたる。そこを左や。古い火の見櫓《やぐら》があるらしい」

伊達のいうとおり走った。三叉路を左へ行くと、民家の屋根越しに櫓の木組みがおぼろげに見えた。

「あれや。櫓の西側が〝高畑〟や」

くねった道をたどって櫓の下にたどり着いた。その先は急傾斜の砂利《じやり》道だ。道幅も狭い。

堀内は車を駐め、降りた。

月明かりの下、砂利道をあがると、正面に瓦葺《かわらぶ》きの農家が見えた。周囲に塀も生垣もないから、敷地の広さは分からない。庭の左に井戸と壁のないトタン屋根の小屋があり、その下に土を盛りあげた小山と、大きな甕《かめ》がいくつも並んでいる。

「堀やん、あの甕が備前焼か」

「いや、あれは土を濾《こ》すための甕やろ。やきもの用の粘土を作るんや」

「詳しいな」

「むかし、テレビで見た。なんとかいう陶芸家の工房や」

農家の玄関先に《高畑暁山》という表札がかかっていた。木戸を叩《たた》く。はい、と返事があり、戸が開いた。坊主頭の若い男だった。

「こんばんは。大阪から来ました。ヒラヤマ総業の堀内といいます」

「伊達です」

「なんでしょう」

「高畑多江さん、いてはりますか」

「おります。……お約束ですか」

「いや、添田昭子さんから聞いて来た、とお伝えください」

「はい、呼びます」

男は中に入り、少し待って女が出てきた。白のセーターにジーンズ、ひっつめの髪、化粧気はないが、目鼻だちは整っている。

「添田さん、どうされました」不安げに、多江はいった。

「ああ、そうやないんですわ」

堀内は手を振った。「添田さんはお元気です。ついさっき、芦屋のマンションでお話を聞いたんです。添田雄一さんのことを」

「えっ、どういうことですか」

「我々は元大阪府警の警察官で、不動産の調査員をしてます」

名刺を出して、多江に渡した。伊達も渡す。「それでいま、西中島のニューパルテノンというパチンコホールの物件調査をしてるんですけど、その調べの過程で末松恒産の整理にかかわる内紛が浮かんできました——」

差し障りのないよう、かいつまんで経緯を話した。多江は黙って聞いている。

「――いまさら、こんなことを蒸し返すのは嫌やと思いますけど、添田雄一さんの事故について、高畑さんの話をお聞きしたいと、迷惑も顧みず、備前までやって来ました」

「………」多江は俯《うつむ》いたまま、なにもいわない。

「高畑美枝子というひとをご存じないですか」

「えっ……」多江は顔をあげた。

「知ってはるんですね」

「はい……」

「ほな、パルテノンに勤めてるというのも？」

「知ってます」

多江はうなずいた。「美枝ちゃんは従妹《いとこ》です」

「やっぱり……」

「なぜ、美枝ちゃんを」

「美枝子さんはパルテノンの店長とつきおうてました」

光山の名は伏せた。多江の表情に変わりはない。

「店長は一月三十日の夜、死にました」

「死んだ？ほんとですか」

多江は驚いた。知らなかったようだ。

「転落死です。十津川村で車ごと谷底に落ちました」

「事故ですか」

「奈良県警が捜査してます」

他殺、とはいわなかった。「店長は光山といいます。名前を聞きはったことはないですか」

「ありません」

多江は小さくかぶりを振った。「ここ何年も美枝ちゃんには会ってないし、電話がかかったこともないです」

そこへ、多江、どうしたんじゃ――と、家の奥から声が聞こえた。多江は振り返って、ううん、なんでもない――と、いい、

「父です」と、堀内にいった。

「高畑暁山さん？」

「いま、夕飯を食べてたんです」

「それは失礼しました」

「いいんです。工房へ行きましょう」

多江は先に立って歩きだした。

母屋の裏にプレハブの平屋があった。多江は引き戸を開け、照明を点ける。堀内と伊達も中に入り、勧められてストーブのそばの椅子《いす》に腰かけた。

小学校の教室をふたつ合わせたくらいの広いスペースに轆轤《ろくろ》や窯や乾燥中の作品を置く棚があった。轆轤は窓際に四基並び、銀色の窯は大小二基が部屋の真ん中に据えられている。電気窯とガス窯だと、多江はいった。

「炭焼きみたいな大きな窯は使わんのですか」伊達が訊いた。

「登り窯のことですよね。裏山にあります」

登り窯で作品を焼成するのは年に一回だという。

「それは薪代《まき》が高うつくからですか」

「作品をためるのが大変なんです。一度に四、五百点は焼きますから」

「高畑さんも作品を?」

「ほんの少しです。轆轤は父にかないません」

備前焼は釉薬《ゆうやく》を使わない焼きものだから、轆轤の巧拙が作品を左右する。わたしはまだ修業が足りません、と多江は笑った。

「焼きもの作りはおもしろいですか」

「おもしろいです。すごく奥が深くて、やればやるほど広がっていきます」

「いつから焼きものを?」

「もう十三年になります」

「九五年に、こちらに帰りはったんですよね」

「いえ、岡山市内です。父の友人のギャラリーにお世話になってました」

備前焼を主に扱う陶芸ギャラリーだったが、九九年に閉店し、多江は伊部に帰ってきたという。「子供のころは、こんな粘土まみれの仕事が嫌でした。親の反対を押し切って大阪の短大に行ったんですけど、やっぱり蛙の子は蛙ですね。いつのまにか陶工になってしまいました」

「この工房は、何人で？」

「五人です。男のひとがふたりと、母も手伝いをしてます」

ふたりの男は住み込みの助手で、いっしょに食事をしていたという。

「高畑美枝子さんは、お父さんの弟さんの娘さんですか」

「はい、そうです」

「いつ、大阪に？」

「十二、三年前だったと思います」

「それまでは」

「岡山市内のデパートです」

高畑美枝子が〝占脱〟で検挙されたのは平成十年だ。職場にいづらくなって大阪へ出たのではないだろうか。

「大阪では、どんな仕事をしたんですかね」

「クラブホステスです」

「キタ新地ですか」

「本通りの『リロイ』というクラブでした」

多江は美枝子から店を紹介するよう頼まれ、『ラフネ』のころのちいママに電話をした。リロイのママになっていた彼女は、うちで預かるといい、美枝子は働きはじめたが——。

「半年くらいして、ママから電話がありました。あの子はダメだって」

「どうダメやったんです」

「お金と時間にルーズで、愛想がない、行儀もわるいっていわれました」

「行儀がわるいというのは」

「ほかの子のお客さんをとるんです」

「なるほどね」上客と関係をもつのだろう。

「バンスもあったそうです。それからしばらくして、美枝ちゃんはリロイを辞めました」

携帯の番号も変わっていて、美枝子には連絡がとれなかったという。「——美枝ちゃんがミナミに移ったと知ったのは、一年ほど経ってからでした。千年町《せんねんちょう》の『白川《しらかわ》』というクラブで働いてました」

多江は美枝子を嫌っているようだ。話しぶりで分かる——。

美枝子は白川でも勤まらなかった。バンスがかさみ、ワンルームマンションの家賃も払えない、と多江にいってきた。多江は美枝子の口座に金を振り込んだが、返すともいわず、あとはナシのつぶてだった。

「こんなこと訊《き》くのはなんですけど、いくら振り込んだんですか」堀内は訊いた。

「三十万円です」

「そら大金や」

「美枝ちゃんは水商売をやめました。ニューパルテノンというパチンコ屋さんで働いてると聞いたとき、あ、そうなんだ、と思いました」

「それは……」

「わたしがラフネにいたころのお客さんです。末松さんや勝井さんたちといっしょにパルテノンの松原さんも来てました」

「松原成徳ですか」

「そうです」

「松原はリロイでも飲んでたんですね」

「だと思います。ラフネのお客さんはリロイに流れましたから」

松原は美枝子のバンスを清算し、パルテノンで働くよう世話してやったのだろう。

「末松や勝井は不動産関係やけど、松原は業種がちがう。どこで知り合うたんですかね」

「むかし、新大阪に『フラミンゴ』というパチンコ屋さんがありましたよね。あのお店をオープンするとき、松原さんが経営のアドバイスをしたと聞きました」

「そうか、そういうことか……」

からまった糸がほぐれ、パズルのピースが次々に嵌《は》まっていく。備前に来てよかった。

「リロイはまだ新地にあるんですか」

「あります。客層がいいですから」

多江が一昨年《おととし》、西天満のギャラリーで初めての作品展をしたとき、リロイのママは大勢の客を連れてきた。おかげで、ほとんどの作品が売れたという。

「勝井は作品展に来ましたか」

「いいえ」多江は大きく首を振る。

「勝井興産の関係者で、北尾とか萱野とか深沢いう客は」

「知りません」

「松原剛泰、松原哲民、片山、矢代、仁田は」

「片山さんと仁田さんは作品展に来てくれました」

片山と祥燿殿社長の仁田はラフネの客だったと多江はいう。

「ふたりはリロイのママが連れてきたんですね」

「はい、そうです」

「片山がラフネで飲んでたころの肩書は」

「警察のことはよく分かりませんけど、ラフネでお祝いをしたのを憶えてます。どこかの署長から本部に栄転したとかで」

花園署の署長から警務部の参事官に異動し、警視正に昇格したときだろう。

「片山はよう飲んでましたか」

「月に一、二回だったと思います」

「勘定は」

「勝井さんです」

片山がひとりで来たときの請求書は勝井興産か末松恒産に送っていたという。

「これからは立ち入ったことを訊きますけど、いいですか」

「はい、いいです」多江は膝《ひざ》を揃えてうなずいた。

「添田雄一さんが亡くなられた晩、ラフネでいっしょに飲んでたんは誰です」

「末松恒産の長谷田《はせだ》さんと片山さん、共和相互銀行のひとがふたりです」

共和相銀は潰《つぶ》れた。バブルの終焉《しゅうえん》とともに消滅したのだ。

「長谷田というのは」

「営業部長です」

「いまはなにしてます」

「分かりません。あのころ六十代でしたから、リタイアされたはずです」

「添田さんは体調がわるいというて、先に帰られたんですよね。ハイアットグレースに」

「十時すぎです。彼はいつも早めに帰ってました」

共和相銀の行員ひとりが雄一を送っていったという。

「体調がわるいというたんは」

「わたしは聞いてません。……でも、そういったんでしょう」

「高畑さんはいつ帰ったんです」

「一時ごろでした」

ドアの錠はかかっていた。鍵《かぎ》をあけて玄関に入り、ただいま、といったが、返事がない。寝たのかと思って寝室に行ったが、雄一の姿はない。バスルームから水音がする。多江はバスルームに行き、湯船に沈んでいる雄一を見つけた。

「仰向きで、顔は横を向いてました。眼をつぶってて、身体が白くて……。抱きあげて湯船から出したのは憶《おぼ》えてます。……あとは記憶がないんです」

「救急車を呼んだんですよね」

「一一〇番か、一一九番か、それも憶えてません。あのひとのそばに座り込んで、ぼんやりしてました」

「人工呼吸とか、せんかったんですか」

「したかもしれません。……ハッと気がついたときは、救急隊のひとがそばにいました」

「部屋の錠は高畑さんが？」

「無意識に開けたんだと思います。通報したときに」

「警察官も来たんですね」

「はい、三人か四人」

警官に服を着替えるよういわれ、コートを着たままだと気づいた。コートもスカートも濡《ぬ》れていた。多江は寝室で服を着替え、リビングで事情を聴かれた。

「リビングのテーブルに薬と空のグラスがありました。あのひとは不整脈の発作が起きて、薬を服《の》んだんだと思います。……で、発作が治まって、お風呂《ふろ》に入った。それがわるかったんです」

「湯船の中で心房細動ですか」

「循環器センターのお医者さんに手術を勧められてたんです」

「それは聞きました。添田さんのお母さんに」

「悔やんでも悔やみきれません。もう、なにもかもが嫌になりました」

多江は下を向き、唇を嚙《か》んだ。「大阪を離れて、岡山に帰ったんです」

「美枝子さんは添田さんの事故のことを知ってるんですね」伊達が訊いた。

「はい、わたしがいいましたから」

「いつ、いいました？」

「岡山に帰ってからだったと思います」

「そのころ、美枝子さんはデパート勤めですよね」

「ええ、そうでした」

なにかの拍子に岡山に帰った事情《わけ》を訊かれ、雄一のことを話したという。「美枝ちゃんには新地のことをよく訊かれました。水商売に興味があったみたいです」

「もういっぺん、お訊きします」

堀内はいった。「九五年二月十九日の夜、北新地の『ラフネ』で添田雄一さんと同席してたんは、大阪府警の片山と末松恒産営業部長の長谷田、共和相銀の行員ふたりにまちがいないですね」

「はい、そうです」多江はうなずく。

「行員の名前は」

「ごめんなさい。憶えてません」

「高畑さんは雄一さんが、体調がわるい、というたんは聞いていないんですね」

「わたしは聞いてません」

多江はいって、「なぜ、そんなことを」

「いや、事故を疑うてるわけやないんです。確認の意味で訊きました」

「堀江署の刑事さんは玉木さんというひとでした。親切にしてくれました」

「葬儀はいつでした」

「二十三日だったと思います。わたしは出席してません」

雄一の母親には出るようにいわれたが、固辞したという。「後日、芦屋のお宅にお邪魔して、仏壇に手を合わせました。……お母さんは、ほんとうによくしてくれました」

添田昭子は多江が岡山に帰るにあたって金銭的な援助をしたのかもしれない。

「申し訳ないです。いろいろ不躾《ぶしつけ》な質問をしました」

堀内は立って、深く頭をさげた。「備前に来た甲斐《かい》がありました」

「また作品展をしはるときは教えてください」伊達がいう。

「ありがとうございました。失礼します」

工房をあとにした。

イプサムに乗った。インパネの時計は七時四十分を示している。

「コーヒーでも飲んで、帰るか」十時すぎには大阪に着くだろう。

「せっかく岡山に来たんやで。市内で飲もうや」

「飲んだら帰れんやないか」

「どこぞ、ホテルに泊まったらええがな」

「よめさんに怒られるんとちがうんかい」

「堀やんといっしょや、いうたら怒らへん」

「おれはそんなに信用があるんか」

「信用はないけど、仕事はできる。つきおうて損はないというのが、よめはんの評や」

伊達はエンジンをかけた。

20

鼾《いびき》で眼が覚めた。隣のベッドで伊達が寝ている。腕の時計は十一時を指していた。

ナイトテーブルに手を伸ばして煙草をとり、吸いつけた。

ニコチン中毒は朝起きてから一本目を吸うまでの時間が短いほど症状がすすんでいるというから、堀内は重症だ。この二十年、日に二箱は吸ってきた。煙草と酒をやめようと思ったことは一度もない。

鼾がやみ、伊達がこちらを向いた。

「何時や」

「十一時」

「よう寝たな」

「でもないぞ。ホテルに帰ったんは四時すぎや」

岡山市内のガソリンスタンドで飲み屋街を訊《き》いたら、中央町界隈《かいわい》だといわれ、『セントラルホテル』にツインの部屋をとった。地下駐車場にイプサムを駐《と》め、グローブボックスに銃を入れて飲みに出た。居酒屋で腹ごしらえをし、キャバクラ一軒、ラウンジ一軒、スナック二軒を飲み歩いた。伊達は朝まで飲もうといったが、つきあいきれなかった。ホテルの部屋に入るなり、ベッドに倒れ込んだ。

「誠やん、風呂は」

「シャワー浴びた。寝る前にな」

伊達はいくら飲もうと、酔いつぶれることはない。

堀内はベッドを降り、ドアの下の新聞を拾ってバスルームに行った。バスに湯をためて浸かる。バスの中で新聞を読み、髭《ひげ》を剃《そ》った。

バスルームを出ると、伊達はまた寝息をたてていた。

「誠やん、起きろや。チェックアウトやぞ」

いうと、伊達は眼をあけた。枕に頭を埋《うず》めたまま、

「今日はどないするんや。片山を叩《たた》くんか」

「その前に、高畑美枝子に会いたい。あの女には訊くことが山ほどできた。それと、添田雄一の事故報告書を作った玉木いう刑事《デカ》にも会お。詳細を訊いといたほうがええやろ」

「玉木はいま、久米田署やったな」

「いや、玉木が久米田署に行ったんは九八年や」

「十四年も同じとこにはおらんか」

「起きろ、誠やん。十二時前や」

堀内はズボンを穿《は》き、シャツを着た。どこで移ったのか、甘ったるい香水の匂いがした。

伊達が運転をしてホテルを出た。堀内は一〇四で久米田署の番号を訊き、かける。玉木は久米田署から狭山《さやま》署に異動し、一昨年《おととし》、警察を退職したことが分かったが、連絡先は聞けなかった。

堀内は堀江署の端川に電話をし、玉木の自宅の住所と電話番号を訊いた。富田林《とんだばやし》市梅《うめ》の里《さと》七―八―三五。〇七二―九二一―七四××――だった。

堀内は電話をした。

――はい、玉木です。

女が出た。

――府警OBの堀内といいます。玉木さん、いらっしゃいますか。

――あいにく、今日は出てます。

――何時ごろ、お帰りですか。

――六時すぎには。

――携帯、持ってはりますか。

――持ってません。お急ぎですか。

――できたら、昼間のうちにお会いしたいんですけど。

――じゃ、学校に行ってください。

玉木は週替わりで近くの小学校の校務員をしているという。

——梅の里の美原東《みはらひがし》小学校です。

——ありがとうございます。そちらへ行ってみます。

電話を切った。

「誠やん、玉木はパートの校務員や」

岡山インターから山陽自動車道に入った。三時すぎには富田林に着くだろう。

山陽自動車道から中国自動車道、吹田から近畿自動車道に入り、南阪奈道路の羽曳野《はびきの》出口で降りた。外環状線を南へ走る。伊達はひとりで運転し、堀内は一時間ほど寝た。

旭が丘北交差点を右折し、バス通りをあがった。梅の里は碁盤の目に区画された広い住宅地だった。

美原東小学校はゲートを閉ざしていた。車は中に入れない。伊達はゲートの前の空き地にイプサムを駐めた。

堀内と伊達は車を降り、煉瓦《れんが》塀のインターホンを押した。

——はい、なんでしょうか。

——堀内といいます。校務員の玉木さんをお願いします。

——お待ちください。

少し待って、左の通路奥からグレーのジャンパーを着た白髪の男が現れた。

「玉木ですが」

と、低いゲート越しに男はいう。堀内と伊達は頭をさげ、名刺を差し出した。

「ヒラヤマ総業、調査役……」

「退職前は今里署の暴犯係でした。いまは不動産の物件調査をしてます」

「そうですか」訝《いぶか》しげに玉木はいう。

「勝手ながら、堀江署でお宅の住所と電話番号を聞きました」

「堀江署におったんは、だいぶ前ですわ」

「地域課にいてはったんですよね」

「ええ……」

「不動産売買には事故物件の周知義務がありまして、我々はそれを調べてるんですけど、九五年に北堀江の『ハイアットグレース』いうマンションで……」

「添田雄一の事故ですか」

「えっ、それは……」

「半年ほど前かな、おたくらと同じように、事故のことを訊きたいという調査員が来ましたわ」

「不動産の調査員ですか」

「いや、損保会社の調査員でしたな。名前は確か、山田《やまだ》とか山本《やまもと》やなかったかな」

家の前で十分ほど立ち話をした、名刺はもらったがなくした、という。

「その調査員は、どんな人物でした」

「齢《とし》は五十くらい。中肉中背。髪は短めで、眼が細かったかな」

「眼鏡、かけてましたか」

「いや、ちゃんと憶《おぼ》えてませんな。もういっぺん見たら分かるやろけど……」

「髭はどうです」

「勤め人は髭を生やさんでしょ」

玉木はいって、「ここは寒い。コーヒーでもどうです」

と、ゲートを押して隙間をあけた。

校内に入った。玉木について左へ行き、別棟の《校務員室》に案内された。手前は土間で大きな作業机があり、湯沸器のそばに薬罐《やかん》がたくさん並んでいる。上がり框《かまち》の向こうは畳敷きの和室だった。

玉木はマグカップにインスタントコーヒーを入れ、湯を注いだ。ミルクと角砂糖を添えて机に置く。堀内と伊達は丸椅子に腰かけてコーヒーに口をつけた。

「静かですね。生徒の声が聞こえへん」伊達がいった。

「今日は芸能鑑賞会ですねん」

四年生から六年生が富田林の市民ホールで創作劇を鑑賞しているという。「のんびりしててよろしいわ。小学校は不良連中も来《け》ぇへんし」

これが中学校だと校門付近に暴走族がたむろし、下校途中の女生徒に誘いをかけると玉木はいう。「わし、少年係にもおったことがあるけど、未成年はややこしい。本人より親の指導のほうが大変でしたな」

「定年で再就職は考えはらへんかったんですか」

「警察業界には行く気がなかった。縁を切りたかったんですわ」

「申しわけないです。むかしのことをほじくり返して」

「いや、気にせんでください。同じ警察一家の仲間やったんやから」

穏やかに玉木はいう。ひとのよさそうな男だ。

「で、さっきの話やけど、我々は堀江署に行って玉木さんの書きはった事故報告書を読みました」

伊達がいった。「マンションで溺死《できし》というのは珍しいですな」

「最初は自殺を疑うたんです。添田は若かったし、寝室に睡眠薬があったから」

「服《の》んでなかったんですか」

「その形跡はなかったけど、不整脈の薬と発作どめの舌下錠が居間のテーブルに散らばってました」

玉木は救急隊員のあとに現場へ入り、そのあとに検視官が来た。調査は警視である検視官の指示で行われ、心臓発作による窒息死であろう、と検視官は判定した。司法解剖の結果、遺体の胃と血液中から薬剤が検出され、現場の状況に不審もなかったため、玉木は事故報告書を作成した――。

「添田の愛人のようすはどうでした」

「呆然自失《ぼうぜんじしつ》という感じでしたな。なにを訊《き》いても上の空で、泣いてばっかりでした」

「玉木さんも事故死には疑いを持たんかった……。そういうことですな」

「それが、ひとつだけひっかかることがありました」

「ひっかかること？」

「遺体が妙にきれいやったんですわ。普通、心臓発作が起こったら苦しみもがいて舌を嚙《か》んだり、身体のあちこちを打って傷が残るもんやけど、そういうのがあの遺体にはなかった。一瞬にして心臓がとまったような感じでしたな」

玉木はコーヒーを飲む。「ま、しかし、検視官が事故やと判定したものに疑問を差しはさむようなことは、ヒラの警官にはできんからね……」

「検視官の指示どおり司法解剖をして、一件落着やったんですな」

「そういうことです」

「新地のクラブで添田雄一と飲んでた連中の話は聴いたんですか」

「ええ。中にとんでもないのがいてましたわ」

「参事官の片山ですな」

「あれにはびっくりしましたな。末松恒産みたいな札付きの会社の常務と警視正がいっしょに飲んでたんやからね」

「片山はどういうたんです」

「添田は不整脈が出たから先に帰った、とね」

「ほかの連中も？」

「同じことをいうてました」

「末松恒産営業部長の長谷田と、共和相銀の行員ふたり？」

「そうです」

「行員の名前、憶えてはりますか」

「ひとりは与那嶺《よなみね》でしたな。もうひとりはそう珍しい名前でもなかったね」

「共和相銀の何支店でした」

「梅田支店です」与那嶺は支店長だったという。

「添田をマンションに送っていったんは」

「部下ですわ。与那嶺の」

「その後、片山から問い合わせとかありましたか」

「ぼくにはなかったけど、上には訊いてたみたいですな」

「なるほどね」

いって、伊達は堀内を見た。堀内はうなずく。

「いや、ありがとうございました。失礼します」

伊達はコーヒーを飲みほして立ちあがった。


イプサムに乗った。

「堀やん、半年ほど前、玉木のとこに来たやつは何者《なにもん》や」

伊達がいう。「まさか、損保会社の調査員やないやろ」

「おれは光山やないかなという気がした」

「光山……？」

「五十前後、中肉中背、髪は短めで眼が細い……。光山に合致する」

「ほな、髭《ひげ》のことを訊いたんは」

「松原哲民や。あいつは五十をすぎてるけど見た目が若い。髭を生やしてる」

「光山と松原の写真はどないした。間宮にもろたやろ。有馬温泉の慰安旅行で撮った集合写真。あれを玉木に見せたらよかったんや」

「あの写真はダッフルコートのポケットに入れてた。西中島のホテルの前で庚星会のクソどもに待ち伏せされたとき、コートごとなくしてしもた」

「しかし、なんで光山と思たんや」

「おれの勘や。光山は添田雄一が死んで、勝井が末松恒産を乗っとったことを知ってた。……風呂場《ふろば》で溺死というのはおかしい。勝井にとって都合がよすぎる。……光山はそう思て、事故のことを探った」

「光山はなにか摑《つか》んだんか」

「かもしれん。それをネタに勝井を脅迫して殺されたとは考えられんか」

「光山はなんで十七年も前の事故を知ってたんや」

「パルテノンの先代の松原成徳。光山の伯父や。添田が死んだ顚末《てんまつ》を光山に喋《しゃべ》ったと考えて不思議はない」

「そうか。堀やんの勘、当たってるかもしれんな」

伊達はうなずく。「パルテノンに行って、また光山の写真を手に入れるか」

「とりあえず、大阪市内へ走れや。おれは訊くことがある」

車は走りはじめた。堀内は生野の携帯に電話をする。すぐにつながった。

──堀内です。

──ああ、ご苦労さん。どないです。

──いま、やってます。パルテノンは奥が深い。もうちょっと詳細を摑んだら、まとめて報告します。

──はいはい、頼みます。

──それで調べて欲しいことがあるんやけど、末松恒産営業部長の長谷田と共和相銀梅田支店長の与那嶺いう男に会いたいんですわ。

──両方とも潰《つぶ》れた会社ですな。

──共和相銀は三協銀行に吸収されたんやなかったですか。

──そうでしたな。三協銀行にはツテがあるし、調べてみましょ。

──分かったら、連絡ください。

もう一度、長谷田と与那嶺の名をいい、電話を切った。一〇四で備前市の高畑暁山の番号を訊き、かける。

——はい、高畑工房です。

——ヒラヤマ総業の堀内といいます。多江さんはいらっしゃいますか。

——お待ちください。

電話が切り替わった。

——はい、代わりました。

——昨日、お邪魔した堀内です。いま、いいですか。

——ええ、なんでしょう。

——高畑美枝子さんに添田さんの事故のことを話したとき、堀江署の玉木の名前を出しましたか。

——いえ、そこまでは憶《おぼ》えてません。……たぶん、いわなかったと思います。

——ほな、末松恒産の長谷田の名前は。

——名前をいったかどうかは分かりません。でも、末松恒産と共和相銀と警察の偉いひとが『ラフネ』でいっしょだった、とはいったはずです。

——それと、もうひとつ。ハイアットグレースの部屋の鍵《かぎ》は何本ありました。

——三本です。彼が一本、わたしが一本、シューズボックスの抽斗《ひきだし》に一本、置いてました。

——その鍵は抽斗にあったんですね。

――そうです。

――分かりました。なんべんもややこしいこと訊いて、すんませんでした。

――いえ、いいんです。気にしないでください。

――どうも、ありがとうございました。

携帯を閉じた。

「堀やん、いまのは」伊達が訊く。

「確かめたんや。光山が高畑美枝子から添田の事故を聞いた可能性もあるやろ」

「いまだに刑事《デカ》やな、堀やんは」

「誠やんもそうやないか」

顔を見合わせて笑った。

羽曳野から南阪奈道路に入って阪和自動車道、阪神高速道路を経由し、西中島のニューパルテノンに着いたのは四時二十分だった。伊達を車に残して堀内は店内に入る。間宮は景品交換所にいた。

「あ、堀内さん……」

一瞬、間宮の表情がくもった。

「うっとうしいやつが来た、いう顔やな」

「そんなことないですよ」

間宮は視線を逸《そ》らす。胸のネームプレートが《マネージャー》に変わっていた。

「ほう、出世したんやな」

「いや、仕事はいっしょですわ」

「転職はもう、やめか」

「ちがいますて」

間宮は声をひそめて、「履歴書、書きました」

「ほな、伊達宛《あて》に郵送してくれ。名刺持ってるやろ」

「面接とかあるんですか」

「あるやろ。おれも受けたから」

伊達とふたりで口添えをするといったら、よろしくお願いします、と間宮はいった。

この男はどこまでも単純だ。

「こないだ、慰安旅行の写真をもろたやろ。もう二、三枚、集合写真と光山が大きく写ってる写真が欲しいんや」

「ああ、それやったら持ってきますわ。まだぎょうさん貼ってあるし」

間宮はカウンターを出ていき、しばらくしてもどってきた。ホテルの玄関前で撮った集合写真が一枚と、光山を撮った宴会のスナップ写真が二枚だった。堀内は写真をジャケットのポケットに入れて、ホールを出た。

イプサムに乗ると、伊達は電話をしていた。

「――はい、了解。すんませんでした」

いって携帯を閉じ、こちらを向く。

「生野や。さっきの返事がきた。与那嶺は定年退職して三協銀行の傍系会社におる。『サンATM管理センター』いうて、事務所は北浜の三協ガーデンビルや。業務はATMの苦情受付。五時までやってる」

「よし、行こ」

北浜なら間に合うだろう。


北浜二丁目の三協ガーデンビルに着いたのは五時五分前だった。堀内はロビーに入り、案内板の《サンATM管理センター》を探す。四階だった。

エレベーターで四階にあがった。廊下を左へ行く。突きあたりのドアを押した。

カウンターも受付もなく、大部屋にデスクが二十ほど並んでいた。パソコンを前に電話中の男が七、八人いる。みんな、五十代から六十代だ。

手前のデスクの男が電話を終え、顔をあげた。

「なにか……」

「与那嶺さん、いてはりますか」

「失礼ですが」

「ヒラヤマ総業の堀内といいます」

男は、与那嶺さん、お客さんです――と、奥に向かって声をかけた。

白髪、薄茶のジャケットを着た男が立って、こちらに来た。

「与那嶺さん？」

堀内は訊いた。男はうなずく。

「お忙しいとこ、申しわけないです。ちょっと、お時間をいただけますか」

廊下に出た。堀内は名刺を差し出して――、先日、西区のハイアットグレース1307号室を買いとったが、九五年に死亡事故があったことが判明した。事故物件を販売するには周知義務があるため、調査をしている、といった。

「ひとが死んだ部屋いうのは、いつまでもややこしいんですな」

独りごちるように与那嶺はいい、「前も同じことを訊かれました」

「それは……」

「半年ほど前やったかな。損保会社のひとが来たんです」

「名前は」

「いやぁ……」与那嶺は首をかしげる。

「名刺、もらいましたか」

「どうでしたかね。忘れました」

「来たんは、このひとですか」光山のスナップ写真を見せた。

「ああ、このひとです」

与那嶺はいった。「スーツ着て、ネクタイしてましたけど、まちがいないです」

「与那嶺さんは、添田雄一さんが亡くなった晩、北新地の『ラフネ』でいっしょに飲んでたんですよね」写真をポケットに入れた。

「ええ、そうです」

与那嶺はいい、「どこで聞かれたんです」

「堀江署の事故記録を見せてもろたんです」

不動産会社の調査員が警察の内部文書を見られるはずもないが、与那嶺は疑うふうもない。「──堀江署の担当者の名前、憶えてはりますか」

「玉木さんでしたね。いろいろ事情を聴かれましたから、よく憶えてます」

「損保会社のひとに、玉木さんの名前をいいましたか」

「いったかもしれませんね」

これで分かった。光山は与那嶺から玉木の名を聞き、富田林へ行ったのだ。光山は当時の関係者から添田雄一の死について、なにかを掴もうとしていたにちがいない。

「添田さんは『ラフネ』を出るとき、息苦しいとか、体調がわるい、といいましたか」

「いえ、ぼくは聞いてません」

「誰が聞いたんです」

「片山さんと長谷田さんです。おふたりがそういったもんやから、ぼくも否定はせんかった。そういうことです」

「長谷田さんは」

「末松恒産が解散してから、音沙汰《おとさた》ないですね。あのころ六十をすぎてたから、いまはリタイアされてるでしょう」

「長谷田さんの自宅は」

「能勢《のせ》です。川西能勢口からバスに乗るとかで、梅田の会社まで一時間半かかるといってました」

「添田さんをハイアットグレースに送っていった与那嶺さんの部下は」

「吉本《よしもと》です。いまは大分です」

九七年に共和相銀を辞め、妻の実家に越していったという。

「吉本さんは添田さんを部屋まで送ったんですか」

「添田さんはマンションの玄関前でタクシーを降りたそうです。それを見とどけて、吉本は帰宅しました」

「なるほど。分かりました」

吉本には訊くことがなさそうだが、長谷田にはある。そう思った。

堀内は与那嶺に礼をいい、踵《きびす》を返した。

一階ロビーに降りた。伊達が玄関から入ってきたところだった。

「すまん。駐車場がいっぱいやったんや」

「もう終わった。与那嶺は六十すぎのおっさんやった」

「で、話は」

「与那嶺も添田が体調がわるいというたんは聞いてへん」

「やっぱりな……」

「車を駐《と》めたんやろ。この近くで、なんぞ食お」

腹が減っていた。山陽自動車道の三木《みき》サービスエリアで和風ランチを食ったきりだ。土佐堀通まで歩いて、古めかしい煉瓦《れんが》ビルの洋食屋に入った。店内も木と漆喰《しっくい》の造りで、昭和レトロを感じさせる。堀内はビーフカツレツとオニオンスープ、伊達はポークチャップとコーンスープ、オムライスを注文した。

「あぁ、ビール飲みたいのう」

「飲めや。車はおれが運転する」

「かまへんのか。おれだけ飲んで」

「いちいち断らんでもええがな」

「おねえさん、生ビール、一杯。先に持ってきて」

伊達は手をあげて、いった。

堀内の携帯が震えた。生野だ。

――堀内です。

――さっき、伊達さんにいいましたんやけど、与那嶺の会社、分かりましたか。

——いま、北浜ですねん。与那嶺に話を聞いて、レストランに来たとこです。

——ほな、あとでこっちに寄ってくれませんかな。

——なにか用事でも。

——大阪府警の西沢《にしざわ》とかいうひとから電話があってね、堀内さんを探してますんや。

——そんなやつ、知りませんで。

——堀内さんはどこやとか、伊達さんといっしょかとか、しつこいんですわ。それで、夜には顔出すかもしれん、というてしもたんです。

——ちょっと待ってください。

「誠やん、府警の西沢いうやつ、知ってるか」

「西沢？　知らんな」

——その男が、おれに会いたいというたんですか。

——ええ、そうですわ。

——西沢の電話は。

——あ、それは聞かんかった。

——今度、電話がかかったら、番号を聞いといてください。

——はいはい。すんませんでしたな。

電話は切れた。

「堀やん、そいつはほんまに警察官か」

「さぁな……。極道かもしれん」

「庚星会やったら、生野んとこには電話せんやろ」

「あとで会社に寄ってくれと、生野はいうてた」

「寄ったろ。わしらはヒラヤマ総業の社員や」

そこへ、ビールが来た。伊達は飲む。

「旨《うま》い。生き返った」

「おれも飲むか」

「あかん、あかん。堀やんは運転や」

伊達はビールを飲みほして、また一杯、注文した。

洋食屋を出た。堀内がイプサムを運転して東新庄に向かう。

「高畑んとこに行くのは何回目や」

「これで四回目か」

「わしらもたいがい、しつこいな」

「あの女はしたたかや。こっちがネタを突きつけん限り、口を割らん」

容疑者はみんなそうだった。ただ〝吐け〟といって喋《しゃべ》るやつはいなかった。

天神橋筋《てんじんばしすじ》を北上し、長柄橋《ながらばし》を渡った。淀川通を走って東新庄へ。高畑美枝子の家に着いたのは六時半だった。

た。


「誠やん、おらんぞ」

　カーポートにカローラがない。窓にも明かりがなかった。

「くそったれ、フケよったかな」

　伊達は車を降りた。隣の家のインターホンを押す。四十がらみの女が玄関口に出てきた。

　伊達はしばらく話をし、手帳になにか書いた。紙をちぎって女に渡す。丁寧に頭をさげて、もどってきた。

「まずいぞ。高畑は一昨日《おととい》の夜からおらんみたいや」

「シャブのことをいうたからか……」

　伊達は光山の死体からシャブが検出されたといい、もしこの家にシャブがあるのなら始末しろ、といった――。

「ちょいと、脅しがすぎたかのう」

「高畑がシャブをやってたことはまちがいない。十日ほど姿をくらまして、シャブを抜く肚《はら》やで」

「隣のおばさんがいうてた。昨日の朝、九時ごろ、刑事が来たんやと」

「刑事？　長濱か、沼田か」

「長濱や。おばさんが町会の回覧板を持って出たときに呼びとめられて、高畑さんのお宅は留守ですか、と訊《き》かれた」

長濱は手帳を見せて、奈良県警です、といった――。

「それ、ガサやな」

「ガサや。奈良の刑事が朝っぱらから来るのはそれしかない。沼田もおったはずや」

長濱たちは家宅捜索をしてシャブを発見し、高畑美枝子を連行して〝光山の死〟の事情聴取をしようとしたのだ。ところが、高畑が家にいる気配はない。捜索令状を示して立ち会いをさせるべき人間のいない家宅を捜索することはできないため、長濱たちは昨日の夜まで遠張りをつづけたのかもしれない。

「しかし、長濱もそうとうに焦っとるな。高畑にガサかけたるのはええけど、シャブがなかったら身柄《ガラ》をとれんぞ」

「どっちにしろ、高畑はフケた。体からシャブが抜けるまで帰ってこんやろ」

しれっとして伊達はいう。「高畑が帰ってきたら電話をしてくれと、携帯の番号を渡しといた。ひょっとしたら、かかってくるかもしれん」

「おばさん、うんというたんか」

「わしも刑事です、というたからな」

身分詐称や、と伊達は笑った。

21

東新庄から西天満へ走った。ヒラヤマ総業の契約駐車場にイプサムを駐める。車を降り、駐車場を出たところで、堀内さん——と呼びとめられた。

男がふたり、近づいてきた。堀内は身構える。左は黒のコート、右はグレーのコート、ふたりとも長身で肩幅が広く、がっしりしている。

「堀内さん、ですな」

黒コートがいった。「大阪府警の西沢といいます」

「野本《のもと》です」グレーコートがいう。

「なんや、おい、いきなり出てきたらびっくりするやないか」伊達がいった。

「おたく、伊達さん？」西沢がいった。

「ああ、伊達さんや」

「わるいけど、おふたりの所持品検査をさせてくれんかな」

「理由は」と、堀内。

「シャブですわ」

「シャブやと」

「情報が入りましたんや。シャブをやってるんやないかという情報がね」

西沢のものいいが癇《かん》に障った。どこかひとを舐《な》めた色がある。

「その前に見せるもんがあるやろ」

「あ、手帳ね」

西沢はコートのボタンを外し、上着の内ポケットから警察手帳を出して提示した。堀内は顔を近づける。暗いが、駐車場の明かりで読めた。《巡査部長　西沢昇《のぼる》》——。《大阪府警察》と刻印された徽章《きしょう》も本物だ。

「階級と名前は分かった。所属は」

「高津《たかつ》署の暴対ですわ」

「ボウタイて、なんや」

「刑事課暴力団犯罪対策係」さもうっとうしそうに西沢はいう。

「そっちは」

「いっしょです」と、野本。

「で、暴対がなんの用や」

「所持品検査を依頼してますねん」

「断る」

「それやったら同行してもらわんとあきませんな」

「どこへ」

「本署ですわ」

「いややな。高津は遠い」

高津署の薬対係ではなく、暴対係というのがひっかかった。シャブは口実で、狙いは堀内の所持している拳銃《けんじゅう》なのだ。「——誰のネタや。どこのどいつがタレ込んだんや」

「そんなことはいえまへんな」

「矢代か、片山か」

西沢に反応はない。このふたりは上にいわれて来たのだろう。

「先輩、手間かけさせせんと協力してくださいな」凄《すご》むように野本がいう。

「先輩？　おまえらにいわれる筋合いはないぞ」

「ぐずぐずいわんと、時間稼ぎはやめましょうな」

西沢がいった。「ポケットの中身、見せて欲しいんですわ」

「もうええ。冗談は顔だけにしとけ」

伊達がいった。「帰れ。高津へ。なにもなかったと報告せんかい」

「検査を拒む理由があるんかいな」

「やかましい。どうでもわしらに触りたいんやったら、捜索令状持ってこいや」

「令状がどうした。被疑者逃走による緊急逮捕でもええんやで」

「ほう、高津署の暴対はおもろいこというがな」

伊達は前に出た。「わしらは被疑者か。なんの被疑者や、こら」

「やめとけ、誠やん」

堀内はとめた。「所持品検査をしたら、それでええんやな」

「車も見せて欲しいんや」

西沢はイプサムに眼をやる。

「あほんだら。あれはわしの車や」

伊達がいった。「去《い》ね。おまえらみたいな半端刑事《デカ》に協力する謂《いわ》れはない」

伊達は歩きだした。待て、と野本が腕をつかむ。伊達は振り払った。

「公務執行妨害や。逮捕する」

「おどれ、気は確かか」

「黙れ。動くな」

野本は伊達の腕をとり、後ろにまわそうとした。

瞬間、伊達は野本のコートの襟首をつかみ、引きつけた。ボッと鈍い音がして伊達の額が野本の鼻梁《びりょう》にめり込む。

西沢は腰に手をやり、なにかを抜いた。特殊警棒だ。堀内は踏み出し、西沢を殴りつけた。西沢は腕でブロックし、振り出した警棒で堀内の肩を強打した。堀内は西沢の懐に入り、足をかける。もつれあって倒れた。西沢は怒声をあげて警棒を振り、堀内の背中を打つ。二転、三転し、フェンスにぶつかった。西沢は馬乗りになり、警棒を振りかざす。その腕を伊達が横から蹴《け》った。警棒が飛ぶ。西沢は頭から伊達に突っ込んだ。伊達は受けて膝《ひざ》を突きあげる。西沢はあごをのけぞらせてくずれ落ちた。

「堀やん、行くぞ」

伊達は走った。堀内も起きて走る。走りながらキーを出した。

イプサムに乗り、エンジンをかけて発進した。野本が歩道に座り込んでいる。その脇を抜けて大通りに出た。


「あかん、やってしもた」

「すまん。おれのせいや」

「いや、チャカが見つかったら、わしも共犯になる」

伊達の息づかいは荒い。「拳銃所持で引かれるよりは公務執行妨害のほうがマシや」

「暴行傷害も追加やろ」

「しゃあない。あいつら、態度がわるかった」

「くそっ、チャカを始末するべきやった」

「矢代のボケ、片山にチクッたな」

「チャカの出処を洗うたら庚星会やと分かる。片山はそれでもよかったんか」

「あの爺《じじい》の目的はわしらの逮捕や。加納と黒沢を道連れにしてな」

「庚星会とは話《ナシ》がついてるんやな」

「片山を甘う見すぎた。腐っても元警視正や」

通常、拳銃関連の捜査は府警本部捜査四課の銃器班が担当する。高津署の暴対係が出張ってきたのは、片山の息のかかった幹部――たぶん、署長か副署長――が高津署にいるからだろう、と伊達はいった。

「どうする、これから」

「カチ込むしかないやろ」

「三休橋の事務所やな」

西天満の交差点を左折し、梅田新道を走った。インパネの時計は七時十分だ。

左の肩が痛んだ。手をやると、かなり腫《は》れている。内出血しているようだ。

「怪我したんか」

「警棒でやられた」

「関節か」

「いや、関節のすぐ下や」

肩関節や鎖骨なら骨折していた。それはまちがいない。

「どこか薬局へ寄って湿布せいや」

「いらん。時間が惜しい」

左腕には刺し傷もある。縫ったところが開いていなければいいが。

三休橋に着いた。コインパーキングに車を駐《と》め、『クレスト』ビルに入る。階段で三階にあがった。廊下は明るい。

306号室の前に立ち、ドアのノブをそっとまわした。錠がかかっている。

ドアに耳をつけた。ほんの微《かす》かに、なにか聞こえる。話し声だ。

伊達がドアをノックしようとした。待て――。堀内はとめた。

「ふたり以上、おる。庚星会やったら面倒や」低く、いった。

「ほな、どうするんや」

「ええから、誠やんはここで待っとけ」

階段を降り、ビルを出た。イプサムに乗り、グローブボックスから銃を出す。

シートを倒し、ジャケットを脱いでホルスターを装着しようとしたが、左の腕があがらなかった。腫れがひどい。ホルスターから銃を抜き、ジャケットのポケットに入れて車を降りた。

クレストの三階にあがると、伊達は階段室にいた。

「堀やん……」伊達はジャケットの膨らみを見た。

「念のためや。使いはせん」

「弾、抜いとけや」

「弾のないチャカは鉄の塊やぞ」

「堀やん、弾抜け」

「分かった」

銃を出し、シリンダーを振り出した。三発の弾を掌《て》に受けてズボンのポケットに入れ、銃はジャケットのポケットにもどした。

「よっしゃ。カチ込も」

伊達は階段室を出て、306号室をノックした。返答はない。

伊達はノブを引き、ドアを蹴った。ようやく返事が聞こえてドアが開いた。堀内はすばやく、ドアの隙間に靴先を入れた。

「なんや、乱暴な」

片山が睨《にら》みつけた。ドアチェーンがかかっている。

「話があるんや、片山さん。中に入れてくれるか」

「あほいうな。こっちは話なんかない。明日《あした》、出直せ」

「それは聞けんな。明日は高津署が待っとるがな」

「なんやと……」

「開けんかい。おれは立ち話が嫌いなんや」

銃を抜いた。片山の眉間《みけん》に突きつける。片山は驚愕《きょうがく》し、あとじさった。

伊達がドアに両手をかけて引いた。チェーンが金具ごとちぎれ、ドアが開く。堀内は中に入った。片山は呆《ほう》けたように突っ立っている。後ろのソファに黒いスーツの男が座っていた。男は銃を眼にしながら落ち着きはらっている。

「庚星会の下村か」

伊達がいった。ドアを閉めて錠をおろす。

下村はにやりとした。組んでいた脚を解いて上体を起こし、

「片山さん、座りましょうな。ここはじっくり話をしまひょ」

いわれて、片山は下村の隣に腰をおろした。堀内と伊達は向かい合って座る。

「そのチャカ、本物《モノホン》みたいですな」下村がいう。

「S&W38口径」

堀内はいった。「加納が落としていきよった」

「落としもんは警察にとどけなあきまへんで。なんやったら、わしがとどけまひょか、持ち主に」

「これ、ほんまに加納のチャカか」

「どういう意味でっか」

「あんたが加納に貸したんとちがうんかい」

「うちの組はね、シャブとチャカはご法度ですねん」下村は片山を意識しているのか、まともなものいいをする。

「ほな、加納は破門か」

「それが、交通事故で入院してますねや。両方の脛《すね》を折ってしもてね。退院したら処分しますわ」

「あんた、なんでここにおったんや」

「片山さんと飲もかと思て、誘いに来ましたんや」

「そういうつきあいごとは組長がするもんやぞ」

「オヤジは出無精ですねん」

「若頭《かしら》は忙しいのう。なにからなにまで差配して」

伊達がいった。「ちょうどええ。片山とのつきあいを教えてくれや」

「すんまへんな。わしはなにも知りまへんねん」下村は上を向き、笑い声をあげた。

「片山さんよ、あんた、このチャカのことを誰から聞いたんや」

堀内は訊《き》いた。「矢代か、下村か」

「おい、本人を前にして呼び捨てはないやろ」下村がいった。

「おまえは黙っとれ。おれは片山に訊いてるんや」

「なんやと、こら」

下村はうなった。堀内を睨《ね》めつける。ヤクザ特有の酷薄な眼だ。

「そうか。分かった。下村から聞いたんやな」

「このガキ……」

下村は腰を浮かせた。堀内は銃口を下村に向ける。

「下村さん、堪《こら》えてくれ」

片山がいった。「ここはわしの事務所や」

「そうでっか……」下村は腕を組み、ソファにもたれた。

「片山さん、なんで光山を殺したんや」

「なにをいうとるんや、おまえは」

片山はテーブルの煙草をとってくわえた。表情は硬く、微かに指先が震えている。

「光山はウイスキーを飲まされ、シャブを射《う》たれて車ごと谷底に落とされた。奈良県警は他殺と判断して捜査してる。……あんたは勝井から相談を受けて、庚星会に光山を始末するよう指示した。そうして、勝井には海外へ飛んで体《からだ》をかわせというた。松原剛泰と松原哲民、祥燿殿の仁田もいっしょや。松原兄弟はマカオであんたからの連絡を待ち、光山の始末がついたと聞いてから帰国した。……そう、光山殺しはあんたと庚星会の仕業や」

「なかなか、おもしろいことをいうやないか」

片山は煙草に火をつける。「光山はたかがパチンコホールのマネージャーや。勝井興産とはなんの関係もない」

「光山は勝井を脅迫した。パルテノンが競売にかかる前に、まとまった金を懐に入れる肚《はら》やったんや」

「脅迫とはなんや、え」

「十七年前、勝井は末松恒産常務の添田雄一を殺した。光山はそれをネタに勝井から金を引っ張ろうとした」

「絵空事もたいがいにしとけ。つまらん与太話はやめるんやな」

「あんた、添田が死んだ晩に『ラフネ』で飲んでたな。同席してた末松恒産の長谷田も、共和相銀の与那嶺と吉本も、添田がしんどそうにしてるとこは見てへん。添田が息苦しいというて先に帰ったという証言は、あんただけやったで」

「おまえら、会うたんか……」

「堀江署の玉木にも話を聞いたがな」

「玉木はどういうたんや」

「さぁな。捜査情報はみだりに口外できんのや」

「なにが狙いや」

「狙い？」

「なにが欲しいて嗅《か》ぎまわってるんや」

「欲しいもんなんかない。おれはほんまのことを知りたいだけや」

「金か」

「ま、金は欲しいわな」

「なんなら、勝井に口添えしてやってもええぞ」

「なんの口添えや」

「競売屋なんぞ辞めて勝井興産の世話になったらどうや」

「ほう、そら、ええ話やな」

銃口を片山に向けた。「なんぼや、支度金は」

「勝井は太っ腹や。百は出すやろ」

「おれと伊達で二百かい」

「ああ、そうや」

「そら、うれしいのう」

片山の肚《はら》は読めている。金はいくらだろうと、堀内たちは高津署の刑事をやった。ここで時間稼ぎをしておけば、堀内たちは高津署に検挙されると知っているのだ。

「その支度金、いまもらおか」

堀内は笑った。「勝井に電話して、とどけるようにいえや」

「勝井に連絡とるのはむずかしい。無理いうな」

「それやったら、あんたが立て替えんかい」

「二百万もの大金、あるわけない」

「光山は勝井になんぼ要求したんや」

「おまえらのいうてること、意味が分からんな」

「そうかい……」

堀内は銃をかまえたまま、左手でジャケットのポケットから弾を出した。シリンダーラッチを銃口のほうに押してシリンダーを出し、弾を一発ずつ装塡《そうてん》する。

その瞬間、下村が動いた。ソファの後ろから長いものを抜く。ヒュンと堀内の鼻先をかすめ、テーブルにめり込んだ。ゴルフクラブだ。

伊達が下村に突っ込んだ。ゴルフクラブが折れて飛ぶ。伊達は下村を腰に乗せ、投げ落とした。下村は頭から落ちたが起きあがり、怒号をあげて伊達に殴りかかる。伊達は躱《かわ》して膝《ひざ》を突きあげた。膝は下村のみぞおちに入ってくの字になる。その首筋に伊達は手刀を叩《たた》きつけた。下村は床に膝をつき、くずれ落ちる。声もやんだ。片山は呆けたように下村を見おろしている。

堀内は弾をこめ、シリンダーをもどした。立ってソファのクッションを拾い、テーブルを横に蹴《け》る。片山のそばに寄り、クッションで銃を覆った。

「やめろ。やめんか」

片山は必死の形相で上体を退《ひ》く。堀内は襟首をつかみ、片山の顔に銃を突きつけた。

「やめてくれ。頼む。わしがわるかった」叫ぶように片山はいう。

「どうわるかったんや、こら」

「金を払う。勝井に電話する」

「金なんか要らんわい。三途《さんず》の川で光山に会え」

「頼む。堪忍してくれ。このとおりや」

「じゃかましい。フィクサー気取りで大きな顔しくさって」

「堀やん、やれ」

伊達がいった。「この爺《じじい》はうっとしい。弾《はじ》いたれ」

ああぁ――。片山はソファから転げ落ちた。堀内は片山を床に引き倒し、片腕を逆にとってひねりあげる。関節が軋《きし》み、片山は悲鳴をあげた。

「わめくな。静かにさらせ」

片膝《かたひざ》で片山の頭を押さえ、こめかみに銃口をあてた。片山は死にものぐるいで暴れる。

「堀やん、待て」

伊達がいった。「爺にまだ訊くことがあるやろ」

「いう。なんでもいう。助けてくれ」片山は呻《うめ》き、くぐもった叫び声をあげる。

「なんでもいうんかい」

「いう。やめてくれ。頼む」

「光山は勝井を脅迫したんやな」

「した。光山は勝井を脅した。金を要求した」

「なんぼや」

「一億や」

「ほんまかい」

驚いた。二、三千万かと思っていたが──。

「光山はなにをネタに脅したんや」

「添田や。添田のことをほじくり返した」

「添田を殺したんはおまえか」

「ちがう。添田は事故や。事故で死んだ」

「堀やん、やれ。この爺はわしらを舐《な》めとる」

伊達がいった。堀内はクッションを片山の顔にあてる。

「分かった。添田は殺された」泣くように片山はいう。

「庚星会か」

「そうや」

「庚星会の誰や」

「知らん」

「おまえが仕掛けたんやろ」

「ちがう。わしは知らん」

「ほな、誰が図《え》を描いたんや」

「知らん。わしは証言しただけや。添田は体調がわるいというて先に帰った、と」

「添田の部屋は錠がおりてた。どうやって入ったんや」

「知らん」

「そうかい……」

堀内は撃鉄を起こし、引鉄《ひきがね》をひいた。カチッと音がした。片山はまた悲鳴をあげた。

「六発装塡のシリンダーに弾は三発や。次はおまえ、死ぬぞ」

「長谷田や。長谷田が合鍵《あいかぎ》を作った」

末松恒産常務の添田雄一は車のキーや部屋の鍵を常務室のデスクの抽斗《ひきだし》に入れたまま外出することがよくあった。営業部長の長谷田は常務室に入り、添田のマンションの鍵をキーショップに持ち込んで合鍵を作ったという。

「長谷田はその鍵を誰に渡したんや」

「知らん。……いや、たぶん、勝井や」

「勝井は庚星会に鍵を渡したんやな」

「ああ……」片山はうなずく。

堀内は添田が死んだ夜の状況を思い描いた――。添田はエレベーターで十三階にあがり、部屋に入った。少し経って、階段室に隠れていた庚星会の組員数人が部屋に入る。組員は銃かナイフで添田を脅しただろう。添田は不整脈の薬と発作どめの舌下錠を服《の》まされ、裸にされた。組員は添田をバスルームに連れていき、湯船に沈めて窒息死させた。組員が部屋に入って出るまで、そう時間は経っていなかったはずだ。

「長谷田はなんで寝返ったんや。勝井に合鍵を渡して、どんな褒美《ほうび》があったんや」

「長谷田は末松恒産が解散して勝井に拾われた。勝井興産の役員になった」

「光山はなにをネタに勝井を脅迫した。添田殺しの物証《ブツ》があるはずやぞ」

「…………」片山は答えない。

堀内はまた撃鉄を起こした。

「やめろ。撃つな」

片山はいった。「血や。光山は添田を解剖したときの保存血があるというた」

「保存血？　どういうことや」

「光山は浪速《なにわ》医大にあるというたんや」

「添田を解剖したんは阪大の監察医やぞ」

「その監察医はいま、浪速医大の教授や」

「名前は」

「野口」

野口肇――。死体検案書を書いた執刀医だ。

それで分かった。野口は九五年当時、常勤か非常勤の監察医として阪大の監察医事務所にいたのだ。野口は添田を解剖し、その血液の一部を冷凍保存しておいたのだろう。

「おまえ、調べたんやな。浪速医大の法医学部に添田の血が保存されてることを」

「調べた。光山のいうとおりやった」

「野口はなんで血を保存してたんや」

「添田の死因に不審を感じたんかもしれん。再鑑識にそなえて血や臓器の一部を保存しておくのは、監察医の常識や」

「添田はなにを服まされたんや」

「知らん」

「とぼけんな」

腕をひねった。片山は呻く。

「――知らん。嘘やない。ほんまに知らんのや」切れ切れにいう。

「勝井はどういうたんや。光山に脅されて」

「相手にせんかった」

がしかし、光山は諦《あきら》めなかった。玉木や与那嶺、長谷田の名を出して執拗《しつよう》に勝井を脅す。浪速医大の保存血のことをいわれたとき、勝井は光山の始末を決意した——。

「さっきから聞いてたら、まるで他人事《ひとごと》やのう」

伊達がいった。「光山はおまえが殺《や》ったんやないけ」

「ちがう。庚星会や。勝井が指示したんや」

「勝井が黒幕で庚星会が実行犯、おまえはただのアドバイザーかい」

「わしはアドバイスなんかしてへん。ほんまや」

「わしの名刺に妙な小細工したんはおまえの知恵やろ」

「ちがう。あれは矢代や。矢代が考えたんや」

「警視正はとことん嘘つきやのう」

伊達は吐き捨てた。「堀やん、チャカ貸せ。わしが撃ったる」

「待て。待ってくれ。なんでもいう」

「勝井は光山に金をやるというたんか」

「いうた。五千万なら出すというた」

「勝井はパルテノンを地上げして、なんぼほど稼ぐんや」

「十億にはなるというてた」

「勝井は光山に払うたんか、五千万」

「払う前に光山は死んだ」

「ほう、そうかい」

伊達は笑った。「堀やん、ええ話を聞いたな」

「その五千万、もらおか」

「おう、そうしよ」

「この爺《じじい》は」

「口封じや。撃ったれ」

片山は暴れた。ソファの脚をつかんで逃げようとする。堀内は腕を離した。片山は事務所の隅へ這《は》っていき、トイレに入って錠をかけた。

「哀れやのう。あれが素っ裸の警備部長を背負うた腐れ警官の成れの果てやで」

「隠蔽《いんぺい》工作はむかしから馴《な》れとんのや」

そこへ、携帯が鳴った。堀内でも伊達でもない。

堀内は下村の上着のポケットから携帯を抜いた。モニターには《たかし》とある。

「誠やん、組員みたいやで」

「とってみいや」

着信ボタンを押した。

――若頭《かしら》ですか。

――おう。

――いま、着きました。下にいてます。そっちへ行きますか。

――待て。

咄嗟《とっさ》にいった。

——何人や。

——三人です。

——まだや。待っとれ。

電話を切った。

「誠やん、下のロビーに三人ほどおるみたいやぞ」

堀内がこの事務所に入ったとき、下村はソファに座って上着のポケットに手を入れていた。下村はドアチェーンがちぎれる前に、組に電話したらしい。

「どうする」

「さぁな……」

「ぐずぐずしてたらあがってきよるぞ」

「分かった。撤収や」

伊達はドアのほうへ行く。堀内も携帯を持って移動する。

伊達はドアを細めに開けた。廊下を見て、小さくうなずく。

事務所を出た。階段室へ走る。

足音をひそめて二階に降りた。携帯の着信履歴を出してボタンを押す。すぐにつながった。

——あがってこい。エレベーターや。

——はい。

電話は切れた。エレベーターの作動音が聞こえる。

堀内と伊達は一階に降りた。ロビーに人影がないのを見て、クレストビルを出る。コインパーキングへ走り、料金を入れてイプサムに乗った。

「堀やん、引鉄ひいたな。ビクッとしたぞ」

「弾をこめたとこは知ってた」

「心臓とまるぞ、片山の」

「とまったら事故死や」

携帯を折って車外に捨てた。エンジンをかける。ハンドブレーキをもどして発進した。

「堀やん、次は」伊達が訊《き》いた。

「長谷田やな。添田の部屋の合鍵《あいかぎ》を作りよった」

「けど、家は分からんぞ」

「能勢や……」

川西能勢口からバスに乗る、と与那嶺から聞いた。

堀内は堺筋で車を停めた。メモ帳を見て玉木の自宅に電話をする。

——玉木です。

——こんばんは。小学校にお邪魔した堀内です。

――あ、どうも。

――ちょっと、おうかがいしたいことがあるんですけど、よろしいですか。

――なんです。

――末松恒産の営業部長やった長谷田の自宅、ご存じないですか。

――さぁ、自宅まではね……。

――能勢とまでは分かったんですが。

――確か、能勢の大新《だいしん》ニュータウンでしたわ。

玉木の家も同じ大新開発の分譲だといった。

――長谷田のフルネームは。

――憶《おぼ》えてませんな。

――そうですか。……すんません。ありがとうございました。

電話を切り、一〇四にかけた。〝大新ニュータウンの長谷田〟を問い合わせたが、大新という住所はないという。

「誠やん、能勢に行こ。長谷田いう名字は少ない」

「運転、代わるか。肩、痛そうやぞ」

「かまへん。誠やんはビール飲んだやろ」

飲酒運転の検問にあったりしたら元も子もない。

拳銃《けんじゅう》をグローブボックスに入れて、また走りだした。左の肩は熱く、痺《しび》れていた。

22

阪神高速池田線から国道一七六号を経由し、川西能勢口に着いたのは九時前だった。駅前の交番で〝大新ニュータウン〟を訊くと、いまは花屋敷緑が丘という地名になっていた。交番を出て、また一〇四にかける。長谷田という家は緑が丘にあったが、地番までは教えてもらえなかった。ナビを見ながら二キロほど走り、緑が丘に入った。バス停のそばに一丁目の住居案内板がある。伊達が降りて案内板を見たが、長谷田の家はなかった。

二丁目から三丁目に走り、四丁目の案内板で長谷田の家を見つけた。瓢簞《ひょうたん》形の池の畔に十軒ほど並んだ住宅のいちばん西側だ。池を目指して走った。

長谷田の家はカイヅカイブキの生垣をめぐらしたプレハブふうの二階建だった。敷地は五、六十坪か。二階の窓に灯《あかり》が点《つ》いている。

門扉の前にイプサムを駐《と》め、降りた。生垣の向こうで犬が吠《ほ》える。

堀内はインターホンのボタンを押した。はい、と男の声が聞こえた。

——夜分、すみません。ヒラヤマ総業の堀内といいます。

——なんです。

——末松恒産にお勤めやった長谷田さんですか。

――そうですが……。

――共和相銀にいてはった与那嶺さんに聞いてきました。末松恒産の件で、おうかがいしたいことがあります。

――ぼくは退職しましたんや。もうだいぶ前に。

――それはもちろん、承知してます。話を聞いてもらえませんか。

――分かりました。出ます。

インターホンは切れた。犬がうるさい。吠えつづけている。

玄関ドアが開き、白髪の男が出てきた。厚ぼったいグレーの上着をはおっている。

「バーディー、静かに。近所迷惑やぞ」

男は犬小屋のそばに行った。茶色の小型犬の頭をひとなでしてからこちらに来る。

「よう吠えるんですわ。誰にでも」門扉越しにいう。

「柴犬《しばけん》ですか」

「雑種です」

〝バーディー〟ではなく〝ボギー〟にすればいいものを。

「寒いのに申しわけないです」

名刺を差し出した。長谷田は門灯に名刺をかざしたが、読めないのか、上着のポケットに入れた。

「おたくら、なんの会社です」

「不動産屋です。競売物件の調査をしてます」

「競売ね……。末松恒産は解散しましたで」

「それは分かってます。勝井興産に吸収されたことも」

「与那嶺さん、懐かしいですな。どうしてはります」

「北浜の三協銀行の傍系会社でATMの管理をしてます」

「そら、けっこうや。あのひとも定年ですやろ」

長谷田は小さくうなずいて、「で、ご用件は」

「添田雄一さんの事故死について、お訊きしたいんです」

「なんで、また、そんなことを……」

「先日、ハイアットグレースの1307号室を落札したんですが、それを売り出すにあたって、九五年の溺死《できし》事故が判明したんです。長谷田さんも不動産業界におられたから、事故物件には周知義務があることをご存じですよね」

「ああ、そうでしたな」長谷田の表情がくもった。

「我々はついさっきまで、片山さんの事務所にいました。三休橋のクレストビル」堀内はつづける。「片山さんから聞いたんです。長谷田さんが添田さんの部屋の合鍵を作ったと」

「な、なにをいうんや」

長谷田は動揺した。「片山がそんなことというはずない」

「片山はおたくが勝井に合鍵を渡したといいましたで」

伊達がいった。「おたくはそれで勝井興産の役員になった。なかなかの世渡りでんな」

「知らん。わしは知らん。わしを脅す気か」

「片山の事務所には庚星会の若頭《かしら》がいてましたわ。下村幹和。当時は三十歳のヒラ組員やろ。……添田を殺《や》ったんは下村でっか」

「そんな男は知らん。聞いたこともない」長谷田はあとじさる。

「長谷田さん、我々はおたくをどうこうするつもりはないんですわ」

堀内はいった。「添田さんの件で、損保会社の調査員が来ませんでしたか。光山いう、五十男ですわ」

「誰も来てへん。あんたらだけや」

「片山の子分で、日野いう男は知ってますか」

「知らん」長谷田は背を向けた。

「長谷田さん、話はまだ……」

「もうええ。帰れ」

長谷田は家に入った。カチャッと施錠の音がする。犬が吠えた。

イプサムに乗った。

「あの爺《じじい》、庚星会のことを知ってたな」

伊達はいう。「添田殺しの手引きをしよったんや」

「合鍵を作っただけとちがうんか」

「いいや。ああいうネズミ顔の男はなにをしよるや分からん。平気でひとを裏切るんや」

「ほう、人相で分かるか」

「いま、勝井に電話しとるわ。堀内と伊達いう目付きのわるいのが家に来ました、と」

伊達は笑い声をあげた。「けど、これで裏がとれた。添田殺しの黒幕は勝井や。もうまちがいない」

「能勢まで来た甲斐《かい》はあったか」

エンジンをかけた。川西能勢口へ向かう。

「堀やん、日野の名前を出したんは、なんでや」

「光山が勝井を脅したネタや。添田を解剖したときの保存血があるてなことは、素人には想像もつかん。光山の後ろには警察関係者がおったような気がする」

「そうか。そういうことやな……」

「日野は片山をぼろくそにいうてた。片山を恨んでる。光山の顔を見たことはないというたけど、あれは嘘や。光山は日野の事務所に来た。そこでふたりが組んだとみて不思議はない」

「さすがや、堀やん。ええ読みや」

「日野の名刺、持ってるやろ。携帯に電話して呼び出すんや」

「分かった」

伊達はルームランプを点けた。名刺を見ながら携帯のボタンを押す。話しはじめた。

日野さんですか。こないだ、お邪魔したヒラヤマ総業の伊達です――。

伊達は話を終えて電話を切った。

「ミナミや。日野は『翔』に来る。また金をもらえると思とんのやろ」

「よっしゃ。腐れのコンサルに一泡吹かせたろ」

スピードをあげた。


午後九時五十分――。笠屋町の駐車場にイプサムを預け、『翔』に入った。ママの芳江が来る。

「お連れさん、お見えになってます」

ピアノのそばのボックス席に案内された。日野はシートにもたれてビールを飲んでいる。隣に白いドレスのホステスがいた。

「どうも。ミナミまで出てきてもろて、すんませんでした」

伊達と堀内は日野を挟んで座った。

「いや、わしもこういうとこは嫌いやないから」

日野は上機嫌でいった。ゴマ塩のカツラが少しずれている。

「お飲み物は」女が訊《き》いた。

「日野さん、なにがよろしい」堀内はいった。

「わし、ブランデーが好きですねん」

「ほな、ヘネシーを」

ホステスにいった。彼女はボーイを呼んでオーダーした。

「君、お名前は」伊達が訊いた。

「えりです」

「名字は」

「中尾です」

「中尾えり。お洒落《しゃれ》な名前やな」

「ありがとうございます」

伊達が名前を褒めたのは容姿がもうひとつだからだろう。えりは長身でトリガラのように痩《や》せている。

「ここ、馴染《なじ》みの店ですか」日野が訊いてきた。

「むかし、よう来たんですわ。現役のころ」

「今里からやと、タクシーでワンメーターですな」

「地元で飲むのは顔がさしますからね」

日野は堀内と伊達が今里署にいたことを知っていた。ふたりの経歴——堀内は依願退職、伊達は懲戒免職——を調べたにちがいない。

「こんな高級クラブ、わしは縁がなかったですな」

「片山さんとは飲まんかったんですか」

「警視正と警部補では住む世界がちがいますがな」日野はビールを飲みほした。

女の子がふたり来た。堀内と伊達の隣に座る。えりが水割りを作り、乾杯した。堀内は車の運転を考えて、口をつけただけだった。

日野は酒好きなのか、あまり喋《しゃべ》りもせず、たてつづけに水割りを飲んだ。少し顔が赤い。日野がトイレに立ったのを機に、堀内はホステスを外させた。

日野がもどってきた。堀内と伊達しかいないのを見て怪訝《けげん》な顔をする。

「すんません、ちょっとだけ話がしたいんですわ」

「あ、そう……」日野は腰をおろす。

「日野さん、パルテノンの光山に会うたことはないんですか」

「光山？　ありませんな」片山の事務所にかかってきた電話の声を聞いただけだという。

「光山は片山を脅迫した。それは知ってますな」

「なんのことです」

「末松恒産常務の事故死です」

「ああ、そんな話、聞きましたな」

「誰に」

「片山ですわ。いっしょに飲んでた男が家に帰って、風呂場《ふろば》で溺《おぼ》れたんやと」

「それで……」

「事情を訊かれたとか、いうてましたな。所轄の刑事《デカ》に」

「ほかには」

「それだけですわ」

日野はグラスを手にしてシートに寄りかかる。「光山の脅迫て、なんですねん」

「光山は常務の死にまつわる疑惑をつかんだみたいでね」

「疑惑？　あれは事故やないんかいな」日野は目を瞠《みは》った。

「片山が殺ったんですわ」

「そうか……」

日野はグラスをテーブルに置き、浅く座りなおした。「片山やったら、やりかねん。あのおっさんは末松恒産とか闇社会の連中とも、ずぶずぶのつきあいしてましたからな」

どうも話がズレている。日野はとぼけているふうでもない。それは長年の勘で分かる。

「光山に会うたことは、ほんまにないんですか」もう一度、訊いた。

「声は聞いたけど、顔は知りませんわ」

これは駄目だ。日野は光山も添田の事故もほとんど知らないと分かった。

伊達が手をあげて芳江を呼んだ。

「ママ、帰るわ」

「あら、来たばっかりやのに」

「わしと堀内の分や」

伊達は二万円をテーブルに置いた。「あとはこのひとからもろといて」

いって、席を立つ。堀内も立った。

「ほな、お先に失礼します」

伊達は日野に一礼し、『翔』を出た。


「堀やん、あかんかったな」

「ああ。あいつはなにも知らん」

「どないする」

「おれは分かった。光山のバックは矢代や」

「そうか、矢代か……」

「クソ爺《じじい》に騙《だま》された。橋の上から吊《つ》るして、なにもかも吐いたと思たんが大まちがいやった。あの爺は吊るされながら、まだ嘘をついてくさった」

「爺がチャカのことをチクったんも、おのれの保身のためやな」

「あの爺はとことんしぶとい。なにもかも片山のせいにして足抜けする肚《はら》や」

「足抜けの理由は」

「光山が殺《や》られたからやろ。こらヤバいと気づいたんや」

「爺んとこへ行こ。姫里や」

「今度こそ、承知せんぞ」

駐車場に預けていたイプサムに乗った。


西淀川区姫里──。五丁目は住宅と町工場の混在する街だった。道路は狭く、入り組んでいる。

電柱の住所表示を見ながら、一方通行の道をゆっくり走った。矢代の家はブロック塀の食品工場と古びたアパートに挟まれたプレハブの二階建だった。

堀内は食品工場の塀の脇に車を駐《と》めた。

「どう誘い出す」

「さぁな……」

伊達はあごに手をやって、「ドアを蹴破《けやぶ》ってチャカを突きつけるわけにもいかんしな」

「火でもつけたるか。ガソリン撒《ま》いて」

エンジンをとめ、キーを抜いて車外に出た。カレーの匂いがした。

矢代の家の前に立った。鋳鉄の門扉から少し離れて玄関がある。右はカーポート。黒いセダンが駐められている。堀内は門柱のインターホンに手を伸ばしたが……。

「待て、堀やん。もう十一時前や。矢代がはいはい、と出てくるとは思えんで」

「いっぺん吊るされとるもんな」堀内はうなずく。

「下手したら、警察呼びよるぞ」

低く、伊達はいう。「なにか、考えはないんか」

「チャカやな……」

「チャカ？」

「庚星会に返してくれ、と交渉する。矢代が出てきたら、誠やん、引っ捕まえてくれ」

「そら、出てきよったら、なんとかするけどな」

「隠れといてくれ。玄関のそばに」

伊達はカーポートに入り、車の陰に隠れた。堀内はイプサムのグローブボックスから拳銃《けんじゅう》とホルスターを出す。それを持って、インターホンのボタンを押した。

——はい。

女の声だった。

——夜分、恐れ入ります。片山事務所の堀内といいます。矢代さんは。

——おります。お待ちください。

少し待って、矢代に代わった。

——なんや。家まで来て。

——頼みがありますねん。

ホルスターをインターホンのレンズにかざした。

――これがなにか、分かるやろ。

返事はない。

――あんたがチクったせいで、高津署の刑事が来た。おれは逃げたけど、伊達とはぐれてしもて、行くあてもない。これを庚星会に返して欲しいんや。

――そんな面倒なもん、持ってくるな。

――元はといえば、あんたと片山が庚星会を走らせたからや。これを処分してもらおか。

――帰れ。失せろ。

――ほな、こいつは置いていくからな。

ホルスターを門柱の上に置いた。

――待て。待たんか。

踵《きびす》を返した。イプサムに乗る。四つ角の手前まで移動して、降りた。足音をひそめて矢代の家にもどる。食品工場の塀に背中をつけた。

矢代は出てこない。門柱のホルスターは家の窓から見えているはずだ。いつまでもそのままにしておくとは思えない。

玄関ドアが開いたのは十分後だった。一筋の明かりが洩《も》れ、矢代の顔がのぞく。矢代は周囲を見まわして出てきた。門柱のところへ行く。ホルスターに手を伸ばした瞬間、伊達が飛び出した。矢代の襟首をつかんでみぞおちに拳《こぶし》を突きあげる。痩《や》せた矢代の体が浮き、前にくずれる。それを伊達は受けとめた。肩に担ぎあげて軽々と運び出す。

堀内は走ってホルスターをとり、車にもどってスライドドアを開けた。伊達は矢代をリアシートに放り込んで隣に座る。堀内はエンジンをかけて発進した。


淀川通から御幣島筋《みてじますじ》に出た。神崎川を渡り、箕面へ向かう。矢代が呻《うめ》いた。

「堀やん、停めてくれ」

堀内はウインカーを点滅させた。車を左に寄せてガードレール脇に停める。

伊達はリアデッキの布テープをとり、矢代の腕を前に揃えて括《くく》りつけた。

矢代は咳《せ》き込んだ。手の自由が利かないことに気づいて、

「なにするんや」と、掠《かす》れた声でいった。

「おまえに訊《き》きたいことがあるんや」

伊達は矢代を引き起こした。「片山にチクったやろ。チャカのこと」

「なんのことや」

「高津署の暴対が来たんはどういう理由《わけ》や」

「知らん。わしは知らん。拳銃のことなんかいうわけない」

「おまえが喋《しゃべ》らんで、誰が喋るんじゃ、え」

「わしを降ろせ。これは誘拐やぞ」

「堀やん、どないする。釈放せいというとるぞ」

「その前に、家に電話させたれ。略取誘拐は一年以上の懲役や」

「おっと、それもそうやな」

伊達は携帯を出した。「よめはんにいえ。これから三休橋へ行くと。片山に呼ばれたというんや」

「ほんまに行くんか。三休橋へ」

「行く。片山の前でおまえの証言を聞きたい」

伊達は携帯を開いた。「何番や。おまえんとこ」

「〇六・六四七四・九五××」

「よめはんになにをいうかは、おまえの勝手や。伊達と堀内いうゴロツキに攫《さら》われたというてもかまへん。……ただし、よめはんが警察に通報したりしたら、困るのはおまえやということを忘れんな」

伊達はボタンを押した。矢代の耳に携帯をあてる。矢代は話しはじめた。

「わしや。──いや、なんでもない。──いま、片山さんの事務所に向かってる。──そんな遅うにはならん。──ああ、先に寝といてくれ」

そこで伊達は電話を切った。

「役者やのう。巧《うま》いやないか」

「わしは脅迫されていうとおりにしたんや」

開き直ったように矢代はいい、シートにもたれかかる。「さ、行ってくれ。三休橋へ」

この男は図太い。片山より図太いかもしれない——。堀内はそう思った。

「矢代さんよ、片山事務所には下村もおるんや」伊達はいう。

「下村？　庚星会の下村か」

「よう知ってるやないか」

「名前ぐらいはな」

「下村は血へど吐いて倒れてる。そのほかに組員が三匹。片山はトイレの中で震えてた」

「どういうことや」

「わしら、さっきまで片山事務所におったんや」

伊達は笑う。「片山はみんな喋った。光山が勝井を脅して一億を要求し、勝井は五千万を払うと光山に約束した。……おまえ、光山から聞いてたやろ」

「それ、なんの話や」

「いまさら、とぼけんでもええがな。おまえは光山の尻搔《しりか》いて、勝井から金を引っ張ろうとしたんや」

「電話、貸せ」

「なんやと」

「片山さんに訊く。ほんまにそんなことをいうたんかと」

「堀やん、この爺《じじい》はわしらのことを舐《な》めとるぞ」

「ああ、調子こいとるな」

「どないする」

「また吊《つ》るすか。此花大橋から」

その途端、矢代は横を向き、ドアロックのノブをあげた。両手でドアハンドルを引く。伊達は矢代の首に腕をまわして後ろに引き倒した。矢代はあがいて腕を外そうとする。伊達の腕はびくともしない。矢代の抵抗はやんだ。

「落ちた……」

伊達はいう。「まだ訊くことがあるのにな」

「起こしたれ、誠やん」

「手間のかかる爺やで」

伊達は矢代をシートに座らせて気道を確保し、胸をさすった。矢代は蘇生《そせい》し、眼をあけた。伊達はタオルで目隠しをし、シートベルトで矢代の腰を固定する。堀内は車を発進させた。

午前零時——。箕面に着いた。箕面川の支流を遡《さかのぼ》った霊園のそばに車を停める。あたりは森閑として闇につつまれている。堀内はヘッドライトを消し、伊達は矢代の目隠しをとった。

「ここは……」つぶやくように矢代はいった。

「箕面や。勝井の家の近く」

堀内は応えた。二キロほど南へくだると桜ケ丘だ。

「勝井やと……？」

「おいおい、まだボーッとしてるんか。おまえと光山が脅迫した相手やないか」

「勝井に会うんか」

「会う。これからカチ込む」

「あほいえ」

「勝井の家に行ったことは」

「ないな」

「光山は行ったやろ」

「なんのことや」

「誠やん、こいつは懲りてへんぞ」

「らしいな」

伊達は矢代を引き寄せた。

「分かった。待て」

矢代は腕を突っ張った。「光山は勝井興産の本社へ行ったみたいや」

「みたい、とはなんや。おまえが行かしたんやないけ」伊達は声を荒らげる。

「いつ会うたんや。光山と勝井は」堀内は訊いた。

「知らん。聞いてへん」

「光山はなにをネタに勝井を脅した」

「おまえらのいうてることは分からん」

「添田殺しに、おまえも噛《か》んでたんか」

「なんのことや」

「添田雄一。末松辰雄の妾腹《しょうふく》の子で、末松恒産の常務やった」

「………」

「添田を解剖したときの保存血が浪速医大にある。光山にネタを仕込んだんはおまえや」

「知らん。なにをどういわれようと、知らんもんは知らん」

「誠やん、この爺はあかんわ」

「そうか……」

伊達はロープを持って車を降りた。矢代を引きずり出す。やめろ、やめんかい。矢代は抗《あらが》うが伊達にかなうわけはない。堀内も車外に出た。

伊達は矢代を霊園に引きずっていった。脱げたサンダルを堀内は投げ捨てる。

霊園の駐車場に枝振りのみごとな桜の木があった。

「堀やん、かけてくれ」

伊達はロープを放って寄越した。堀内は受けとって、木を見あげる。月明かりに眼が馴《な》れてきた。

堀内は横に伸びた太い枝をめがけてロープを投げあげた。ロープの片端は枝をまたいで向こうに落ちた。

「おまえら、なにするんや」矢代は叫んだ。

「見て分からんのかい。おまえをまた吊るすんや」

「ええ加減にせい」

矢代は伊達を蹴《け》る。伊達は矢代をひねり倒した。

堀内は持っているロープを輪にして矢代の首にかけた。伊達は輪を引き絞る。矢代はもがいて伊達を蹴りつけようとするが、とどかない。

堀内はロープの片端を拾って引いた。ロープが張って矢代は嗚咽《おえつ》のような呻《うめ》きを洩《も》らし、狂ったようにのたうちまわる。なおも堀内がロープを引くと、矢代は呻きながら枝の真下で起きあがり、膝《ひざ》立ちになった。

「大声出してもええんやで。運がよかったら助けが来る」

伊達は矢代の後ろに立ってロープを張る。

「た、助けてくれ……」矢代は両手を前に合わせて直立した。

「いまさら遅い。おまえはわしらを虚仮《こけ》にした」

「なんでもいう。なんでもする」

矢代は泡のような涎《よだれ》を垂らす。顔は歪《ゆが》み、歯がカチカチ鳴っている。

「光山はいつ勝井に会うたんや」

「去年……、去年の暮れ」

「光山は勝井を強請《ゆす》ったんやな」

矢代はうなずく。

「要求額は一億。勝井は五千万を払うというたんやな」

矢代はまたうなずく。

「勝井はなんで、添田の保存血に五千万も出すんや」

「クスリや。添田はクスリを射《う》たれた」

「毒物か」

「たぶん、筋弛《きんし》緩《かん》剤や」

筋弛緩剤……。愛犬家殺人事件だ。自称、犬の訓練士が五人の男女を殺した。「誠やん、サクシンや」

「おまえはいつ、光山とつるんだんや」伊達は矢代に訊《き》く。

「光山とつるんだ憶《おぼ》えはない」

「五千万は折半か」

「そんな話はしてへん」

「堀やん……」

伊達はこちらを向いた。堀内はロープを引く。矢代は呻き声をあげた。

「添田雄一の事故死をいつ知ったんや」

伊達は訊いた。堀内はロープを弛《ゆる》める。

「——去年の夏ごろや」喘《あえ》ぐように矢代はいった。

「光山から聞いたんか」

「光山が高畑から添田のことを聞いてきた。それをわしにいうたんや」

「光山の狙いは」

「金や。光山は松原の親族でありながら、ないがしろにされてた。パルテノンを切り回してるのは光山やのに、パルテノンが競売に付されたら、光山は無一文で放り出される。光山は債権者会議を牛耳ってる勝井に対抗しようとして、勝井のことを嗅《か》ぎまわってた」

光山から添田の一件を聞いたとき、矢代はぴんときた。以前、片山から末松恒産の常務が死んだ話を耳にしたことがあったからだ——。

「わしは添田のことを調べた。なにか、ひっかかる。不整脈で溺死《できし》てなことは、勝井にとって都合がよすぎる。わしは光山にいうて、当時の堀江署の刑事や共和相銀の支店長のとこに行かせた」

「それで、添田は他殺やと思たんやな」

「わしは思い出したんや。堺の愛犬家殺人が騒ぎになってたころ、片山がぽつりと洩らしよった。筋弛緩剤は立証がむずかしい、こんな事件はほかにもあるやろ、と。……実際、同じころに埼玉の愛犬家殺人事件が明るみに出た」

「勝井はなんで添田を殺したんや」

「あのころ、勝井はフラミンゴが潰《つぶ》れて十億単位の借金を抱えてた。添田を消して末松恒産の実権をとらんと破滅してた。添田を殺ったんはぎりぎりの選択や」

「ぎりぎりの選択が殺人かい」

「勝井は庚星会を走らせた。自分の手を汚したわけやない」

「勝井は末松恒産を食いものにして肥《ふと》ったんか」

「そのとおりや」

「おまえ、サクシンのことを調べたんか」

「調べた。即効性で血中半減時間は三十分。わしはツテをたどって、浪速医大に添田の保存血が残されてると知った」

「十七年も前の保存血から筋弛緩剤が検出されるとは限らんやろ」

「そんなことは関係ない。要は勝井がどう受けとるかや。現に勝井は、金を払うと光山にいうた」

「その脅迫で光山は殺された。光山を殺したんは、おまえや」

「光山に勝井を脅せというた憶えはない。みんな光山の考えでやったことや」

「首に縄かけられて、まだ逃げるか。とことん往生際がわるいのう」

「これ、外してくれ。頼む」

「堀内やん、どないする」

「さぁな……」

矢代を見た。裾《すそ》の伸びた薄いセーター、膝の出たズボン、裸足《はだし》で立ちすくんでいる。

堀内はロープを離した。

「下へ降りてタクシー拾え。おまえが喋《しゃべ》ったことは誰にもいわへん」

ポケットから一万円札を出して矢代の足もとに放った。

23

イプサムに乗り、山をおりた。ヘッドライトを受けて路面の端がキラッと光る。

「霜か……」

「みたいやな」

スピードを落とした。

桜ケ丘に着いた。午前零時四十分――。住宅街は静まりかえっている。勝井邸を見とおせる四つ角に車を停め、ライトを消した。

「どうカチ込む」伊達が訊く。

「表門からは行けんな」

「塀を乗り越えるか」

「高いぞ。あの塀は」

築地《ついじ》塀《べい》は丸瓦《まるがわら》で葺《ふ》かれている。手をかけるところがない。「——ロープ、あるか」

「ああ。まだ一本ある」

長さは十メートルほどだと、伊達はいう。

「それを木にかけるか」

築地塀の向こうに見越しの松があったのを憶えている。

「ロープの先につけるアンカーがない」

「なにか、代用できるもんは」

「ホイールレンチ、メガネレンチ、ジャッキ……。そんなもんやな」

どれもアンカーのような〝ツメ〟がない。うまく枝にひっかかるとは思えなかった。

「わしが堀やんを肩車する。堀やんは塀を乗り越えて、門の錠を外す。それで、わしも中に入る。……どうや」

「あかんな。門のまわりには監視カメラがある。そばには近寄れん」

「ほな、どうするんや」

「表から行くのは無理や。裏にまわろ」

勝井邸の敷地は千坪以上だから、裏側も道路に面しているはずだ。

カーナビを拡大した。邸《やしき》の裏には道路がない。

「こら、どういうことや」

「分からん」

「しゃあない。行くか」

「ああ、行こ」

　イプサムを地区集会場の脇に移動した。エンジンをとめ、ダッシュボード下のグローブボックスから銃を出す。

「堀やん、それ……」

「まじないや。勝井んとこには庚星会のガードがおる」

　ジャケットを脱ぎ、ホルスターを装着する。左の肩が腫《は》れ、腕を後ろにまわせない。二の腕が濡《ぬ》れているのは、刺された傷が開いて出血しているようだ。

　車を降りた。勝井邸の裏に向かう。隣家の裏道を奥へ行くと、築地塀に突きあたった。

「そうか。この先も勝井の敷地なんや」

「堀やん、乗れ。あとでロープを投げる」

　伊達はかがんで、塀に両手をついた。堀内は伊達の肩に足をかけて乗る。伊達はゆっくり起きあがった。堀内は倒れないようにバランスをとり、膝《ひざ》を伸ばすと、築地塀の瓦が胸のあたりに来た。

　堀内は塀に体重を移し、足を浮かせた。伊達は車のところにもどっていく。

　瓦の上で腹這《はらば》いになり、体勢を変えた。楓《かえで》の根方に飛び降りる。広い庭園のところどころに明かりがともり、池と築山《つきやま》の向こうに数寄屋《すきや》造りの平屋が見えた。

塀のそばにうずくまって伊達を待った。煙草が吸いたい。だが、我慢した。

頭上でバサッと音がして、ロープが落ちた。堀内は拾って楓の幹に括《くく》りつける。

ロープは張って楓の枝が小刻みに揺れ、伊達が塀の上に現れた。図体に似合わず、身が軽い。伊達は堀内のそばに降りてきてロープをたぐり寄せ、丸めて楓の枝にかけた。

ベルトに差したホイールレンチに手をやって、

「さ、カチ込みや」

「勝井をいわしたろ」

不思議に緊張感はない。恐怖も感じなかった。銃のせいだろうか。

上体をかがめ、庭園灯の明かりを避けて移動した。池を迂回《うかい》し、東屋《あずまや》の下を抜けて少しずつ母屋に近づく。築山のサツキの陰に身をひそめた。

「なんか、気に入らんな」

耳もとで伊達がいう。「わしらのことは、片山から勝井に連絡がいったはずや。ガードがおらんのはおかしいぞ」

「勝井は体《からだ》をかわしたんか」

「それはないやろ。こっちは競売屋の調査員ふたりや。極道相手の戦争やない」

「けど、ひとの気配がない。寝静まってる」

築山からは母屋の全体が見とおせる。池に面して左右に縁側が延びているが、薄暗い。

それが気になった。

「先週、ここに来たとき、ガードが二匹おったやろ。あいつら、どこに詰めてるんや」

「普通は玄関のそばやろ。そこで客をチェックするんや」

ひとりはオールバックに縁なしの眼鏡、もうひとりは伊達と同じくらいの長身だった。瀬川と坂野という名はあとで知ったが。

――と、そのとき、縁側に人影が見えた。黒いスーツの男が右へ歩いていく。

「誠やん、下村や」

「おいおい、若頭《かしら》が来とるんかい。さっき、あれだけ痛めつけたのに」

「下村がおるということは、おれらのカチ込みを考えとるな」

「チャカも持っとるぞ」

伊達は舌打ちした。「勝井を締めあげる前に、こっちがやられる」

「どないする……」

「堀やんはどうなんや」

「ここで退《ひ》くわけにはいかんやろ。おれと誠やんは高津署のお尋ね者や。夜が明けたら触書《ふれがき》がまわってる」

高津署暴対係は地裁に逮捕状を請求したかもしれない。容疑は拳銃《けんじゅう》と実包の不法所持だ。それに公務執行妨害がつけば、最低でも五年の懲役だろう。

「誠やん、約束してくれ」

「なんや」

「チャカのことはみんなおれがかぶる。誠やんはなにも知らんかったんや」

「いまごろ、なにをいうとんのや。東京まで行って堀やんを引きずり込んだんは、わしやぞ。元はといえば、わしのせいや」

「おれはひとりや。誠やんにはよめはん、子供がおる。それを忘れんな」

「堀やん、おまえ、妙なこと考えてへんやろな」

「誰も撃ちはせん。いらん心配すんな」

「ほんまやろな」

「おれが嘘ついたことあるか」

「なんべんもある」

「それもそうやな」

つい、笑った。伊達も笑って、

「下村はどこ行った」

「さぁな……」

「下村の行ったとこに勝井がおる。……ちがうか」

「庚星会は何人や」

「下村、瀬川、坂野……。それと、さっき片山の事務所に来た三人やろ」

「六人かい……」

「片山もおるかもな」

「どう考えても、旗色がわるいな」

「やめるか」

「ここでやめたら、わしは男やない。勝井をいわしたる」

「よし、カチ込も」

　サツキの陰から出た。築山を降りて右へ移動する。

縁側の先に低い竹垣があり、奥に茅葺《かやぶ》きの建物があった。障子窓に薄明かりが見える。

「あれは……」

「茶室やろ」

「茶会をやっとるんか。真夜中に」

「誠やん、ここにおれ。ようすを見てくる」

　腰をかがめて竹垣に近づいた。左に枝折《しお》り戸がある。縁側と枝折り戸は飛び石でつながっていた。

　松や槇《まき》の立木を伝って枝折り戸の脇に着いた。ホルスターから銃を抜く。

枝折り戸を押すと、音もなく開いた。銃をかまえ、竹垣を抜ける。

　茶室につづく石張りの露地は細く、両側は丈の低い植込みだった。ポッポッと水の落ちる音がするのは蹲《つくばい》だろう。微《かす》かに話し声が聞こえた。

　足もとを確かめながら、一歩、一歩、近づいた。茶室の躙口《にじりぐち》が見える。丸く刈ったツツジの陰に入って苔《こけ》の上に片膝《かたひざ》をついた。

頭をあげて耳をすました。声は三人。話の内容は聞きとれないが、中に甲高い嗄《しわが》れ声の男がいる。勝井だ。低くぼそぼそと応じているのは片山だろうか。

と、携帯が鳴った。コール音はすぐにやんで、話しはじめる。下村のようだ。

堀内はホルスターに銃を差し、あとずさりして竹垣の外に出た。


堀やん、こっちや——。伊達は石燈籠《いしどうろう》のそばにいた。

「どうやった」小さく訊《き》く。

「三人や。勝井と下村。もうひとりは片山やろ」

「三休橋から来よったんやな」

「ちょうどええ。役者が揃うた」

「携帯の音、せんかったか」

「した。受けたんは下村やと思う」

「下村の携帯は折って捨てたぞ」

「何台も持っとんのや」

「そうか……」

「あの茶室はけっこう大きい。露地をまっすぐ行ったら躙口で、その左に勝手口があった。勝手口は台所やろ。台所の隣が水屋や」

「水屋て、なんや」

「茶の湯の準備をする次の間や」

「なんで、そんなに詳しいんや」

「別れたよめはんは茶の湯をやってたんや」

　里恵子と結婚する前、何度か茶席に招かれた。里恵子は着物をきて茶を点《た》てていた。端然とした点前《てまえ》はみごとだった。堀内はいまも濃茶の作法を憶《おぼ》えている。

「茶室の入口は」

「躙口と勝手口。躙口の近くに貴人口《きにんぐち》もあるはずや」

　躙口は体を縮めて席入りをするところだから間口が小さいが、貴人口は頭をさげる程度で出入りができる、といった。「おれは勝手口から突っ込む。誠やんは貴人口から入ってくれ」

「待て。台所と水屋にはガードが控えてるんとちがうんかい」

「おれはチャカを持ってる。誠やんは丸腰や」

「ほんまに、それでええんか」

「かまへん。行くぞ」

　竹垣へ歩いた。枝折り戸を押し、露地に入る。堀内は左の勝手口、伊達は正面の躙口に分かれた。

　銃を抜き、勝手口の引き戸を開けた。台所は板敷きだ。土足のまま、あがった。

襖《ふすま》が開いた。男が顔を出す。その額に堀内は銃を突きつけた。

男はあとじさり、水屋に入った。もうひとりがこちらに向かって膝《ひざ》立ちになる。

「そのままや。動くな」

静かにいった。ふたりを座らせる。瀬川と坂野だ。

隣の茶室で戸を引く音がした。なんや——。ガサや。じっとせい——。こいつ——。

怒号が聞こえ、なにかが壁にぶつかった。呻《うめ》き声。音はやんだ。

「誠やん、大丈夫か」声をかけた。

「なんともない。そっちは」

「ふたりや。ガードがふたり。……そっちは誰や」

「勝井と片山や。下村は寝とる」

こっちへ来いや、と伊達はいう。

「立て」瀬川と坂野にいった。

ふたりはのっそり立ちあがった。堀内は離れ、両手で銃をかまえる。

「おまえら、道具は」

「持ってへん」瀬川がいう。

「上着、脱げ」

ふたりはスーツの上着を脱いで、足もとに放った。

「ポケットの中のもん、出せ」

「このガキ……」坂野がいった。堀内を睨《にら》む。

瀬川がズボンのポケットに右手を入れた。堀内は銃を向ける。

「やめとけ。撃たせるな」

鋭く、いった。「おれは射撃が下手やったけど、この距離なら当たる」

瀬川はにやりとして手を出した。キーホルダーをぶらぶらさせる。

「捨てろ」

瀬川は脱いだ上着の上に投げた。

「右手は上にあげとけ。左手で出すんや」

瀬川は札入れ、煙草、ライターを出した。坂野は札入れと携帯を出して放る。

「両手を頭の上に組んで、後ろ向け」

「なんでや」

「いちいち理由が要るんかい」

「くそっ」

ふたりはいうとおりにした。瀬川のベルトに自動拳銃《けんじゅう》、坂野のベルトには白鞘《しらさや》の匕首《あいくち》が差してあった。

「けっこうな道具、持ってるやないか」

「わしら、ガードやからのう」瀬川が笑う。

「それ、左手で抜け。こっちに投げるんや」

ふたりは後ろ向きのまま、銃と匕首を抜いた。堀内の足もとに投げる。

堀内は畳に片膝をつき、ふたりから視線を離さずに拾いあげた。匕首はベルトに差し、銃はジャケットのポケットに入れる。

「よっしゃ。手をあげたまま、隣の部屋に行け」

「おどれ、この落とし前はつけるぞ」坂野がいう。

「講釈はええから、さっさと行け」伊達に聞こえるよう声を荒らげた。

瀬川が奥の茶道口を開けた。頭をかがめて隣へ行く。坂野も行き、堀内もつづいた。

床に下村がうずくまっていた。掛軸に血が飛び、下村の膝も血に染まっている。伊達はホイールレンチを右手に持っていた。

勝井と片山は炉のそばに並んで座っている。炉のまわりには灰が散っていた。

「座れ」伊達がいった。

瀬川と坂野は床前に座った。下村はうずくまったまま動かない。

「おまえらのほかに何人や」

「…………」返事がない。

「聞こえんのか。この邸《やしき》に庚星会の兵隊は何人おるんや」

「わしらだけや」瀬川がいった。

「それはないやろ」

伊達は首を振り、片山に向かって、「何人で来たんや」

「五人や」片山は答えた。

「おまえと下村と、あと三人やな」

「ああ」片山はうなずく。

「その三人はどこにおるんや」

「母屋や。母屋で張ってる」

「誰を張ってるんや」

「おまえらふたりに決まってるやろ」

「すまんのう。お招きにあずかって」

伊達は笑った。「わしら、矢代の家に寄り道してたんや」

「なんやと」

「いろいろ聞いたぞ。おまえらの悪行をな」

伊達は躙口《にじりぐち》の柱に寄りかかり、「光山が受けとるはずやった五千万、わしらが代わりに受けとることにした」しれっとしていった。

「おまえ、高津署を動かしたな」

堀内は片山にいった。「誰にこのチャカのことをいうたんや」

「…………」片山は答えない。

「署長か、副署長か、刑事課長か」

片山のそばに行った。黙って俯《うつむ》いている。

「いわんかい、こら」脇腹を蹴《け》った。

「署長や……」

片山は顔をあげた。「わしが花園署長のとき、生安の係長やった」

「おれを引くのはどういう筋書きや」

「筋書きなんかない。拳銃不法所持容疑や」

「おれが引かれたら、チャカの入手先を歌うぞ」

「おまえがどういおうと影響はない。おまえは現役のころから腐ってた。そんな札付きの供述を誰が取りあげるんや」

「なるほどな。理屈や」

笑ってしまった。腹も立たない。図《え》は描けているのだ。

堀内は勝井を見た。銃を向ける。

「さっき、箕面の霊園で矢代を吊《つ》るした。なにもかも吐いたぞ。光山の糸を引いてたんは矢代や。矢代は光山を使うて、おまえを強請《ゆす》ったんや」

「ほう……」

低い声を勝井は洩《も》らした。着物の袖口《そでぐち》を合わせて腕を組み、あぐらをかいている。

「片山の腰巾着《こしぎんちゃく》に騙《かた》られた感想はどうなんや」

「獅子《しし》身中の虫、かな」勝井は口端で笑う。

「ひとつ分からんことがある……。光山が転落死したとき、マカオに行ったんはどういうわけや。おまえと松原兄弟はともかく、祥燿殿の仁田は光山との接点がない。仁田はなんで体《からだ》をかわしたんや」

「光山はな、仁田も脅してたんや」あっさり、勝井はいった。

「ほんまかい」

「仁田の親父さんは大阪総銀の創立メンバーのひとりで、祥燿殿グループはＯＣＵキャピタル合同の有力金主や」

「仁田は在日商工人か」

「おまえら、あちこち嗅《か》ぎまわってるくせに抜けとるな」

「そらしゃあないやろ。暴犯を辞めて一年半や」

「競売屋なんぞ辞めて、うちに来たらどうや。総務部付きの嘱託で」

「嘱託の給料は」

「手取りで五十万。ふたりとも、な」さも見下したように勝井はいう。

「支度金は」

「そんなもんはない」

「勝井興産のオーナー社長は尻《ケツ》の穴が小さいのぅ」

炉に向けて唾《つば》を吐いた。「出せ。五千万。殺された光山に代わって回収する」

「うちは一端《いっぱし》の株式会社や。たとえ千円でも出金には理由が要る。払う理由のない金は一銭たりとも払うわけにはいかんな」

「添田の保存血はどうなんや。ガスクロにかけたらサクシンは検出できるぞ」

「なんや、サクシンて」

「筋弛緩剤《きんしかん》」

「どこにあるんや」

「浪速医大」

「野口とかいう教授の研究室か」

「なんやと……」

ハッとした。「——添田の血を盗んだな」

「くだらん因縁をつけるんやないぞ。たかが競売屋の調査員が」

勝井はせせら笑う。「分かったら去《い》ね。高津署の件はなんとかしたる」

「五千万や。もろたら機嫌よう帰ったる」

「おまえらみたいなチンピラにやる金はない」

「へーえ、そうかい」

「わしを誰やと思とんのや。この大阪で勝井興産と……」

「じゃかましい！」

引鉄《ひきがね》をひいた。パンッと乾いた音。手首に衝撃が走り、天井から木片が落ちる。

勝井の顔がひきつった。片山は凍りついている。瀬川と坂野は動かない。

「こっち、来い」

勝井にいった。畳にあぐらをかいたまま固まっている。

勝井のこめかみに銃口をあて、襟首をつかんだ。そこへ、下村の呻《うめ》き声。床柱にもたれて起きあがろうとする。瀬川と坂野が腰を浮かせた。「動くな」伊達がレンチをかまえて、ふたりのそばへ行く。

堀内は勝井を引きずり起こす。太股《ふともも》になにかが当たった。振り返ると、下村がいた。頭に銃把を叩《たた》きつけた。下村は横倒しになり、炉の灰が舞いあがる。

「堀やん、脚……」

伊達にいわれて、右の太股を見た。細いナイフが刺さっている。柄をつかんで、抜いた。痛みが走る。刃渡りは十センチほどもあった。

「くそっ……」

ナイフを投げた。床の掛軸に当たって血が飛び散った。

そのとき、瀬川が動いた。伊達に突っ込む。伊達は膝《ひざ》を突きあげた。そこへ坂野も殴りかかる。伊達は退《ひ》かずに踏み込んでレンチを振りおろした。肩に食い込んで、坂野は膝をつく。伊達はあごを蹴りあげ、坂野は仰向きに倒れた。口から血を噴く。

瀬川は後ろから伊達の首に腕を巻きつけた。伊達は横に走り、瀬川を振る。ふたりは壁にぶつかり、茶室が揺れた。伊達は瀬川を引き剝《は》がして肘《ひじ》をとり、捻《ひね》った。ギッと鈍い音がして肘が逆に曲がる。瀬川は悲鳴をあげ、うずくまった。伊達は顔を蹴る。瀬川は片山にぶつかり、折り重なって倒れた。伊達は肩で息をしながら、「大丈夫か」と訊《き》いた。

「大したことない」

太股を押さえて、堀内はいった。ズボンが赤く染まっていく。痛みはそう感じない。

「立て、こら」また、勝井の襟首をつかんだ。

「なにするんや」勝井の顔が恐怖にゆがむ。

「おまえの処刑や」

「あ、あぁ……」

「おまえは勘違いしとる。自分が大物やとな」

銃口をこめかみから眉間《みけん》に滑らせた。「よう見とけ。おれの顔がこの世の見納めや」

「分かった。払う。五千万」勝井は叫んだ。

「いまさら遅いわ」

「払う。ほんまや」

「この家にあるんかい」

「金庫や。母屋にある」

「おまえの家族は」

「家内はおらん。旅行や」

「マカオで博打《ばくち》か」

「ハワイや。一昨日《おととい》、発った」

「カチ込みをかわしたわけか」

「毎年、この時期に行くんや」

　――と、外で物音がした。露地のあたりだ。伊達も気づいたのか、そっと近づく。躙《にじり》口《ぐち》の引き戸に手をかけた。

　堀内は両手で銃をかまえ、伊達に向かってうなずいた。伊達は一気に戸を開ける。男がいた。眼が合う。堀内は撃った。男の姿は消え、複数の足音が遠ざかっていった。

「見たか。あれが極道や」

　勝井にいった。「若頭《かしら》や兄貴分のために命を張ろうてな任俠《にんきょう》は消え失せた。おまえも極道を踊らせてええ気になってるようやけど、いつ寝首を掻《か》かれるか分からんのやぞ」

「…………」勝井は力なくうなずく。

「どこや、金庫は」

「母屋の座敷や」

「行こ、誠やん」

「待て」

　伊達はいい、片山に向かって、「携帯、出せ」

　片山は携帯を出した。伊達に滑らせる。

「下村の携帯もや」

　片山は這《は》って下村のそばに行き、ポケットを探った。携帯を抜いて伊達に放る。

「まだある。その二匹の携帯や」伊達は瀬川と坂野を見る。

「それはおれが持ってる」

堀内は坂野の携帯を伊達の足もとに投げた。伊達は三台の携帯を踏み割る。

「ほら、立て」

堀内は勝井を引き起こした。「おまえもや」片山にいう。

「堪忍してくれ。わしはもう……」

「やかましい。泣き言はいらんわい」

片山と勝井をあいだに挟み、貴人口《きにんぐち》から露地に出た。


土足のまま縁側にあがり、座敷に入った。広さ二十畳、奥の床前に緞通《だんつう》を敷き、キングサイズのベッドを据えている。暖房が効いていた。

「和洋折衷やな」

伊達がいった。勝井は応えない。

そこへ、電話が鳴った。ライティングデスクの電話だ。堀内と伊達は顔を見合わせた。

「どないする」

「おれがとる」

受話器をあげた。

——勝井です。

――牧落《まきおち》警察署です。

――なんでしょう。

――お宅に異常はないですか。

――どういうことです。

――爆竹のような音が聞こえたと、通報があったもんですから。

――ぼくは聞いてませんね。寝てたから。

――そうですか。お寝《やす》み中、失礼しました。

受話器を置いた。

「警察や。牧落警察」

「冬は音が通るんやな」

「近所に不眠症の爺《じい》さんがおるんやろ」

堀内はいい、「金庫、開けろや」勝井にいった。

勝井はかがんで、書院の地袋の戸を引いた。中に手を入れようとする。

「待て」

堀内は制した。「もし警報が鳴ったりしたら、おまえの頭に風穴があく。分かってるやろな」

「そんな仕掛けはない」

勝井は手を入れた。モーター音がして床脇の壁がスライドし、黒い大型金庫が現れた。

勝井はダイヤルを操作し、扉を開く。

「退《ど》け」

伊達は勝井を押しのけて金庫の中身を出した。札束が七つと、あとは不動産の権利証書や出納帳といった書類ばかりだった。

「これはなんじゃい。七百万しかないやないけ」

「五千万もの現金を置いてる家はない」

「こいつ……」

伊達は勝井の襟をつかんで絞めあげる。勝井は呻きながらも、

「今日、払う。会社に来てくれ」

「あほんだら。眠たいことぬかすな」

「小切手や。小切手書く」

「小切手帳は」

「会社や」

「このボケ」

伊達は勝井を突き放した。勝井は畳に這いつくばって喘《あえ》ぐ。

「どないする、堀やん」

「しゃあない。あとの四千三百万は付け馬や」

「こいつを攫《さら》うんか」

「銀行が開くまでな」

堀内はうなずいて、「勝井興産の取引銀行は」勝井に訊く。

「日邦銀行大阪本店」

「そこに当座があるんやな」

「ある」

「分かった……」

堀内は振り向き、「書類、拾え。金庫にもどせ」片山にいった。

片山は証書や帳面を拾って金庫に入れた。堀内は瀬川と坂野から取りあげた拳銃《けんじゅう》と匕首《あいくち》を片山の足もとに放る。

「なんや、これは」伊達が訊く。

「さっきのガードの持ちもんや」

「そうかい……」

「ほら、それも入れんかい」

片山にいった。片山は黙って金庫に入れた。

「誠やん、閉めてくれ」

「ええんかい」

「かまへん」

伊達は金庫の扉を閉めてダイヤルをまわした。

「さ、行こか」堀内は勝井にいった。

「こっちの爺はどないする」伊達は片山を見る。

「こんなやつを攫うても金にはならん。足手まといや」

片山に銃を向けた。片山は怯《おび》えて尻餅《しりもち》をつく。

「おまえがこれからどうするか、それはおまえの判断や」

堀内は片山にいう。「一一〇番するなり、庚星会を呼ぶなり、好きにせい。……ただし、この金庫の中におまえの指紋が付いたチャカとヤッパがあることは忘れるな。茶室に極道が三人、ころがってることもな」

「………」片山は黙りこくっている。

「勝井さんよ、あんたからもいうたれや」

「なにもするな。誰にもいうな」勝井はいった。

「よっしゃ、行くぞ」

七つの札束をジャケットのポケットに入れ、勝井に銃を突きつけて座敷を出た。

イプサムに乗り、リアシートに勝井と並んで座った。伊達が右の太股《ふともも》にズボンの上からテープを巻きつける。

「血がひどいな。かなり出血してるぞ」

「だだ洩《も》れや。腕の傷口も開いてる」少し吐き気がする。

「あそこしかないやろ」

「内藤《ないとう》医院やな」

「そうしてくれ」

「縫うか」

一階が医院、二階が住居で、内藤は独り住まいだ。飲んだくれのヤサグレ医者だが、どんな怪我でも事情を訊《き》かずに時間外診療をしてくれる。ヤクザと彫師《ほりし》ご用達《ようたし》の医院だ。

伊達は運転席にまわり、エンジンをかけた。イプサムは走り出す。堀内はドアをロックし、勝井の腰にシートベルトをかけた。


島之内——。南府税事務所近くに着いたのは午前三時だった。身体が熱っぽく、眩暈《めまい》がする。

「堀やん、独りで行けるか」伊達は勝井を見張っているという。

「行ける。ここで待っててくれ」

伊達に銃を渡して車を降りた。府税事務所の向かいに木造瓦葺《かわらぶ》きの商家がある。煤《すす》けて黒ずんだ板塀、枝ぶりの疎《まば》らな柳が玄関脇に生え、ガラス戸に《内藤醫院《いいん》》と金文字で書かれている。

堀内はインターホンのボタンを押した。応答がない。

しつこくボタンを押した。三分ほど押しつづけて、ようやく声が聞こえた。

――はい、内藤。

――すんません。急患です。

――誰や。

――堀内といいます。

――知らんな。

――一昨年《おととし》の夏、お世話になりました。

左腕の創傷を縫ってもらった、といった。

――それで？

――太股を刺されたんです。

――分かった。待っとれ。

玄関に灯《あかり》が点《つ》いて戸が開いた。「入れ」と、声が聞こえる。堀内は医院内に入った。

「こんな時間に申しわけないです」

頭をさげた。「憶《おぼ》えてますか」

「あんた、刑事の連れやったな。相撲とりみたいなマル暴の刑事」

寝起きの顔で、内藤はいう。裾《すそ》の伸びた黒のセーターにグレーのスウェット、袖口《そでぐち》から真っ赤なネルシャツがはみ出している。半白の短い髪、レンズの厚い眼鏡、鼻下の髭《ひげ》は白い。少し酒の匂いがした。

「けっこう出血してるな」

内藤は堀内のズボンに眼をやった。

「腕もやられてますねん」二の腕を押さえた。

「顔色、わるいな」

「ちょっと眩暈がしてます」

「診よ」

内藤は先に立って診療室に入り、照明を点けた。煙草を吸いつける。

「服と靴を脱いで、そこに寝るんや」

「裸ですか」

「パンツくらい穿《は》いとけ」

堀内はトランクス一枚になり、診察台に横になった。くわえ煙草の内藤は消毒液に浸した脱脂綿で太股を拭《ぬぐ》う。傷口は太股の裏側だから、よくは見えない。

「深いな」

「刃渡り十センチほどの細いナイフです」

「刃は折れてへんか」

「すぐに抜きました」

「大腿《だいたい》二頭筋《にとうきん》やな。そこから斜め上方に入ってる」

そう、下から下村に刺されたのだ——。

「ここまで歩いてきたんやな」

「そうです」

「膝《ひざ》や足首に痺《しび》れは」

「ないです」

「それやったら、座骨神経はやられてへんやろ」

座骨神経を損傷した場合、膝から下が麻痺《まひ》する恐れがあると内藤はいう。「ええとこを刺されたもんや。もうちょっと内側やったら、動脈にとどいたかもしれん」

「そうですか……」これだけ出血して、いいもわるいもないだろう。

「麻酔して切開しよ。筋肉の損傷具合を見ないかん」

「手術ですか」

「そんなたいそうなもんやない」

内藤は灰皿に煙草を捨て、ゴム手袋を塡《は》めた。注射器に麻酔薬を吸入する。「俯《うつぶ》せや」

「はい……」

俯せになった。傷口がチクッとする。思わず腰をひいた。

「じっとせい。針が折れる」

「先生、腕も診てください。縫うた傷が開いてますねん」

「おう、こっちも出血しとるわ」

こともなげに内藤はいい、メスや鉗子《かんし》を用意する。二カ所の傷を負うにいたった経緯とその状況を、内藤はいっさい訊かなかった。

　太股と腕の傷の縫合が終わり、厚く包帯が巻かれた。堀内は診察台に座る。麻酔が効いているから痛みはないが、頭がふらふらし、吐き気がした。

「先生、煙草もらえますか」

「血の気の失《う》せた顔で煙草なんぞ吸うな」

「ニコチンが切れたら倒れますねん」

「ひどい中毒やな」

「十六のときから吸うてます」

「ま、ええやろ」

　内藤は煙草をくわえ、堀内にも一本差し出した。「あんた、いくつや」

「三十九ですわ」煙草をとる。

「男の盛りやな」

「先生は」

「なんぼに見える」

「五十七、八かな」

　ほんとうは六十代半ばだろう——。

「吸え。煙草」

　内藤は煙草を吸いつけ、堀内にも火をつけてくれた。

「もうひとつ、頼みがあるんやけど、よろしいか」

「着替えの服やろ」

内藤は堀内が脱いだ血染めのポロシャツ、ズボン、コーデュロイジャケットに眼をやって、「シャツとズボンとセーターでええか」

「パンツと靴下も欲しいんですけど」

「よっしゃ、待っとれ」

内藤は診察室を出ていき、しばらくしてもどってきた。白の丸首シャツとブリーフ、ソックスは新品だが、焦げ茶色のウールシャツとホームスパンのズボン、オフホワイトのアランセーターはずいぶん年季が入っている。堀内は礼をいって、それらの服を身につけ、ポケットの中のものを移し換えた。


午前五時――。内藤医院を出た。イプサムは医院の真ん前に駐《と》まっていた。

「どうやった」

運転席のウインドーがおり、伊達が訊いた。

「傷を洗滌《せんじょう》して縫うた。まだ麻酔が効いてる」

堀内はリアシートに乗り込んだ。勝井は助手席でシートベルトを締められている。

「なんぼとられた」

「七万円や」

「高いな」

「そんなもんやろ。腕の傷も縫うてもろたし」

「内藤はあれで阪大《はんだい》出や。性格は破綻《はたん》しとるけどな」

「おれにはええ医者やったで」化膿《かのう》どめの抗生物質と鎮静剤、着替えの服ももらったのだ。

「さ、行こか。夜明かしや」

伊達はヘッドライトを点けた。ハンドブレーキをもどす。

「どこ、行くんや」

「大今里《おおいまざと》の下水処理場はどないや」

「ああ、あそこはええな」

今里署の管轄内だから土地勘がある。処理場は平野《ひらの》川分水路の脇にあり、堤防沿いは昼間もひとが近づかない。以前はホームレスのブルーシートハウスが並んでいたが、市の指導で撤去された。

「おれ、寝るぞ。へろへろや」

「おう、銀行が開く時間に起こしたる」

車は動きだした。

24

内藤医院でもらった鎮静剤が効いたのか、シートに横たわってぐっすり眠った。光山や高畑の夢を見たような気がするが、憶《おぼ》えていない。目覚めたときは日がのぼっていた。

「――何時や」起きあがった。

「八時半」と、伊達。

「どうする」

「まず、小切手やな」

伊達は傍らの勝井の肩を叩《たた》いた。「勝井興産の経理部長は誰や」

「深沢や」さも疲れたように、勝井は答える。

「深沢……？　聞いたことがあるな」

「誠やん、『ウイニング』の専務や」

堀内はいった。ウイニングは勝井興産系の街金で、勝井はウイニングと庚星会をとおして二億五千万円をニューパルテノンに貸し付けている。庚星会の加納と黒沢が乗っていた黒のクラウンの所有者は深沢耕一だった。

「深沢は勝井興産におるんかい」伊達は訊く。

「今日はおる。ウイニングに出るんは水曜だけや」

「勝井興産本社ビルに喫茶店《サテン》あるか」

「ある。一階のテナントや」

「名前は」

「『モンブラン』」

「よし、会社に電話せい。四千三百万の小切手を作れと、深沢にいうんや」

伊達は携帯を出す。「小切手は片山事務所の日野という男に取りに行かせる、九時半にモンブラン、日野は『日野コンサルティングオフィス』の名刺を持ってる、その名刺には金額と勝井峻大の署名をしておく、といえ」

「小切手には必ず裏印を押すようにいうんや」

堀内はいった。裏印のない小切手は銀行渡りだから、すぐには現金化できない。日邦銀行大阪本店に持参しても手形交換所にまわされ、現金の受けとりは翌々日の午後一時になってしまうのだ。

「な、勝井さんよ」

伊達は勝井の顔を覗《のぞ》き込んだ。「小切手というやつは当座に金がなかったら、ただの紙切れや。……まさか、勝井興産のオーナー社長が不渡り小切手を出すてな、みっともないことはせえへんわな」

「ばかばかしい。二億や三億の金はいつでも当座に入っとる」

いらだたしげに勝井はいった。「さっさと電話せい」

「おいおい、そんなえらそうにいうてええんかい。四千三百万を一億に値上げしてもええんやぞ」

「駆け引きはやめとけ。わしは五千万なら払うというたんや」

「えらい強気やないか、え」

「強気も弱気もない。それが契約や」

「ああ、そうかい。……何番や、会社は」

「〇六・六九四一・七〇××」

伊達はダイヤルボタンを押した。「余計なことはいうなよ。わしは年寄りに手荒なことをしとうないんや」

伊達は発信ボタンを押し、携帯を勝井に渡した。

「──勝井です。深沢くんにつないでくれるか」

勝井は話しはじめた。「──わしや。小切手、作ってくれ。──四千三百万。日邦銀行。裏印を忘れんようにな。──九時半に一階のモンブランへ持ってきてくれ。──いや、片山事務所の日野や。名刺の裏にわしのサインと金額を書いとく。──ああ、頼む」

勝井は携帯のフックボタンを押し、伊達に返した。

「上出来や。淡路町へ行こ」

伊達はシートベルトを締め、セレクターレバーを引いた。

淡路町七丁目の勝井興産本社ビルに着いたのは九時二十五分だった。伊達はイプサムを地下駐車場に入れ、通用口から離れた壁際に駐めた。

「ほら、金額と名前や」

伊達はメモ帳から日野の名刺を抜いた。ボールペンといっしょに勝井に渡す。勝井は名刺の裏に《¥43、000、000》と書き、署名した。

「堀やん、行ってくるわ」伊達は名刺をメモ帳に挟んだ。

「おれが行こか」

「いや、いざというときに、その足では走れん」

「分かった。待ってる」

堀内は運転席に移った。伊達から拳銃《けんじゅう》を受けとる。伊達は通用口に消えた。

「横になれ」

勝井の脇腹に銃を向けた。勝井はシートベルトに手をかける。

「そのままや。ベルトは外すな」

「逃げはせん」

「誰でもそういうんや」

銃口を押しつけると、勝井は舌打ちし、助手席に横になった。

「あんた、添田の保存血を誰に盗ませた」小さく訊《き》いた。

「知らん。……みんな、片山がやったことや」

「汚れ仕事はなんでも片山かい」

「そのために高い顧問料を払うてる」

「月になんぼや」

「二十五万」

「高いとはいえんな」

「三休橋の事務所は賃料をもろてない」相場は二十万だという。

「庚星会には」

「勝井興産は組筋とは関係ない」

「会社はまともでも、あんたは極道や。片山や矢代とはモノがちがう」

「わしは堅気や」

「染みついた極道の匂いは死ぬまでとれるかい」

笑ってやった。「末松恒産を解散させて、なんぼほど稼いだ」

「人聞きのわるいことというな。わしは負債ごと引き受けたんや。債権者に頼まれてな」

「末松には本妻の子がおったやろ。できのわるいのがふたり」

「ひとりはうちの総務課長。もうひとりは福井で貸しビル業をやってるらしいな」

「総務課長は飼い殺しかい」

「それは本人の能力次第やろ」

「バブルの借金王末松辰雄は腹心の勝井峻大に食われた。哀れなもんやな」

「末松は派手にやりすぎた。国家権力のスケープゴートにされたんや」

「恩人にその言《い》い種《ぐさ》はないやろ」

「御輿《みこし》に乗る人間にはリスクがある。それを覚悟で乗らんとな」

この男はどうしようもない。芯《しん》から腐っている。そう思った。

伊達がもどってきた。小切手をひらひらさせる。堀内はリアシートに移り、伊達は運転席に座った。

「さ、次は日邦銀行や」

「降ろしてくれ」

勝井がいった。「小切手をもろたんやろ。わしにはもう用がないはずや」

「放すのはまだ早い。金を拝んでからや」

「あほいえ。おまえらの顔は見飽きた」

「じゃかましい。爺《じじい》は黙っとれ」

伊達は怒鳴りつけた。勝井は横を向く。イプサムは駐車場を出た。

淡路町から御堂筋。中央大通を越え、御堂会館前で停まった。日邦銀行大阪本店は向かい側だ。

「堀やん、行ってくる」

「いや、ここはおれが行く。銀行に極道はおらん」歩いて脚の具合を確かめたかった。

「そうか……」

「小切手、くれ」

受けとって、銃を渡し、車を降りた。横断歩道へ歩く。信号は赤だ。

堀内はもう一度、日邦銀行を見た。銀杏並木《いちょうなみき》の向こうにシルバーのベンツと白のミニバンが停まっているが、車内に人影はない。歩道を歩いているのはスーツ姿のふたり連れと、黒いコートの初老の女性だけだ。

信号が青に変わり、横断歩道を渡った。

正面玄関から風除室を抜け、日邦銀行に入った。ロビーは客でいっぱいだ。制服の女性に小切手の換金窓口を訊くと、〝当座〟の窓口に案内された。

「おはようございます。どうぞ、おかけくださいませ」

愛想よく窓口の女性がいい、堀内はブースの椅子に腰をおろした。

「これ、現金にしてくれますか」

小切手を渡した。窓口係は検《あらた》めて、お待ちください、とブースの奥に立っていった。

ここが勝負だと思った。小切手が無事に換金できるかどうか保証はない。勝井はともかく、深沢が換金停止の連絡を入れている可能性もなくはないのだ。あんな紙切れ一枚が四千三百万もの大金に変わることには、どこか現実感がない。ここにもし警察が現れるのなら、捕まるのは自分だけでいい。

しばらく待って、窓口係がもどってきた。

「申しわけございません。この小切手は換金できません」

当座の残高が不足しているという。

「いくら入ってるんですか」

「それは申しあげられません」

「今日中に現金化せんと、取引先に支払いができんのです」

「あいにくですが、お支払いできません」

気の毒そうに窓口係はいう。その表情に嘘はなさそうだ。

「いま口座にある金だけでももらえませんか」

「その場合は、小切手を書き換えていただかないと……」

「そうですか……」

ここは粘っても無駄だ。交渉してどうこうなるものでもない。

「分かりました。出直します」

小切手を受けとり、銀行を出た。右脚を踏み出すたびに太股《ふともも》が痛む。

御堂会館前のイプサムに乗るなり、勝井の頭を殴りつけた。

「なにするんや」勝井は頭を押さえた。

「おのれ、謀《はか》りくさったな」

「なんのことや」

「当座に金がない。それを分かってて日邦の小切手を振り出したな」

「あほいえ。二億や三億は……」

「舐《な》めるな」

拳《こぶし》を構えた。勝井は逃げる。シートベルトが張った。

「勝井興座のオーナー社長ともあろうもんが不渡り小切手かい」

伊達が運転席から勝井の着物の襟首をつかんで引き寄せた。「この落とし前はどうつけるんや」

「当座は日邦だけやない。三協にも大同にもある」

「日邦に残高がないと知ってて、深沢に小切手作れというたんやな」

「わしの勘違いや。大同銀行の小切手を切らせる」

「やかましい。同じ手が二へんも使えるかい」

伊達は片手で勝井の首を絞める。勝井は腕を放そうとするが、びくともしない。顔が紅潮した。

「誠やん、落ちるぞ」

堀内はとめた。伊達は放す。勝井は激しく咳《せ》き込んだ。

「どないするんや、堀やん。また行くんか、淡路町に」

「あかんな。今度、行ったら手がまわってる。高津署の連中が張ってるやろ」

「ほな、小切手は」

「不渡りや」

「それはないぞ」

「七百万を山分けして、この爺《じじい》を埋めるか」

「待て。金はある。大同や。わしが支店長に電話する」大声で勝井はいう。

「おどれが電話したら、金が出るんかい」

「通帳と印鑑が要る。わしを会社に連れてってくれ」

「堀やん、この爺はとことん懲りてへんぞ」

「口と肚《はら》が別なんや」

「そうかい……」

伊達は勝井をじっと見る。勝井は怯《おび》えて上体をひいた。

「誠やん、考えがある」

堀内はいった。「小切手と手形を割るのは銀行だけやないで」

「ノンバンクか」

「街金や」

「街金はかまへんけど、叩《たた》かれるぞ。まともな小切手でも半額がええとこやろ。まして、四千三百万てな額面はな」

「誠やん、この爺は街金の金主なんやで」

「おう、それを忘れてたな」

伊達はにやりとした。「ウイニングか」

「我孫子商事や」

「よっしゃ、行こ」

伊達は銃を堀内に渡し、ウインカーを点滅させた。


天王寺からあびこ筋を南下し、地下鉄あびこ駅の交差点を右折した。テニスクラブの東隣、四階建のビルの袖《そで》看板に《金融　あびこ》とある。

「前、ここへ来たんはいつやった」伊達が訊《き》く。

「先週の火曜とちごたかな」

たった一週間で、ずいぶん情勢が変わったものだ。

ビル横の駐車場にイプサムを入れ、勝井を連れて降りた。ビルに入り、二階にあがる。

伊達がドアをノックすると、返答があった。

「ええか、堀やん」

「ああ」

堀内は勝井の後ろに立ち、背中に銃を突きつけた。

伊達はドアを引いた。低い衝立《ついたて》の向こうにデスクが四脚、スーツ姿の男がふたり、ソファに座ってコーヒーを飲んでいた。

「久しぶりやな、北尾さん」

伊達がいった。北尾はさもうっとうしそうにこちらを見る。

「朝っぱらから、なにを……」

北尾はいいかけて、ハッとした。「オーナーやないですか」

勝井に向かって頭をさげる。勝井は小さくうなずいた。

「オーナー直々のご下命や。これを割ってくれ」

伊達は衝立の中へ行き、テーブルに小切手を放った。北尾は小切手を手にとる。

「勝井興産振出し？」

「四千三百万や」

「オーナー、これ、ほんまもんですか」

北尾は勝井に訊く。勝井はまたうなずいた。

「四千三百万もの現金、ありませんで」

「なんぼやったらあるんや」と、伊達。

「おまえは黙っとれ。おれはオーナーと喋《しゃべ》ってるんや」

「答えてやれ。なんぼあるんや」

勝井がいった。北尾は伊達に向かって、

「八百や。いま金庫にあるのはな」

「たった八百。三千五百も足らんぞ」伊達は笑う。

「社長、こいつら、なんですねん」

黒スーツの男が北尾にいった。短髪、レンズに薄い色の入った縁なし眼鏡、鼻下に細く切りそろえた髭《ひげ》、膝《ひざ》に置いた左手の小指の先が欠けている。

「競売屋や。ヒラヤマ総業とかいう」

「放り出しましょか」

「そうやの」北尾は伊達と堀内に眼をやる。

黒スーツは立ちあがった。長身だ。伊達より高い。

「ほら、小切手持って出ていけ。ここは競売屋なんぞが来るとこやない」凄味《すごみ》を利かせる。

「あんた、ここの社員かい」伊達がいった。

「社長の知り合いや」

「取立屋か」

「それがどないした」

「どういう不義理で指詰めたんや」

「なんやと……」

黒スーツは小指のない左手で眼鏡を押しあげた。「ぶち殺すぞ、こら」

「怖いのう。極道みたいや」

「このガキ……」

その瞬間、伊達の拳が黒スーツのみぞおちにめり込んだ。グブッ、黒スーツは腰を折り、前にのめる。その顔を伊達は膝で蹴《け》りあげた。黒スーツは弾かれたように後ろに飛び、ソファごと床に落ちる。反転して俯《うつぶ》せになり、片膝を立てたところへ伊達の脚が伸びた。黒スーツはこめかみを蹴られ、昏倒《こんとう》した。

「使えんのう」

伊達は振り返った。「こんな取立屋は馘《くび》にせい」

「……」北尾は竦《すく》んでいる。

「金庫、どこや」伊達は訊いた。

「──奥や」

「開けんかい」

「金はない」

「八百はあるというたやないけ」

「…………」

「ここで八百、集金や。あとの三千五百は小切手書け」

伊達はソファを蹴った。北尾は勝井を見て、「オーナー、ええんですか」

「いうとおりにしたれ」勝井はいう。

北尾は渋々立ちあがった。奥の大型金庫の前へ行き、かがんでダイヤルを操作する。

扉が開いた。

伊達は北尾を押し退《の》けて、札束を出した。八百万円をジャケットのポケットに入れ、

「小切手帳は」

「下の抽斗《ひきだし》や」

伊達は抽斗を抜いた。北尾を立たせてデスクに座らせ、抽斗を前に置く。

「ほら、書け。小切手。三千五百や」

「オーナー、ほんまにええんですね」

北尾は勝井に確かめる。勝井はうなずいた。

北尾は小切手帳を開いた。ボールペンを持つ。

「三千五百は分割や」

堀内はいった。「千五百と千と千、三枚書け」

さっきと同じように、当座に残高が不足していることも考えられる。そのときはあるだけの額を換金するのだ。

北尾は三枚の小切手を書いた。署名し、裏印を押す。

「この小切手が金にならんかったら、勝井がどういうめにあうか、分かってるな」

「四の五のいわんと行きさらせ。我孫子町駅前の三協銀行や」

「堀やん、チャカくれ」

伊達はいった。「わしはこいつらの守《も》りをしとく。銀行、行ってくれるか」

「分かった。そうする」

勝井の背中を押してソファに座らせた。向かいあって北尾も座る。黒スーツは昏倒したままだ。

「ほな、あと頼む」

堀内は三枚の小切手をとり、銃を伊達に渡して事務所を出た。

ＪＲ阪和《はんわ》線、我孫子町駅――。三協銀行我孫子支店の前でタクシーを降りた。短い石段をあがり、行内に入る。当座の窓口はなかったので預金窓口へ行った。

「小切手の換金は」

「こちらでいたします」

番号札をとるよう、窓口係はいう。ロビーの椅子《いす》に十数人の客が座っていた。

十分ほど待って、堀内の番号が呼ばれた。窓口に立って三枚の小切手を差し出す。

「全額でしょうか」窓口係は少し驚いた顔をした。

「そう、三千五百万ですわ」

「お待ちください」

プラスチックカードを渡された。不安が兆す。残高はあるのだろうか。

そうして、また十分。堀内は応接室に通された。テーブルに札束が積まれ、スーツの男が座っている。男は頭をさげ、次長だといった。

「まことに失礼ですが、このお金はどうご利用されるのでしょうか」

「支払いですわ。取引先の」

「当行に口座はお持ちでしょうか」

「ないですね」

「もしよろしければ口座をお作りいただいて……」

「今日はそんな時間がないんですわ」

なんのことはない、預金の勧誘だった。「手提げの袋、もらえますか」

「はい、ご用意いたします」

男は出ていった。堀内は札束を数える。三十五個、まちがいなくあった。


我孫子商事にもどると、黒スーツは息を吹き返してソファに座っていた。左の瞼《まぶた》が腫《は》れて眼がふさがり、頬と首に血がこびりついている。隣に北尾、向かいに勝井。伊達はスチールチェアにまたがって三人を見張っていた。

「すまん。遅うなった。銀行が込んでた」

手提げの紙袋を足もとに置いた。伊達から銃を受けとる。

「よっしゃ、これでシャットダウンや」

伊達は四千三百万の小切手を破り、勝井の足もとに放った。「このあと、おまえらに会うことは二度とない。添田と光山が死んだことも忘れる。片山、矢代、庚星会、松原、仁田、みんな蓋《ふた》をする。パルテノンの競売は調査未了で手を引くから好きにせい。……ただし、片山が高津署を使うてわしらに追い込みをかけたときは、なにもかも表に出す。……どうや、それでええか」

伊達は勝井の顔をじっと見た。勝井は腕を組み、黙ってうなずいた。

「取立屋の兄ちゃんよ、痛いめにあわせてわるかったな」

伊達は黒スーツにいった。「これからは相手を見てゴロまくんやで」

黒スーツは胸を押さえた。肋骨《ろっこつ》が折れているのかもしれない。

「行くか」

伊達はゆっくり立ちあがった。

「ああ……」

紙袋を提げ、我孫子商事をあとにした。


伊達の運転であびこ筋を北へ向かった。

「誠やん、どうする、これから」

「さてな……」

「元気ないな」

「そら、そうやろ」

伊達は嘆息する。「ちょっと暴れすぎた」

「何人、やった」
「下村、加納、黒沢、瀬川、坂野……」
伊達は指を折る。「庚星会だけでも五人や」
「高津署の刑事《デカ》をいわしたんは、まずかったな」
携帯を開いた。荒木の携帯番号を出してボタンを押す。すぐにつながった。
――はい、荒木。
――堀内です。
――あ、どうも。
――いま、よろしいか。
――いいですよ。これから昼飯やし。
――実は、高津署の暴担と揉《も》めたんですわ。
――揉めた？　なにがあったんです。
――西沢と野本。ふたりを殴り倒したんです。
――そら穏やかやないな。理由は。
――所持品検査を求められたんです。シャブをやってるいうタレ込みがあったと。
――シャブ、持ってたんですか。
――いや、シャブを口実に我々を引こうとしよったんです。
金のことは伏せて、ここ数日の行動を手短に話した。

——しかし、それはどういう流れです。

——勝井興産の勝井が片山に指示して、片山が高津署の署長を動かしたんです。高津署署長は片山が花園署の署長のとき、生安係長だったといった。

——で、情報をとってくれませんかね。伊達とおれがいまどんな立場にあるんか、高津署はどうするんか。……片山は高津署の署長にストップをかけてるはずなんやけど。

——了解。同じ暴対やし、調べてみますわ。

——それと、もうひとつ。……チャカ、要りませんか。

——チャカ？　そらもちろん欲しいけど、どこに。

——いま、ここにありますねん。S&W38口径。

——真正拳銃《けんじゅう》やないですか。

——荒木さんの都合のええとこに置いときますわ。〝首なし〟で。

首なし拳銃とは所持者不詳、出処不明の拳銃をいう。たとえ首なしでも拳銃を摘発するのは刑事にとっての大金星であり、署長表彰はまちがいない。

——ほな、どこか駅のコインロッカーに入れてくれませんか。

——コインロッカーね。入れたら、電話します。

——高津署の件、調べますわ。

荒木は拳銃を入手した経緯を訊《き》こうともしなかった。

「これでよかったか」携帯を閉じた。

「上等や。荒木には世話になった」

「もうひとつだけ行きたいとこがある」

「どこや」

「浪速医大」

「保存血か」

「ほんまに盗まれたかどうか、確かめたい」

保存血を手に入れれば保険になる。

「その前に、なんぞ食お」

伊達はにやりとした。


天王寺バイパスを渡り、上町筋のコインパーキングに車を駐《と》めて、近くの鰻《うなぎ》屋に入った。小座敷にあがって、堀内は白焼きと肝吸い、伊達は鰻重《うなじゅう》を注文した。

「脚、どないや」

「歩くのは大丈夫や。走ったり、踏ん張ったりはできん」

「堀やん、東京へ帰れ」

「いわれんでも帰る。この片がついたらな」

「金、分けるか」

「そうやな」

襖《ふすま》を閉め、座卓の上に三千五百万円の入った紙袋を置いた。伊達が八百万、堀内が七百万の札束をポケットから出して脇に揃える。数えて、みんな紙袋に入れた。

「堀やん、取引銀行は」

「三協と大同《だいどう》や」

「わしは三協と東邦《とうほう》や」

「ほな、三協へ行こ」

紙袋をおろした。

25

鰻屋を出たのは二時前だった。上六へ走る。

堀内は拳銃のシリンダーから残った弾一発と薬莢《やっきょう》二発を抜き、ボロ布で銃の指紋を入念に拭《ふ》きとってティッシュペーパーに包んだ。弾と薬莢はホルスターといっしょにグローブボックスに入れる。

上本町六丁目──。伊達は近鉄デパートの駐車場にイプサムを駐めた。堀内は拳銃をズボンのポケットに入れ、伊達は五千万円入りの紙袋を持って車を降りた。

近鉄上本町駅まで歩き、コインロッカーコーナーへ行った。周囲に防犯カメラがないことを確かめ、扉を開ける。ティッシュペーパーに包んだ銃を入れて扉を閉める。百円硬貨の指紋を拭いて三枚を入れ、施錠した。キーを抜き、錠のラッチを拭いてロッカーから離れた。

堀内と伊達は駅を出た。信号を渡り、三協銀行上本町支店に入る。番号札をとってシートに座り、荒木に電話した。

——はい、荒木。

——いま、ロッカーに入れました。

——すんません、早々と。

——近鉄上本町駅、西口のコインロッカー。ナンバーは〝Fの3〟です。

——ありがとうございました。高津署の件は分かり次第、連絡します。

——キーはどうしましょ。

——できたら、欲しいんですけどね。

——ほな、駅の向かいの三協銀行。玄関横に玉黄楊《たまつげ》の植込みがあるから、そこを探してください。

電話を切った。

「荒木、よろこんでたか」

「そら、よろこぶわな。棚からぼた餅《もち》や」

堀内が暴対のころ、押収した銃は二丁だけだった。どちらも首なしでフィリピン製の粗製拳銃だったが、それでも刑事部長賞をもらった。褒賞金は五千円と、署長から一万円。警察官にとって拳銃一丁は覚醒剤《かくせいざい》十キロより値打ちがあるとされていた。

「荒木はキーが欲しいというた。チャカを表に出すつもりはないみたいや」

「いまは隠しといて、ここぞというときに手柄にするんやろ」

そう、大阪府下六十四警察署の署長室には黒いボードがかけられ、その上には金色の星が並んでいる。金星はその署で押収した拳銃の数だ。署長はことあるごとに拳銃を挙げろと刑事にいう。拳銃押収は刑事にとっての最重要事項であり、刑事はやらせでもなんでもいいから拳銃を挙げないといけない。堀内が押収した二丁の拳銃も、知り合いのヤクザに頼んで手に入れたやらせの銃だった。

番号が呼ばれた。伊達とふたり、預金窓口に行く。伊達はカウンターに紙袋を置いた。

「これ、二千五百ずつ預けたいんですわ」

「ありがとうございます」

窓口係は袋の中を見て驚いたようだ。「お通帳は」

「いまは持ってませんねん」

伊達はキャッシュカードを出し、堀内も出した。

「それでは、お口座に振込みしていただけますか」

振込申込書と本人確認資料が必要だと窓口係はいう。

「現金がここにあるのに、ややこしいね」

ひとつ嫌味をいって、伊達は振込申込書を書く。堀内も書いて、運転免許証といっしょに差し出した。

銀行を出て、玉黄楊の根元にロッカーのキーを隠した。キーは念のため、指紋を拭きとった。

「さ、高槻へ行こ」

浪速医大は高槻市駅の南にある。「運転しょか」

「ええんかい」

「アクセルとブレーキくらい踏める」

イプサムのキーを受けとった。

名神高速道路茨木インターを出て国道一七一号を走った。途中、芥川《あくたがわ》を渡る橋の上で車を停め、拳銃の弾一発と薬莢を川に捨てた。

八丁畷《はっちょうなわて》交差点を南へ折れると、左に浪速医大病院が見えた。大学の敷地は三万坪ほどあり、附属高校や老人介護病院も併設されている。学内道路を西へ走り、法医学部のある五号棟前に車を駐めた。

「堀やん、よう知ってるんやな」

「むかし、なんべんか来た。解剖結果を聞きにな」

北淀署の地域課にいたころだ。淀川で揚がった溺死《できし》体を浪速医大で行政解剖した。

車を降り、建物に入った。廊下の左、《第一研究室》のドアをノックして開ける。白衣の女性がデスクに座っていた。

「すいません、野口先生の教室はどこでしょうか」

「はい、こちらです」愛想よく、女性はいった。

「野口先生は」部屋に入った。

「あいにく、出張しています」

「お近くですか」

「沖縄です。学会で」

しまった。電話をすればよかった。

「なにか……」

「野口先生が監察医をしてはったころの解剖について、お訊《き》きしたかったんですけど」

「あの、失礼ですが」

「以前、今里署におりました堀内といいます」

「同じく、伊達です」

伊達も一礼した。女性は助手の河村《かわむら》といい、

「野口はあさってまでもどりません。わたしでよければ申し伝えますが」

「ちょっと教えて欲しいことがあるんですけど、よろしいか」

「はい、なんでしょう」

「九五年二月十九日、大阪市西区で添田雄一という人物が窒息死しました。野口先生が

解剖をして遺体の血液を保存しておられるはずなんですけど、それを調べていただけませんか」

「もう一度、お名前を」

河村はメモ帳を広げ、ボールペンを手にとる。

「添田雄一。解剖は九五年の二月二十日やと思います」

「お待ちください」

河村はメモ帳を持って奥の部屋に行った。

「堀やん、ほんまに血を保存してるんやな」

「犯罪捜査規範や。〝鑑識の章〟にあったやろ」

「なにが……」

「血液、精液、唾液《だえき》、臓器、毛髪、薬品、爆発物等の鑑識にあたっては、なるべくその全部を用いることなく、残部を保存して再鑑識のための考慮を払わなければならない、と」

「堀やん、そんなことまで憶えてるんか」

「おれはまじめに昇進試験を受けたんや」

「わしも試験は受けたけどな」

「おれらはとりあえず優秀やった。退職はしたけど二千五百ずつ稼いだ。たったの十日ほどでな」

堀内は笑った。伊達も笑う。そこへ河村がもどってきた。

「おっしゃった保存血はありません」小さくかぶりを振る。

「失礼ですけど、盗難、紛失の可能性は」

「保存血はラベルを貼って冷凍庫に入れてますから、紛失することはないはずです」

「盗難はどうですか」伊達が訊いた。

「それは可能でしょうね。あの部屋は施錠しませんし、この部屋もひとの出入りが多いですから」

解剖は深夜に行われることも多く、事実上はノーチェックだと河村はいう。「――でも、保存血が盗まれるなんて聞いたことないです」

「リストはないんですか。保存資料の」堀内は訊いた。

「リストはあります」

「面倒ですけど、見てもらえませんかね」

「はい……」

気がすすまぬふうだが、河村はキャビネットを開けた。ファイルを出して繰る。

「あ、ほんとだ。添田雄一さんの血液を保存してますね」

河村はまた奥の部屋に入り、しばらくして出てきた。やはり、ありません、と首をかしげる。

「九五年のほかの保存資料は」

「あります。添田さんの資料だけが見あたらないんです」

「そうですか……」

もうまちがいない。添田の保存血は盗まれたのだ。

「どうも、ありがとうございました。失礼します」

伊達とふたり、頭をさげて研究室を出た。

「杜撰《ずさん》やな、管理が」伊達がいう。

「無理もない。死んだ人間の血なんぞ盗むやつはおらへん」

イプサムに乗った。エンジンをかける。「次はどこや」

「奈良や。光山の捜査がどこまで進んでるか、つかんどかないかん」

「金を手に入れたのに忙しいな」

「後始末が肝腎《かんじん》や。なにもかも蹴散《けち》らかしたままでは安心できん」

伊達には家族がいる。それが心配なのだろう。

「誠やん、しばらく大阪を離れたらどうや。東京に単身赴任。おれが面倒見る」

「東京なぁ……」

伊達は長い息をつく。「遠いのう」

「よめはんには関東の競売物件を調査するというたらええがな」

「ま、それはあとで考えよ。いまは奈良や」

伊達はシートベルトを締めた。堀内は浪速医大を出て近畿自動車道に向かった。

奈良市登大路町《のぼりおおじちょう》――。奈良県庁の駐車場にイプサムを駐《と》め、県警本部まで歩いた。一階ロビーの受付に名刺を差し出して、交通捜査課の長濱と沼田に面会を求める。少し待って、エレベーターから長濱が現れた。

「なんや」と、無愛想にいう。

「そんな迷惑そうな顔はないやろ。わざわざ大阪から奈良まで来たんやで」と、伊達。

「用件は」

「光山の捜査や。その後の進捗《しんちょく》状況を聞きたい」

「大きいな、声が」

長濱は受付を気にしたのか、「出よ」

背を向けてロビーを出た。伊達と堀内もつづく。県立美術館のほうへ歩いた。

「あの捜査は手を離れた」小さく、長濱はいう。

「ほな、一課が主担になったんやな」

「近々、帳場ができる。五條《ごじょう》警察署に」

帳場とは、捜査本部のことをいう。光山の死は他殺と断定されたのだ。

「わしらの嫌疑は晴れたんか」

「それは一課の判断やろ」

「他人事《ひとごと》みたいやな」

「引き継ぎは済んだんや」

「どう引き継いだんや」

「さぁな……」長濱は答えない。

「庚星会を調べるんや」伊達は立ちどまった。

「庚星会？」長濱もとまる。

「真湊組系東青組庚星会。事務所は淀川区木川東《きかわひがし》。組員は二十人で、街金と闇金、債権取立、ヤクザ金融が資金源や。庚星会はニューパルテノン顧問の矢代治郎、元顧問の片山満夫と深い関係がある」

「矢代は知ってる。片山いうのは」

「矢代の親分や。元は大阪府警の警視正で、中央区三休橋のクレストビルに『片山コンサルティングオフィス』いう事務所を構えてる。その片山のスポンサーが勝井興産で、オーナーの勝井峻大は末松恒産の末松辰雄の右腕といわれた男や」

「末松辰雄はバブルのころの？」

「そう、借金王や」

「末松恒産は潰《つぶ》れたやろ」

「潰れた。勝井が乗っ取ったんや」

「なんで、そんなことを」

「わしらはパルテノンから手を引く。そやから、奈良県警に譲ることにした。えらい苦労をしてつかんだ情報《ネタ》やけどな」

「しかし、それだけではな……」

「光山を殺《や》ったんは庚星会や。黒幕は片山と勝井。あとはあんたが調べて手柄にせい」

「証拠はあるんか。庚星会がやったという」

「なにを眠たいことというとるんや。それを割るんが刑事の仕事やろ」

「分かった。調べよ」長濱は小さくうなずいた。

「こっちもひとつ教えてくれ。光山と高畑の家のガサはどないした」

ふたりともシャブをやってたんやろ、と伊達はいう。

「光山の自宅とパルテノンの店長室は薬対課が捜索した」

覚醒剤《かくせいざい》も注射器も発見されなかった、と長濱はいった。「高畑の家は立会人がいてないから捜索してへん」

「高畑美枝子は姿をくらましたままか」

「そういうことや」

高畑の家を捜索しても覚醒剤は見つからないはずだ。伊達が高畑にみんな処分しろと警告したのだから。

「岡山を探してみいや。あの女は備前の出や」

「いわれんでも岡山県警には手配した。カローラのナンバーもな。高畑はシャブが抜けるまで、もどってこんやろ」

「そんな悠長に構えてて、ええんかい」

「悠長にはしてへん。あんたに聞いたことは一課に伝える」

「そうか。そうしてくれ」

伊達はにやりとした。「——奈良の名物はなんや」

「名物？」

「よめはんに土産を買うて帰るんや」

「鹿煎餅《せんべい》」

いって、長濱は踵《きびす》を返した。


伊達と堀内はイプサムを駐めた県庁に向かった。

「堀やん、わし、喋《しゃべ》りすぎたか」

「いや、あれでええ。遅かれ早かれ、いずれは分かるこっちゃ」

伊達は保険をかけたのだ。奈良県警捜査一課が捜査に入れば、庚星会は散り散りになる。片山や矢代が逮捕されれば、なお都合がいい。

県庁にもどって車に乗ったとき、携帯が震えた。荒木だ。

——はい、堀内。

——いま、どこですか。

——奈良です。県庁の駐車場。

——高津署の件、表にはなにも洩《も》れてきません。暴対の西沢と野本は今日、非番です。

やはり、と思った。高津署署長は隠蔽《いんぺい》する肚《はら》なのだろう。

——荒木さん、チャカは。

——回収しました。

——そら、よかった。

インパネの時計を見た。五時半だ。

——伊達もここにいてますねん。飯食いますか。

——いいですよ。

——ほな、ミナミで。

六時半に道頓堀、松竹座の前で会うことにした。


第二阪奈道路と阪神高速道路を経由して大阪にもどった。道頓堀、大黒橋近くのコインパーキングにイプサムを駐め、ホルスターをポリ袋に入れて車を降りる。大黒橋の階段をあがると、花の枯れた植栽のポットが一列に並んでいた。堀内は植栽の小砂利をポリ袋にいっぱい詰めて、道頓堀川に捨てた。ホルスターは音もなく暗い川に沈んだ。

「さ、これできれいさっぱりした。金も口座に入れたし、朝まで飲も」

「わしは適当に帰るぞ。よめはんがツノ出しとる」

「車はどうするんや」

「乗っとけ。堀やんが」

橋をおりて東へ歩き、御堂筋を渡った。

荒木は松竹座の前にいた。どうも、と一礼する。

「すんませんな。いろいろ面倒かけて」

「いや、大したことないですわ」

「なに食います」

「はい、なんでも」

「肉にしますか」

このあいだはフグを食った。今日はステーキだ。

法善寺《ほうぜんじ》水掛不動近くのステーキハウスに入った。特上の神戸肉を堀内は三百グラム、伊達と荒木は五百グラム、注文した。シャンパンで乾杯する。久々のドンペリニヨンは旨《うま》い。

「こんな高い肉とシャンパン、ええんですか」

「たまにはええやろ。贅沢《ぜいたく》しても」

伊達はドンペリをビールのように飲む。

「チャカ、ありがとうございました」低く、荒木はいう。

「役に立ちそうか」

「この一年、うちの管内では一丁も挙げてへんのですわ。あれはうれしいです」

「そういわれたら、わしらも本望や」

「ひとつだけ訊《き》いていいですか」

「チャカの出処《でどころ》やろ」

伊達はこちらを向いた。「いうてもええか」

「ああ、ええやろ」うなずいた。

「箕面の山ん中で庚星会のチンピラ二匹とやりおうた。チンピラをクラウンで撥《は》ねて、チャカを手に入れたんや」

「チンピラはどうなったんです」

「入院してるらしい。骨折や。命に別状はない」

チンピラは銃を撃った。だから、あのS＆Wには発射痕《こん》がある、と伊達はつけ加えた。

「あのチャカを見ました。あれは値打ちがある。ニューナンブより上等ですね」

「首なしで出すにはもったいないやろ」

伊達は笑ってワインリストを広げた。なにする、と堀内に訊く。シャトー・ボー・ソレイユを堀内は頼んだ。

「堀やん、ワイン、詳しいんか」

「値段を見ただけや」ボトルで三万円は適当なところだろう。

「健坊は高津署にどういうツテがあるんや」伊達は荒木に訊いた。

「鴻池署で飲み友だちやった男が去年、高津署に異動したんです」

その男は盗犯係で、高津署では暴対係と同じ刑事部屋だという。暴対の刑事にそれとなく話を聞くと、西沢と野本が容疑者を引きに行って逃げられ、軽傷を負った。西沢と野本は意地でも容疑者を追うといったが、刑事課長がふたりをとめ、ふてくされて署に出てこないようだと、荒木の友人はいった——。

「そうか、西沢と野本はふてくされとんのか」伊達は笑う。

「ふたりともいわしたんですか」

「ヒラヤマの駐車場でな」

「そら相手がわるい。こんな先輩とゴロまいたらあきませんわ」荒木は真顔でいう。

「わしはしばらく旅に出るつもりや。正直なとこ、あちこちで暴れすぎた」

「どこ、行くんです」

「さぁな……。マカオで博打《ばくち》でもするか」

「競売屋はどうするんです」

「足を洗う。所詮《しょせん》は堅気の仕事やない」

「先輩は堅気ですか」

「どういう意味や」

「こんな怖い堅気はほかにおらんでしょ」

「健坊にいわれたら世話ないわ」

肉の焼ける匂いがした。奥のカウンターで焼いている。料理人がトレイに載せて見せにきたのは霜降りの極上肉だった。

「わしと堀内の退職や。祝うてくれ」

ドンペリを注いで、また乾杯した。

堀内は飲みながら考えた。すべてがうまくいきすぎたような気がする。二千五百万を口座に入れた上に高津署は手を引いた。庚星会は奈良県警が叩《たた》くはずだ。勝井は金を奪われたことを表沙汰《おもてざた》にはしないだろう。なにもかも蓋《ふた》をされて、堀内と伊達の手もとに残ったのは五千万円という大金だ。

こんなときはなにかある。世の中、いいことばかりではない。なぜかしらん、そう思った。

堀内はトイレに立ち、電話をした。

――お電話ありがとうございます。フォルテシモです。

――理紗、お願いします。堀内です。

――お待ちください。

理紗に代わった。

――なに？　どうしたん。

――いま、ミナミにおるんや。あとで会いたいんやけどな。

――飲みに来てよ。

――理紗とふたりだけで祝いをしたいんや。

——祝い？

——今日はホテルに泊まろうや。リッツ・カールトン、ウェスティン、どっちがええ。

——リッツにする。

——よし。スカイビューや。俺の名前で予約しとくから、店がハネたら行ってくれ。

電話を切り、一〇四でリッツの番号を訊いた。


法善寺から北新地。永楽町通のラウンジで一時すぎまで飲んだ。伊達と荒木がブランデーとスコッチを一本ずつ空けて解散。ラウンジを出たら雨が降っていた。

堀内はコンビニに寄ってビニール傘を買い、ＡＴＭで限度額の五十万円をおろした。理紗にやるボーナスだ。

リッツ・カールトンに電話をし、名前をいって、部屋につないでもらった。

——はい、もしもし。

——理紗か。すまん。これから行く。

——どこにいるの。

——新地や。永楽町通。

——いま、ルームサービス待ってるねん。

フレンチのコースメニューを頼んだという。

——飲み物はなんや。

——赤ワイン。

——シャンパンも頼め。ドンペリや。

——なんか、セレブみたい。

——今晩だけや。

電話を切り、傘を差した。雨は降りつづいている。

梅田新道を西へ歩いた。四ツ橋筋をすぎ、出入橋東の交差点を北へ渡る。深夜、雨、人通りはない。

歩道脇の緑地を抜けようとしたとき、背後で足音がした。振り返る。人影がひとつ近づいてくる。

わるい予感がした。足早に緑地を抜ける。

ビルの陰からまた人影が出た。立ちふさがる。

一瞬、迷った。逃げるべきか——。

「堀内さんよ、女を待たすもんやないで」

その言葉で、理紗が尾《つ》けられたと分かった。

「誰や……」

傘をたたんだ。石突きを男に向ける。

「憶えてへんのかい。西中島の安ホテル」

思い出した。迷彩服にワッチキャップをかぶっていたチンピラだ。

後ろの足音も近づいた。長髪だ。あのときは右手にバンダナを巻いていた。

「顔、貸せ」

「貸す顔はない」

「舐《な》めとんのか」

「やめとけ。もう終わったんや。おまえらがハネ返ったら組が潰《つぶ》れる。片山も勝井も望んでへん」

「じゃかましわい」

男が動いた。堀内は傘を突き出す。石突きが男の腹に刺さった。

横を向いた瞬間、長髪にぶつかった。殴りつけて緑地へ走る。植込みに足をとられてころんだ。起きようとして、またころぶ。

首がぐらりとした。胸が波打って嘔吐《おうと》した。視界から色が消え、昏《くら》くなっていく。

誠やん、また刺された――。堀内は哄《わら》った。

（了）

解説

江《こう》　弘《ひろ》毅《き》

黒川《くろかわ》さんの書く小説のジャンルは、ハードボイルド、ノワール、ミステリーなどなどとカテゴライズされているようだが、わたしたち大阪の街場で実生活を送っている者にとっては「黒川小説」というほかはない。

「週刊実話」や「アサヒ芸能」が「文春・新潮」よりも「現代・ポスト」よりも断然売れ、西岡研介《にしおかけんすけ》による『鎮魂』や『山口組分裂抗争の全内幕』が週間ベストセラーとなる土地柄で、黒川さんのシリーズを「ヤクザ小説」という十把一絡《から》げのジャンルに入れることは出来ない。読み手の理解度、期待度が違うのだ。

黒川さんは第151回（2014年上半期）直木賞の受賞会見で、

「僕の小説読んで、よくせりふ回しが漫才のようであるとよく言われるが、わりと不本意なんです。上方落語は大好きでよく聴きます。大阪人というのは、ことさら面白い会話をしようと考えてるわけではなくて、日頃しゃべっている言葉があんなんです。だから作品の中で、ここで笑わそうとか、ここでしゃれたことを言わそうとか、意識したこ

とはないです」(産経ニュース)

と語っている。

ちなみに受賞作品は『破門』で、桑原《くわはら》と二宮《にのみや》の疫病神コンビが繰り広げる、「本家筋」の極道との命懸けのやりとりがエゲツない作品だ。

「日頃しゃべっている言葉があんなんです」というのは、多分黒川さんが文学作品を書くために綿密な「取材」をしているその「現場」(直木賞受賞第一作の『後妻業』について「90％ホンマの話や」と黒川さんが仰《おつしや》ってた)で遣われている言葉のことだ。

黒川さんの一連の極道もの小説の会話シーンの台詞《せりふ》のリアルさについては、老若男女、地域性を問わず、読者の誰もが絶賛する。中でも、この『繚乱《りようらん》』で出てくる、主人公とヤクザ、警察OB、北新地《きたしんち》のホステスそして金融会社社長や元末松恒産役員などとの会話の台詞は絶品である。

われわれ地元読者は「なんかエエしのぎはないんか」などと小説中の台詞を真似てぶっ放し、「むっちゃおもろいのお」と快哉《かいさい》を叫ぶのだが、命やその次に大切なカネのやり取りの際の人間性極まりないふとしたユーモアにとりわけグッとくるのだ。

『オール讀物《よみもの》』の直木賞発表号(2014／9)で東野圭吾《ひがしのけいご》さんとの対談で、黒川小説については、大阪出身者の方がよく楽しめる、としたうえで、こういうことを語っている。

東野　よく黒川さんの台詞は漫才みたいだと言われますけれど、あんなに練り込まれた漫才は存在しません。
黒川　上方落語はすごく勉強してまして、小説に取り入れようとしていますが、漫才は決して参考にしてません。俺の書いている台詞はそこまで下品ですかと、逆に聞きたいくらい（笑）。

「そこまで下品ですか」というのは「おもろない」ということであり、そういう言い方をするところに、黒川さんの研ぎ澄まされた大阪〜関西弁の言語感覚がある。誰かによって発せられたある言葉とそれを担保する具体的な人格や人間性の関連性だ。その意味で「おれのケツ持ちは〇×や」などと言い放った吉本タレントは下品極まりない。「おもろくもなんともない」のだ。

学校で「国語」教育され標準（語）化される言葉と違い、大阪や神戸《こうべ》、京都《きょうと》の街場で話される言葉は多様だ。地域、年齢、職業などによるエクリチュール（ある特定の地域、社会にふさわしい言葉遣い）が表層に出ている。

だから大阪には「標準的で正しい大阪弁」というものは存在しない。たとえばミナミにいると、河内《かわち》の布施《ふせ》や八尾《やお》、泉州《せんしゅう》の堺《さかい》や岸和田《きしわだ》の言葉が飛び交い、キタでは神戸方面の言葉が聞こえたりする。また同じ大阪市中央区でも、船場《せんば》の旧《ふる》い喫茶店で話される和菓子店のご主人の大阪弁と、ミナミの黒門《くろもん》市場のふぐ専門の魚屋で話されるそれはまったく違う。言葉の端々に語る人の具体的な地域性、社会的属性が必ず織り込まれるのだ。

この作品も例にもれず、悪《ワル》のオンパレードだが、その悪のおのおののありようが一元的な物指しで測れない多様性をもつことを、会話文によって見事に表現しつくす。悪の極北はもちろんヤクザだが、同じヤクザでも「真面目な極道」から「ヤクザ以下の堅気」までさまざまだ。それをまるでピンで留められた昆虫標本のように書き切る。

過去～現在問わず、日本でこのような「悪」についての、まるで色見本帳のようなグラデーションを「むっちゃおもろく」書く作家は黒川さんしかいない。だからこそ「おもろい」には、当然上品も下品も、阿呆《あほ》も賢《かし》こもあるのだ。

この『繚乱』は、前作『悪果』の続編だ。大阪府警今里《いまざと》署（実在しないが今里というのはどういうところか大阪人ならわかる）のマル暴担当刑事の堀内《ほりうち》と伊達《だて》が、賭場《とば》のガサ入れで逮捕した学校法人の理事長を強請《ゆす》る。二人はそのバックの暴力団と対峙《たいじ》し、とうとう1億円をせしめるのだが、それと引き替えに警察を追われる。

今作品『繚乱』では、不動産競売業の調査員になった伊達がクラブ・ホステスの愛人と東京暮らしの堀内を訪ね、二人は再び、今度は「桜の代紋なし」で、ヤクザと後で糸を引く大物から金をせしめようとする。

堀内、伊達コンビがパルテノンの債務返済協議を仕切ろうとする事業者金融会社・我孫子商事の社長の北尾《きたお》を訪ねた際のやりとりはこうだ。（140p）

「（中略）……なんぼ警察ＯＢやいうても、背中に眼がついてるわけやない。いつなんどき、ブスッとやられるか、楽しみやな」

「勝井の雇われ番頭はお茶目やのう。わしを脅しとるがな」

伊達は笑った。「おまえ、光山とつるんでるんか」

「なんやと、こら……」北尾は吐き捨てる。

「おう、地金《じがね》が出たな。おまえ、本籍《ほんせき》は極道やろ」

堅気であるはずの金融会社社長を「お茶目や」といったん虚仮にし、さらに「おまえは極道か」とねめつけて逆に脅すマル暴あがりの二人は、本職のヤクザには容赦がない。最終的に二人がカネを出させるこの小説中の最高悪の勝井《かつい》を拳銃《けんじゅう》で脅しながら、二人は北尾の我孫子商事に行く。勝井興産振り出しの４千３百万円小切手を換金するために。その時に北尾子飼いの小指が欠損した長身の黒スーツがいた。北尾に「放り出しましょか」と言い、「そうやの」と北尾は黒スーツに命じる。
以下の会話の台詞が絶品だ。（564ｐ）
「ほら、小切手持って出ていけ。ここは競売屋なんぞが来るとこやない」凄味を利かせる。

「あんた、ここの社員かい」伊達がいった。

「社長の知り合いや」

「取立屋か」

「それがどないした」

「どういう不義理で指詰めたんや」

「なんやと……」

黒スーツは小指のない左手で眼鏡を押しあげた。「ぶち殺すぞ、こら」

「怖いのう。極道みたいや」

「このガキ……」

この後、即座に伊達は黒スーツをヤクザだと確認の上、ぶちのめし昏倒《こんとう》させる。そして「使えんのう」「こんな取立屋は馘《くび》にせい」と北尾に吐き捨てて「クンロク」を入れる。

本来堅気であるはずの北尾にそれを自覚させ、暴力行為を職業とするヤクザに対してはそれを誇示した瞬間に直接的な暴力を持って徹底的に「いわして」しまう。

この警察を追われた堀内、伊達の元マル暴コンビももちろん悪である。「ちょいワルおやじ」（ファッションの世界はやはり極道の世界よりおもろないな）などというものではない。完全な悪である。けれどもその悪のありようが、「全ワル」つまり「全方位悪」ではないところに、黒川作品の「おもろさ」がある。

　わたしは、大阪の岸和田という、だんじり祭礼のことになれば命を賭《と》する地元民ばかりの旧い下町に生まれ育ち、社会人になってからは、神戸の街なかに住んでいる関係でそれがよくわかるのだが、わたしたちは暴力、セックス、ギャンブル、飲酒や薬物依存といったもろもろを「人間の属性」と見て、自分でそれらをなだめながらうまく付き合っていくのか、「人間の狂気」と見て徹底的に蓋《ふた》をして排除しようとするのかで、生活哲理はがらりと変わってくる。

　また「権力や暴力を恃《たの》む」ことや「一人勝ち勝ち逃げ」や「親の総取り」といった「掟破《おきてやぶ》り」には、それ相応の落とし前が付けられるという街場の倫理はまだまだ「あるところにはある」。まさに「どういう不義理で指詰めたんや」である。

　そういうぎりぎりの線を「かろうじて紙一重」で書き切る黒川さんの技芸は、旧い大阪人がしばしば「じぶんじぶん言うてナンボのもんや」といった言い方をもって表現する、人間の自我についての質の良いある種の諦観《ていかん》から到来するものだろう。

　どうせ同じ悪い事をするなら「おもろく」やる。「ヤクザをいわす」「ブラック企業の金持ちからカネを巻き上げる」。

　そのプロセスとディテールを現実以上に現実らしい虚構にしていく黒川さんの小説の中では、しばしばこういう会話に出会う。（488p）

片山は必死の形相で上体を退《ひ》く。堀内は襟首をつかみ、片山の顔に銃を突きつけた。

「やめてくれ。頼む。わしがわるかった」叫ぶように片山はいう。

「どうわるかったんや、こら」

「金を払う。勝井に電話する」

「金なんか要らんわい。三途の川で光山に会え」

「頼む。堪忍してくれ。このとおりや」

「じゃかましい。フィクサー気取りで大きな顔しくさって」

「堀やん、やれ」

伊達がいった。「この爺《じじい》はうっとうしい。弾《はじ》いたれ」

ああぁ——。片山はソファから転げ落ちた。

フグやステーキ、北新地のコルドンブルーも確かに魅力であるが、この警視正上がりの救いようのない悪で、どこにも愛嬌《あいきよう》がないエエ年こいた爺に、わたしも一遍そのように言うてみたいものだ。

本書は二〇一二年十一月、毎日新聞社より刊行された単行本を加筆・修正のうえ文庫化したものです。

作中に登場する人名・団体等は、すべてフィクションです。また、事実関係は執筆当時のままとしています。

繚乱《りょうらん》

黒川博行《くろかわひろゆき》

平成28年 3月25日 初版発行
令和7年 9月5日 14版発行

発行者●山下直久

発行●株式会社KADOKAWA
〒102-8177 東京都千代田区富士見2-13-3
電話 0570-002-301(ナビダイヤル)

角川文庫 19656

印刷所●株式会社KADOKAWA
製本所●株式会社KADOKAWA

表紙画●和田三造

●お問い合わせ
https://www.kadokawa.co.jp/（「お問い合わせ」へお進みください）
※内容によっては、お答えできない場合があります。
※サポートは日本国内のみとさせていただきます。
※Japanese text only

ISBN978-4-04-103998-4 C0193

◆◇◇

角川文庫発刊に際して

角川源義

第二次世界大戦の敗北は、軍事力の敗北であった以上に、私たちの若い文化力の敗退であった。私たちの文化が戦争に対して如何に無力であり、単なるあだ花に過ぎなかったかを、私たちは身を以て体験し痛感した。西洋近代文化の摂取にとって、明治以後八十年の歳月は決して短かすぎたとは言えない。にもかかわらず、近代文化の伝統を確立し、自由な批判と柔軟な良識に富む文化層として自らを形成することに私たちは失敗して来た。そしてこれは、各層への文化の普及滲透を任務とする出版人の責任でもあった。

一九四五年以来、私たちは再び振出しに戻り、第一歩から踏み出すことを余儀なくされた。これは大きな不幸ではあるが、反面、これまでの混沌・未熟・歪曲の中にあった我が国の文化に秩序と確たる基礎を齎らすためには絶好の機会でもある。角川書店は、このような祖国の文化的危機にあたり、微力をも顧みず再建の礎石たるべき抱負と決意とをもって出発したが、ここに創立以来の念願を果すべく角川文庫を発刊する。これまで刊行されたあらゆる全集叢書文庫類の長所と短所とを検討し、古今東西の不朽の典籍を、良心的編集のもとに、廉価に、そして書架にふさわしい美本として、多くのひとびとに提供しようとする。しかし私たちは徒らに百科全書的な知識のジレッタントを作ることを目的とせず、あくまで祖国の文化に秩序と再建への道を示し、この文庫を角川書店の栄ある事業として、今後永久に継続発展せしめ、学芸と教養との殿堂として大成せんことを期したい。多くの読書子の愛情ある忠言と支持とによって、この希望と抱負とを完遂せしめられんことを願う。

一九四九年五月三日

角川文庫ベストセラー

悪果
黒川博行

大阪府警今里署のマル暴担当刑事・堀内は、相棒の伊達とともに賭博の現場に突入。逮捕者の取調べから明らかになった金の流れをネタに客を強請り始める。かつてなくリアルに描かれる、警察小説の最高傑作！

てとろどときしん
大阪府警・捜査一課事件報告書
黒川博行

フグの毒で客が死んだ事件をきっかけに意外な展開をみせる表題作「てとろどときしん」をはじめ、大阪府警の刑事たちが大阪弁の掛け合いで6つの事件を解決に導く、直木賞作家の初期の短編集。

疫病神
黒川博行

建設コンサルタントの二宮は産業廃棄物処理場をめぐるトラブルに巻き込まれる。巨額の利権が絡んだ局面で共闘することになったのは、桑原というヤクザだった。金に群がる悪党たちとの駆け引きの行方は――。

螻蛄
黒川博行

信者500万人を擁する宗教団体のスキャンダルに金の匂いを嗅ぎつけた、建設コンサルタントの二宮とヤクザの桑原。金満坊主の宝物を狙った、悪徳刑事や極道との騙し合いの行方は⁉「疫病神」シリーズ‼

悪女の囁《ささや》き
七楽《ならく》署刑事課長・一ノ瀬和郎
安達瑶

七楽署刑事課長・一ノ瀬のもとに、殺人事件の通報がある。被害者は地元の有力者。地元のしがらみを知る一ノ瀬は無理な捜査を避けようとするが、警察庁から来たキャリア警視が過剰な正義を振りかざし⁉

角川文庫ベストセラー

生贄のマチ
特殊捜査班カルテット
大沢在昌

家族を何者かに惨殺された過去を持つタケルは、クチナワと名乗る車椅子の警視正からある極秘のチームに誘われ、組織の謀略渦巻くイベントに潜入する。孤独な潜入捜査班の葛藤と成長を描く、エンタメ巨編！

始動
警視庁東京五輪対策室
末浦広海

2020年夏季五輪の開催地が東京に決定したその日、警視庁東京五輪対策室が動きだした。7年後の東京五輪のために始動したチームの初陣は「五輪詐欺」。架空の五輪チケットで市民を騙す詐欺集団を追う！

包囲
警視庁東京五輪対策室
末浦広海

東京五輪招致に反対していた活動家が殺害されたのと時を同じくして、五輪警備の実践演習と位置づけられた東京国体にテロ予告が届く。予告状の指紋を手がかりに、対策室はふたつの事件の犯人を追うが——。

雪冤
大門剛明

死刑囚となった息子の冤罪を主張する父の元に、メロスと名乗る謎の人物から時効寸前に自首をしたいと連絡が。真犯人は別にいるのか？　緊迫と衝撃のラスト、死刑制度と冤罪に真正面から挑んだ社会派推理。

罪火
大門剛明

花火大会の夜、少女・花歩を殺めた男、若宮。被害者の花歩は母・理絵とともに、被害者が加害者と向き合う修復的司法に携わり、犯罪被害者支援に積極的にかかわっていた。驚愕のラスト、社会派ミステリ。

角川文庫ベストセラー

確信犯　大門剛明

かつて広島で起きた殺人事件の裁判で、被告人は真犯人であったにもかかわらず、無罪を勝ち取った。14年後、当時の裁判長が殺害され、事態は再び動き出す。事件の関係者たちが辿りつく衝撃の真相とは!?

狙撃　地下捜査官　永瀬隼介

警察官を内偵する特別監察官に任命された上月涼子は、上司の鎮目とともに警察組織内の闇を追うことに。やがて警察庁長官狙撃事件の真相を示すディスクを入手するが、組織を揺るがす陰謀に巻き込まれ!?

さまよう刃　東野圭吾

長峰重樹の娘、絵摩の死体が荒川の下流で発見される。犯人を告げる一本の密告電話が長峰の元に入った。それを聞いた長峰は半信半疑のまま、娘の復讐に動き出す――。遺族の復讐と少年犯罪をテーマにした問題作。

ナミヤ雑貨店の奇蹟　東野圭吾

あらゆる悩み相談に乗る不思議な雑貨店。そこに集う、人生最大の岐路に立った人たち。過去と現在を超えて温かな手紙交換がはじまる……張り巡らされた伏線が奇蹟のように繋がり合う、心ふるわす物語。

悪党　薬丸岳

元警官の探偵・佐伯は老夫婦から人捜しの依頼を受ける。息子を殺した男を捜し、彼を赦すべきかどうかの判断材料を見つけて欲しいという。佐伯は思い悩む。彼自身も姉を殺された犯罪被害者遺族だった……。